KB232278

슬라이딩 도어즈

슬라이딩 도어즈

초판 1쇄 찍은 날 § 2005년 2월 3일
초판 1쇄 펴낸 날 § 2005년 2월 13일

지은이 § 하나이
펴낸이 § 서경석

편집장 § 문혜영
편집 및 디자인 § 이종민
마케팅 § 정필 · 강양원 · 이선구 · 홍현경

펴낸곳 § 도서출판 청어람
등록번호 § 제1081-1-89호
등록일자 § 1999. 5. 31
어람번호 § 제5-0034호

주소 § 경기도 부천시 원미구 심곡1동 350-1 남성B/D 3F (우) 420-011
전화 § 032-656-4452 팩스 § 032-656-4453
http://www.chungeoram.com
E-mail § eoram99@chollian.net

ⓒ 하나이, 2005

ISBN 89-5831-421-4 03810

슬라이딩 도어즈
Sliding Doors

하나이 지음

하나 …　7

둘 …　41

셋 …　64

넷 …　89

다섯 …　129

여섯 …　165

일곱 …　193

여덟 …　218

아홉 …　247

열 …　290

열하나 …　316

열둘 …　343

에필로그 …　367

작가후기 …　372

아이의 눈동자가 그녀의 시선을 끌었다. 그건 지극히 일상적인 모습이었으나 그 아이의 모습은 이상하게도 선명하게 와 닿았다. 지하철 문이 닫혔다. 농축된 아교가 떨어져 나가는 듯, 평소에는 신경조차 쓰지 않던 지하철 문소리가 오늘따라 귀에 거슬리며 어떤 불길함으로 다가왔다.

주변 사람은 늘 같았다. 그녀의 관심을 끌지 못한 채 같은 공간에서 잠깐의 시간을 보내며 지나치는 존재. 오늘도 그건 똑같이 다가왔다. 하지만 아이의 존재는 달랐다. 새까만 눈동자로 자신을 응시하던 아이는 곧 옆의 할머니로 보이는 사람에게 뭔가를 말하고 있었다. 아이다운 행동과 이야기일 테지만 그 아이의 모습은 그녀의 눈에서 떨어지지 않았다. 어떤 예감, 어떤 말할 수 없는 불길한 예감이 그 아이의 존재를 통해서 말하고 있었다.

외출에서의 볼일을 끝내고 돌아가는 지하철 속에 있던 그녀는 울리는 벨소리로 인해 그 아이에게 향했던 시선을 핸드폰으로 돌렸다.

"여보세요."

아이가 그녀를 쳐다보는 눈빛이 호기심으로 까맣게 반짝였다. 아홉 살 남짓한 아이의 미소가 그녀에게 어떤 전조처럼 보였다. 그녀는 심장박동이 급격하게 뜀을 느꼈다. 전화기 저편에서는 낯선 남자의 목소리가 흘러나왔다.

[여기 병원입니다. 혹, 임창화 씨라고 아시나요?]

"네, 제 남편입니다만……."

아이는 그녀에게 관심을 잃은 듯 자신의 할머니에게 말을 걸고 있었다.

[이쪽으로 오셔야겠습니다. 남편 분이 실려왔어요. 아직 의식이 희미한 상태인데 소지품에 있는 핸드폰에서 이 전화번호가 찍혀 있기에 전화 드리는 겁니다. 빨리 좀 와주셨으면 하네요.]

"어, 어느 병원인가요?"

그녀는 수화기에서 불러주는 병원 이름을 볼펜을 꺼내 수첩에 휘갈겨 쓴 뒤 플립을 거칠게 닫았다. 아이가 다시 그녀에게 시선을 향했다. 물끄러미 쳐다보는 아이의 시선은 무심하면서도 섬뜩했다. 아이의 눈빛이 말하고 있었다, 앞으로 힘들어질 거라고.

　병원 안은 사람들이 오갔지만 응급실 안에는 그녀 외에 체해서 남편의 부축으로 처치를 받고 있는 부부가 다였다. 그녀의 남편은 침대 한쪽에 누워 몸을 바르작거리고 있었다.
　"여보."
　그녀가 가까이 다가가 나직이 남편을 불렀다. 그는 감기려는 눈을 억지로 뜨려 했다. 남편의 왼쪽 눈은 거의 감겨지고 오른쪽 눈만이 명색만을 유지하듯 조금 떠져 있었다. 그는 뭔가를 말하려 했다. 하지만 마비된 한쪽 얼굴로 인해 말은 자꾸만 입 안에서 새어나왔다. 그녀는 말을 알아들으려고 몇 번이나 귀를 남편의 입술 가까이 들이대었다.
　체크를 하며 응급실에 머물던 의사는 그녀에게 환자를 움직이지 않게 하라고 말했다. 환자에게 좋을 게 없다는 것이었다. 그래서 그녀는 의식의 끈을 놓지 않으려는 남편에게 움직이지 말라고 몇 번이고 달랬다. 남편이 마지막 실낱같은 의지를 끊어버리면 영영 정신을 놓아버린다는 것을 그녀는 깨닫지 못했다. 그저 의사의 말이니 그래야 한다고 생각했을 뿐이다.
　그는 마비되지 않은 한쪽 손으로 그녀의 손을 잡고 자신의 몸으로 끌어당겨 안으려고 했다. 자신이 혹 죽게 되면 이 여자 혼자 살기 얼마나 힘들까 하는 걱정이 담긴 포옹이었다. 은혜는 남편의 마음이 느껴져 눈물이 쏟아졌다. 아직까지 실감나지 않았지만 어쨌든 남편의 몸짓은 그녀에게 애틋함을 자아내고 있었다.

"시티촬영을 해야 합니다. 원무과로 가세요."

간호사가 종이를 내밀었다. 촬영에 따른 지불을 하라는 명세서였다. 남편은 그녀에게 떨어져 어딘가로 옮겨졌다. 그녀가 할 수 있는 일이라고는 원무과로 가서 계산하는 것뿐이었다. 다리가 뻣뻣하게 마비되는 느낌이었다. 무엇 하나도 현실적으로 다가오지 않았다. 다녀오겠다고 웃으면서 나간 남편은 전혀 다른 모습으로 그녀 앞에 나타났다.

그가 죽을지도 몰라. 아니야, 그는 아직 젊으니까 절대 죽지 않아. 죽을 사람 같으면 시름시름 아파야지, 저렇게 갑자기 쓰러지지는 않잖아. 분명 다시 일어날 거야. 일어나서 아무 일도 없었다는 듯이 나를 향해 웃어 보일 거야.

지불을 하고 응급실에서 기다리고 있으니 촬영을 마친 남편의 이동침대가 보였다. 그는 숨을 색색거리며 잠들어 있었다. 그녀는 남편 옆에 바짝 다가섰다. 간호사와 의사는 그를 응급실 침대에 옮겨놓고는 자신들의 볼일을 보기 위해 가버렸다. 응급실 담당 간호사만이 응급실을 지키고 있었다.

"여보."

그녀가 남편을 나직이 불렀다. 남편은 어떻게든 눈을 뜨려고 했지만 이제 손만 움찔거릴 뿐 은혜의 목소리에 반응을 보이지 않았다. 이상이 생긴 것일까. 그녀는 코까지 골며 자는 남편의 손을 가만히 잡았다. 그동안 남편은 많이 힘들었다. 늘 웃으며 밝은 모습을 짓긴 했지만 그녀의 힘든 시집살이를 늘 가슴 아파했던 남편이었다.

은혜는 체크를 하러 온 간호사에게 코를 고는 게 자는 거냐고 물었다. 간호사는 무심하게 의식을 잃고 있는 거라고 마치 사소한 일을 얘기하듯 말했다. 그녀는 간호사의 무심한 태도에 가슴이 아팠다. 그럴 것이다. 사람들은 자신과 관련되지 않은 일에는 놀랄 정도로 냉정하기 마련이다. 은혜는 촬영 결과가 나오길 기다렸다. 남편은 여전히 코를 골았고 이제는 손마저 반응이 없었다.

응급실 문을 밀고 의사 두 명이 들어오며 자신들 쪽으로 오라고 그녀에게 손짓했다. 의사들은 응급실 한편에 마련되어 있는 위치에 엑스레이 사진을 걸었다. 그의 Brain C/T 사진이었다.

"이게 임창화 씨 뇌의 모습입니다."

두 의사는 삼십대 초반을 나타내는 젊음이 있었고 의사 가운을 입고 있었지만 의사로서의 신뢰감이나 신중함 같은 건 보이지 않았다. 병원을 발걸음하지 않는 숙맥인 그녀 눈에도 그들은 신참 레지던트로 보였다. 간호사에게서 느낀 것처럼 그들에게서도 환자가 느낄 수 있는 슬픔을 이해할 아량 따위는 없어 보였다.

"지금 남편 분께선 뇌출혈입니다. 그런데 불행하게도 이 출혈

부위가 문제가 됩니다. 대부분의 뇌출혈 경우 수술을 해서 출혈로 인해 고여 있는 피를 뽑아내면 최소한 목숨만은 건질 수 있습니다. 물론 정상적인 몸으로 돌아오기는 힘들지만 말입니다. 하지만 남편 분께선 피가 고인 부분이 전혀 손댈 수 없는 곳입니다.”

“그게 무슨 소린가요?”

“남편 분의 뇌에 피가 고인 부분이 흔히 숨골이라고 말하는 급소입니다. 그곳은 절대 손을 댈 수가 없는 곳이죠.”

그때까지 묵묵히 듣고만 있던 옆의 의사가 한마디 던졌다.

“물론 운이 좋아 고인 피가 말라서 기적적으로 회복되는 경우도 있지만 그건 극히 일부의 경우이니 기대를 하지 않는 게 좋을 듯싶습니다.”

“전혀 고칠 방법이 없나요? 수술도 전혀 할 수 없다는 소린가요?”

그녀가 두 의사를 향해 간절한 심정으로 말하자 의사들은 고개를 저었다.

“지금으로선 어떤 말씀도 드릴 수 없습니다, 그저 지켜보자는 말밖에는. 중환자실로 옮겨질 겁니다. 올라가시면 곧 담당과장님께서 부르실 겁니다.”

모든 게 거짓말 같았다. 누워 있는 남편도, 이런 소리를 듣고 있는 자신도 전혀 실감이 나지 않았다. 의사들은 자신의 소임을 마쳤다고 생각했는지 나가 버렸다. 그리고 몇 분 뒤 다시 들어오는 그들의 손에는 자판기 커피가 들려 있었다.

　남편은 금세 옮겨지지 않았다. 중환자실에서 허락이 떨어져야 올라갈 수 있다고 간호사는 말했다. 중환자실, 그건 그녀에게 무기징역을 언도하는 무기수를 뜻했다. 남편은 무의식적인 감옥 속을 헤매며 평생을 어둠에서 살아야 할지도 몰랐다. 눈앞이 캄캄했다. 그가 눈을 빛내며 자신을 볼 수 없다는 사실, 그의 따뜻한 품이 자신을 안아줄 수 없다는 사실이 크나큰 슬픔으로 다가왔다. 차가운 세상에서 오로지 따뜻한 이불이 되어주고 언덕이 되어주었던 남편의 존재가 그저 눈을 감은 채 자신을 알아보지도 못한다는 사실이 절망으로 다가왔다. 그래도 차라리 살아 있는 게 나았다. 살아 있다면 언젠가는 깨어날 수 있다는 희망이 있었다. 하지만 죽음은 어떤 기대도 할 수 없었다. 그녀의 머리 속으로는 만 가지 생각이 어지럽게 교차하며 마음은 깊숙이 불안 속으로 빠져갔다.

　중환자실로 가기 위해 기다리는 동안 남편은 여전히 숨을 색색거리며 코를 골았고 그녀는 일말의 기대를 놓지 않았다. 남편은 잠을 자는 것이니 곧 깨어나서 그녀에게 웃어 보일 거라고 수십 차례를 자신에게 억지를 부리며 머리 속으로 주입시키고 있었다.

　간호사가 다가와 남편을 다시 이동침대로 옮겼다. 입 안이 마르고 입술이 하얗게 타 들어가고 있었다. 엘리베이터를 타기 위해 아까의 의사들 곁을 스칠 때 그녀의 귀로 그들의 말이 들렸다.

"어제 만난 여자가 말이야……."

그들에게는 남편의 애처로운 모습이 어떤 의미도 주지 못했다. 늘 보여지는 응급환자들 중 하나일 뿐이었다. 그걸 이해하면서도 지금 그녀의 심정은 그들의 무신경함에 발로 걷어차고 싶었다. 그러나 그녀는 발을 걷어차는 대신 엘리베이터에 몸을 실었다. 그들은 아무 잘못도 없었다. 만약 자신이 같은 입장이라도 마찬가지일 것이다. 먼발치에서 불구경하듯 자신과 상관없는 사람은 남일 뿐이다. 남편의 손이 차가웠다. 늘 따스해서 항상 손에 땀이 축축이 배어 있던 남편의 손은 차고 건조했다. 그녀는 다시 불안하고 두려워졌다.

엘리베이터에서 내린 뒤 남편은 신속하게 중환자실로 옮겨지고 그녀는 대기실에 홀로 남아야 했다. 대기실 복도는 고요했다. 환한 불빛에도 불구하고 어둠이 깔려 있었다. 그녀는 그 어둠이 실낱같은 생명을 유지하는 환자들의 미래를 뜻하는 슬픔임을 깨달았다. 그녀는 더 큰 불안으로 초조해졌다.

중환자실 문이 열리고 간호사가 호출했다. 간호사는 그녀에게 간단한 인적사항과 연락처를 기재시킨 뒤 필요한 물품을 요구하며 물품 목록이 적혀 있는 종이를 건네주었다. 그녀는 무언가 그를 위해서 자신이 할 수 있는 일이 있다는 것이 기뻤다.

서둘러 엘리베이터를 타고 일층에서 내린 뒤 정문으로 나섰다. 서늘한 밤공기가 불안한 그녀의 마음을 조금 가라앉혀 줬다. 잠시 동안만이라도 이 현실을 잊고 싶었다. 하지만 아픈 현

실은 그녀의 머리 속을 꼬물거리며 끊임없이 기억하게 만들었
다.

　물품을 고르는 그녀의 눈가로 커다란 이슬이 무게를 이기지
못하고 볼 위로 흘러내렸다. 입 안으로 현실이라는 씁쓸한 맛이
났다. 계산을 하던 은혜는 불현듯 시어머니가 떠올랐다. 너무
경황이 없고 정신이 없어서 남편의 어머니에게 전화해야 한다
는 사실을 깜빡 잊고 있었다. 그녀는 서둘러 전화를 했다.

　"어머니, 저예요."

　[전화도 참 자주 하는구나.]

　시어머니의 목소리에는 여느 날과 다를 바 없이 가시가 돋쳐
있었다. 하지만 그녀는 섭섭한 생각을 마음에 둘 여유가 없었
다.

　"어머니, 그이가 아파요."

　[그게 무슨 소리냐?]

　"그이가…… 회사에서 쓰러졌는데 지금 의식이 없어요. 뇌출
혈이라고 의사가 말하는데 상태를 지켜보자는 말만 해요."

　[거기가 어디냐?]

　그녀는 병원 이름을 얘기했다.

　[여자가 집안에 잘 들어와야 하는데. 쯔쯔쯧! 뭐 하나 잘되는
게 없구나. 만약 창화가 잘못되면 다 네 탓이야!]

　시어머니는 일방적으로 전화를 끊었다. 이런 시어머니의 태
도는 어제오늘의 일이 아니었다. 처음 시집와서부터 마음에 들

어하지 않던 시어머니는 아이를 낳지 못하자 아예 아들의 앞길을 막는 여자로 낙인찍으며 천덕꾸러기 취급을 했다. 오늘 시어머니의 말은 평소의 생각이 그대로 반영되어 있었다. 이젠 속상한 것도 지쳤다. 은혜는 쓴웃음만 지었다. 홀로 세상에 떨어져 있다는 기분이 이런 것일까. 고아로 커온 그녀가 가진 거라곤 남편의 사랑뿐이었다. 세상에 던져져 사람의 정이 어떤 거라는 걸 느끼지 못하고 억척스럽게 이를 악물고 공부하고 고등학교를 졸업하고 그렇게 얻게 된 직장이 지금 남편이 다니는 직장이었다.

그녀는 그곳에서 생산직 일을 하고 있었고 남편이 이 직장에 취직했을 땐 이미 오 년이란 세월이 지난 후였다. 남편은 본사의 일로 이 공장을 자주 드나들었다. 그녀는 몇 번 그의 얼굴을 본 터라 낯이 익었지만 그는 아니었다. 은혜가 이곳 직원들과는 달리 좀 더 지적으로 보이는 외모 때문에 그를 강하게 인식했다면 천편일률적으로 똑같은 제복을 입고 있는 생산 여직원인 그녀는 그에겐 많은 여직원들 중의 하나일 뿐이었다. 그녀는 그의 모습에 처음부터 가슴이 설레었다. 하지만 그저 그뿐이었다. 감히 나서서 자신의 존재를 밝히기에는 그에게 너무도 초라한 존재였다.

어느 날 점심 시간이 끝나고 공장장에게 혼나지 않기 위해 급하게 뛰어가던 은혜는 앞을 막고 있는 장애물로 인해 뒤로 나자빠졌다. 아프고 화났으며 급했다.

"괜찮아요?"

남자의 목소리가 들렸다. 은혜는 고개를 들어 남자를 보았다. 하얀 치아가 유난히 돋보이는 남자는 미안한 표정을 지으며 그녀를 보고 있었다. 그 사람이었다, 그녀가 그렇게 보고 싶어하던 그 사람.

"괜찮아요."

그녀는 웃어 보이곤 빨개지는 얼굴을 애써 감추며 황급히 건물 쪽으로 뛰어갔다. 그에게 다가갈 수 있는 오랜만의 기회였지만 그녀는 자신의 수줍음 때문에 그 기회를 날려 버렸다. 자신의 바보스러움에 화가 났다. 그녀의 안중에 공장장은 사라지고 없었을 뿐만 아니라 이미 그로 가득 차고 있었다. 한은혜 바보! 그녀는 뛰어가면서도 차마 뒤돌아볼 수 없었다. 그가 자신을 지켜보고 있고 지금 돌아서면 그를 볼 수 있다는 사실을 뻔히 알면서도 그녀는 고개를 돌릴 수 없었다.

신은 그녀의 편이었다. 그가 매번 공장을 방문할 때마다 신기하게도 그녀와 부딪칠 기회가 잦았다. 다른 직원들이 올 때는 신경 쓰지 않는 그녀였지만 그의 모습은 이상하게도 시선을 끌었으며 지워지지 않는 여운을 남겼다. 그 일 이후로 그는 그녀를 보면 아는 체를 했고 은혜는 처음으로 삶이 고달픈 것만은 아니라는 것을 알았다.

인생의 황금기였다. 모든 것이 아름다웠고, 가슴 두근거렸고, 그만 있으면 세상에 겁날 게 없었다. 하지만 그녀의 가슴을 쥐고 놓아주지 않는 한 가지 사실은 그는 보통의 가정에서 자라 고등학교 때 아버지를 잃는 불행을 겪긴 했지만 그런대로 평탄한 삶을 살아온 사람이라는 것이었다.

거기에 비하면 자신의 삶은 비참했다. 고아원에서 자라 현장에서 일하는 블루 컬러인 그녀와 대학까지 나와서 책상을 앞에 두고 일하는 화이트 컬러인 그와는 격이 달라 보였다. 그래서 그와의 삶을 감히 꿈꿀 생각조차 하지 않았으며 자신의 분수를 머리 속에 주입시키고 또 주입시켰다. 그렇지만 사람의 감정이 생각처럼 되지 않듯 그런 노력에도 불구하고 그녀의 마음은 그와의 삶을 꿈꾸는 염치없는 짓을 하고 있었다.

날씨가 화창했다. 그날도 그녀는 공장을 방문하는 그를 맞았다. 그녀를 보는 그의 모습에는 선물을 감추고 놀래켜 주는 사람의 흥분이 보였다.

"빨리 얘기해요. 들어가 봐야 해요."

"오늘은 좀 길어질지도 몰라."

"공장할배 지랄 같은 성격 잘 알잖아요. 무슨 일인데 그래요?"

공장할배는 공장사람들 사이에 퍼져 있는 나이 든 공장장을 가리키는 별명이었다. 그는 자신의 주머니에서 자그만 상자를 내밀었다. 짙은 파란색을 띠고 있는 상자는 은혜에게 궁금증을 유발시켰다.

"이거."

“뭐예요?”

그녀는 그의 손에서 작은 상자를 받아 들었다.

“나랑 평생을 지낼 수 있는 혜택을 주는 열쇠야.”

상자를 열어본 그녀는 그 안에 작게 반짝이는 반지를 발견했다. 은혜는 그의 예상치 못한 행동에 정신이 얼떨떨해졌다. 이 남자를 사랑하긴 했지만 한 번도 욕심 내진 않았다. 그와의 삶을 상상하는 것만으로도 그녀는 행복했으며 그 상상을 현실로 이루기엔 자격미달이라는 자신의 조건을 충분히 인식하고 있었다.

“나 가진 거 많이 없고 평범한 남자지만 이거 하나만 약속할게. 평생 너만 바라볼게. 결혼해 줄래?”

그녀의 눈에 뜨거운 액체가 고였다. 늘 상상에서만 존재하던 일이 지금 그녀의 앞에서 일어나고 있었다. 기뻐하며 냉큼 잡으면 될 터였다. 하지만 그녀는 손을 뻗을 수 없었다.

“제가 어떤 사람인지 잊으셨나요? 고아예요. 그리고 배움도 짧아요. 당신에게 어울리는 여자가 아니에요.”

그의 얼굴은 흔들림이 없었다.

“나를 거절할 이유치고는 빈약한 변명이군. 내가 당신을 좋아했던 것은 당신의 부모나 학력 때문이 아니야. 지금 있는 그대로의 모습을 보고 좋아한 거야. 그래도 거절한다면 그 이유가 차라리 내가 싫어서라고 말해. 그러면 이해할 수 있어. 하지만 그런 쓸모없는 얘기들을 나열하며 자신에게 비교한다면 그건 인정할 수 없어.”

　그녀는 반박할 수 없었다. 그러면 안 된다고 속삭이고 있는 머리를 배반하고 그녀의 마음은 그의 구혼을 잡았다. 그녀의 손에 반지가 끼워졌다. 그는 자신의 것인 양 그녀의 손을 살며시 쓰다듬었다. 그 몸짓은 당신은 이제 나한테 속해 있는 사람이라는 무언의 암시가 담겨 있었다.

　시어머니의 반대는 엄청났다. 혹독한 비난과 자신을 깔아뭉개는 무시가 쏟아졌다. 당장이라도 이 상황을 벗어나고 싶었지만 그의 안쓰러울 정도의 노력과 그를 향한 자신의 마음 때문에 그녀는 포기할 수 없었다. 그의 의지로 결국 그들은 결혼했고 한동안은 행복한 결혼생활이 이어졌다. 그러나 계속되는 시어머니의 무시와 냉대는 그녀의 영혼을 갉아먹었다. 남편은 그녀를 생각해 분가를 결심했고 시어머니의 급격한 반대에도 불구하고 행동으로 옮겨졌다. 이제 시어머니와의 마찰은 그녀가 찾아오는 날만 견디면 되었다.

　결혼생활을 한 지 삼 년이 지나자 시어머니는 이번엔 그들 사이에 애가 없는 것을 두고 그녀를 구박하기 시작했다. 힘든 생활이었다. 그는 변함없는 애정을 보여주었지만 시어머니의 계속되는 트집과 자식을 가질 수 없다는 자격지심에 그녀의 마음에도 금이 가기 시작했다. 남편의 다정한 말도 귀에 들어오지 않았다. 그저 짜증스럽고 우울할 뿐이었다. 산다는 것 자체가 힘겨웠으며 이럴 바엔 차라리 외롭긴 했지만 처녀 때의 삶이 낫다고까지 생각하기에 이르렀다.

그런 극단적인 울적함이 계속되던 어느 날 남편은 그녀를 앉혀놓고 말했다.

"애초에 내가 원한 건 당신이었어. 지금도 그 생각에는 변함이 없어. 당신이 애를 원한다는 것 알아. 그러나 생명이란 인간의 능력으로는 어떻게 할 수 없는 일이잖아. 그건 신의 영역이지. 난 애가 없다고 해서 우리의 삶이 부족하다는 생각은 한 적이 없어. 다만 내가 미안한 것은 어쩔 수 없는 핏줄을 갖고 있는 어머니야. 나야 부모니까 감수가 되지만 당신은 나를 만났다는 이유로 이 모든 어려움을 참아내고 있잖아."

남편의 애정은 그녀의 방황을 잠재웠다. 그 뒤로 남편의 헌신적인 애정으로 시어머니의 잔소리도 흘려버릴 만큼 은혜는 여유를 찾았다. 많이 의지했고 많이 사랑했다. 그렇게 살아온 세월이 십사 년이었다. 그런데 남편이 죽어가고 있는지도 몰랐다. 겉으로는 아무런 표가 나지 않았지만 그녀가 모르는 사이 남편의 몸은 서서히 죽어가고 있었던 것이다. 은혜는 막막했고 불안했고 무서웠다. 신은 자신의 삶에서 남편을 떼어놓으려 하고 있었다.

불안감으로 떨리는 몸을 이끌고 중환자실에 물품을 전해주며 의식이 깨어났는지를 물었지만 간호사는 고개를 저을 뿐이었다. 오금이 저려왔다. 자신은 다시 세상에 혼자인 채로 팽개쳐질지 모른다.

　살아오면서 강해졌던 기질은 남편과 지내오는 십사 년 동안 유약해져 있었다. 그녀는 남편의 한없이 포근하고 따뜻한 울타리에 철저하게 길들여졌다. 십사 년 동안 그녀는 자신조차 지키기 힘든 약한 여자로 전락해 있었다.

　"이 남편 잡아먹을 년!"

　병원으로 들어선 시어머니가 뱉은 첫마디였다. 갑작스런 누군가의 가격에 그녀는 움찔 놀랐다. 자신이 잠시 생각에 빠져 있었던 모양이다. 시어머니는 오자마자 그녀의 등짝을 매섭게 후려쳤다. 은혜는 아직도 믿어지지 않는 현실의 얼떨떨함에 시어머니의 손매가 아프다는 생각조차 하지 못했다.

　"넌 애초부터 재수없는 년이었어! 이런 년을 뭐가 좋다고 창화가 그렇게도 감싸고 돌았는지……. 부처님도 무심하시지."

　대기실 의자에 앉은 시어머니는 가져온 핸드백에서 수건을 꺼내어 연신 눈을 찍어댔다. 나이 든 사람답지 않게 그녀의 머리는 염색으로 물든 연한 갈색이었고 최근 한 파마로 롤이 예쁘게 말려 있었다. 유달리 멋을 부린 그녀의 파마는 나이와는 어울리지 않는 천박함을 보이고 있었다. 하얗게 탈색된 그녀의 안색과는 달리 시어머니의 화장한 얼굴은 병원과는 어울리지 않는 삶의 생기를 보여주고 있었다. 어느새 말라 버린 그녀의 입술과 핏기가 감돌길 거부한 얼굴이 시어머니의 얼굴과 묘한 대조를 이루었다.

　"뭐라고 그래?"

"수술도 안 된다네요. 피가 고인 곳이 급소라 손도 못 댄대요."

"그럼 바보같이 보고만 있어야 한다는 말이니?"

"경과를 지켜보자네요."

중환자실에서 간호사가 나오며 말했다.

"임창화 씨 보호자 되시죠?"

은혜와 시어머니는 간호사의 말에 일어섰다.

"삼층으로 과장님이 오시래요. 신경외과로 가시면 됩니다."

서둘러 엘리베이터를 탔다. 가는 동안 시어머니의 눈은 은혜를 찌를 듯이 보았다. 어떤 말도 하지 않았지만 눈빛은 말하고 있었다. 남편 잡아먹은 년. 그녀는 죄인이었다.

엘리베이터가 열리고 일직선으로 나열된 복도를 쭉 따라가자 신경외과가 나왔다. 간호사에게 그녀가 방문을 알리자 그녀와 시어머니를 진료실로 안내되었다. 의사는 사십대 후반의 남자였다. 부리부리한 눈과 커다란 덩치는 의사라는 직업과 어울리지 않아 보였지만 어딘지 모르게 풍기는 인테리적인 느낌 때문에 가운과는 잘 어울렸다.

"앉으시죠."

의사는 앉기를 권했고 하나밖에 없는 의자에 앉은 것은, 배려라고는 세상과 담쌓은 시어머니였다.

"지금 임창화 씨는 저희로서는 어떻게 해볼 수 없는 상태입니다. 최선을 다하겠지만 결국은 지켜봐야 한다는 얘기지요. 저희로서도 안타까운 상황입니다. 만약 더 좋은 조건의 병원에서 치료를 받아보시겠다면 말리지는 않겠지만 지금 상태에서 움직인다는 것은 환자에게 치명적일 수 있다는 것만 알아두십시오. 그렇지만 선택은 보호자 분이 알아서 하십시오.”

시어머니의 안색이 파랗게 질리며 그녀를 쏘아보았다.

“그럼 선생님, 살 수 없다는 얘기신가요?”

의사는 한숨을 쉬며 말했다.

“지금 상태로선 가능성이 희박하다고 생각합니다. 기적적으로 생명을 건진다 해도 꼼짝 않고 집에 누워서 지내야 하거나 아니면 식물인간으로 오래갈 수도 있습니다.”

그녀는 죄인이었다. 그들의 대화 속에서 그녀는 한마디도 끼어들지 못한 채 고개만 숙이고 있었다.

중환자실로 올라온 두 사람은 마침 면회 시간으로 개방된 중환자실로 비로소 들어갈 수 있었다. 중환자를 보호한다는 차원에서 가운과 머리덮개를 쓰고―사실상 이것으로 보호될 것 같지는 않았다. 실용적이지 못한 형식적인 것으로 보였다―난 뒤 환자에게 다가갔다. 시어머니는 세상의 슬픔은 자신이 다 짊어진 듯 펑펑 울며 요란을 떨었다. 그사이에도 혹 마스카라나 화장이 번질까 눈가랑 얼굴 닦는 건 잊지 않았다.

“어유, 우리 새끼. 어쩌다 이런 모진 일을 당해서 이렇게 누워 있누. 이 모든 게 집안에 있는 나쁜 기운 때문인 게야. 어미가 그렇게 말렸는데도 지 고집 우기더니 결국 이렇게 험한 꼴을 당했잖아. 불쌍한 내 새끼.”

시어머니는 남편이 멀쩡했을 땐 저런 식으로 정겹게 부른 적이 없었다. 무뚝뚝함이 애정의 산물이라는 사고를 가졌는지 그에 대한 그녀의 태도는 늘 일관적으로 무시도, 그렇다고 관심도 아닌 그 중간의 느낌으로 대했다.

은혜가 남편의 손을 잡으려 하자 시어머니는 그녀의 손을 매몰차게 치며 그와의 접촉을 단절시켰다.

“어디서 감히! 이게 모두 너 때문인 걸 모르니? 더 이상은 애한테 손댈 생각 하지 마. 점쟁이가 하는 말을 들었어야 하는 건데. 네가 살이 끼여서 남편 잡아먹는다고 했어. 그때 좀 더 내가 강력하게 고집을 부렸어야 하는 건데. 이제 와서 따지면 뭐 하누. 다 지 녀석 좋아서 저지른 일이니⋯⋯.”

남편의 갑작스런 뇌출혈은 회사 업무의 스트레스와 유전적으로 갖고 있는 혈압 때문이었다. 시아버지도 혈압으로 일찍 돌아가셨다. 평소에는 병원 한 번 가지 않는 강한 체질이었고 가끔씩 뒷골이 당긴다는 말을 했지만 지나가는 말처럼 대수롭지 않게 말했기에 그다지 새겨듣지 않았다. 혈압이 얼마나 무서운 것인지를 그녀는 알지 못했다. 병에 대한 무지가 불러온 결과였다.

면회 시간은 금세 끝나 버렸다. 남편의 얼굴을 지척에 두고도 손 한 번 대보지 못함이 그녀의 가슴을 서럽게 했다. 시어머니의 가시를 막아준 것은 남편이라는 사랑의 울타리였다. 그 울타리가 힘을 잃은 지금 그 가시는 엄청난 충격으로 그녀에게 다가왔다.

대기실로 돌아온 두 사람은 오랫동안 침묵을 지켰다. 침묵이 주는 압박감이 은혜에게는 견딜 수 없는 고문이었다. 시간이 흐르고 밤이 깊어지자 시어머니는 일어섰다.

"집에 가서 한숨 붙이고 오마. 내일 아침 면회 시간 맞춰서 올 테니까 무슨 일 없는지 잘 지키고 있어."

"네, 어머니."

그녀는 다음 면회 시간에도 남편을 만질 수 없다는 사실에 가슴을 치고 싶었다. 십 년을 넘게 곁을 지키던 그를 단 한 번도 만질 수 없다는 것은 도려낸 가슴을 벌겋게 달군 인두로 지지는 엄청난 고통이었다. 그녀는 가슴으로 흐르는 눈물을 삼키며 시어머니를 배웅했다. 시어머니가 떠나는 걸 지켜본 뒤 로비를 지나 자판기 앞에서 커피로 빈속을 달랬다. 점심때부터 계속 굶었지만 지금 그녀의 위장은 음식을 받아줄 것 같지 않았다.

창화 씨, 당신이 없는 하늘을 꿈꿀 수 있을까. 종이컵으로 눈물이 떨어졌다. 한 방울, 두 방울. 처음은 간격이 있었으나 그 속도도는 급속도로 빨라졌다. 한 번 흐르기 시작한 눈물은 멈출 줄 모르고 흘러내렸다. 사람의 발길이 드문 계단으로 몸을 숨기고 소리없는 오열을 토해냈다.

뒤척거리던 감정들이 가라앉자 눈물은 더 이상 나오지 않았고 흐느끼던 그녀의 어깨의 흔들림도 잦아들었다. 마음을 정리한 뒤 심호흡을 한 은혜는 그곳을 나와 엘리베이터에 올랐다.

중환자실이 있는 제일 위층을 누르고 선 그녀는 갑작스런 한기를 느꼈다. 마치 자신의 몸속으로 싸늘한 감촉이 머무는 느낌이었다. 아주 차갑고 축축한 그것을 뭐라고 표현할 수는 없었지만 무척 어둡고 우울한 것이었다. 음산하다는 느낌, 바로 그것이었다. 그녀는 마음속으로 먹구름처럼 떠도는 무언가를 알아차리지 못한 채 불길한 일이 자신을 기다리고 있을 것 같다는 생각이 들었다. 엘리베이터가 열리기를 조급하게 기다렸다. 자신이 모르는 뭔가 일어나고 있었다. 그녀의 내부로 불안감이 요동치기 시작했다.

띵—

엘리베이터가 열리고 그녀는 서둘러 중환자실에 내렸다. 간호사가 대기실을 두리번거리고 있다 그녀를 발견하자 급하게 말했다.

"환자의 상태가 이상해요! 어서 와보세요! 과장님도 지금 연락받고 와서 응급조치하고 있는데 어떻게 될지 모르겠어요!"

무언가 상황이 자신과는 다른 방향으로 급박하게 돌아가고 있었다. 그녀는 중환자실을 들어서기 직전에 전화를 했다.

"어머니, 저 은혜예요. 그이가 심상치 않대요. 빨리 와주세요."

[네년이…….]

말이 끝나기 전에 그녀는 핸드폰 플립을 닫아버렸다. 은혜에겐 시어머니의 애기를 들어줄 여유가 없었다. 서둘러 들어간 중환자실은 남편의 수척한 얼굴과 함께 의사와 간호사의 부산한 움직임으로 정신없었다. 의사의 이마로 한줄기의 땀이 흘러내렸다. 그 땀은 불길한 냄새를 풍겼다. 엘리베이터에서의 그 느낌은 남편 영혼의 마지막 손길이었을까.

그녀는 바쁜 간호사와 의사 사이에서 처음으로 남편의 손을 잡았다. 중환자실에서 처음 잡는 손이었다. 그 손은 찹찹했고 따뜻했지만 평소 때 그녀가 느끼던 다정한 온기는 많이 사라져 있었다. 그리고 그 따뜻한 체온마저도 서서히 식어갔다.

"안됐습니다."

의사의 한마디가 모든 걸 얘기하고 있었다.

"사망 시각은 아홉 시 삼십 분입니다."

간호사가 그녀에게 알려줬다. 아무것도 변한 게 없었다. 그녀는 여전히 그를 사랑했고, 표독한 시어머니는 정정했으며, 그를 돌보는 간호사도, 의사도, 그리고 끊임없이 수증기를 뿜어내는 남편의 침대 머리맡 가습기도 변함없건만 남편만이 혼이 빠져나간 육신으로 그녀에게 남겨졌다. 쓰러진 지 하루도 안 돼서 남편은 그녀 곁을 떠났다. 모든 게 그 자리에 그대로 있는데 남편만이 그녀를 홀로 버려두고 가버렸다. 갑자기 다가오는 상실감에 그녀의 다리에 힘이 빠져 주저앉았다. 그건 이제 그녀가 세상에 혼자 남겨졌음을 뜻했다.

"아주 팔자 폈구나. 생명보험에 산재보험까지. 남편 잡아먹고 넌 호강하고. 아무래도 이건 뭔가 꿍꿍이가 있어."

시어머니는 남편 장례를 치른 후 납골당에 묻고 온 그날 그녀에게 대놓고 생채기를 내며 막말을 하고 있었다.

병원에서 남편 장례를 치르는 중에 회사 관계자들이 와서 조의금을 냈다. 남편의 친척들이나 회사 동료, 친구, 친분있는 사람들이 와서 낸 부조금을 그녀는 구경도 못한 채 시어머니는 당신이 직접 관리한다는 명목으로 가져가 버렸다. 부조금은 상당해서 장례식 비용을 다 치른 뒤에도 제법 남았으나 시어머니는 입을 다문 채 어떤 언급도 하지 않았다. 그러나 그녀의 관심사항은 돈이 아니었고 하늘이 무너지는 마음에 오로지 떠나간 남편을 그리워하며 애태워할 뿐이었다. 그녀의 가슴은 남편을 잃은 허탈감으로 메말라 갔다. 눈물샘은 이미 말라 버렸으며 건조해진 육신은 그녀의 정신을 바삭거리게 만들었다. 하지만 시어머니는 그녀가 받게 될 혜택이 배가 아픈지 집까지 따라와 긁어대고 있었다. 은혜는 모든 게 귀찮았다. 그저 쉬고 싶었다.

"그 돈으로 이제 젊은 놈 만나서 재혼하겠지. 나는 죽어도 그런 꼴 못 본다. 차라리 그러려면 이 늙은 사람 적선하는 셈치고 삼분지 일이라도 주든지."

시어머니의 속은 드러났다. 그녀의 관심은 며느리가 받게 될 돈의 일부였다. 마음 같아서는 그 돈을 전부 주고 나가달라고 말하고 싶었지만 그녀도 미래를 걱정하지 않을 수 없었다. 오천만 원이라는 액수와 달마다 받게 될 금액은 백만 원 남짓 되었다. 그 돈으로 조그만 가게라도 내서 먹고 살길을 찾아야 했다. 이 모든 걸 저 늙은 여우한테 줘? 잠시 갈등했지만 그건 안 될 말이었다. 시어머니가 자신에게 한 행태를 생각하면 절대 용서하고 싶지 않았다. 그가 살아 있을 땐 며느리로서 최선을 다했지만 지금 와서 시어머니의 존재는 그녀에게 의미가 없었다.

시어머니는 생활력이 없었으며 사회능력도 없는 사람이었다. 또한 게으르고 허영 많은 사람이기도 했다. 시아버지가 돌아가시고 나자 시어머니는 생활을 돌보기는커녕 남은 재산을 까먹으며 탕진하고 있었다. 미래의 계획도, 자식에 대한 걱정도 뒤로 미룬 채 밖에 나가서 일한다는 것을 무슨 큰일날 일이라도 되는 것으로 생각했다. 시간이 흐르고 재산이 바닥나자 딴에는 굴린다고 생각한 것이 시숙에게 구걸하는 것이었다. 시숙의 형편은 좋았기에 그 정도의 도움을 줄 여력은 되고도 남았다. 그녀는 그곳에 가서 핏줄 운운하며 매달렸고 그는 자선하는 셈치고 부탁을 들어줬다. 그녀의 앞으로 약속된 생활비는 다달이 지급되었다.

남편은 말했다, 그게 가장 싫었다고. 큰아버지의 거만한 자세를 대하며 늘 눈치를 봐야 하는 자신의 처지가 초라해 보여 정말 싫었다고. 남편은 집을 나와 자취를 하며 아르바이트로 용돈이랑 학비를 벌며 살아갔다. 시어머니가 받은 생활비는 오로지 그녀 자신을 위해서 쓰였다. 남편은 비록 몸은 고달프지만 남의 신세를 안 지고 자신의 힘으로 사는 게 마음은 편했다고 말했다.

그런 시어머니가 이젠 자신에게 돈을 달라고 하고 있다. 그녀는 저 여자에게, 살아서도 남편에게 짐이었던 저 여자에게는 주고 싶지 않았다. 그녀의 마음 깊은 곳에서 분노가 솟아올랐다. 은혜의 얼굴에 처음으로 냉소가 깃들었다.

"어머님, 어쩌죠? 저는 재혼을 하고 싶은 생각도 없고 더더구나 어머니에게 돈을 주고 싶은 생각은 추호도 없어요."

"저년 말하는 것 좀 봐! 이제 본색을 드러내는군. 남편 살아 있을 때는 아무 소리도 못하더니 이제 죽었으니 상관없다?"

"그러면 어떤가요? 지렁이도 밟으면 꿈틀해요. 어머니가 저한테 했던 일들을 조금이라도 생각해 봤다면 지금 이렇게 뻔뻔하게 나오시지 못해요. 지금 그이 장례식 치르고 오는 길이에요. 그런데 어머니는 자식의 죽음을 앞에 두고 돈 얘기만 하시는군요."

시어머니는 오히려 당당하게 말했다.

"그게 어떻다는 거냐? 이미 죽은 사람이야. 나도 내 자식 죽은 건 가슴 아프지만 살 사람은 살아야지. 나도 먹고 살아야 하지 않겠니?"

"어머닌 큰아버님께 생활비를 받고 계시잖아요."

시어머니의 얼굴은 일그러졌다.

"그 돈으론 아무것도 할 수 없다! 나도 다른 여자들처럼 여행도 가고 싶고 취미생활도 하고 싶다.”

“지금 받는 돈이면 충분히 하실 수 있잖아요? 혼자서 사시니 그 돈이면 충분한 걸로 아는데요.”

시어머니는 이제 그녀 눈앞에다 삿대질까지 해댔다. 얼굴이 붉으락푸르락해지며 말하는 그녀의 얼굴이 은혜에겐 추하게 보였다.

“남편 잡아먹은 년이니 뻔뻔스러울 줄은 알았지만 정말 대단하구나. 이제 너도 돈을 앞에 두니까 본색이 드러나. 그 돈이 그리 갖고 싶디? 네 남편 잡아먹을 만큼?”

“아뇨, 갖고 싶은 건 어머니시겠죠.”

순간 시어머니의 성난 손바닥이 그녀의 뺨을 후려쳤다. 시어머니의 얼굴은 물론 온몸이 부들부들 떨렸고 벌게진 얼굴은 쉽게 식을 것 같지 않았다.

“내 꼭 네년의 정체를 밝힐 것이야. 네년이 남편을 죽게 만들었다는 것을 꼭 밝히고 말겠어! 그래서 내 아들의 억울한 죽음을 알릴 거야. 나쁜 년!”

시어머니는 그녀에게 침을 퉤 뱉고는 나가 버렸다. 문이 쾅 하고 닫히자 좀 전까지 분노로 인해 지탱되던 몸은 순식간에 휘청거렸다.

힘겨운 몸을 이끌고 침실로 향했다. 방문을 여는 순간 그녀의 입에서 흑 하는 단음이 흘러나왔다. 그 방은 안타까운 여운이기도 했고, 기억하고 싶지 않은 고통이기도 했다. 곳곳에 그와의 추억이 있었다. 그녀의 귀를 간질이던 귓가의 입김도, 속삭이듯 웃던 남편의 웃음도, 아픈 마음을 달래주던 따뜻한 포옹도 생생하게 전해져 왔다. 그녀가 샤워를 하는 동안 침대에서 웃으며 책을 들여다보던 남편의 모습이 지금도 선명하게 눈에 보였다. 그녀는 쓰러지듯 침대에 누웠다.

남편은 야속하게도 그녀의 곁을 떠났다. 그것이 비록 자의가 아니라 해도 야속한 생각이 드는 건 어쩔 수 없었다. 옆의 빈자리가 크고 썰렁하게 느껴져 그녀는 미칠 것만 같았다. 남편을 묻고 왔지만 실감은 여전히 나지 않았다. 눈을 감자 당장이라도 남편이 그녀를 안을 것만 같았다. 남편의 온기가, 그 따스함이 그녀의 손에 잡힐 듯했다. 그의 따뜻했던 손의 감촉도 생각났다. 남편에게서 나던 에스프레소 향기가 코에 진하게 느껴졌다. 늘 당연한 듯 느껴지던 모든 것들이 아쉬운 듯 절박하게 다가왔다. 이제는 누리던 그 모든 것들을 가질 수 없다는 사실이 그녀를 뼛속 깊이까지 춥게 만들었다. 은혜는 그 한기에 몸을 떨었다.

처음 느낀 것은 남편이 죽고 나서 다섯 달 후였다. 갑자기 목덜미에 느껴지는 차가운 감촉에 섬뜩했으나 아주 잠깐 동안의 느낌이라 착각일지 모른다고 생각했다. 하지만 일주일 후, 두 번째 그 감촉을 느꼈을 때 이 집에 자신 외에 누군가의 존재가 있으며 그 존재가 자신을 주시하고 있다는 사실을 깨달았다. 뱀 같은 냉혈동물이 자신의 목을 스치고 지나는 느낌은 아주 강렬

했으며 습기 찬 음산함을 주었다.

은혜는 그 정체가 기분 나쁘고 싫었다. 분명 자신과는 다른 세계에 있는 존재였다. 어떤 존재가 들어와서는 안 될 자신의 세계로 들어온 느낌이었다. 그녀는 그걸 귀신이라고 인정하기 싫었다. 하지만 사흘 후, 세 번째 감촉을 느꼈을 때 그녀는 공포를 느꼈다.

시어머니는 드문드문 찾아와 괴롭히다 그녀가 두통을 호소할 때가 되어야만 비로소 만족한 모습으로 돌아갔다. 그러나 최근 한동안 발길을 끊었고 오랜만에 찾아오는 평화로운 시간을 즐기며 아늑한 오후의 한때를 보내고 있을 때 그 느낌이 왔다. 커피를 타서 거실 쪽으로 걸어가던 그녀는 목덜미에 미끄러지듯 스치는 뱀 같은 감촉의 섬뜩함에 잔을 떨어뜨렸다. 잔은 날카로운 비명을 지르며 바닥에서 산산이 부서졌다. 발에 튀는 커피의 뜨거운 느낌도 못 느낄 정도로 그 감촉은 온몸에 한기를 불러들이고 있었다. 그녀는 한동안 충격에 벗어나지 못한 채 멍하니 서 있었다. 언젠가 다시 그런 느낌이 오면 놀라지 않고 맞서리라 각오했건만 전혀 소용이 없었다.

정신이 들었을 때 눈앞에는 발개진 자신의 발과 잔의 파편들이 그녀를 비웃고 있었다. 그녀는 조각들을 수습하기 시작했다. 발은 커피로 인해 약간의 화상을 입고 있었다. 정리를 하고 거실로 나와 자신의 목덜미를 만져 보았다. 목의 체온은 따뜻했지만 서늘한 촉감은 아직까지 남아 있었다. 누굴까, 그녀를 이렇게 괴롭히고 무섭게 만드는 존재가. 그 어떤 느낌도, 어떤 존재도 이 집에서 한 번도 느껴본 적이 없었다. 하필이면 이 모든 것이 왜 이제야 나타나는 것일까. 남편이 없는 다섯 달 동안은 그녀에게 홀로서는 시간이었다. 길을 걷다 남편을 닮은 사람을 보면 울컥거리는 감정도, 남편이 좋아하는 음악이 나오면 갑자기 코가 싸해지며 매워오는 슬픔도 감수해야 했다. 바람만 불어도, 누군가의 체온이 자신을 부딪치고 지나가기만 해도 눈물이 왈칵 났다. 그 기간이 정확히 다섯 달이었다. 그러나 남편의 존재는 편안한 추억이기보다는 여전히 아픔이었다.

그녀는 무서움을 달래기 위하여 시어머니를 불러서 같이 지낼까도 생각했지만 그건 귀신보다도 더 무서운 일이었다. 시어머니는 그녀를 끊임없이 괴롭히고 지쳐 쓰러지게 만드는 존재였다. 은혜는 도리질을 하며 자신의 손을 보았다. 손은 모르는 새 베어 있었다. 아마도 잔을 치우다 입은 상처인 듯했다. 은혜는 임시방편으로 밴드를 꺼내 손에 둘렀다. 물이 들어가면 좀 쓰라리겠지만 살은 다시 제자리를 메워갈 것이다. 차 한 잔도 마음대로 못 마시다니. 그녀는 혀를 차면서 자신이 있는 거실을 둘러보았다. 거실은 누가 있다고 하기엔 너무 썰렁하고 고즈넉했다. 그녀는 어떤 존재도 믿고 싶지 않았다. 그런 생각은 그녀를 더 무섭게 만들었다. 수화기를 든 은혜는 익숙한 번호를 눌렀다. 저편에서 낯익은 사람의 목소리가 들렸다.

"어떻게 지내니?"

친구 영은이었다. 결혼을 하고 집 가까이 있던 그녀를 사귀게 된 것은 어찌 보면 행운이었다. 외롭고 쓸쓸한 삶에 남편만으로 만족하기에 부족했던 그녀에게 영은은 따사로운 존재였다. 그녀의 마음을 편안하게 해줬고 즐겁게 해줬다. 다만 영은에게 느끼는 한 가지 비애감이라면 자식을 둘이나 낳았다는 거, 남들은 다 하는 일을 자신만 못하고 있다는 데서 오는 좌절감이었다. 오 년을 넘게 사귄 영은은 이사를 감으로써 은혜 곁을 떠났다. 몸도 멀어지면 마음도 멀어진다고 했던가. 처음에는 자주 드나들던 집의 문턱이 횟수를 거듭할수록 줄어들었다. 영은의 입장을 이해하지 못하는 것은 아니었다. 그녀는 가정주부였고 신경써야 할 일이 많았다. 무작정 자신만 바라봐 달라고 할 수도 없는 일이었다. 하지만 섭섭한 감정이 드는 건 어쩔 수 없었다.

지금도 그랬다. 그녀의 입장을 뻔히 알고 있기에, 이 무서움을 피하기 위해 자신의 집에 며칠 있어달라는 건 염치없는 부탁이었다. 그럼에도 그녀는 다급했고 누군가가 꼭 필요했다. 자신이 부탁할 사람은 영은 이외에 아무도 없었다.

"나 지금 혼자야."

남편을 잃고 급하게 장례식을 치르느라 경황도 없었지만 그녀에게 부담을 주고 싶지 않아 연락하지 않았다. 그녀는 자신이 폐를 준다는 생각에 남편의 소식을 전하지 않았었다.

[신랑은 회사 갔겠구나.]

은혜의 입에서 쓴웃음이 나왔다.

"신랑 이제 내 곁에 없어."

[그게 무슨 소리야?]

심상치 않은 기미를 느꼈음인지 영은의 목소리가 커졌다.

"나 이제 미망인이야. 너 알지, 그게 어떤 건지?"

은혜는 아무렇지도 않은 듯이 말했지만 목소리는 약간 떨려 나왔다. 저편에서 잠시 동안의 침묵이 이어졌다. 그리고 가라앉은 목소리로 조심스럽게 물어왔다.

[어쩌다?]

"갑자기 쓰러졌어. 어떻게 해볼 사이도 없이 갑자기 가버렸어. 이제 나 어쩌지?"

혼자 강하다고 속으로 꾹꾹 참던 그녀였다. 어차피 인생은 혼자라고 자신에게 새기며 남편을 잃은 설움을 안으로 삭히던 그녀였다. 하지만 영은의 다정한 목소리는 자신의 숨기려던 감정을 돌출시켰다. 은혜는 자신도 모르게 영은에게 매달렸다. 사람의 감정이 이다지도 간사하던가. 아까까지도 잘 견딜 수 있다고 생각했던 그녀지만 지금은 전화를 받으며 나약하게 울고 있었다.

[장례는 치렀니?]

어느새 영은의 목소리에도 물기가 배어 있었다.

"응, 치른 지 다섯 달 넘었어."

[계집애. 그러면서 전화 한 통 할 시간이 없었어? 난 너에게 아무것도 아니었니? 어떻게 이렇게 사람을 못되게 만들어?]

“미안해. 난 그저…… 부담 주기 싫었어. 마음이 가라앉으면 전화하려고 했는데 이렇게 전화해서 미안하다.”

[너 그럼 마음 정리가 안 되면 계속 전화 안 할 생각이었어?]

영은은 원망이 담긴 목소리로 말했다.

“어쨌든 너에게는 할 말이 없어.”

[오늘 전화한 이유가 단순히 나한테 그 얘기를 하려던 것은 아닌 것 같은데 무슨 일이 있니?]

영은의 물음은 그녀의 입장을 훨씬 편하게 해주었다.

“너한테 부탁할 게 있어.”

[뭔데?]

“우리 집에 삼 일만 같이 있어주면 안 될까? 혼자 있기 무서워서 그래. 그렇게 해줄 수 있겠어?”

[그야 당연하지. 내가 신랑하고 이혼하는 일이 있더라도 갈게. 내일 가면 되니?]

“응.”

영은의 시원한 답변은 그녀를 안심시켰다. 오늘 하루만 지나면 자신은 최소한 삼 일 동안은 공포를 느끼지 않아도 된다. 그 존재는 언제 찾아올지 몰랐다. 주기가 정해져 있는 것도 아니었고 때로는 자주 어떤 땐 전혀 나타나지 않았다. 하지만 불규칙하다는 그 사실이 그녀를 더욱 불안하고 무섭게 만들었다.

[빨리 만났으면 좋겠다. 내일 일찍 갈게.]

그녀와 연락을 끊은 지 일 년이 되어가고 있었다. 자신의 일상에 바쁘다 보니 어느새 전화조차도 소원해졌고 언제부턴가 둘 다 안부라도 묻고 살아야겠다는 생각조차 없어졌다. 하지만 오늘 은혜가 전화하자 영은은 마치 어제 헤어진 사람처럼 정겹게 그녀를 받아주었다. 사람의 관계란 미묘했다. 늘 만나도 편하지 않는 사람이 있는가 하면 영은처럼 오래 연락을 끊어도 어색함을 전혀 느낄 수 없는 사람이 있었다.

은혜는 전화기를 끊고 누가 있기라도 한 듯 두리번거렸다. 자신의 전화를 그 존재가 엿들었을지도 모르며 오늘 밤 괴롭힐 심산으로 그녀 앞에 나타날지도 몰랐다.

마음 졸이며 그 밤을 보냈으나 다행히 아무 일도 일어나지 않았다. 새벽까지 밤을 새던 그녀는 결국 피곤한 몸을 견디지 못하고 자리에 누웠고 금세 잠에 곯아떨어졌다. 밖은 어스름이 아침을 맞아주고 있었지만 그 밝음도 그녀에게는 평안한 잠을 가져다 줄 뿐이었다.

다음날 영은은 애들을 시어머니에게 떠맡기고 홀가분한 몸으로 왔다. 그렇게 하는데 그녀의 입장이 쉽지 않으리라는 것은 불을 보듯 뻔했으나 자신을 위해서 그런 모험을 감수했다는 것이 은혜는 고맙고도 눈물이 났다. 영은은 그런 친구였다. 아무 일도 없었다는 듯이 자신과 연락을 끊었다가도 이렇듯 살갑게 대해주는 마음이 따뜻한 사람이었다.

그날은 서로의 살아온 얘기로 수다를 떠느라 정신이 없었다. 커피를 몇 잔을 마시기도 했고 배터지게 밥을 먹어보기도 했다.

그녀의 밝은 기운은 은혜에게 간만에 생기를 불어넣었고 처음으로 마음 놓고 웃게 만들었다. 편안한 기분으로 삼 일을 보냈다. 애초에 있으려던 삼 일을 지나 영은은 하루를 더 있다 갔다. 그동안 정체를 알 수 없는 존재는 나타나지 않았고 은혜도 이제는 가버린 거라고 믿었다. 실제로 영은이 가고 나서도 며칠은 아무 징조가 없었다.

그러나 샤워를 하고 막 나가려는 그녀의 목덜미로 다시 그 감촉이 덮쳤다. 그건 불시의 습격이었다. 알몸인 그녀에게 덮친 그 감촉의 공포감은 극도에 달했다. 그녀는 자신도 모르게 비명을 내지르며 욕실을 나와 침실로 향했다. 침대에 이불을 감싸고 오들오들 떠는 그녀에게 그 감촉은 더 이상 나타나지 않았다. 언제까지 참아내야 하는가. 언제까지 참아낼 수 있을까. 그 존재는 그녀에게 더 이상의 어떤 행동은 하지 않았지만 그것 하나만으로도 엄청난 공포였다. 누굴까, 자신을 이토록 괴롭히는 존재의 정체가. 그러나 이곳을 떠나고 싶지 않았다.

그녀의 몸은 침대에 붙은 끈끈이처럼 떨어지지 않았다. 그날 하루 종일 붙박이처럼 고정된 채로 그녀는 침대 곁을 떠나지 않았다. 마치 그곳을 나서면 그 존재가 그녀를 괴롭히기라도 하듯.

둘

조킹을 하기로 마음먹은 것은 남편이 죽고 정확히 육 개
월 후였다. 이대로 집 안에만 틀어박혀 있기에 자신이 무너진다
는 느낌이 들어서였다. 간혹 찾아오는 존재는 그녀를 힘들게 했
지만 그것에 대항하기 위해서는 체력이 필요했다.

얼마 전 무당을 불러서 굿을 했을 때 그녀는 놀라운 말을 들
었다. 무당의 말은 그녀를 괴롭히는 존재가 자신의 죽은 남편이
라는 것이었다. 그리고 그 미련이 너무도 강해 이승을 떠돌며
그녀에게서 떠나려 하지 않는다는 것이다. 애초부터 미신을 믿
는 게 아니었다. 한 번도 점이란 걸 본 적이 없는 그녀가 무당을
부른 것은 무엇이라도 매달려 보고 싶은 심정에서였다. 하지만

무당의 말은 터무니없었다. 말이 되지 않는 소리였다. 남편은 그녀를 누구보다도 아꼈고 사랑했다. 그런 사람이 죽었다고 해서 본성이 바뀌리란 생각이 들지 않았다. 굿을 하던 무당은 결국 두 손을 들고 포기해 버렸다. 귀신의 이승에 대한 집착이 너무도 강해 떨어뜨려 낼 수 없다는 것이었다. 그녀는 비웃었다. 이런 사이비 따위에 매달리는 게 아니었다. 귀신을 못 쫓는 핑계를 무당은 집착으로 둘러대고 있었다. 후회가 되었다. 무당이 가고 난 뒤 그녀는 한 가지 결심을 했다. 이런 존재 따위에게 산 사람이 눌려서는 안 된다고 생각했다. 다시 무당 따위는 부르지 않겠다고 결심했다. 일단은 맞붙을 체력이 필요했다. 조깅을 마음먹은 것은 이때였다.

새벽 공기를 가로지르며 달리는 운동은 생각보다 훨씬 좋았다. 머리는 훨씬 맑아졌으며 기분도 좋아졌다. 코에 다가오는 나무 냄새와 풀 냄새가 그녀를 상쾌하게 했다. 아파트 뒤쪽으로 있는 산길은 조깅을 하기에 쾌적한 코스였다.

조깅을 한 지 벌써 두 달로 접어들고 있었다. 최근 들어 그 존재는 그녀를 자주 찾지 않았다. 그 안에 시어머니는 한바탕 집안을 뒤집어놓고 갔다. 이미 마음을 접은 상태에서 시어머니의 행태는 그녀에게 별다른 반향을 일으키지 못했다. 철저한 무관심. 그녀는 시어머니를 그 무관심으로 가라앉혔다. 그녀의 행패에도 아무런 반응을 하지 않는 며느리가 더욱 약 오르는지 시어머니는 독한 년이라는 말을 내뱉고 가버렸다.

　산길을 오르던 그녀는 자신의 앞을 스쳐 가는 남자에게 시선을 주었다. 그 남자는 깔끔하고 부드러워 보이는 이미지에 산뜻하게 자른 머리를 하고 있었다. 큰 키와 적당한 덩치가 스마트한 인상을 주었다. 키가 큰 남자에게 스마트하다니. 자신의 생각에 그녀는 웃었다. 어쨌든 남자는 아주 산뜻한 이미지를 가지고 있었다. 그녀의 눈길을 느꼈던지 앞서 달리던 남자는 뒤돌아 그녀를 보았다. 환하게 웃는 남자. 그녀는 순간적으로 가슴이 설레었다. 그리고 자신의 그런 반응을 창피하게 생각했다.

　남편이 죽은 지 얼마나 되었다고 벌써 외간 남자에게 관심을 보이는 것일까. 그녀는 자신의 음탕한 기질에 혐오감을 느꼈다. 얼굴을 애써 외면한 그녀는 걸음을 빨리하여 잠시 멈춰 있던 남자를 앞서 달렸다. 달리는 호흡보다 더 빠른 박동이 그녀의 가슴을 산란하게 했다. 나에게 남자는 금물이야. 나에겐 오직 남편뿐이야. 그 말을 자신에게 주입시키며 은혜는 더 열심히 달렸다. 마지막 코스인 약수터에 갔을 때는 땀이 비 오듯 흘렀다. 이젠 조금씩 가을로 접어가는 날씨라 쌀쌀했지만 운동으로 인한 그녀의 체온은 많이 올라 있었다.

　그녀는 약수를 마시고는 운동 기구가 설치되어 있는 쪽으로 갔다. 이미 그 자리는 노인들로 꽉 차 있었다. 그녀는 팔을 위로 쭉 뻗어서 기지개를 켜기도 하고 허리를 굽혀 굳은 몸을 풀기도 했다. 가벼운 운동으로 몸을 풀은 은혜는 산을 내려가기 시작했다. 몸에 열이 식으며 땀이 흘렀던 곳은 시원한 바람으로 인해 식혀지고 있었다.

조깅을 두 달 하면서도 한 번도 본 적이 없던 남자를 오늘 처음 보며 그녀는 왠지 가슴이 들떴다. 남편과 연애할 때 갖던 그런 감정과는 좀 달랐다. 너무 외로웠던 게야. 그녀는 영은을 불러서 수다라도 떨어야겠다고 생각했다. 이번에는 애를 데려오라고 할 작정이었다. 그것이 영은의 입장으로서도 훨씬 편한 외출이었다.

그녀는 집에 도착하자 서둘러 전화를 했다. 시계를 보니 시간은 아침 아홉 시를 가리키고 있었다. 그녀는 빠른 손 움직임으로 버튼을 눌렀다. 몇 번의 신호음이 떨어지고 전화를 받는 영은의 음성이 들렸다.

남자는 그녀가 나오는 시간에 계속해서 마주쳤다. 벌써 여섯 번은 넘은 상태였다. 처음에는 자신의 부도덕한 감정에 수치를 느끼기도 했지만 남자의 모습은 그런 감정에도 불구하고 충분히 매력적이었다. 자신보다 몇 살은 어려 보이는 남자가 어쩜 이리도 소년 같은 인상으로 순수함을 줄 수 있는지. 그녀는 요즘 들어 들뜨는 자신의 감정을 이제 굳이 감추지 않으리라 마음먹었다. 산 사람은 어떻게든 살아갈 수 있다는 어른들의 말이 가슴에 와 닿았다. 죽은 사람만 불쌍하단 그 말도 가슴을 찔렀다. 맞는 말이었다. 산 사람은 어떻게든 살게 되어 있다. 그녀는 남편의 추억을 가슴에 남겨놓은 채로 새로운 만남을 꿈꾸고 있었다. 물론 그를 어떻게 해보겠다는 생각 따위는 애초부터 없었다. 하지만 남자의 존재는 자신이 살아 있는 인간이며 아직까지는 사랑받고 싶은 여자라는 자각을 불러일으켰다. 다른 건 바라지도 않았다. 단지 그의 존재로 인해 그녀의 삶에 생기가 있고 설렐 수 있다는 하나만으로도 충분한 일이었다. 대화를 못 나누면 어떤가. 그냥 조깅을 하며 지나치는 모습만으로도 만족스러웠다. 그를 보는 것은 그녀의 삶을 활력있게 해주었다.

다시 산을 내려가는 그녀의 어깨가 붙잡힌 것은 예상하지 못한 일이었다. 그녀는 낯선 손길에 익숙하지 않은 탓에 화들짝 놀랐다.

"여기 자주 오시네요?"

남자가 말을 걸었다. 그녀가 보는 것만으로 만족한다는 그 남자는 그녀를 향해 미소 지으며 말을 걸고 있었다. 은혜는 자신의 눈앞에 닥친 상황을 믿을 수 없었다. 이건 한마디로 매직이었다. 그녀의 눈앞에서 절대 일어날 수 없는 마술 같은 상황. 그가 그녀의 존재를 유심히 보고 있었다는 사실에 기쁨을 감출 수 없었다. 그녀는 살짝 미소를 지으며 조심스럽게 말했다.

"아침마다 운동하니까요. 예전에는 안 보였던 것 같은데……."

"시작한 지 얼마 안 됐죠. 몸이 안 좋아지는 것 같아서요. 작업을 늘 집에서만 하다 보니……."

남자는 작곡을 한다며 자신을 소개했다.

“지정혁입니다.”

“한은혜예요.”

서로의 인사가 오간 뒤 둘은 자연스럽게 산을 내려오고 있었다. 어쩜 이리 편안한 인상일 수 있을까. 하지만 한 번씩 장난스럽게 눈에 힘을 주는 남자의 눈길은 가슴 떨리는 매력이 있었다. 그녀는 얼굴을 붉히는 대신 눈을 내리깔았다. 그건 순수한 감정이 아니었다. 성숙한 여자에게 남편의 부재로 인해 오래도록 비워진 외로움에 대한 목마름이었다. 갈증 속에서 젊은 남자의 관심은 그녀로선 충분히 설레는 일이었다.

둘이 헤어져야 하는 갈림길이 나왔다. 남자는 아쉬운 인사말로 그날의 시간을 마무리했다.

“내일 또 봐요.”

남자의 목소리는 적당히 점잖고 굵었으며 부드러웠다. 말끝에 끊기는 어감에는 정 같은 따스함이 묻어나왔다. 목소리까지 멋있는 남자. 그녀의 눈길이 남자의 얼굴에서 머물다 시선을 돌렸다.

“네.”

미소로 마무리 인사를 하고 그녀는 돌아섰다. 남자는 그녀에게 손을 흔들었다. 여전히 소년 같은 이미지의 남자였다.

그녀는 활기 넘친 발걸음으로 집으로 들어섰다. 오늘 있었던 일로 가슴을 진정시키며 샤워를 하기 위해 욕실로 들어서자 콧노래가 저절로 흥얼거려졌다. 옷을 벗으려다 얼핏 보이는 장면에 그녀는 너무 놀라 하마터면 넘어질 뻔했다. 욕실 거울에 빨간 글씨가 새겨져 있었다.

도망가!

느낌표가 주는 느낌이 강렬했다. 그 존재는 그녀에게 도망가라고 경고하고 있었다. 자신을 해칠 테니 미리 도망가라고 암시를 주는 것일까. 그녀는 다시 한 번 이사에 대해서 곰곰이 생각해 봤다. 이대로 당할 수는 없는 일이다. 은혜는 샤워를 하려던 마음을 바꿔 다시 옷을 입었다. 처음엔 맞서려 했다. 어떻게 할 수 없는 거라면, 그리고 꼭 이곳에서 살아야 한다면 감수하려고 했었다. 그러나 지금 자신에게 도망가라는 것은 어쩌면 자신을 해한다는 뜻인지도 몰랐다. 목숨을 걸고 모험을 할 수는 없는 일이었다.

그녀는 서둘러 아파트를 나왔다. 상가에 있는 부동산으로 발길을 옮겼다. 사무실로 들어서자 빼빼한 체구에 머리가 조금 벗겨진, 퇴직한 공무원의 인상을 주는 오십대 남자가 그녀를 맞았다. 나름대로는 친절하게 대하려고 웃고는 있었지만 남자의 성격이 원래 무뚝뚝한 때문인지 그 미소는 제대로 효과를 발휘하지 못하고 있었다.

"앉으시죠."

남자는 무뚝뚝하게 권하고는 밖으로 나가더니 커피를 두 개

뽑아서 가져왔다. 사무실 앞 자판 커피를 뽑아온 모양이었다. 그녀 앞으로 하나를 내밀고 하나는 자신의 입 안으로 가져가며 용건을 물었다. 남자의 손끝에서 무료함이 묻어나왔다.

"아파트를 내놨으면 해서요."

"몇 평이죠?"

"십팔 평요."

"몇 동입니까?"

"3동인데요."

남자는 씁쓸한 인상을 지었다.

"요즘은 매물만 있지 수요자가 없어요. 거기다 3동이라면 안으로 들어간 곳이라 더더구나 없죠. 양도세랑 올린다는 말이 많아서 그런지 영 거래가 없어요. 한 몇 달은 지켜보는 게 좋을 것 같아요. 그나마 많이 찾는 평수가 보통은 이십사 평 이상이니 당분간 그냥 지내시다가 다시 오시는 게 어떨까요?"

남자는 예의 바르게 말하고 있었지만 그건 지금 내놔봤자 팔리지도 않으니 아예 헛수고하지 말라는 소리였다. 그녀는 한숨을 쉬며 일어났다. 컵에 커피가 그대로 남아 있었다.

"잘 알겠습니다."

남자는 그녀가 일어서자 같이 일어서며 아까의 어색한 미소를 다시 지었다. 그녀는 그곳이 갑자기 답답하게 느껴져 얼른 나왔다. 뭐든 하나라도 제대로 되는 게 없었다. 집을 내놔봤자 언제 나갈지 몰랐고 남편의 보험금을 써서 집을 얻을 수는 없는 일이었다. 설마 죽을라고. 차라리 죽으면 남편에게 갈 수 있을까. 별의별 생각을 하며 그녀는 다시 집으로 돌아왔다.

욕실로 다시 들어가서 거울을 보자 아까까지 그녀에게 선명하게 비치던 빨간 글자는 거짓말처럼 사라지고 없었다. 정말 남편일까. 남편이 왜 자신의 앞에 나타나서 그것도 모자라 괴롭히는 것일까. 은혜는 이해할 수 없었다.

그녀는 포기했던 샤워를 하고 거실로 나오자 따스한 차가 그리웠다. 가을의 싸늘한 기운은 그녀에게 따스함을 그리워하게 했다. 은혜는 서둘러 주방으로 가 가스불을 켰다. 차를 마셔도 그녀의 한기는 쉽게 가라앉지 않았다. 가라앉지 않는 것은 한기만이 아니었다. 평소보다 빠르게 뛰는 심장박동도 마찬가지였다. 집 안으로 들어서며 은혜의 신경은 다시 팽팽해지기 시작했다. 찻잔을 든 그녀의 손이 약하게 떨렸다. 이런 날이 계속될 것인가. 그녀는 조용히 한숨을 쉬었다.

그 이후 조깅으로 이미 얼굴까지 익힌 남자는 이젠 자연스럽게 그녀에게 말을 걸어왔다. 서로 간에 어느 정도 친밀한 분위기가 흐를 정도로 편안해진 상태였다.

"은혜 씨, 그거 알아요?"

"네?"

남자의 갑작스런 물음에 그녀는 의아한 표정을 지었다.

"은혜 씨 나이보다 무지 어려 보인다는 거. 저보다 더 어려 보여요."

"설마요?"

남자는 자신에게 어려 보인다고 말했지만 그런 남자의 얼굴
역시 자신의 나이보다 어려 보였다. 그녀는 남자의 말이 기분
나쁘지 않았다. 자신보다 몇 살이나 어린 남자였다. 그 어린 남
자의 입에서, 그것도 자신이 마음에 두고 있는 남자 입에서 자
신을 어리게 보고 있다는 사실이 기분 좋았다.

"정말이에요. 은혜 씨는 눈빛이 제일 마음에 들어요."

"제 눈이요?"

그는 눈웃음을 지으며 고개를 끄덕였다.

"나를 쳐다볼 때 눈을 보면 색깔이 미묘하게 변해요. 본인은
그거 모르죠?"

산을 내려오며 그녀는 자신도 모르게 용기를 내어 말했다.

"있죠, 차 한 잔 하시고 가시겠어요?"

그녀의 제의에 그는 기다렸다는 듯이 기쁜 기색을 보였다. 그
의 웃음은 제의를 받아들인다는 의미였다.

둘은 그녀의 집 앞에 당도했다. 은혜가 수줍은 표정으로 문을
열자 그가 들어섰다. 집 안은 흠잡을 수 없을 만큼 깔끔하게 정
돈되어 있었다. 그는 주위를 두리번거리며 거실 소파에 앉았다.
그리곤 그녀가 주방에서 커피 끓이는 것을 지켜보고 있었다.

은혜는 누군가가 거실에 앉아 있다는 사실에 행복했다. 영은
이 한 번씩 그녀를 방문하고 있었지만 그녀에게는 그다지 손님

이 없었다. 거기다 갑작스런 남자의 방문은 그녀의 기분을 들뜨게 했다. 나도 미쳤지. 어디서 그런 용기가 났을까. 그녀는 혼자서 자신의 행동에 놀라기도 하고 창피하기도 해 조금 불안했다. 저 남자는 나를 이상한 여자로 보고 있지 않을까. 살짝 거실로 훔쳐본 그녀는 남자가 자신을 주시하고 있다는 사실에 볼을 살짝 붉히며 고개를 돌렸다.

주전자가 터질 듯이 비명을 지르며 김을 뿜어내고 있었다. 그녀는 미리 준비해 놓은 커피 잔에 물을 부었다. 커피 향이 주방에 퍼져 나갔다. 늘 맡던 커피 향이지만 지금은 이 향이 그녀의 불안한 마음을 가라앉혔다. 은혜는 입가에 미소를 지으며 커피 담은 쟁반을 거실로 옮겼다.

"저 커피 잘 타거든요. 한번 드셔보세요."

"은혜 씨가 타는 커피는 맛있을 거예요."

뻔한 거짓말인데도 이 사람이 하는 칭찬은 왜 이리 기분 좋을까. 그녀는 그의 맞은편에 앉았다.

"제 마음대로 물어보지도 않고 프림이랑 설탕 다 넣었어요."

"전 커피라면 어떤 것이든지 가리지 않고 다 먹어요."

남자가 싹싹한 미소를 지으며 커피를 입으로 가져갔다. 거실에도 커피의 내음은 공간을 잠식해 갔다.

"곡 짓는 거 힘들지 않으세요?"

"그렇기도 하고 그렇지 않기도 해요. 왜냐하면 전혀 악상이 떠오르지 않을 때는 많이 힘들고요, 또 갑작스레 좋은 멜로디가 떠오르면 몇 분 만에 곡이 완성되기도 하니까요. 힘들게 생각해 가며 만드는 곡도 있긴 한데요, 결국 좋다고 느끼는 곡은 갑자기 떠오르는 음악이죠."

"참 신기해요, 어떻게 사람의 머리 속에서 그런 곡들이 나오는지."

"특별날 것 없어요. 누구나 한 가지 재주는 갖고 있기 마련이죠. 그게 전 음악이었을 뿐이에요. 제가 갖고 있는 유일한 자랑이에요."

내세우지 않는 그의 겸손한 말투도 그녀는 마음에 들었다. 소곤거리듯 나직이 속삭이는 그의 말은 확실히 매력적이었다.

차를 다 마신 그는 그녀를 물끄러미 보았다. 그녀는 갑작스런 그의 태도에 부끄러워졌다.

"은혜 씨."

그가 은근하게 불렀다. 그녀는 차마 그를 쳐다보지는 못하고 눈을 내리깐 채로 대답을 했다.

"말하세요."

"우리 사귈래요? 벌써 은혜 씨가 저를 집으로 초대한 것은 사귀자는 의미 맞죠?"

그의 단도직입적인 말에 그녀는 어떻게 해야 할지 혼란스러웠다. 그녀는 남편을 보낸 지 십 개월 된 미망인이었고 그는 그녀보다 몇 살은 어린 연하였다. 사람들이 자신을 어떻게 볼 것인가. 하지만 그녀의 마음속에는 그를 사귀고 싶다는 강한 열망이 있었다. 그건 자신이 여자임을 확인하는 것이기도 했다.

"저를 왜 사귀려고 하는지 모르겠어요. 정혁 씨는 젊으니 더 좋은 여자들도 많은데 왜 하필 저같이 늙은 여자예요?"

"은혜 씨는 자신이 왜 늙었다고 생각해요? 저나 은혜 씨나 삼십대예요. 몇 살 차이 우습지 않나요?"

"결코 우습게 볼 나이는 아니죠. 내년이면 저 마흔이에요. 사십대라고요. 우린 너무 어울리지 않아요."

그는 심각한 표정을 지으며 말했다.

"그건 은혜 씨의 잣댄가요, 아니면 다른 사람들이 재놓은 잣대에 은혜 씨를 맞추는 건가요?"

"전 무모하게 뛰어들 만큼 어린 나이가 아니에요."

"마찬가지예요. 저도 어린 나이는 아니에요."

그녀는 자격지심이 생겼다. 그는 자신에게 맞지 않는 남자였다. 그녀가 원해도 결코 가질 수 없는 물건처럼 그는 그녀와 어울리지 않았다. 은혜는 조용하게 한숨을 쉬었다.

"정혁 씨, 이러면 우린 차라리 만나지 않는 게 좋아요."

그녀는 그와의 만남을 꿈꾸면서도 거부하고 있었다. 그는 실망스런 표정을 지으며 애써 웃으려 노력했다.

"좋아요. 지금 은혜 씨가 부담스럽다면 그냥 이대로 편하게 지내요. 전 누구에게 부담스러운 존재가 되고 싶은 생각은 없어요."

그는 한발 물러섰다. 그녀는 다시 찾은 관계에 감사의 미소를

지었다. 그는 말은 그렇게 했으면서도 그녀의 어깨를 한 손으로
안았다. 이건 방금한 그의 말에 위배되는 행동이었다. 거부해야
하는 걸 알면서 그녀는 아무 말도, 행동도 하지 않았다. 은혜도
남편이 죽고 처음 접하는 남자의 육체적 접촉이 결코 싫지 않았
다. 그녀는 성적으로 갈증을 느끼고 있었다. 그것도 바로 자신
이 마음에 들어하는 남자였다.

그는 차를 다 비우고 자리에서 일어났다. 그에게서 신선한 땀
냄새가 났다. 남편을 사랑하면서도 남편과는 다른 빛깔을 가지
고 있는 남자. 그녀는 뭔가를 알아내기 위한 탐정처럼 그를 섬
세하게 관찰했다. 이 순간만큼은 그녀의 마음은 그에게 집중되
어 있었다.

남자에게는 어떤 은밀한 것이 있었다. 무언가 베일에 싸인 내
면을 감추고 있는 듯한 느낌. 남자답다고 하기엔 길고 섬세한
손이 잠시 동안 자신의 어깨에 있었다는 사실이 그녀를 두근거
리게 만들었다. 남자는 트레이닝복을 입고 상큼한 미소를 짓고
있었지만 그에게서 풍기는 약간의 향수와 담배 냄새는 좋은 향
으로 어우러져 그녀의 코를 자극하고 있었다. 지금 이 남자가
그녀를 안아버린다면 저항하지 못할 것이다. 그녀는 자신의 부
끄러운 생각에 이를 악물었다. 난 나쁜 여자임에 틀림없어.

남자는 현관을 향해 경쾌한 걸음걸이로 걸어갔다. 그의 몸에
선 활력이 뿜어나오고 있었다. 그녀는 그 기운을 조금이라도 자
신에게 나눠줬으면 좋겠다는 생각을 했다.

"내일 봐요!"

그는 손을 흔들며 문을 나서고 있었다. 그녀는 잘 가라는 말을 하고 싶었지만 목이 메어 말이 나오지 않았다. 가라앉은 목소리는 완전히 잠식돼 소리가 되어 나오지 않을 것 같았다. 그녀는 말을 하는 대신 웃으며 그에게 손을 흔들었다. 그가 문을 닫고 나갔고 은혜는 그를 그냥 이대로 보낸 것을 후회하고 있었다.

시끄러운 소리에 잠이 깼다. 그건 불쾌했고 산만했으며 그녀에게 두통을 일으킬 만한 소음이었다. 은혜는 잠에서 일어나기 싫은 까닭에 무시하려고 했으나 그녀의 마음을 아는 듯 소리는 점점 더 커져 갔다. 은혜는 억지로 떠지지 않는 눈을 떠 침실을 두리번거렸다. 소리는 방에서가 아니라 밖에서 나고 있었다. 거실로 나간 그녀는 있는 대로 볼륨이 올라가 있는 TV와 오디오의 소리에 귀를 막았다. 그것도 잠시 누군가에게 방해가 된다는 생각에 귀로 쏟아지는 소리의 절규를 무시한 채 얼른 전원들을 꺼버렸다. 방금까지도 지옥 같았던 소음들이 일시에 자취도 없이 사라졌다. 경비실에서 인터폰이 걸려오지 않은 것은 감사할 일이었다.

그녀는 아직까지도 귀가 먹먹거렸다. 누구 짓인지 말하지 않아도 알 수 있었다. 문은 완벽하게 잠겨 있었고 사람의 그림자라고는 보이지 않았다. 오늘은 일요일이었고 그녀는 조깅을 가지 않았다. 운동도 조금의 휴식이 필요하다는 게 그녀의 엉뚱한

지론이었다. 아마도 누군가가 조금은 그녀를 기다리지 않았을까 기대해 봤지만 항상 일요일은 가지 않았던 까닭에 그는 알고 있을지도 몰랐다. 그런데 이 유령의 정체는 대체 누굴까. 집 안에서 머무는 것을 보면 지박령인 듯했다. 만약 지박령이라면 남편과 살 때 이미 나왔어야 했다. 하지만 남편이 살아 있을 때는 전혀 기미도 보이지 않았다. 무당의 말대로 정말 남편일까.

딩동—

정혁일지도 모른다는 생각에 은혜는 입 안 가득 함박웃음을 지으며 문을 열었다. 그러나 문밖에서 그녀를 기다린 것은 한동안 뜸했던 시어머니의 모습이었다.

"남자라도 생겼나 보네. 어련하시겠어? 돈도 있겠다, 남편 없겠다, 옳다구나 하고 화냥질이나 하고 다니겠지."

은혜는 평소 때와 같이 입을 다물어 버렸다. 시어머니는 새로 바뀐 것이 있나 주위를 두리번거렸다. 자식의 돈으로 며느리가 돈을 쓰는 건 아닌지 감시하는 모습이 그녀의 울화를 치밀게 만들었다. 서로 맞부딪치는 일은 더 피곤했기 때문에 그녀는 말하지 않았다. 남편의 돈을 함부로 쓸 생각 따위 애초에 없었다. 은혜에게도 그는 소중한 사람이었고 그 사람의 생명으로 받은 돈을 그렇게 쓸 정도로 생각없는 여자는 아니었다.

강 여사는 꼬투리 잡을 것이 없다고 생각하자 거실에 느긋하게 앉았다. 돈을 아직 안 쓴 것에 안심한 눈치였다. 강 여사는 돈에 대한 미련을 버리지 못하고 있었다.

“차나 다오.”

오늘은 제법 점잖게 나오는 시어머니에게 안도를 하며 주방으로 들어가 가스레인지에 주전자를 올려놨다.

“사람이라도 사귀었니?”

차를 가져가자 시어머니는 전술을 바꿨는지 제법 사근거리는 목소리로 말했다.

“아시잖아요. 저 여기서 산 지 벌써 십 년이 넘었어요. 그동안 사귀지 않던 사람을 새삼스럽게 지금 사귀는 것도 이상하잖아요. 그냥 늘 똑같이 지내요.”

시어머니는 은혜에게서 어떤 것이라도 잡아내려는 듯 세밀하게 그녀의 모습을 관찰했다. 그리곤 이내 한숨을 쉬었다.

“없다면 됐다! 하긴 네 주변머리에 무슨 사람을 사귀겠어. 박복한 팔자를 타고난 년이 인복인들 있겠니? 남자 하나 잘 물어서 여태껏 등 쳐먹고 살았는데. 하여튼 죽은 놈만 불쌍한 거야.”

시어머니는 더할 수 없을 정도로 그녀의 속을 쑤셔가며 상처를 내었다. 은혜의 입매가 꽉 다문 까닭에 하얗게 변해갔다. 차를 들이키는 시어머니의 모습에 천박함이 드러났다. 그런대로 괜찮은 집에 편안하게 살면서도 타고난 천성이 천박함을 가지고 있어 어떤 좋은 것으로도 그녀의 본성을 숨길 수 없었다. 냉수를 마시듯 조금 식은 차를 벌컥 들이킨 그녀는 며느리에게 손을 내밀었다.

“내가 마음이 좋아서 여태껏은 그냥 갔지만 나도 돈 좀 다오.

창화가 있을 때는 그래도 나한테 용돈이라도 주지 않았니?"

은근슬쩍 말하는 시어머니의 말투는 부탁이 아닌 강요였다. 그녀의 말에 담겨 있는 감정은 뻔뻔스러운 명령이었다. 은혜는 주고 싶지 않았지만 그랬다가는 시어머니는 눌러앉아 며칠이고 있을지 몰랐다. 그러고도 남을 사람이었다.

그녀는 봉투에 삼십만 원을 넣어 시어머니에게 내밀었다. 봉투를 받을 때 벌어졌던 입은 안에 액수를 보고 굳어졌다.

"지금 애들 장난치니?"

"그 돈은 그이가 살아 있을 때 늘 드리던 금액이에요."

"그건 그 애가 살아 있을 때의 얘기다. 넌 부자 아니니? 집도 있고 거기다 생명보험금까지, 일을 안 해도 다달이 돈이 들어오고. 그러면서 고작 삼십만 원이란 말이니?"

"얼마가 필요하세요?"

그녀는 싸우기 싫었다. 이미 시어머니는 감정을 들쑤셔대 자신의 기운을 다 빼고 있었다.

"백만 원."

염치없는 시어머니의 말은 그녀의 화를 돋웠다. 하지만 지금은 화를 낼 때가 아니었다. 당장은 시어머니를 보내는 게 은혜에게는 이득이었다. 그녀는 말없이 돈을 더 보태 봉투에 넣어 건넸다.

"이걸로 끝이라고는 생각 말거라. 내가 그 애를 키운 것에 비하면 이건 껌값이니까. 네가 그 애의 재산을 가졌으니 너에게도 어느 정도는 나를 부양할 의무가 있다."

그녀에게서 돈을 가져올 방법이 없자 시어머니는 적은 돈이라도 야금야금 받아먹어야겠다고 전략을 바꾼 듯했다. 봉투를 반으로 접어서 주머니에 쑤셔 넣고는—돈의 부피로 봉투는 제법 부풀었고 반으로 잘 접어지지도 않았다—현관 쪽으로 걸어갔다. 그녀에게 볼일이 다 끝났다는 태도였다. 그 두꺼운 부피를 주머니에 집어넣은 시어머니의 바지는 엄청난 크기 때문에 마치 기형적인 뼈가 그 위치에 자리 잡아 불쑥 튀어나온 것 같아 보였다.

문을 닫는 소리가 그녀에 대한 감정을 나타내고 있었다. 돈을 뜯어가면서도 시어머니의 태도는 여전히 뻔뻔했다. 세차게 닫은 문은 혹시 찌그러지지 않았을까 싶을 정도로 부딪치는 충격이 커 아주 커다란 소리를 내었다.

이럴 때 자신을 괴롭히는 그 존재가 나타나 시어머니에게 충격을 주길 바랐다. 하지만 얄미울 정도로 조용하기만 했다. 그 존재가 정말 남편일까. 그녀는 살아 있을 때 남편을 생각했다. 결혼 일 주년이 되던 날 남편은 말했었다.

"나에게 당신은 빛 같은 존재야. 내 인생에 한줄기 빛 같은 존재. 그래서 난 평생을 두고 당신을 소중히 할 거야. 그거 아니? 겉으론 무척 행복해 보였던 내 삶이 실은 너보다 더 불행했다는 사실. 어머니도 자식에 대한 애착이라고는 조금도 없었고, 아버지는 가장으로서 가정은 아내의 몫이라고 생각했지. 고등학교까지 물질적으로는 부족함이 없었을지 모르지만 난 사랑을 모르고 자랐어. 사랑의 아름다움을 가르쳐 준 건 당신이야. 당신을 알고 비로소 남에게 사랑을 주고 그 사랑이 나에게 돌려지는 게 얼마나 행복한지 알게 되었어. 은혜야, 사랑해. 널 평생 사랑할 거야.”

남편의 맹세는 아직까지도 귀에 쟁쟁한데 그는 곁에 없다. 그저 쓸쓸한 바람만이 그녀의 가슴에 불어오고 있었다.

조깅을 나선 그녀는 산에 오르면서도 그의 모습이 보이지 않아 불안과 걱정이 일었다. 왜 보이지 않는 것일까. 내가 어제 나오지 않아서 혹 이사를 갔다고 생각하는 것은 아닐까. 별의별 생각이 머리를 맴돌았다. 그의 영향력이 자신에게 이만큼이나 차지하고 있다는 사실도 놀라웠다. 은혜는 자신의 외로움이 그에게 맹목적으로 향하려는 마음에 제동을 걸었다. 그는 그저 아는 이웃일 뿐이었다. 마음을 풀면 안 돼. 그녀는 자신의 마음을 다잡았다.

조깅을 마치고 집에 돌아와서 샤워를 했다. 잘된 일이야. 이렇게 되는 게 오히려 더 좋은 거야. 자신에게 이해시키듯 말했지만 마음은 여전히 우울했다. 그녀는 아직까지도 홀로서기를 하지 못했다. 남에게 의지하려는 나쁜 습성은 누군가에게 자꾸 기대려고 했다. 그건 위험한 발상이었다. 자신에게 관심을 보인

다고 해서 무턱대고 기대려는 것은 상대방을 부담스럽게 할 뿐
만 아니라 그녀의 삶도 힘들게 만들 터였다. 지금 자신이 그에
게 기울고 있는 마음은 단순한 욕망이었다. 그것도 멋진 남자의
관심은 그녀를 황홀하게 만들었다.

아침 운동을 하고 잔을 꺼내려고 싱크대 찬장을 여는 순간 차
곡차곡 넣어놓은 접시들이 달리기 시합이라도 하듯이 앞 다투
어 튀어나왔다. 그것들은 하나의 생명을 가진 개체처럼 허공에
서 한동안 맴돌더니 날기를 멈춘 새처럼 일제히 떨어졌다. 그들
의 낙화는 그녀에게 공포감을 불러일으켰다. 은혜는 자신도 모
르게 비명을 질렀다.

최근 들어 새로 생긴 현상이었다. 그녀의 몸에 국한되어 있던
장난질은 그 범위를 멀리해 집 안을 매개체로 하고 있었다. 그
녀는 이 모든 것이 지겨워져 소리를 질렀다.

"누구야! 누군데 이따위 짓을 하는 거야! 자신있으면 내 앞에
나와보란 말이야! 비겁하게 숨어서 이런 짓 하지 말고 떳떳하게
내 앞에 모습을 나타내 보이란 말이야!"

그녀의 말을 알아듣기라도 한 듯 칼집에 꽂혀 있던 식칼이 생
명이라도 가진 듯 칼집에서 빠져나와 그녀를 향해 날아왔다. 등
줄기로 차가운 땀이 등선을 타고 내려갔다. 날아오던 물체는 그
녀의 눈앞에서 날을 세우며 멈춰 서더니 빠른 기세로 바닥을 향
하여 내리꽂혔다. 그녀는 갑작스럽게 닥친 상황에 얼이 빠져 눈
만 커다랗게 뜨고 아무 말도 하지 못한 채 몸을 움직일 생각도

못했다. 계속해서 달아나려는 의지에도 불구하고 마치 얼음벽에 갇힌 것처럼 그녀의 몸은 말을 듣지 않았다. 오금이 저려서 발을 뗄 수가 없다는 상황이 이를 두고 하는 말이었다. 칼은 그녀가 바닥을 딛고 있는 두 발 사이에 정확히 꽂혔다.

조금 전까지 기세 좋게 내뱉던 그녀의 용기는 어느새 자취를 감추고 없었다. 상대는 생각보다 무서운 존재였다. 늘 닥치던 상황 속에서 무뎌가고 있어 방심하고 있었던 것이다. 은혜는 자신도 모르게 뒤로 넘어지며 주저앉았다. 다시는 상대를 화나게 하지 않으리라. 그는 그녀에게 도망가라고 하며 자신이 얼마나 무서운 존재인지를 알렸었다.

상대가 그녀를 해할 마음만 먹는다면 그녀가 자는 사이 소리 소문도 없이 끝낼 수 있었다. 그럼에도 그녀를 괴롭히기만 할 뿐 어떤 해를 직접적으로 왜 입히지 않는지 이유를 알 수 없었다. 사람이라면 어떤 얘기라도 들어볼 수 있는데 상대는 유령이었다. 유령을 상대로 무슨 말을 들을 수 있을까. TV에서 보면 유령들은 산 사람 앞에 나타나 잘도 자신의 억울함이나 소원을 하소연하는데 이 유령은 도대체 왜 나타나지 않는 것일까.

그녀는 유령이 자신의 앞에 나타난다면 어느 정도는 그의 소원을 들어줄 용의가 있었다. 그러나 그 존재는 자신의 모습을 나타내지 않으려 했다. 그저 어떤 난동을 부림으로써 자신의 존재를 증명만 하려 했다. 유령이 원하는 게 뭘까. 그것만 알아낸다면 그녀는 그 존재에게서 벗어날 수 있을 것 같았다.

　잠시 동안 생각하던 그녀는 저번 그 무당을 데려와서 다시 한 번 확인하기로 마음먹었다. 다시는 부르지 않으리라 다짐했지만 어쩔 수 없는 일이었다. 그 외에는 어떤 방법도 떠오르지 않았다. 은혜는 간절했고 귀신의 정체를 알아낼 사람은 아무리 생각해도 무당 외에는 없는 듯했다.

　그녀는 전화기를 들었다. 걸쭉한 무당의 목소리가 들렸다.

　"여기 저번에 굿 부탁한 사람이에요. 한은혜라고."

　[그런데 왜 전화질이야?]

　무당은 매사에 반말이며 시비조였다. 그녀는 좀 불쾌했으나 이 계통 사람들이 다 그렇지 싶었다.

　"와서 다시 한 번 확인해 주세요. 그리고 그 귀신이 요구하는 게 무엇인지도 알려주고. 안 그랬다가는 내가 제명에 못살겠어요."

　[가라면 못 갈 거야 없지만 그거 한 번 하려면 나도 힘드니까 돈은 알아서 챙겨줘야 해.]

　"그건 걱정 마세요."

　무당은 날짜와 약속 시간을 정하고 전화를 끊었다. 이제 가만 있는다고 해결될 일이 아니었다. 자신이 나서서 문제를 해결해야 했다. 그녀는 숨을 가다듬고 일어나서 주방에서 조각나 있는 접시들을 빗자루를 가져와서 치우기 시작했다. 치우는 건 힘들지 않았다. 그녀가 힘든 건 자신의 앞에 닥친 상황과 자신을 더 힘들게 만드는 시어머니와 유령의 존재였다.

셋

조깅을 하며 산 쪽으로 걸어가던 그녀는 약간은 핼쑥한
모습으로 나오는 남자의 모습을 발견하고 자신도 모르게 입술
이 벌어졌다. 혹 이사 간 건 아닐까 우려했던 마음은 기우에 지
나지 않았다.

"좋은 아침!"

안색이 까칠하긴 했으나 그는 여전히 상큼한 미소를 지으며
그녀에게 손을 흔들었다.

"아프셨나 봐요?"

혼자 많이 생각했으면서도 그녀는 능청스럽게 지나가는 말처
럼 무심하게 물었다.

“섭섭한데요? 저는 그래도 은혜 씨가 조금은 걱정해 줄 줄 알았는데.”

남자의 실망한 듯한 모습에 그녀의 가슴에 살짝 두근거림이 스쳤다. 이 남자 매력적이다. 어린애처럼 찌푸린 순진함이 귀여우면서도 여전히 도발적인 뉘앙스를 풍긴다.

“아, 걱정이야 좀 했죠. 안 보이시니 혹 일이 생긴 건 아닌가 하고……”

“그러면서 안 와보셨단 말이에요? 집이 어딘지 며칠 전에 가르쳐 드렸는데.”

남자는 서운한 빛이 역력했다.

“그렇지만 찾아가기가 그렇잖아요. 아직 우린 친한 것도 아니고…… 또 제 입장이 남자 집 함부로 찾아갈 수 있는 것도 아니고……”

남자가 장난스럽게 웃었다.

“이런! 놀리지도 못하겠군요. 괜찮아요. 애초부터 그런 부탁할 생각 없었어요. 그냥 은혜 씨 골려먹고 싶어졌을 뿐이에요.”

은혜는 남자의 짓궂음에 화를 내는 척했지만 그의 그런 모습이 밉지 않았다. 남자는 나날이 신선한 이미지로 그녀에게 다가왔다. 마음에 와 닿는 따뜻한 울림은 없었지만 그는 충분히 매력적이었다.

“은혜 씨가 원하지 않는 것은 저도 원하지 않아요. 전 강요는 싫어요.”

약수터까지 와서 주위의 눈치를 생각해서 그들은 서로 모르는 척 떨어져서 운동을 했다. 간단한 체조를 하고 서로 눈으로 이제 그만 가자는 신호를 보내고 산을 내려가기 시작했다.

내려오던 중 은혜가 발을 약간 삐끗해 넘어질 뻔하자 정혁이 얼른 그녀를 감싸 안았다. 의도한 건 아니었지만 둘은 안고 있는 상태였다. 뜻밖의 사태에 놀란 그녀나 얼떨결에 결례를 행하게 된 그나 잠시 서로의 감정에 팔을 풀 생각도, 밀어낼 생각도 하지 못했다. 그건 싫지 않은 느낌이었다. 그녀는 이대로 계속 안겨 있고 싶었다. 하지만 지나가는 사람의 기척으로 얼른 정신을 차리고 그에게서 몸을 떼었다. 서로 간에 어색한 기운이 흘렀다.

둘은 떨어진 상태로 산을 내려왔다. 갈림길에 서자 그는 조심스런 기색으로 말했다.

"우리 사이는 아무 이상 없죠?"

남자는 확인을 하는 표정으로 물었다. 은혜도 그와의 사이를 그만둘 생각이 없었다. 그러기엔 너무 아쉬웠다. 그러면서도 한편으로는 누군가를 품는다는 것이 남편에게 죄를 짓는 것 같아 마음이 편하지만은 않았다.

"우린 늘 친구였잖아요."

그는 안심하듯 웃고는 손을 흔들며 돌아섰다. 남자의 모습이 저만치 가서 자신의 집으로 들어갈 때까지 그녀는 지켜보았다. 그의 집은 그녀가 조깅을 하러 가는 골목에서 조금 안쪽에 자리

잡고 있었다. 남자가 집으로 들어가기 전에 다시 한 번 손을 흔들었다. 그녀는 맞받아 흔들던 자신의 손을 보았다. 지금 무슨 짓을 하는 거지. 남편에 대한 애정을 품고 있으면서도 한편으로는 다른 남자와의 욕정을 꿈꾸고 있었다. 그가 그녀의 삶에 활기를 불어넣은 것도 사실이었고 자신을 다시 여자로 느끼고 꾸미게 된 것도 사실이었다. 남편에겐 가책이 느껴졌지만 죽은 남편은 그녀를 행복하게 해줄 수 없었다. 그게 현실이었다.

집으로 들어서는 무당의 행동이 심상치 않았다. 그녀는 무언가 긴장된 표정으로 들어서서는 주위를 살폈다. 그녀의 예리한 눈이 하나도 놓치지 않겠다는 듯이 거실을 샅샅이 훑어갔다.
"여긴 없군."
무당은 중얼거리듯 말하고는 욕실 문을 열었다. 은혜는 조마조마한 심정으로 무당의 뒤를 따랐다. 이 여자가 자신의 문젯거리를 해결해 주기를 바랐다. 남편의 영혼이든 아니면 다른 귀신이든 이젠 그녀에게서 떠나주기를 바랐다.
"여기도 없어."
무당은 다시 중얼거리더니 손님방을 훑고 차례대로 주방을 구석구석 확인했다. 그 작업만으로도 무척 힘든 듯 무당의 얇은 입술에서 한숨이 새어나왔다.
무당은 마지막 남은 방인 침실을 향하여 긴장된 빛을 띠며 천천히 문을 열었다. 오늘따라 문소리는 크고 기이하게 삐거덕거렸다. 문을 연 무당의 입에서는 숨을 삼키는 소리가 나왔다. 동공은 커졌고 입술 끝이 파르르 떨리고 있었다. 무당이 침실로 들어가려고 발을 디디려는 순간 무언가에 밀린 듯 뒤로 자빠졌다. 무당은 살이 쪄서 피둥거리는 몸을 일으켜 다시 한 번 침실로 들어가려고 시도했다. 하지만 다시 무언가의 힘에 의해 떠밀려졌다. 혹 연기를 하는 건 아닐까. 그녀는 의구심이 들었다.

"네 남편 성질 한번 고약해."

무당이 그녀를 향해 내뱉으며 이번엔 침실을 향하여 쏘아보았다. 그러나 무당은 오래 쳐다보지 못했다.

"염병할! 이놈의 귀신이 내 말을 들으려 하지 않아. 아무것도 필요없대. 자신의 일은 자신이 할 테니 물러가라고 소리치고 있어."

"정말 남편이에요?"

정말 남편일까.

"그런 거 같아. 네 남편 중키에 덩치 좋지?"

"네."

은혜는 반신반의했다. 한국 남자치고 중키에 덩치 좋은 남자는 많았다.

"나보고 당장 가라면서 검지와 중지를 꼬아서는 나를 향해 가리키는데?"

남편이었다. 은혜는 벼락이라도 맞은 듯한 충격을 받았다. 남편은 누군가가 마음에 들지 않으면 그런 식으로 손을 꼬아서 상대방을 가리켰다. 그건 꺼지라는 신호였다.

"왜 나를 괴롭히는지, 왜 죽이려고 하는지 물어봐 주세요."

"소용없어. 귀신은 나한테는 말하고 싶어하지 않아."

무당은 여전히 침실을 들어가지 못한 채 미적거리다 결국 돌아섰다.

"안 되겠어. 내 힘으로는 소용없어. 저렇듯 고집을 부리며 화를 내니 잘못하다가는 내가 당하겠어. 귀신의 기가 너무 강해. 난 이쯤에서 손떼야겠어."

돈은 받지 않겠다며 나가려는 무당의 팔을 그녀는 지푸라기라도 잡는 심정으로 붙들었다.

"제발 알려주세요. 그래도 귀신과 말이 통하는 사람은 당신밖에 없어요."

무당이 화를 내며 말했다.

"말했잖아! 저놈은 나한테 말할 생각이 없다고! 나도 어쩔 수 없는 일이야. 앞으로는 연락하지 마."

무당은 매정하게 문을 열고 나가 버렸다. 혼자 버려진 듯한 기분으로 은혜는 망연히 서 있었다. 그러다 침실 쪽을 살그머니 훔쳐보았다. 그녀가 보는 걸 알기라도 하듯 침실문은 갑자기 닫혀 버렸다. 귀신의 기운이 이 집에 강해지고 있었다. 그는 자신의 세력을 넓혀가고 있었다. 그러나 그가 남편이라는 사실이 귀신에 대한 공포를 감소시켰다. 그녀는 중얼거리듯 말했다.

"왜 날 괴롭히죠? 내가 당신을 고통스럽게 했나요? 나한테 원하는 게 대체 뭐예요?"

목덜미로 오래전에 느꼈던 감촉이 되살아났다. 하지만 이번은 달랐다. 늘 섬뜩하기만 하던 그 감촉은 차가우면서도 무언가 아련한 감정을 불러일으켰다. 은혜는 자신도 모르게 눈물이 뺨을 타고 내리는 것을 느꼈다.

"왜 이러는 건지 이유를 말해 줘요. 너무 지쳤어요. 당신까지 합세해서 이럴 필요 없잖아요. 내가 다른 남자를 생각했다고 화난 건가요? 난…… 너무 힘들어요."

그녀의 하소연은 집 안으로 공허하게 울려 퍼졌다. 하지만 돌아오는 것은 아무것도 없었다. 남편은 그녀의 아픔에는 관심이 없는지 침묵만이 그녀를 감싸고 있었다.

영은은 은혜를 보았다. 은혜의 얼굴은 조금 수척해 보였다. 하지만 알 수 없는 어떤 생기가 그녀의 주위를 감싸고 있었다. 수척함에도 친구의 얼굴은 예뻐 보였다.

"요즘 어떻게 지내?"

"그냥 아침에 조깅하고 집에서 책 읽고 그러다 심심하면 음악 듣고, 그렇게 지내."

"너도 참 딱하다. 사람이라도 사귀든지. 언제까지나 창화 씨만 생각하며 평생을 살 수 없잖아. 사람들도 사귀고 괜찮은 남자 있으면 사귀어서 친구로 지내고 그래. 요즘 시대가 어떤 시댄데 그렇게 방에만 처박혀 지내?"

은혜는 잠시 망설이다 입을 열었다.

"사실…… 친구같이 지내는 사람이 있긴 해. 조깅하다 만난 사람인데……."

"정말?"

영은의 얼굴에 놀람과 함께 밝은 미소가 어렸다. 친구의 생기의 원인이 그 이유라면 정말 잘된 일이었다.

"응. 좋은 사람인 것 같아. 근데 나이가 나보다 어려."

은혜는 얼굴을 붉히며 말했다. 그런 그녀를 친구 영은은 안심하라는 제스처로 툭 쳤다.

"너 모르니? 요즘은 어린 사람 사귀는 것도 능력이라잖아. 창피할 게 뭐 있어. 서로 친구로서 지내면 좋지. 애인이 되면 더 좋고."

"우리 그런 사이 아냐!"

영은의 말에 은혜는 강하게 부정했지만 밑바닥에 깔린 자신의 감정 때문에 난처했다. 그런 사이가 되기를 정말 원하지 않는 것일까. 혼자 버티기엔 너무 지치고 외로웠다. 누군가의 따뜻한 등이 필요했고 위로가 필요했다. 무엇보다도 자신의 존재를 가치있게 봐줄 존재가 필요했다. 죽은 남편은 그 어느 한 가지도 해줄 수 없었다. 위로는커녕 오히려 그녀를 괴롭히고 있었다.

"맞으면 어떻고 아니면 어떠니? 내 생각 같아서는 그냥 애인 됐으면 좋겠다. 그래서 인생을 즐기는 거야. 사실 결혼이라는

제도 불공평하다는 생각 안 드니? 남자든 여자든 할 게 못 된다
는 생각이 요즘 자주 들어."

"너 신랑이 잘해주잖아. 행복하면서……. 지금 너 나 약 올리
려고 그러는 거지?"

영은은 어림도 없는 소리 말라는 표정으로 말했다.

"물론 신랑이야 잘해주려고 노력하지. 하지만 그게 다는 아니
잖아. 시어머니 눈치 봐야 하지, 애들 챙겨야 하지, 거기다 신랑
이 잘해준다고 해서 내 일을 거들어주는 건 아니잖아. 자기도
밖에서 지쳐 오는데 손 하나 까닥하기 싫겠지. 그래도 나 시어
머니 챙기고 애들 뒤치다꺼리 하느라 정신없는데 자기 혼자 드
러누워 TV 보는 거 보면 화가 나서 베개라도 옆에 있으면 집어
던지고 싶다니까. 일단은 내가 힘드니까. 결혼은 남자에게나 여
자에게나 못할 짓이야. 차라리 난 네가 부럽다. 일할 걱정 안 해
도 되지, 적당히 여행도 하고, 사람도 만나고 얼마나 좋니? 그렇
다고 딸린 혹이 있는 것도 아니고."

"난 네가 부러워. 기댈 남편이 있고, 사랑해 줄 자식들이 있는
게."

"절대 아니야. 남편에게 기대기보다 나한테 기대는 사람이 더
많고, 자식들이야 크면 전부 지 갈 길 갈 텐데 뭐. 너한테 이런
말 하긴 그렇지만 그나마 다행이라고 생각해. 남편 없이 자식
키우기 쉬운 일 아니다. 그리고 창화 씨는 너 힘들지 말라고 보
험까지 들어놨었잖아. 솔직히 부러운 구석도 있어."

영은이 한탄조로 그녀에게 이런 식으로 말하기는 처음이었다. 은혜는 새삼스럽게 친구의 얼굴을 보았다. 동그란 동양적인 얼굴은 여전히 예뻤지만 그녀의 힘든 가정 생활과 출산으로 인해 눈가엔 기미와 주름살이 보였다. 처녀 적에는 정말 미인이라는 소리를 들었을 그녀의 얼굴은 많이 지쳐 보였으며 어느 정도 살이 붙은 몸은 통통한 삼십대 아줌마의 모습이었다. 은혜는 자신의 모습을 내려보았다. 애를 낳지 않은 까닭인지 그녀의 몸은 아직까지 나이에 비해서는 젊어 보였다.

자신이 정말 행복한 것일까. 그녀는 지금까지 가장 불행하다고 생각했던 자신의 삶을 새로운 눈으로 보았다. 그래, 차라리 영은의 말처럼 여행도 하고 누구 눈치 볼 것 없이 연애도 하고 그럴까. 그녀는 정혁을 생각했다. 조깅할 때 그는 신선한 모습으로 그녀의 눈을 식혀주었다. 그녀가 원했던 대로 한 번도, 어떤 접근도 하지 않았다. 차를 마시던 그날 어깨에 손을 얹어놓은 것이 다였다. 그런 태도가 고마우면서도 한편으로는 섭섭했다. 차라리 모르는 척 한 번만 안아주면 좋지 않을까. 그녀는 고개를 저었다. 아직까지 그래서는 안 된다는 생각이 들었다. 그건 남편에 대한 배신 행위이자 자신으로서도 점잖지 못한 태도였다. 그녀는 잠시 눈을 돌렸던 것을 자책했다.

"난 그렇게 생각 안 해. 정상적으로 결혼하고 자식 낳고 남들처럼 평범하게 살아가는 게 제일 큰 행복이라고 생각해."

"넌 생각이 너무 꽉 막혔어, 이 답답아! 멍석을 깔아줘도 못 챙겨먹으니 관둬라!"

　영은은 입을 다물어 버렸다. 은혜는 그런 영은을 향해 웃었다. 친구의 생각을 왜 모르겠는가. 자신도 그러고 싶었다. 그러나 자신은 그러면 안 되는 거였다.

　"사실 너한테 말하고 싶은 건 따로 있어."

　"뭔데?"

　"남편의 유령이 나타나."

　"뭐? 그게 무슨 말이야? 그게 말이 돼?"

　영은은 은혜의 말이 도저히 믿겨지지 않는다는 표정을 짓고 있었다.

　"사실이야."

　은혜는 힘없이 대답했다. 그녀의 얼굴이 수척해 보인 이유가 납득이 갔다. 영은은 친구가 힘든 일을 한꺼번에 당해서 너무 쇠한 나머지 헛것을 보고 있다고 생각했다.

　"무당이 그랬어, 남편의 유령이라고."

　"무당을 믿어? 요즘 사이비가 얼마나 많은지 알아?"

　은혜는 도리질을 했다.

　"아니, 무당이 제대로 본 거야. 남편의 버릇까지도 알고 있었어."

　"버릇이 비슷한 사람은 많잖아."

　"네 남편도 그래?"

　은혜는 영은을 보며 물었다.

“뭘?”

“네 남편도 사람에게 나가라고 할 때 검지와 중지를 꼬면서 가리키냐고.”

영은은 아무 말도 할 수 없었다.

“무당은 남편의 특이한 습관을 알고 있었다고.”

그녀는 자신에게 말하듯 중얼거렸다. 영은은 은혜의 말을 믿고 싶었지만 그게 가능할까 생각했다. 하지만 그런 버릇까지 꼬집어낸다면 신빙성있는 이야기였다.

“남편이 나한테 그러는 이유가 뭘까? 아무리 생각해도 알 수가 없어.”

“너 무섭지 않니?”

영은은 은혜의 말이 실감되자 갑자기 집 안을 두리번거리며 겁먹은 눈빛으로 보았다.

“이젠 익숙해져 버렸어. 살아 있을 때의 남편은 나한테는 봄의 햇살처럼 따스하고 편안한 존재였어. 하지만 지금의 그는…… 글쎄, 뭐랄까. 낯선 느낌이야. 예전의 느낌을 전혀 느낄 수 없어. 마치 전혀 다른 사람이 내 주위를 맴도는 기분이야.”

친구는 그날 저녁을 먹고 늦게 집으로 들어갔다. 전날 시어머니 일로 남편과 한바탕 하고 나온 뒤라 시위한다는 의미로 외출을 했었다. 은혜는 알고 있었다, 저렇게 토닥거려도 영은은 남편을 사랑하고 있었고 그날로 풀어지리라는 것을.

그녀는 멍하니 있기도 따분해서 음악을 틀었다. 라디오에선

남편이 좋아하던 알그린의 'for the good times'가 흘러나오
고 있었다.

　산을 내려오던 정혁은 그녀에게 자신의 집에서 차나 한 잔 하
자고 권했다. 이성은 안 된다고 말하고 있었지만 그 청을 거절
하기가 싫었다. 은혜는 대답 대신 고개를 끄덕이는 것으로 승낙
을 표했다.
　문 안으로 들어선 은혜는 그의 집이 자신의 상상과는 상당히
다르다는 사실을 깨달았다. 비교적 소박한 인테리어에 아무렇
게나 놓여 있는 가구들, 재떨이에 꽉 찬 담배꽁초까지 그의 집
은 한마디로 어수선해 보였다. 은혜는 그것이 남자가 혼자 사는
까닭이라고 나름대로 이해했다. 너무 깔끔한 남자도 정이 안 가
는 법이다. 하긴 그의 인상이 풍기는 이미지와는 너무도 판이한
모습이긴 했다.
　"우리 집에는 커피밖에 없는데 괜찮아요?"
　미안한 듯 묻는 남자의 말에 그녀는 고개를 끄덕이며 미소 지
었다. 남자는 그녀를 잠시 남겨두고 주방으로 들어갔다. 거실
탁자에는 그가 쓰다 만 악보가 어수선하게 널려 있었다. 그녀는
악보를 귀퉁이를 맞춰 가지런하게 한쪽 편으로 옮겨놓았다. 자
신도 모르게 밴 습관이었다. 가지런한 탁자를 보자 만족의 한
숨이 터져 나왔다.
　금세 할 일이 없어진 그녀는 두리번거리다 소파 한쪽에 놓여

져 있는 서류철로 눈이 갔다. 무슨 자료를 넣어둔 것 같은데 삐딱하게 나와 있는 종이에는 '혜'라고 적혀 있었다. 손을 뻗으면 닿을 거리였다. 그녀는 강한 호기심이 동해 자신도 모르게 손을 뻗으려는 순간 정혁이 커피를 타서 나타났다. 손은 다시 제자리로 돌아갔다.

"입에 맞을지 모르겠어요."

그는 그녀 앞과 자신의 앞에 커피를 내려놓고 그녀가 눈길을 줬던 서류철을 무심히 보더니 집어 방으로 들고 가서 던져 버렸다. 방바닥에 팽개쳐진 서류철의 탁음이 들려왔다. 은혜는 방에서 흩어져 있을 종이들을 상상했다. 정혁은 돌아와서 그녀 맞은편에 앉으며 늘 봐왔던 상큼한 미소를 지었다.

"은혜 씨는 참 예뻐요."

그가 진지하게 보며 말했다. 자신에게 예쁘다니. 한 번도 자신을 그렇게 생각해 본 적이 없었다. 자신을 객관적으로 평가했을 때 보통 축은 되었지만 한 번도 남에게 칭찬을 들을 만큼 예쁘다고 생각한 적은 없었다. 그녀는 난처한 표정을 띠며 그에게 말했다.

"고마워요. 하지만 저는 제 자신을 잘 알아요. 전 예쁘지 않아요."

"글쎄요. 전 은혜 씨가 예쁘기만 해요."

사람을 보는 그의 수준이 분명 낮은 거라 생각하며 은혜는 인사치레의 미소를 지었다. 잠시 동안의 어색한 침묵이 흘렀다.

밖에서의 두 사람은 트인 공간에서 자연스런 대화가 유도되었
지만 밀폐된 공간에서는, 그것도 그의 집에서의 두 사람은 어색
해질 수밖에 없었다.

"은혜 씨."

남자의 눈이 그녀를 빤히 보았다. 눈빛의 강렬한 빛 때문에
그녀는 잠시 눈을 거뒀다.

"나를 봐요."

남자는 그녀에게 재촉했다. 그녀는 몇 번을 머뭇거리다가 다
시 남자의 눈을 쳐다보았다. 그의 눈이 그녀에게 고정된 채 모
든 것을 알아내겠다는 듯 노골적이었다. 은혜는 볼을 붉히며 다
시 시선을 외면했다. 그에게서 거친 숨소리가 들렸다.

"은혜 씨……."

남자의 격한 호흡이 그녀의 경계심을 발동시켰다. 그녀가 일
어날 여유도 없이 남자는 그녀를 꽉 끌어안았다. 은혜는 갑작스
러운 기습이 화들짝 놀라 그를 밀어내려 했지만 운동으로 단단
한 그의 가슴은 요지부동이었다. 은혜는 그의 연민에 호소했다.

"정혁 씨는 이런 사람 아니잖아요. 이러지 말아요. 우리 이러
지 않기로 약속했잖아요. 부탁이에요. 제발 이러지 말아요."

하지만 남자는 이미 그녀의 얘기를 듣고 있지 않았다. 남자의
입술이 내려왔다. 은혜는 자신이 바란 것이 이것이라는 것을 알
았지만 지금은 아니었다. 그녀는 그의 입술을 받아들이는 대신
그의 정강이를 발로 걷어찼다.

"아악!"

그에게서 비명이 나오며 그녀의 몸에서 떨어졌다. 은혜는 황급히 일어섰다.

"죄송해요, 정혁 씨. 우리 앞으로 만나지 않기로 해요. 제가 너무 주제넘었나 봐요. 전 당신이 원하는 것을 들어줄 수 없어요. 다른 여자 사귀세요. 정혁 씨 정도의 외모라면 여자들은 얼마든지 있을 거예요. 그럼 실례해요!"

그녀는 그의 집을 황급히 나왔다. 남자를 쉽게 봤던 자만이 얼마나 어리석었는지를 깨달았다. 자신만 마음을 잡고 있으면 어떤 일도 일어나지 않을 거라는 순진함이 얼마나 위험한지를 깨달은 그녀는 다시는 그를 만나지 않으리라 다짐했다. 한편으로 은밀히 원하면서도 그가 예의를 지키는 것에 얼마나 안도했던가. 그는 단순한 친구이기 이전에 남자였다. 그걸 그녀는 잠시 잊고 있었다. 정신이 확 드는 느낌이었다. 그리고 자신이 욕망을 이겨냈다는 뿌듯함도 들었다. 그녀는 최소한 육체적으로는 남편에게 의리를 지켰다.

집으로 돌아온 그녀는 혼란스런 기분을 없애기 위해 샤워를 하고 커피를 타서 오디오를 틀어놓고 마음을 진정시켰다. 커피를 마시는 잔 옆으로 마르지 않은 머리의 물기가 떨어졌다.

고개를 들던 그녀의 시선이 벽에서 멈췄다. 잔을 내려놓는 손이 떨리는 까닭에 놓여지는 잔이 커다란 소리를 내며 흔들려 약간의 내용물을 탁자에 흘렸다. 그녀의 동공이 열렸다. 그리고 한곳을 응시하고 있었다. 그녀의 시선을 따라간 곳에는 글자가 새겨져 있었다. 붉디붉은 핏빛, 그건 피로 적힌 글씨였다.

그가 오고 있어.

벽에는 그렇게 적혀 있었다. 그 글자에 멍하니 있던 그녀는 갑자기 현관문을 두드리는 둔탁한 문소리에 깜짝 놀랐다.
탕! 탕! 탕!
그녀는 어쩔 줄을 모르다가 다시 벽을 보았다.

열어주지 마!

그녀는 숨을 삼켰다. 그녀가 열어줬다가는 남편의 유령이 그를 덮칠 거라는 생각이 들었다. 그녀는 다른 사람이 상처 입기를 원치 않았다. 어쩌면 남편은 자신의 마음이 다른 사람에게 기울 줄 알고 자신을 괴롭혔을지도 모를 일이었다.
"돌아가세요! 당신과 얘기하고 싶지 않아요!"
그녀는 잘 들리지 않으리라 생각해 목소리를 높였다. 저쪽 편에서 정혁의 목소리가 들렸다.
"내가 잘못했어요! 내가 미쳤나 봐요! 당신에게 마음이 혹해서 잠시 제정신이 아니었나 봐요! 다시는 이런 일 없을 거예요! 용서해 줘요!"

“그냥 돌아가세요!”

“이대로는 못 돌아가요! 은혜 씨가 용서할 때까지, 나를 다시 만나줄 때까지 못 돌아가요!”

그녀는 귀를 막았다. 여전히 벽에는 그 글씨가 쓰여 있었다. 이대로 있다가는 그가 어떤 변을 당할지 몰랐다. 그녀는 다급하게 그를 구슬렸다.

“나중에 얘기할게요! 지금은 돌아가세요!”

그는 쉽게 물러설 기미가 보이지 않았다.

“은혜 씨가 어떤 대답을 해줄 때까지는 움직이지 않을 거예요!”

그녀는 서둘러 말했다.

“내일 연락할게요! 내일 조깅할 때 얘기해요!”

“정말이죠?”

그는 확인하듯 물었다.

“네! 내일 만나요!”

잠시 후 그녀의 말을 믿기로 했는지 발걸음 소리가 멀어져 가는 게 느껴졌다. 그녀는 휴 하는 한숨을 쉬었다. 남편의 유령을 확인이라도 하듯 그녀는 벽 쪽을 보았다. 섬뜩함을 느끼게 했던 핏빛 글자는 자취를 감춘 채 깨끗이 사라졌다. 그녀는 누구도 상처받기를 원하지 않았다. 정혁도, 남편의 유령도, 그리고 자신도……

"어제는 결례를 저질렀어요."

그는 조깅을 하러 나와서 어색하게, 그렇지만 수줍게 그녀에게 용서를 구했다. 그녀는 픽 웃는 것으로 둘의 사이를 편하게 해주었다. 누구나 실수는 하는 법이다. 그는 남자인 까닭에 자제력이 부족했을 뿐이다. 그는 여전히 좋은 사람이었고 자신 또한 그와 비슷한 감정을 느꼈었다. 하지만 그녀에게는 저돌적으로 행동할 용기 부족과 이성적인 사고가 많이 작용했을 뿐이다.

"요즘 곡은 잘돼요?"

그의 얼굴에 장난스런 웃음이 떠올랐다.

"누구 때문에 아무것도 손에 안 잡힌다죠?"

"어쩌죠? 그럼 안 되는데……."

그녀가 정말 걱정하는 기색을 보이자 그는 손을 내저으며 말했다.

"농담이에요! 무슨 농담도 못하겠군요."

그는 오늘 조깅을 하고 처음으로 환하게 웃었다. 역시 이 모습이 어울렸다. 늘 그녀를 시원하게 해주는 이 웃음. 그의 미소는 그녀에게 청량제 역할을 했다.

약수터에서 같이 물을 나눠 마시고 돌아오던 두 사람은 늘 헤어지는 갈림길에서 인사를 했다.

"역시 즐겁군요. 은혜 씨는 여태껏 사귀었던 다른 사람들과는 다른 느낌이에요."

"전 평범한 여자일 뿐이에요."

“저에게는 그렇지 않아요.”

남자는 손을 흔들며 돌아섰다. 같이 흔들며 돌아서서 가던 그녀는 저만치서 그들의 모습을 빤히 쳐다보고 있는 여자를 보고 걸음을 멈췄다. 그녀의 얼굴은 굳어졌으며 곤혹스러움을 면치 못하고 있었다.

“내 그럴 줄 알았다!”

시어머니는 쥐 같은 존재였다. 어떤 냄새도 감지해서 잘도 찾아내는 시궁창 쥐 같은 존재.

“이른 아침부터 웬일이세요?”

“내 아들 집 내 맘대로도 못 다니니? 하긴 이런 짓거리를 하는 너로선 내 존재가 탐탁할 리가 없지.”

그녀는 시어머니의 말을 귓등으로 흘리며 자신의 집으로 향했다. 뒤에서 종종거리며 쫓아오는 시어머니의 카랑카랑한 목소리가 은혜의 귀를 괴롭혔다.

“이젠 시어머니 말도 말 같지 않다 이거지? 근본도 모르는 년을 집안에 들이면 안 된다고 그렇게 누누이 일렀는데 창화 그 자식은 어미 말을 들으려고도 하지 않았어. 지금 하는 행실만 봐도 알잖아.”

당신은 어머니 노릇이라도 제대로 했냐고 목구멍까지 치미는 말을 그녀는 가까스로 참았다. 결국 상대해 봤자 싸움만 커질 뿐이었다. 시어머니와의 실랑이는 오히려 그녀의 정신과 육신을 지치게 만들 뿐이었다. 그녀는 못 들은 척 계속 무시하며 현관문을 열었다.

"난 이런 아파트에는 정말 못살아. 이런 곳이 편하다는데 나는 도통 그 말이 이해가 안 돼. 답답하게 갇혀 있는 상자 속 같단 말이야."

시어머니는 먼저 문 안으로 들어서며 중얼거렸다. 그녀는 아무 말도 하지 않고 바로 주방으로 향했다.

"무슨 차로 드려요?"

"주스나 다오. 커피는 몸에 안 좋다고 하고 녹차는 먹어봤지만 영 맛이 없어. 그나마 주스는 피부미용에 좋다니까 그거라도 먹어야지."

그녀는 물을 한 컵 들이키고는 냉장고에서 주스를 꺼내 유리잔에 따랐다. 그리곤 거실로 나가 시어머니에게 주스를 내밀었다. 앉아 있는 시어머니의 정수리에 염색하지 않는 머리가 자라나 갈색과 흰색의 경계선을 짓고 있었다. 정신없이 벌컥거리며 주스를 단숨에 마신 그녀는 은혜를 보며 신문하듯 물었다.

"그 남자가 대체 누구야?"

"같이 조깅하는 이웃이에요."

"참 말도 잘 갖다 붙이는구나. 너희 동네에는 이웃을 남녀끼리 짝을 붙이는 모양이구나. 그것도 둘씩."

그녀의 입이 경직되었다. 은혜는 시어머니의 얼굴에다 물을 끼얹고 싶은 충동을 느꼈다.

"내가 꼭 밝혀낼 거야. 네가 화냥년이라는 것과 남편을 의도적으로 죽였다는 것까지.”

그녀는 상대하고 싶지 않았지만 앞의 말은 덤터기를 뒤집어
쓸 소지가 있었다.

“어쨌든 나에게 용돈 좀 줘야겠다.”

“가져가신 지 보름밖에 안 됐잖아요?”

“그게 어쨌다는 거냐?”

시어머니는 뻔뻔스럽게도 그녀를 당당하게 쳐다봤다. 그녀는
시어머니가 흡혈귀 같다고 생각했다. 피가 완전히 사라질 때까
지 한 방울의 피까지 다 빨아들이는 흡혈귀. 그녀에게서 돈의
냄새가 사라질 때까지 시어머니의 존재는 결코 떨어지지 않을
것이다.

“얼마나 필요하세요?”

“백만 원.”

“너무 심하다고 생각 안 하세요? 어머니는 저번 것까지 저한
테 두 달 치 생활비를 가져가시는 거예요. 저는 뭐 먹고 살라는
거예요?”

“넌 남편 잡아먹고 받은 돈 있잖니? 뭘 걱정해. 어차피 쓰려
고 남편 죽인 주제에.”

은혜는 자신의 감정을 자제시키기 위해 아랫입술을 깨물었
다. 하얗게 변한 입술이 물려지며 당장이라도 선명한 피가 뚝뚝
떨어질 것 같았다. 그녀는 침실로 들어가서 돈을 꺼내 거실에
태연자약하게 앉아 있는 시어머니에게 내밀었다. 봉투에 넣지

않고 무성의하게 주는 것. 그것이 그녀가 시어머니에게 할 수 있는 유일한 반발이었다.

그러나 그녀의 의도는 먹혀들지 않은 듯했다. 시어머니는 개의치 않고 돈을 받아 들어 늘 넣던 오른편 바지 호주머니에 쑤셔 넣었다. 시어머니가 돈을 가지고 가는 날이면 시어머니의 다리 한쪽은 새로운 뼈가 형성되었다. 그녀는 그 기이한 모습에 고소를 머금었다. 시어머니가 그녀를 정말 의심한 것인지는 알 수 없었다. 어쩌면 그녀에게서 돈을 뜯어갈 목적의 빌미가 필요했을지도 몰랐다. 둘이 있었다고는 하나 둘은 적당한 간격을 두고 오고 있었고 남들이 보기에 은밀한 분위기는 전혀 느껴지지 않았을 것이다. 시어머니의 잔머리는 자신이 필요한 쪽으로만 잘 돌아갔다. 어쨌든 그녀는 조금의 약점을 잡힌 셈이고 그 기회를 이용해 시어머니는 교묘하게 돈을 뜯어갔다. 평생을 이러고 살아야 할까. 안 주면 그뿐인 것이다. 시어머니가 아무리 안달해도 그녀가 안 주겠다고 입 닦아버리면 될 일이었다. 그럼에도 그렇게 하지 못하는 이유는 아무리 미워도, 아무리 부모 같지 않아도 그녀는 은혜가 사랑했던 남편의 어머니다. 그 사실은 변하지 않았다.

그녀는 침실로 가서 침대에 털썩 쓰러져 누웠다. 맥이 빠졌다. 썰렁한 침대의 기온은 그녀가 혼자임을 깨닫게 해주었다. 남편이 없다는 거, 기댈 언덕이 없다는 거, 예전에는 그게 그렇게 큰 것인지를 몰랐다. 언덕 없이 지내오지 않았던가. 남편을 알기 전 자신의 삶은 언덕 따위는 필요하지 않았다. 그러던 것이 어느새 남편과 살아오면서 언덕의 존재를 알아버렸고 그것이 얼마나 위안이 되는지 잘 알고 있었기에 그녀는 아무런 사심 없이 그 존재에 자신을 맡겨 버렸다. 십사 년이라는 세월 동안 기댄 언덕은 어느 순간 그녀 앞에서 자취를 감추었다. 부모를 잃고 세상에 던져진 아이의 모습과 다를 바 없었다. 처음에는 겁났다. 무얼 어떻게 해야 할지, 어느 것부터 해야 할지 감이 잡히지 않았다. 하지만 사람은 적응하게 되어 있다. 그녀는 생각보다 쉽게 적응해 갔다. 다만 아쉬운 것은 사람의 따뜻한 정과 감촉이었다.

남편이 죽고 그녀에게 제일 강하게 왔던 것은 감각 기관이었다. 예전에는 당연히 지내왔던 것들이 소중하게 생각되기 시작했다. 늘 옆에 있던 남편의 체취가 기억났고, 그의 따뜻했던 손의 감촉이 생각났으며, 안을 때 그의 등이 얼마나 푸근했는지도 기억났다. 그런 기억들은 그녀에게 애틋한 감정을 끌어내었다. 사람을 사랑한다는 것은 참 소중한 일이었다.

그녀는 이제 남편에게서 느꼈던 순수했던 그 감정을 다른 누구에게서도 느낄 수 없을 것 같았다. 누군가와 다른 만남을 갖는다 해도 열정적이던 그 감정은 가져지지 않을 것 같았다. 정혁에게서 느껴졌던 느낌은 단순한 설렘은 있었지만 그건 어디까지나 이성이 어느 정도 존재하는 속에서의 감정이었다. 남편에게서 느꼈던 정신없이 빠져들던 열정은 다시 생겨나지 않을

것 같았다. 그것이 단순히 나이를 먹은 데서 오는 현실감 때문
인지 아니면 남편만큼 자신을 끌어당기는 사람이 없는 때문인
지는 몰랐지만 지금은 그랬다. 어쩌면 사랑을 믿지 않는 감정이
생겨 버린지도 몰랐다.

　"여보, 당신도 내 마음이랑 같지?"

　허공에 그녀의 말이 넋두리처럼 울려 퍼졌다. 그에 답을 하듯
오디오에서 갑자기 음악이 흘러나왔다. 맨하탄의 'Kiss and
say goodbye' 였다.

커피숍 창가에 앉아 올 사람을 기다리는 동안 그녀는 창
밖의 차가운 풍경을 구경하고 있었다. 가을의 삭막하고 건조한
모습이 창가에서는 느껴지지 않았다. 오랜만의 외출에 그녀는
들뜨기도 했다. 최근 들어 좋아진 노래를 흥얼거리는 그녀의 앞
으로 점잖아 보이는 남자 하나가 다가왔다.

"별일없으시죠?"

남자는 인사말처럼 건네며 그녀의 맞은편에 앉았다. 남편의
장례식 이후에 처음이었다. 남편과 제일 친한 친구였고 장례식
동안 많은 도움을 줬던 사람이다. 남자의 온화하고 점잖은 인상
이 남편을 생각나게 했다. 친구는 닮는 모양이다. 그녀는 갑자

기 남편을 보는 듯한 기분에 코끝이 찡해졌다.

"덕분에요."

남자는 웃으며 그녀의 의사를 묻고는 다가오는 종업원에게 커피를 두 잔 시켰다.

"커피, 그 친구가 가장 좋아하던 기호품이었는데……."

"그랬죠. 커피가 한 달을 못 갔으니……."

그들에게는 같은 사람을 두고 얘기하는 공감대가 형성되고 있었다. 남자는 잠시 침묵하더니 입을 열었다. 침묵하는 동안 은혜는 그가 죽은 남편을 잠시 그렸다는 걸 직감했다.

"그동안 바빴어요. 한번 찾아뵙는다면서."

"누구나 마찬가지 아닌가요. 그런 일에 신경 쓰지 마세요. 저도 마음을 정리하느라 한동안 오셨어도 뵙지 못했을 거예요."

은혜는 남자가 편하게 생각하길 바랐다. 그는 젊어서 열심히 일한 덕분에 지금은 어느 정도 위치를 차지할 수 큰 회사 간부로 있었지만 불행하게도 아직 가정을 이루지 못하고 있었다.

"제가 연락을 드린 것은 이상한 느낌 때문이에요. 이런 얘기하면 이상하다 생각하실 테지만 하여튼 무언가가 저로 하여금 은혜 씨에게 연락을 해야 한다는 강박관념을 심어줬어요. 그걸 뭐라 딱 집어 말할 수는 없지만 그냥 그런 생각이 불현듯 들었어요. 역시 저의 노파심이겠지요? 별일없으시죠?"

은혜는 남편의 친구인 용해가 하는 말이 전혀 이상하게 들리지 않았다. 그녀는 이미 그 이상한, 말도 안 되는 일들을 겪고 있었다.

“실은 문제가 있어요.”

은혜의 조용히 가라앉은 말을 듣고 용해는 그녀의 주변에 일이 생겼음을 감지했다.

“남편의 영혼이 나타나요.”

용해는 무슨 말인가를 하려고 했지만 주문한 커피를 들고 오는 종업원으로 인해 잠시 침묵했다. 종업원이 사라지자 그는 다급하게 물었다. 그녀의 말은 충분히 충격적이었다.

“창화가요?”

은혜는 고개를 끄덕였다.

“그리고 저를 위협해요.”

“영혼이 나타나는 것도 믿기 힘든데 은혜 씨를 괴롭힌다고요? 그럴 리가…… 누구보다 아낀 은혜 씨를 그런 식으로 대한다는 건 이해가 안 돼요.”

“저도 마찬가지에요. 하지만 현실은 그래요. 이젠 이미 그런 생활에 익숙해져 가요. 간혹 좋은 느낌을 줄 때도 있지만 그건 어쩌다 한 번이고 대부분은 저를 위협하고 괴롭혀요. 언제 어느 때 나타나서 놀래킬지를 몰라 항상 불안하고 두려워요.”

용해는 눈을 내리깐 채 은혜의 애기를 묵묵히 들었다. 자신의 불안이 결국 맞은 셈이다. 쓸데없는 육감이라고 생각했는데 어이없게도 그건 정확했다. 그런데 자신의 육감이 하필이면 은혜 씨한테 초점을 맞췄는지는 아직까지도 의문이었다. 분명 그의 육감을 작용시킨 것은 다른 존재의 힘이었다. 용해는 그 존재가 누군지 알지 못했다.

"난감하군요, 어떻게 해결해야 할지……."

용해의 미간에 주름이 잡혔다. 은혜는 오랜만에 털어놓는 푸념에 한숨을 쉬었다.

"지금으로선 없어요. 정말 어떻게 할 수 없는 상황이에요. 집을 팔까도 생각했지만 지금 불경기에다 매매가 이루어지지 않아 내놔봤자 나가지도 않는다고 하고. 휴……."

"저에게 조그마한 아파트가 하나 있는데 얼마 전에 산 거라 아직 아무도 살지 않아요. 세를 내놓을까 생각했는데 당분간은 은혜 씨가 와서 살면 어때요?"

은혜는 남편의 친한 친구라 해도 신세를 질 수는 없는 일이라 생각했다. 그 일은 자신에게 커다란 부담으로 작용할 것이다.

"좀 더 견뎌볼게요. 그래도 도저히 못 견디겠다 싶으면 그때 부탁드릴게요."

용해는 그녀가 거절하는 이유를 알아들었다. 남에게 신세지고 싶어하지 않는 성격 때문이라는 것을 알고 있었다. 그는 고개를 끄덕이는 것으로 그녀의 생각을 수긍했다. 은혜는 생각도 하기 싫은 얘기를 계속해서 하고 싶은 생각이 없다. 그녀는 은근히 용해의 사적인 쪽으로 대화의 흐름을 잡았다.

"이제 나름대로 기반도 잡혔으니 가정을 가져야 하지 않으세요?"

“여자가 있어야 말이죠.”

“용해 씨 정도면 줄을 서는 여자들이 있을 텐데요. 능력도 있겠다, 여자들이 만족할 조건이잖아요.”

그는 머리를 긁적이며 말했다.

“글쎄, 제 얼굴이 남자에게는 먹히는데 여자에게는 그렇지 않나 봐요.”

“그런 게 어디 있어요? 분명 용해 씨가 눈이 높은 거예요.”

“전 당장이라도 결혼할 준비가 되어 있습니다. 은혜 씨 같은 여자만 있다면…….”

은혜는 그의 농담에 밝게 웃었다.

“재밌네요. 오랜만에 용해 씨 때문에 웃네요.”

은혜의 웃는 모습을 보며 용해는 웃지 않았다. 그의 마음속은 진심이라고 말하고 있었다. 그가 보기에는 더없이 여성스럽고 사랑스러운 여자였다.

처음 창화에게 자신의 여자 친구라고 소개받았을 때 그는 자신의 심장이 정지해 버리는 줄 알았다. 그는 그녀를 보는 순간 자신의 운명의 반쪽이라는 걸 직감했다. 하지만 그녀는 자신의 가장 친한 친구의 여자였다. 온몸이 난도질당하는 고통의 시간들이었다. 그녀를 보는 시간이 많아지자 갈등은 커져 갔고 결국 그는 창화와 그녀를 만나야 할 일이 생기면 바쁜 일을 만들어 회피하기 바빴다. 그의 갈등의 원인은 그녀보다는 정신없이 그녀를 향한 자신의 감정에 있었다. 그러기를 여러 차례 어느 날 친구는 청첩장을 그에게 보내왔다.

웨딩드레스를 입은 그녀의 화사한 모습은 그의 고통을 더욱 증폭시켰을 뿐이었다. 그런 그녀가 지금은 혼자가 되어 자신을 향해 환히 웃어주고 있었다. 심장이 당겨지는 느낌이었다. 그는 감정을 숨긴 채 이런저런 얘기를 주고받다 커피숍을 나왔다.

"집까지 바래다 드릴게요."

"괜찮아요. 택시 타면 금방인걸요."

"그러니까 태워 드린다는 겁니다. 먼 거리 같으면 제가 부담스러웠겠죠."

그녀는 그의 호의를 받아들여 조수석에 앉았다.

"가까운 거리지만 안전벨트는 해야겠죠?"

그는 직접 벨트를 매주었다. 은혜는 그의 이런 자상한 모습조차도 남편을 닮아 있어 갑자기 밀려오는 그리움에 그만 왈칵 울음이 나올 것만 같았다. 용해는 남편을 닮았다. 그를 볼 때마다 은혜는 남편의 그림자를 보았다. 그래서 더 친근하게 느껴졌다.

운전석에 바로 앉은 그는 시동을 걸기 전에 심호흡을 한번 했다. 운전을 하기 전의 워밍업인 듯했다. 그는 시동을 걸고 차를 출발시켰다. 은혜는 남자의 옆모습을 보았다. 남편보다는 훨씬 굵은 윤곽을 한 남자였다. 그럼에도 그의 눈빛에 어리는 따뜻함은 역시 남편을 닮아 있었다. 그녀는 그에게서 언덕의 모습을 보며 잠깐 기대고 싶다고 생각했다.

밥을 하기 위해 쌀을 밥통에 담아 씻으려던 그녀는 누군가 미는 느낌에 밥통을 든 채로 바닥에 넘어졌다. 쌀알들이 바닥을 온통 뒤덮었다. 누군지 알 수 있었다. 여지껏 한 번도 그녀를 향해 힘을 행사한 적은 없었다. 자신이 아는 남편은 이런 짓을 할 사람이 아니었다. 그는 따뜻하고 부드러운 사람이었다. 그런데 남편은 밀었다. 그의 낯선 행동이 은혜를 두렵게 했다.

주워 담으려던 그녀는 쌀알들이 미세하게 움직이는 것을 깨달았다. 작은 움직임을 보이던 그것들은 이제는 눈에 확연히 느껴질 정도로 움직이기 시작했다. 퍼진 쌀알들이 소용돌이치듯 움직이기 시작했다. 그것들은 생명을 가진 듯 부산하게 움직이더니 하나의 문자를 만들어가기 시작했다.

떠나!

남편이 또 장난을 치고 있었다. 그녀는 반발심이 생겼다.

"난 끝까지 남아 있을 거예요. 당신이 아무리 나를 위협해도 소용없어요. 여길 나가면 난 어디에도 갈 데가 없단 말이에요!"

다시 쌀알들이 문자를 만들어갔다.

떠나지 않으면 위험해!

"이젠 협박까지 하나요? 그래도 하나도 안 무서워요. 이젠 죽는 것 따위 겁나지 않는다고요!”

그녀는 어디 있는지도 모르는 남편을 향해 주먹을 쥐어 보였다. 살려고 생각하면 정체를 알 수 없는 존재가 무서운 법이다. 하지만 죽음을 두려워하지 않게 되면 그 어떤 존재도 겁날 게 없는 법이다. 그녀는 오기가 생겼다. 죽으면 죽는 거지. 죽기밖에 더하랴.

쌀을 주워 모아 깨끗이 씻은 다음 밥통의 취사 버튼을 눌렀다. 혼자 사는 것은 반찬이나 다른 어떤 것을 할 의욕을 잃게 만든다. 요즘 그녀가 먹는 반찬 가짓수는 두세 가지가 고작이었다.

커피를 즐겨 먹는 남편과 생활하는 동안 그녀의 기호품도 어느새 커피가 되었다. 거실에 앉은 그녀는 타온 커피를 마시며 읽다 만 책을 들었다. 세 장도 넘기지 않았을 때 수다스런 아낙네처럼 요란스럽게 전화벨이 울렸다. 수화기를 든 은혜는 전화를 건 장본인이 정혁임을 알았다.

[요즘 왜 조깅 안 나와요?]

걱정스런 그의 말에 그녀는 덤덤하게 말했다.

“몸도 안 좋고 시들해졌어요. 이제는 조용히 집 안에서 지내고 싶어요.”

사실 정혁이의 존재가 꺼려지기도 했다. 그는 페르몬 자체였다. 그를 가까이 하는 것만으로도 그녀는 묘한 떨림과 함께 육체가 즉각적인 반응을 보였다. 남성적인 감각이 너무 강한 그는 그녀에게 요주의 인물이었다. 거리를 두고 떨어져 있는 게 그녀에겐 가장 좋은 방법이었다. 그와 인연을 맺는다는 게 어쩐지 그녀는 꺼려졌다.

[그래도 운동은 해야 건강해지죠.]

"나중에요. 지금은 하고 싶지 않아요."

[몸이 그렇게 안 좋아요?]

"아뇨. 그냥 조용히 있었으면 싶어요. 걱정하지 마세요."

[지금 갈게요.]

"오지 말아……."

말을 채 하기 전에 전화는 끊겼다. 은혜는 불안했다. 그를 멀리하겠다는 것이 오히려 그를 자신의 집으로 불러들인 꼴이 되었다. 그가 나타나면 남편이 어떤 식으로 해를 입힐지 몰랐다.

은혜가 그를 피하기 위해 집을 나가려는 순간 벨이 울렸다. 아마도 그는 바로 근처에서 전화를 했던 모양이다. 그녀는 체념하는 기분으로 문을 열었다.

여전히 변함없는 모습으로 그는 미소를 지으며 서 있었다. 그녀는 그가 들어오기 좋도록 한쪽으로 물러났다. 은혜의 안색을 살핀 정혁은 들어오자마자 그녀의 어깨에 손을 올렸다. 그 느낌이 자극적이라 은혜는 얼른 물러섰다. 그는 실망한 기색을 띠며 어색해진 손을 바지 주머니에 찔러 넣었다. 그 사소한 동작도 멋있어 은혜는 정혁을 외면한 채로 거실로 안내했다. 소파에 앉은 그는 조급한 표정으로 그녀에게 물었다.

"내가 뭔가 당신에게 잘못했나요?"

"당신이 잘못한 것은 없어요. 단지 제가 마음이 바뀌었을 뿐이에요. 여자의 변덕쯤으로 생각하세요."

그녀는 주방으로 가 차를 끓였다. 인기척이 느껴져 뒤를 돌아본 그녀는 자신의 바로 뒤에 와 있는 정혁을 발견하고 놀랐다.

"저번 일 때문에 그러는 거라면 사과할게요. 용서해 줘요. 은혜 씨를 겁먹게 할 생각은 없었어요."

그는 용서를 구하는 막내 동생 같은 측은한 표정을 지었다. 그녀는 그의 소년 같은 모습에 모든 마음이 풀어져 버렸다. 그를 만나면 안 된다는 결심은 어느새 흔들리고 있었다. 그에게서는 담배 냄새와 함께 섞인 향긋한 향수 냄새가 같이 풍겨 나왔다. 은혜는 다시 가슴이 두근거리는 걸 깨달았다. 그가 있다는 것 자체만으로 그녀의 모든 감각기관이 열렸다. 존재 자체만으로도 예민한 감각을 발동시키는 남자. 지정혁은 그녀에게 그런 존재였다.

"용서할 필요 없어요. 아니, 그건 이미 용서한 지 오래됐어요. 단지 제 변덕일 뿐이라고 방금 말씀드렸잖아요."

그녀가 차를 타자 그는 옆에서 지켜보며 재밌어했다. 차 타는 걸 재미있어하는 남자의 행동이 귀여워 그녀의 입가에 슬그머니 웃음이 배었다. 참 위험한 듯하면서도 귀여운 남자였다.

그녀를 따라 거실로 나온 남자는 자신이 앉았던 자리에 얌전한 학생처럼 앉았다. 남자를 위험하다고 생각했던 것은 자신의 앞서간 착각일 뿐이라고 생각하며 은혜는 남자에게 따스한 시선을 보냈다.

"조깅 계속하실 거죠?"

"조깅은 이제 그만 하고 싶어요. 그 대신 친구 삼아 우리 간혹 만나요."

"이렇게요?"

남자의 물음에 그녀가 도리질을 했다.

"집에서는 좀 그렇죠. 밖에서 기분 전환 삼아 밥도 먹고 차도 마시고 그래요."

"좋아요!"

남자는 그녀의 생각이 무척 마음에 드는 눈치였다. 은혜는 속으로 자신의 동생 같은 남자를 앞에 두고 뭐 하는 짓인가 하는 생각이 들어 양심이 찔렸다. 영은이 젊은 남자를 사귀는 것도 능력이라고 했던가. 그녀의 말을 빌리자면 자신은 분명 능력있는 것인데 그 생각이 그다지 마음에 와 닿지 않았다. 그건 젊은 남자를 선호하는 나이 든 여자의 포장된 말일 뿐이었다. 어쩔 수 없이 좋아하게 된 경우라면 몰라도 마치 그런 걸 능력인 것처럼 떠드는 것은 마음에 들지 않았다.

차를 맛있게 먹는 남자를 보며 그녀는 다시 미소 지었다. 커피를 애호하던 남편조차도 저토록 맛있게 먹지는 않았는데……

드르륵—

갑자기 탁자가 옆으로 몇 센티 움직였다. 그녀는 남편의 심술이 발동했다고 생각했다. 그 심술이 심해지면 그가 위태로워질지도 몰랐다. 남자는 저절로 움직이는 탁자를 뚫어질 듯이 보다 강한 충격을 받은 표정을 지었다.

"금방 탁자가 움직인 거 맞죠?"

"가끔 그래요. 여기가 많이 경사져서 간혹 움직이기도 해요."

그녀의 어찌 보면 그럴듯하지만 전혀 이치에 맞지 않는 말을 남자는 반신반의하며 수긍했다. 그러나 눈은 여전히 탁자에 머물러 있었다.

"이제 볼일 보셔야죠?"

"제가 있는 게 그렇게 부담스러우세요?"

남자는 못내 섭섭하다는 표정을 지었다.

"제가 은혜 씨 좋아하는 거 아시죠?"

그가 얼굴을 그녀에게 들이밀며 순진한 표정으로 물었다.

"알아요……."

그의 행동에 그녀는 갑자기 더워졌다.

"이거 하나만 약속할게요. 제가 은혜 씨를 좋아하지만 은혜 씨가 싫어할 행동은 절대 하지 않아요. 은혜 씨가 먼저 저에게 손을 내밀기 전에는 아무 짓도 하지 않겠다고 약속할게요. 오케이?"

"네."

그의 신사적인 행동에 그녀는 안심했다.

“커피 잘 마셨어요. 그럼 가볼게요. 누구 때문에 정신 집중하려면 한참 걸리겠죠?”

남자는 농담을 던지며 작별을 고했다. 그가 가고 난 뒤 그녀는 잠시 동안 그의 여운에 취해 있었다. 남편이 이런 그녀의 마음을 알면 섭섭해할지도 모른다. 하지만 은혜는 새로운 전환이 필요했다. 그녀는 누군가로부터 살 의욕을 느끼고 싶었다.

용해는 그녀의 근황이 궁금해 전화로 약속을 잡았다. 그녀와의 만남 후 보름이 지나 있었다. 은혜를 만난 이후로 그는 일이 손에 잡히지 않았다. 새로 생긴 현상이었다. 친구의 결혼식 이후로 마음을 접었고 십사 년이 지난 지금은 자신의 감정이 완전히 정리되었다고 생각했다. 그러나 그 감정은 그의 눈을 속이고 있었던 듯 슬그머니 나타나 그를 당혹시켰다. 자신도 모르게 솟아나는 감정에 용해는 난감할 수밖에 없었다. 그건 친구에 대한 배신이라고 느껴졌기 때문이다.

약속 장소로 가는 그의 입매에 힘이 들어갔다. 그녀를 보면 자신의 감정을 주체할 수 있을까 걱정이 되었다. 마음 한구석에는 친구가 이미 이 세상 사람이 아니며 자신이 그녀를 흠모한다 한들 그게 무슨 죄가 되겠느냐는 뻔뻔스런 생각도 고개를 들었다. 용해는 고개를 저었다. 자신은 그런 생각을 하면 안 된다. 창화는 그의 둘도 없는 친구였다. 운전대를 잡은 용해의 손에 힘이 들어가 핏기를 잃고 하얗게 탈색되어 갔다.

　그는 약속 장소로 정한 식당의 주차장으로 차를 주차시켰다. 시동을 끄고 나온 그는 오늘따라 우중충한 날씨가 자신의 마음을 더 무겁게 만든다고 생각했다. 분명 뭔가 자신의 마음 깊은 곳에 그녀의 주변에 대한 위험이 느껴지긴 했는데 그게 정확히 무엇인지 감지할 수가 없었다. 친구의 유령이 미쳐 버려 은혜를 괴롭히는 것일까. 아니면 그녀가 자신 같은 다른 남자의 관심을 끌까 봐 질투하는 것일까. 그는 도저히 감을 잡을 수가 없었다.

　저만치 앉아 깊은 생각에 잠겨 있던 그녀는 문소리에 시선을 돌렸다. 용해를 바라본 그녀의 입가에 짓다 만 어정쩡한 미소가 걸렸다. 은혜의 눈빛은 애틋한 듯하면서도 슬퍼 보였다. 용해는 그녀가 자신에게 느끼는 감정이 죽은 친구에게서 비롯된 것임을 알고 우울해졌다. 결국 자신은 죽은 남편의 친구일 뿐이고 남편을 생각나게 하는 존재일 뿐이었다. 하지만 그는 마음과는 달리 환한 미소를 지으며 그녀의 앞으로 다가가 앉았다. 생각 외로 자신은 감정을 잘 조절하고 있었고 그 사실이 대견스럽기도 했다.

　식사를 다 한 그들은 후식으로 죽은 친구가 특히나 좋아했던 에스프레소를 시켰다. 너무 진한 쓴맛이 때로는 우울한 마음을 위로하는 법이다. 그녀는 말이 없었다. 멀거니 창밖을 보며 생각에 잠겨 있었다. 서로 간에 대화가 없음에도 그들은 침묵이 어색하게 느껴지지 않았다. 늘 그래 왔던 것처럼 자연스러운 분위기가 둘 사이에 존재했다. 어찌 보면 그들은 비슷한 성향의 기질을 갖고 있었고 그것이 서로를 잘 이해할 수 있는 요소가 되었다. 그걸 은혜도 느끼고 있었다. 남편에게서는 한 번도 느껴보지 못한 분위기였다. 용해의 존재는 그녀에게 죽은 남편을 생각나게 해 그립기도 하고 우울하기도 했다. 용해는 그녀에게 편안한 분위기를 만들어주고 있었다.

"어때요? 더 심해졌나요?"

그의 물음에 은혜는 한숨을 쉬었다. 남편의 행동은 그녀를 힘들게 하고 있는 것만은 사실이었다.

"정도는 비슷해요. 하지만 뭔가가 조금씩 달라지고 있어요. 얼마 전에는 손님이 집에 왔었는데 그때도 일을 벌였어요."

"어떤 식으로?"

"탁자를 약간 옮기는 걸로 끝났지만 상대방은 그 현상에 무척 놀라는 눈치였어요. 적당히 둘러대긴 했지만 제대로 믿었을지는 모르겠어요."

그녀는 그 손님이 정혁이라는 남자라는 사실을 용해에게 숨겼다. 그 사람을 말할 정도로 자신의 마음이 떳떳하지 못했는지도 몰랐다.

"어떤 실마리를 주지는 않았나요?"

"글쎄요."

그녀는 고개를 갸웃거리다 말했다.

"저에게 메시지를 준 거라고 해봤자 도망가라거나 떠나라는 말이 다였어요."

"떠나라고 했단 말이죠?"

용해는 전혀 짐작이 되지 않았다. 그런 말을 왜 했을까. 그가 생각하는 사이 그녀가 끼어들었다.

"혹 화가 난 자신으로부터 도망가라는 뜻이 아닐까요? 자신의 화를 통제할 수 없어서 어떤 짓을 저지를지 모르니까. 제가 다른 남자와 사귀게 될지도 모르는 것에 대한 질투 때문 아닐까요? 이건 말도 안 되는 생각이지만 그 외에는 다른 이유가 없어요. 도저히 이해할 수가 없어요. 창화 씨 살아 있을 때는 이런 사람 아니었는데……."

그랬다. 용해가 아는 창화는 그런 사람이 아니었다. 매사에 사려 깊었고 온화했으며 자신의 의지가 강했었다. 자신에 비해 친구는 매우 따스한 사람이었다. 그런 매력적인 사람에게 은혜 씨가 끌린 것은 당연한 일인지도 몰랐다. 용해의 입에서 한숨이 흘러나왔다.

"지금으로서는 아무것도 감을 잡을 수가 없군요. 저번에 제가 얘기한 이사 건은 어때요?"

은혜는 고개를 저었다.

"아직까지는 견딜 만해요. 정말 힘들어지면 그때 부탁드릴게요."

용해는 고개를 끄덕였다. 남의 집에서 지내는 불편함보다는 차라리 힘들더라도 자신의 집이 나을 것이다.

"제 핸드폰 번호예요. 혹, 무슨 급한 일이 생길 때면 주저없이 전화해요. 24시간 대기하고 있을 테니.”

점잖은 그답지 않게 24시간 대기라는 말이 그녀에게 웃음을
자아냈다. 그도 자신의 말에 살짝 웃음을 흘렸다. 누가 먼저랄
것도 없이 일어섰다. 은혜는 식당을 나와 용해가 자신의 차로
데려다 주겠다는 말에도 사양하지 않았다. 저번보다 더 먼 거리
였음에도 말이다. 그 사실이 그를 기분 좋게 만들었다. 그건 그
에게 격식을 덜 차리게 되었다는 것, 조금은 더 친밀해졌다는
것을 뜻했다. 용해는 기세 좋게 차를 출발시켰다.

요 며칠 남편의 존재는 조용했다. 은혜는 정혁과의 약속을 위
해 서둘렀다. 늘 보던 사람인데도 만난다는 사실이 이렇게 가슴
뛰는 것일까. 그녀는 특별한 외출을 위해 마련한 향수를 귀밑에
살짝 뿌렸다. 어제 그와 약속을 정한 뒤 화장품 코너로 달려가
산 것이다. 은은하면서 진하지 않는 향이 그녀의 코를 끌어당겨
고른 것이다. 손목에도 살짝 뿌려 비빈 다음 그녀는 코에 살짝
갖다 댔다. 음 하는 소리가 저절로 터져 나오며 그녀의 눈이 지
그시 감겨졌다. 은혜는 콧노래를 흥얼거리며 가방을 메고 집을
나섰다.

엘리베이터를 타자 몇몇 눈에 익은 이웃의 모습이 보였지만
그녀는 아는 체를 하지 않았다. 섣부른 아는 체는 경멸을 불러
올 뿐이었다. 엘리베이터에서 내린 그녀는 경비 사무실 앞을 지
나며 눈이 마주친 경비에게 인사를 한 후 급히 서두르며 시간을

확인했다. 가까운 동네에서는 남의 이목도 있어서 시내에서 만나기로 했기 때문에 그녀는 택시를 잡아야 했다. 다행히 택시는 쉽게 잡혔고 그녀는 약속 시간에 늦지 않을 수 있었다.

식당 안으로 들어가자 그 안에서 정혁의 모습은 단연 돋보였다. 트레이닝복이나 평상복만을 보던 은혜는 말쑥한 차림새를 하고 있는 그의 모습을 보는 순간 가슴이 뛰었다. 멋진 남자였다. 그녀의 나이가 되면 떨림이나 설렘을 사랑하기 때문이라는 어리석은 생각을 하지 않는다. 단순히 남자가 성적 매력이 있다는 사실만으로도 두근거리게 되며 그 사람에게 사랑을 느끼지 않더라도 멋지다는 이유만으로도 충분히 연애를 할 수 있었다. 그러나 그런 사실을 알면서도 그녀가 망설이는 이유는 죽은 남편에 대한 애정과 주위의 시선이 신경 쓰였기 때문이다. 거기다 한몫을 하는 것은 시어머니의 색안경 낀 눈이었다. 그녀는 마음 속으로는 몇 번이고 죄를 저지르고 있었다. 그와의 섹스가 멋있을 것은 확실했다.

오늘따라 스마트한 그의 용모에 베이지 색 니트 스웨터와 갈색 슈트 바지는 편안하고 부드러운 인상을 보이고 있었다. 얼굴이 빛난다는 소리는 그를 두고 하는 말이었다. 그녀는 자신의 나이와 평범하게 느껴지는 외모에서 오는 열등감에 갑자기 자신이 있어야 할 자리가 아니라는 느낌이 들었다.

그녀가 그의 맞은편에 앉자 정혁은 얼굴 가득 웃음을 품고 은혜를 향해 눈을 빛내고 있었다. 그의 눈에서는 은밀한 열정이 빛나고 있었다. 그녀는 자신도 모르게 가슴이 뛰었다. 역시 그는 위험해. 은혜는 자칫하다가는 이 남자 매력에 자신의 페이스가 말려들지도 모른다는 불안감을 느꼈다.

일식집에서 그들은 회를 시켜놓고 부수적으로 나오는 음식들을 조금씩 음미하고 있었다.

"그거 알아요, 오늘 은혜 씨 무지 여자다운 거?"

남자의 칭찬이 그녀에게는 익숙하지 않아 어색하게 웃었다. 남편과 살아오면서 말을 하지 않아도 서로의 마음을 잘 아는 까닭에 그들 사이에는 말이 필요치 않았다. 그 많은 시간들을 지내오면서 그들은 한 번도 서로에게 사랑을 한다거나 예쁘다거나 멋있다는 말들을 하지 않았지만 서로를 아끼는 믿음이 있었다. 하지만 지금 자신을 칭찬하는 이 남자의 말은 또 다른 신선함이 있었다. 그건 그녀를 여자로 인식시키는 계기가 되었다. 그를 만남으로 그녀는 처녀 때의 자신처럼 여자이고 싶어졌다.

회를 너무도 맛있게 먹으며 입에 넣는 남자를 보며 참 보기 좋다고 생각했다. 그는 회를 씹을 때마다 감탄사를 연발하고 있었다.

"이 집 회가 너무 맛있어요. 먹고 나서도 단맛이 입에 남아 있어요."

그는 미식가였다. 조그만 아름다움이나 맛있는 것에도 감탄할 줄 아는 남자였다. 그녀는 남의 단점보다는 장점을 찾아 그 아름다움을 더욱 부각시키는 것이 이 사람의 좋은 점이라고 생각했다. 하지만 맛있게 먹을 수가 없었다. 남편이 죽고 나서 입맛을 잃어버린 그녀에게 어떤 음식도 맛있다는 여흥을 불러일으키지 못했다. 그녀는 남자의 말에 맞장구를 치며 잔잔하게 미소 지었다.

"우리 커피 마시러 가요."

청하를 두 병이나 깨끗이 비웠으면서 남자는 말짱한 얼굴이었다. 그녀는 한 잔으로 인해 이미 볼이 발그레하게 붉어져 있었다. 일어서는 남자의 손이 자연스럽게 그녀의 손을 잡았다. 뿌리쳐야 되는 줄 알면서도 그녀는 차마 뿌리치지 못했다. 뿌리치기에 손의 감촉은 너무나 좋았다.

거리를 나서서도 그는 손을 놓지 않았다. 은혜는 신경 쓰였지만 시간이 지남에 따라 아무렇지 않게 느껴졌다. 커피숍을 들어선 그들은 구석진 곳으로 가 앉았다. 정혁은 그녀 옆에 앉았다. 자신의 바로 옆에 남자가 있다는 사실에 그녀는 놀랐으나 그는 아무렇지 않게 태연히 앉아 있었다.

"불편해요?"

남자는 그녀의 안색을 살피며 자신이 옆에 앉은 게 불편하냐고 묻고 있었다. 은혜는 그래요, 라고 대답해야 옳았다. 그러나 그녀는 대답 대신 고개를 젓는 것으로 자신의 의사를 표현했다.

에스프레소를 좋아하는 남편과 모카를 좋아하는 그녀, 그리고 이 남자는 카푸치노를 좋아했다. 커피의 거품을 입가에 묻히면서도 행복한 표정을 짓는 남자. 그녀는 그 거품을 자신의 혀로 핥고 싶다는 요망한 생각을 했다. 자신에게 분명 문제가 있었다. 남편을 잃은 극도의 외로움이 그녀를 극적으로 몰고 가고 있는지도 몰랐다.

남자는 그녀에게 예의를 구하고 담배를 꺼내 물었다. 남편은 담배를 피우지 않았다. 그래서 담배를 피우는 남자는 색다르게 보였다. 그의 손끝에서 피어오르는 담배 연기를 보며 어쩌면 저 남자는 담배를 태우는 것이 아니라 자신의 외로움을 태우는지도 모르겠다고 생각했다. 자신처럼 이 남자도 어떤 외로움을 갖고 있지 않을까. 그러나 자신에게서는 볼 수 없는 자유로움이 그에게 보였다. 그는 자유로워 보였고 어떤 것에 구속받는 것을 싫어하는 듯했다. 아마도 그래서 그 나이까지 결혼을 안 한 것일까. 아니면 예술가라는 특별한 직업이 그를 홀로 만든 것일까.

"정혁 씨도 사랑을 해봤겠죠?"

"그렇죠. 이 나이 되도록 여자가 없었다면 그건 문제가 있는 거죠."

남자는 피우던 담배를 비벼 끄며 코로 연기를 뿜어냈다.

"한 번?"

"몇 번은 되죠. 제 나이가 몇인데요."

남자의 말에 그녀는 웃었다. 인물값을 한다는 소리가 결코 틀린 말은 아니었다.

"하지만 어느 여자도 저를 안착시키지 못했어요. 전 어떤 틀에 얽매이는 것을 누구보다 싫어하니까요.”

역시 은혜의 생각대로였다. 그는 자유를 추구했다.

“저를 안착시키는 마지막 종착지가 되고 싶지 않으세요?”

남자의 질문은 유혹적인 말이었다. 그녀는 그의 진의를 파악하려고 물끄러미 바라보았지만 그의 얼굴에서는 어떤 생각도 읽어낼 수가 없었다.

“전 누군가에게 저를 강요하고 싶지 않아요. 그게 무척 끌리는 것이라 해도.”

그녀의 대답에 그가 호쾌하게 웃었다.

“한 방 먹었군요. 그게 은혜 씨 매력이에요. 조금의 틈을 보이다가도 몸을 사리는 여자. 남자로 하여금 그만둘 수 없게 만들죠.”

이야기의 소재가 떨어지자 그들은 말을 하지 않은 채 주변을 구경했다. 같은 침묵일 뿐인데도 판이하게 달랐다. 용해와의 침묵이 전혀 어색하지 않게 느껴졌던데 반해 그들 사이는 무언가 대화를 끌어내야 한다는 강박관념을 만들고 있었다. 그녀는 무언가를 얘기하려 했지만 전혀 생각이 나지 않아 몇 번을 시도하다 포기해 버렸다. 그도 할 말이 없었던 모양이다.

“일어나죠. 집까지 바래다 드릴게요.”

커피숍을 나오면서 그는 다시 그녀의 손을 꽉 쥐었다. 이번 역시 은혜는 거절하지 않았다. 주차해 놓은 그의 차로 가면서 정혁이 말했다.

"아셔야 해요, 내가 얼마나 당신에게 빠져 있는지."

악은 달콤하다고 했던가. 그녀는 그 달콤함에 빠지고 싶다는 충동을 느꼈다. 하지만 그에게 기대는 대신 조수석으로 가서 차에 올랐다. 대답없는 그녀의 행동에 그가 의기소침해 보였다. 그녀는 상관하지 않았다. 자신으로 인해 그가 상처 입을 리는 만무했다. 그가 마음먹으면 여자는 언제든지 줄을 설 것이고 자신은 그냥 친구로 남고 싶을 뿐이었다. 그녀의 마음이 다른 것을 원한다 해도.

차는 출발했다. 그는 여전히 그녀 옆에서 페르몬을 뿜어내고 있었고, 그녀는 그걸 무시하려 애써 외면했다. 남편 외의 다른 남자와의 데이트. 자극적인 짜릿함은 있었지만 무언가 깔끔하지 않는 찌꺼기를 남겼다. 그것이 그녀는 마음에 들지 않았다.

한동안 뜸했던 시어머니는 다시 나타났다. 저번과는 달리 색다른 천박함이 풍겼다. 그녀에게서 풍기는 짙은 향수에는 부정을 나타내는 비릿한 내음이 맡아졌다. 은혜는 눈살을 찌푸렸다. 시어머니에게 어떤 일이 일어나고 있었다. 더 짙어진 화장과 더 붉어진 입술은 나이를 벗어나려는 발버둥이 느껴지지만 짙은 화장으로도 그녀의 얼굴은 젊어 보이지 않았다. 그것을 그녀는 깨닫지 못했는지 젊은 여자처럼 엉덩이를 흔들며 들어왔다. 그녀는 뭔가 달라져 있었다. 남자를 알아버린 여자에게서 나는 불쾌한 활기가 느껴졌다. 지금의 시어머니는 앞에 만났던 독기를 품은 여자와는 백팔십도 다른 여자였다. 은혜는 시어머니의 변신에 황당할 뿐이었다.

"내가 뭐 여자로서 네 심정을 이해하지 못하는 바는 아니다."

담배를 피우지 않던 시어머니는 은혜 앞에서 담배를 꺼내 물었다. 무엇이 그녀를 변화시킨 것일까. 시어머니를 변화시킨 정부는 어떤 남자일까. 나이 든 여자를 이 정도로 변화시켰다면 대단한 사람임에는 틀림없지만 시어머니가 보여주는 천박함은 그녀를 선택한 정부 역시 질이 낮다는 것을 증명하고 있었다.

"이런 위로도 때로는 필요한 법이야."

시어머니는 담배를 어떤 멋으로 피우고 있었다. 그녀는 위로라고 했지만 손끝에 있는 담배는 위로보다는 하나의 겉멋으로 보였다. 그걸 의도한 게 분명했다. 육십 대 중반의 시어머니 모습은 한마디로 나이값을 못하는 사람의 표본이었다. 그녀의 모습은 젊게 사는 것이 아니라 젊어지려고 발버둥 치는 추한 모습이었다.

시어머니는 달라진 모습처럼 그녀를 대하는 태도도 달랐다. 제법 사근거리는 모습이었다. 은혜는 그런 시어머니의 변화가 무서웠다. 어떤 음침한 마음을 가지고 그녀에게 접근하는 것으로 보였기 때문이다.

"솔직히 얘기해 보자. 너 저번에 봤던 남자랑 사귀니?"

소파에 앉아서 다리를 꼬고 앉은 시어머니의 쫄바지는 탄력 잃은 그녀의 허벅지의 실상을 여실히 보여주고 있었다. 그녀는 갑자기 시어머니의 모습이 안쓰러웠다. 그녀도 여자였다, 누군가에게 자신이 여자임을 증명하고 싶어하는.

"사실 남편을 잃은 지 일 년이 다 됐고 여자 혼자서 살아간다는 건 힘든 일이지. 나도 너 같은 처지였으니까."

너 같은? 시어머니는 지금 그녀와 자신을 같은 동류로 취급함으로써 공감대를 끌어내려 하고 있었다. 그녀의 의도가 무엇일까. 은혜는 시어머니의 안색을 살폈다. 그녀의 얼굴에는 교활한 웃음이 흐르고 있었다. 은혜는 시어머니가 곧 무슨 말인가를 내뱉으리라고 예감했다.

"그 남자 너보다 어려 보이던데 어떻던? 너도 이제 즐겨야지. 여자는 그저 남자가 있어야 사는 맛이 나는 거야. 나도 그걸 최근에 깨달았지."

그녀를 향해 웃는 시어머니의 눈이 무서웠다. 사람의 눈이 사람을 질리게 한다는 것을 은혜는 이미 시어머니를 통해서 알고 있었다.

"솔직히 까놓고 얘기하자. 너 그 남자 사귀지?"

"무슨 말씀이세요?"

전혀 먹혀들지 않는 며느리의 말에도 시어머니의 미소 띤 얼굴은 변하지 않았다.

"네 입장이 이해 안 되는 것도 아니다. 주변의 눈이 두렵겠지. 하지만 난 이해할 수 있다. 솔직히 말해 보렴. 그 남자와 그렇고 그런 사이지?"

"전 그런 거 없어요!"

단호하게 끊듯이 말하는 은혜의 말에 시어머니의 눈이 매서워졌다.

"독한 년! 시어머니가 이렇게 인간적으로 나오면 솔직히 얘기해야지. 네년에게서는 발정난 짐승의 암내가 나고 있단 말이야! 어떻게 아냐고? 그야 나도 지금 연애라는 걸 하니까 잘 알지. 최소한 난 네년처럼 속으로는 별의별 생각을 다 하면서 겉으로는 도도한 척 속이지는 않아. 솔직해지란 말이야! 그리고 인정해, 네가 남편을 죽게 만들었다는 사실. 솔직히 고백한다면 나도 용서해 줄 용의는 있다."

용서해 줄 용의는 있다? 그녀에게 그런 권한이 있었던가. 은혜는 실질적으로 자신이 남편을 죽게 만들었다 해도 시어머니에게 용서받을 이유는 없었다. 차라리 죄를 받아 감옥으로 가는 게 속편했다. 남편을 간접적으로 죽게 만든 데는 시어머니도 일조를 했다. 그녀의 끝간데없는 불평과 요구는 남편의 스트레스 원인이었다.

회사 일로도 힘든 남편을 가만 놔두지 않고 발발이 전화를 해대며 괴롭히는 시어머니의 존재가 얼마나 얄미웠는지 어떤 땐 은혜는 무언가를 던지고 싶은 욕구까지 느꼈다.

"물론 그렇지 않지만 제가 어머니 말대로 남편을 죽게 했고 누군가와 사귀고 있다면 어떻게 하실 건데요? 어머니의 생각을 알고 싶어요."

사나워졌던 시어머니의 눈매가 갑자기 풀어지며 입가에는 미소까지 돌고 있었다. 여우가 따로 없어. 그녀는 시어머니의 얼굴을 후벼 파고 싶었다.

"같은 여잔데 내가 왜 이해 못하겠니? 네가 새 삶을 찾아가겠다면 나도 말릴 생각은 없다. 또한 네 앞에 나타나지도 않을 거다. 내가 아무리 둔해도 네가 나를 싫어한다는 걸 모르겠니? 대신 조건이 있다."

시어머니가 여태껏 그녀에게 미소를 흘리고 화를 내고 했던 이유는 바로 이 조건 때문이었던 것 같다. 은혜는 시어머니가 내미는 면죄부가 뭔지 궁금해졌다.

"네가 생명보험에서 받은 돈의 절반을 나에게 떼어준다면 나는 네 삶에서 영원히 사라져 주지. 네 눈앞에서 얼씬도 하지 않을 거다."

역시나 그녀가 원한 건 돈이었다. 남편의 돈을 탐내고 있었던 것이다. 은혜는 시어머니의 얼굴을 보았다. 자식의 죽음으로 받은 돈이 그렇게 탐났던 것일까. 그녀는 그 돈을 차라리 지나가는 거지에게는 동정심으로 줄지언정 시어머니에게 주고 싶은 생각은 추호도 없었다. 그 돈은 분명 시어머니가 최근 사귄 애인에게 쓰이든지 아님 어떤 명목도 없이 흥청망청 없어질 가능성이 높았다. 대책없는 시어머니의 돈 쓰는 습관은 그녀를 질리게 만들었다. 그녀는 남편의 돈이 헛되게 없어지는 걸 원하지 않았다. 그 돈이 어디로 쓰일지 몰랐지만 시어머니에게는 아니었다.

"물론 네가 어떤 짓을 하든 난 상관도 하지 않을 거다."

시어머니는 마치 선심을 쓰듯 그녀를 향해 여유있는 자의 미소를 지었다. 은혜에게서 코웃음이 나왔다. 그녀의 반응을 느낀 시어머니의 인상이 험악해졌다.

"제 삶에서 사라져 준단 말이죠? 그 대가가 돈이라고요? 정말 이런 말까지는 하고 싶지 않았지만 어머니는 자식이 죽은 게 슬프기나 하신가요? 어떻게 자식의 목숨을 담보로 한 돈을 자신의 사리사욕을 채우기 위해 내놓으라고 하실 수 있죠? 그 돈을 어디다 쓸 건지 물어봐도 되나요?"

"넌 역시나 재수없는 년이야! 어쨌든 그 돈은 나에게도 권리가 있다!"

"판사한테 가서 물어보시죠. 어떤 권리도 어머니에게는 없어요. 제가 그냥 입 닦아버리면 줄 이유도 없다고요! 아시겠어요?"

시어머니는 지금 자신의 앞에서 대들고 있는 여자가 자신의 며느리가 맞나 의아한 듯 보았다. 늘 말없이 자신의 말을 고분고분 듣기만 하던 예전의 며느리와는 완전히 달랐다. 그러나 그녀에게도 오기가 있었다. 자신의 주장을 밀고 나가면 며느리도 어쩌지 못할 것이다.

"이십팔 년은 내 품에서 큰 자식이다. 그렇다면 충분히 나도 뭔가를 받을 권리가 있다고 생각한다. 네년이야 자식을 안 낳아 봤으니 부모의 심정을 알 리 없지."

시어머니의 정곡을 골라가며 찌르는 재주는 가히 천재적이었다. 아픈 부분에 타격을 받자 순간 은혜는 할 말을 잃었다. 멍했던 기분은 잠시고 용암이 끓어오르듯 그녀의 분노는 급격히 상승했다. 주먹이 꽉 쥐어졌다. 그녀는 눈에 독기를 담으며 시어머니를 향했다.

"그이는 늘 힘들어했어요. 그 이유가 어머니 때문이라면 뭐라고 말하실 거예요? 부모란 낳기만 한다고 부모로서의 의무를 다하는 게 아니라는 걸 아셔야죠. 그이는 혼자일 때 오히려 더 편안해했어요. 그 사람을 어머니는 한 번도 따뜻하게 품어주지 않았어요. 기분 내키면 간이라도 빼줄 듯이 행동했지만 기분이 좋지 않으면 귀찮은 짐짝 취급하셨잖아요. 어려서부터 그렇게 자라온 그이에게 그 상처들은 강하게 남아 있었어요. 자식이란 자신의 편리에 따라 휘둘릴 수 있는 존재가 아니라고요! 저보고 애를 안 낳아봐서 모른다고 했나요? 그런 부모라면 차라리 안 낳는 게 낳아요. 저는 최소한 그런 죄를 짓지 않아도 되어서 다행이에요."

그녀의 말이 떨어지자마자 시어머니의 손이 그녀의 뺨을 후려쳤다. 때리고 나서도 그 분이 가시지 않는지 서너 차례의 가격이 이어졌다. 그녀의 뺨은 발갛게 부풀었고 머리는 흐트러져 있었다.

"너 같은 년한테 내가 그런 소릴 들을 이유는 없다. 아들을 잡아먹은 년이 감히 시어머니에게 그따위 말을 하다니. 근본없는 년은 그래서 안 된다는 거야.”

천박하기로 치자면 어머니나 저나 별 차이 없어요, 라는 말이 목구멍까지 치밀었지만 그녀는 뱉어내지 않았다. 어떤 말도 시어머니에게 통하지 않고 상황만 악화시킬 뿐이었다. 은혜는 갑자기 솟은 감정으로 인해 지쳤다. 그녀는 시어머니를 보내고 쉬고 싶어졌다.

“가주세요.”

그녀는 기운없는 소리로 말했다. 시어머니는 약점을 잡은 짐승처럼 그녀를 맹렬히 공격했다. 나름대로 꾸몄던 시어머니의 모습은 추한 형상을 띠며 눈가에 화장이 까맣게 번져 있었다.

“네년이 가라 한다고 가고 오라 한다고 오는 만만한 사람으로 보이니? 어디 아까처럼 대들어보지 그러니? 아주 볼 만하더라! 얼마나 잘났는지 한번 구경 좀 해보자!”

그녀는 귀를 막으며 침실로 들어갔다. 그러나 시어머니는 악귀처럼 그녀를 뒤쫓아왔다. 지옥이 따로 없었다. 침대에 이불을 덮고 앉아 있는 그녀에게 시어머니는 계속해서 악담을 해댔다.

“네년은 저주받고 태어난 거야! 그래서 어미, 아비 잡아먹어서 고아가 되고 이제는 남편까지 잡아먹었잖아. 난 애초에 네 본색을 알고 있었다. 그래서 그렇게 창화에게 안 된다고 했지만 그 자식이 어미 말을 들어먹어야지. 원래 악을 갖고 태어난 자식은 잉태도 못하는 법이야. 넌 그래서 애를 낳을 수 없는 거야!”

침실 문 앞에 서서 말을 퍼붓던 시어머니는 어떤 기운에 밀려

뒤로 나자빠졌다. 이상한 일이었다. 그녀는 안정감있게 서 있었고 바닥도 미끄러운 재질은 아니었다. 그녀는 누군가 자신을 밀었나 싶어 두리번거렸다. 그러나 주위에는 아무도 없었다. 그녀는 참 이상한 일도 다 있다고 생각했다. 그 덕분에 그녀의 입에서 퍼붓던 악담은 잠시 중단되었다. 은혜는 이미 이불을 뒤집어쓰고 누워 있었다.

"난 며칠 여기서 머물 거다. 그렇게 알아라!"

시어머니는 문을 기운차게 닫고는 다른 방으로 갔다. 은혜의 목에서 저절로 한숨이 터져 나왔다. 산 너머 산이었다. 그녀는 시어머니의 존재로 자신이 더 괴롭힘을 당해야 한다는 사실에 망연해졌다.

벨이 울렸다. 그녀를 찾아올 손님이 없다는 것을 뻔히 아는 시어머니는 벨이 울린다는 사실에 뭔가 그녀의 약점이라도 잡았다는 생각에 신이 나서 현관으로 달려갔다. 침실에서 나오던 그녀는 이미 현관에 당도하는 시어머니의 모습을 볼 수 있었다. 문구멍으로 밖을 보던 시어머니의 얼굴이 밝지 않은 것을 보고 그녀는 안도했다. 문이 열리고 들어온 사람은 용해였다. 시어머니에게 있어 자신의 아들과 친했던 아들 친구는 며느리의 꼬투리가 되지 못했다.

"어머니도 와 계셨군요? 힘드셨죠?"

용해가 침울한 표정으로 시어머니의 두 손을 잡자 그녀는 여태껏 설움을 참고 있었다는 듯이 봇물 터지는 울음소리를 냈다. 누군들 그녀의 음성을 들었다면 아들 잃은 설움이 절절했을 거라고 생각할 만큼 그녀의 울음은 처절하게 느껴졌다. 은혜는 속으로 혀를 찼다.

"창화도 가버리고 걱정이 되어 왔습니다. 별일없으시죠?"

용해는 혹시나 어떤 오해의 소지가 남지 않을까 싶어 신중하게 자신이 온 이유를 얘기했지만 시어머니의 행동은 그의 우려를 날려 버렸다. 그녀는 하소연할 사람이 필요했다는 듯이 그의 팔을 붙잡고 소파로 이끌었다. 그녀의 손에 붙들려 졸지에 소파에 앉은 용해는 난처한 안색을 했다. 그 틈에 은혜는 주방으로 가 과일을 깎았다. 깎은 과일을 들고 거실로 가자 시어머니는 그에게 자신의 신세타령을 한참 풀어내고 있었다. 그는 미소를 잃지 않고 진지하게 듣는 듯했지만 얼굴에는 따분함이 묻어나오고 있었다.

시어머니의 얘기는 끝이 나지 않을 것 같았다. 창화를 자신이 어떻게 키웠으며 그 애로 인해 자신이 얼마나 힘들었는지를 끊임없이 풀어내는 얘기를 조금 듣던 은혜도 질릴 것 같은 기분에 말을 가로막았다.

"과일이라도 좀 드세요."

자신의 이야기를 끊어버린 며느리를 사정없이 노려보던 시어머니의 눈빛이 용해에게 향하자 백팔십도 달라졌다. 그녀의 눈빛은 솜이라도 녹일 것 같은 표정이었다. 사람이 마음먹기에 따

라서 저렇게 바뀔 수 있다는 사실에 은혜는 어이가 없어서 멍하
니 시어머니의 행태를 보고 있었다.

"어서 먹어. 그런데 왜 아직 장가를 안 가?"

시어머니는 자신이 깎아놓은 것같이 그에게 과일을 권하며
일상적인 얘기로 대화의 흐름을 잡았다.

"어머니 같은 여자만 있다면 가죠."

은혜가 보기에는 인사치레인 말을 시어머니는 진심으로 받아
들인 듯 좋아서 어쩔 줄 몰라 했다. 그녀의 입에서 어울리지 않
은 고운 웃음소리가 나왔다. 가식적인 웃음소리를 들으며 은혜
는 심사가 편치 않았다.

"내가 뭘. 따지지 말고 착한 여자 하나 골라 얼른 장가가."

시어머니가 말하는 착한 여자라면 그녀와 정반대의 여자를
찾아야 한다고 은혜는 생각했다. 자신의 입으로 착한 여자 운운
하는 시어머니의 모습은 뻔뻔 그 자체였다. 그녀의 눈가는 웃음
으로 인해 주름이 잔뜩 잡혀 있었고 호호거리는 입가는 나름대
로 예쁘게 보이려고 오므렸지만 효과는 거두지 못하고 있었다.
나이는 그녀의 입가에도 찾아가 있었다.

사람의 아름다움이란 내면에서 나오는 법이다. 가식적인 껍
질을 쓰고 있는 시어머니에게서 느껴지는 것은 공허한 아름다
움이었다. 그녀는 시어머니에게서 눈을 돌려 버렸다. 때에 따라
서는 저렇듯 바뀔 수 있는 이중성에 은혜는 정나미가 떨어졌다.

그의 시선이 은혜를 향했다. 깊은 시선은 한동안 그녀에게 머

물러 있었다. 신중한 눈빛으로 자신을 따뜻하게 보는 그의 시선에 은혜는 마음이 편안해지는 걸 느꼈다. 은혜는 이 사람이 자신의 언덕이 된다면 참 믿음직할 것 같다는 생각을 했다. 용해의 시선이 그녀에게 꽤 머물러 있긴 했지만 시어머니가 눈치챌 정도까지는 아니었다. 그는 그 시선에서 그녀에게 걱정하지 말라는 위로의 메시지를 보냈고 은혜는 충분히 위로가 되었다.

"어머니도 힘드셨겠지만 은혜 씨도 힘들었겠어요."

그의 말에 웃음 짓던 시어머니의 입가가 샐쭉해지며 당치도 않다는 표정을 지었다.

"쟤가 힘들다고? 글쎄다, 늘 멀쩡하게 지내서 난 그리리라고는 생각도 못했다. 오히려 윤택해진 생활에 얼굴이 더 좋아진 것 같던걸? 너 창화 장례식에 와봤잖니? 쟤 눈물 한 방울 흘리지 않았다."

당혹한 시선으로 그가 그녀를 보았다. 시어머니의 며느리를 대하는 태도가 이해되지 않았던 모양이다. 그녀는 그에게 미소를 지으며 원래 우리 이래요 하는 의미를 보냈다. 그의 시선에 연민이 묻어나왔다. 은혜는 그런 말에 발끈할 정도로 기운차지도 않았다. 말끝마다 쑤셔대는 시어머니의 행동에는 이골이 나 있었다.

그녀는 장례식에서 울지 않았다. 가슴이 끊어질 듯 아팠지만, 그가 못 견디게 보고 싶었지만 눈물은 이상하게도 나지 않았다. 그러나 가슴이 무너졌다. 그녀의 속에 들어 있던 그에 대한 사랑이 아프게 앓고 있었다. 심장이 차갑게 식어버리는 느낌이었다. 서늘한 기운은 눈물처럼 그녀의 가슴을 흘러내리고 있었다. 가슴으로 운다는 말, 그녀는 그것이 어떤 느낌인지 그때 알았다. 가슴으로 우는 사람은 눈물을 흘릴 수 없다. 말할 수 없는 많은 고통이 있음에도 반대로 얼굴에선 눈물이 말라 버린다. 사랑을 잃는다는 것, 그리운 사람을 다시 볼 수 없다는 것. 그 사실이 그녀의 눈물을 딱딱하게 굳어버리게 했다. 하지만 인간은 간사한 동물인 모양이다. 그토록 무너질 것 같았던 세상이 이제는 살 만하다는 생각이 들었으며 남편의 죽음을 기정사실로 받아들이게 되었다. 남편은 이제 죽은 사람이고 자신은 살아야 한다는 강한 삶의 집념이 그녀를 간사하게 만들었다. 시어머니의 말이 일부는 맞았다. 조금 덜 힘들어졌고 얼굴빛이 남편이 죽은 직전에 비한다면 나아진 건 사실이다.

애기를 듣던 은혜의 입에서 자신도 모르게 한숨이 새어나왔다. 그 소리를 듣기라도 한 듯 용해의 눈이 그녀를 향해 치켜떴다.

"울 수 없을 만큼 힘들었겠죠. 너무 지쳐서 울 수 없을 만큼."

용해의 대답에 시어머니는 더 이상 뭐라고 말하지 않았다. 자신이 더했다가는 며느리를 미워하는 나쁜 시어머니로 찍히게 될 걸 알고 있었기 때문이다.

"어머니는 여기 언제까지 계실 겁니까?"

그가 다정스럽게 아무렇지도 않은 듯 시어머니에게 물었지만 그건 얼마나 그녀를 괴롭힐 것인지를 알기 위한 물음이었다. 그는 이 나이 든 여자가 자신이 사랑하는 여자를 괴롭히는 게 얼마나 갈지 알고 싶었다. 그건 은혜도 알고 싶었다. 시어머니와의 동거는 모든 행동에 제약을 받았다. 그 얘기는 시어머니가 뭐든지 의심을 하려는 까닭에 그녀가 외출을 할 수도 없으며 자연스러운 행동도 신경 써야 하며 마음 놓고 편하게 있을 수 없다는 걸 뜻했다.

머리 속으로 생각을 하는 듯 눈알을 굴리는 시어머니의 행동은 최소한 두 사람을 긴장시켰다. 잠시 동안의 생각 후 그녀가 내뱉은 말은 두 사람에게 혐오감을 치밀게 만들었다.

"이 애가 힘들어서 당분간은 있어야겠다. 혼자 있으면 얼마나 외롭겠니?"

그 소리를 용해가 은혜 씨가 힘들겠구나 하는 쪽으로 생각했다면 은혜는 네 돈을 받기까지는 한 발짝도 물러서지 않겠다는 최후의 통첩으로 들렸다. 그러나 그녀는 시어머니의 뜻을 들어줄 생각이 없었다.

"다같이 나가죠? 제가 식사 대접이라도 할게요."

"아유, 그래 주면 나야 고맙지."

시어머니는 호들갑을 떨며 자신이 묵고 있는 방으로 들어갔다. 그 틈을 이용해 용해가 은혜에게 다가가며 말했다.

"은혜 씨도 바람 좀 쐬어야죠? 한동안 시달렸을 텐데."

그러며 그는 시어머니가 들어간 방 쪽을 보았다. 그녀는 그에게 감사의 미소를 보내며 침실로 들어갔다. 침실 옆에 있는 화장대에서 그녀는 가볍게 분을 바르고 마스카라를 하는 것으로 화장을 끝냈다. 외출복으로 갈아입은 그녀가 거실로 나왔지만 시어머니는 아직 나올 기미가 보이지 않았다. 과한 치장으로 시간이 많이 걸리는 듯했다. 그들은 소파에 앉으며 시어머니가 나오길 기다렸다.

용해가 그녀를 향해 싱긋 웃었다. 그 모습이 소년 같았다. 늘 어른스럽기만 하고 점잖은 남자에게서 보는 새로운 모습이었다.

"조금만 기다려!"

손님방에서 시어머니의 소리치는 음성이 들렸다. 그는 은혜를 향해 머리를 절레절레 흔들었다. 그 모습이 우스워서 그녀는 풋 하고 웃음을 터뜨렸다. 그녀의 몸속으로 따스한 기운이 흘러들어 갔다. 이 남자는 참 사람을 편하게 해주는구나. 은혜는 정감있는 눈길로 그를 보았다. 그에게서 느껴졌던 낯선 감정은 조금씩 사라지고 있었다. 이전부터 좋은 사람이라는 생각은 했지만 이처럼 진지하게 생각해 본 적은 없었다.

그녀는 남자를 찬찬히 뜯어보았다. 청회색 슈트를 입은 남자의 모습은 산뜻함을 나타내고 있었다. 겉으로 보이는 직업적인 냉철함이 배어 있는 그의 모습은 눈가에 짓고 있는 장난스런 미소로 인해 흐려지고 있었다. 단정하게 깎아 있는 머리와 면도를 해서 푸르스름한 면도 자국은 그의 남성적인 느낌을 더 가중시켰다. 정혁이란 남자가 소년 같은 이미지의 성적 매력을 풍기는 남자라면 그는 좀 더 어른스런 매력을 갖고 있는 남자였다. 가슴 떨리는 자극적인 느낌은 없었지만 그는 믿음직했고 편안했다. 그리고 한 번씩 보여주는 색다른 모습은 그녀에게 신선한 자극으로 다가왔다.

그녀는 어느새 자신이 그를 남자로 보고 있다는 사실을 깨달았다. 나한테 이런 요사스런 끼가 흘렀던가. 남편이 있을 때는 단 한 번도 다른 남자에게 눈 돌린 일 없고 오로지 남편만이 눈에 들어왔었다. 지금의 변화된 자신의 모습이 은혜는 당혹스러웠다.

시어머니는 요란한 치장을 끝내고 나왔다. 그래도 아들 친구라 신경 쓴 때문인지 나름대로 점잖게 치장을 했지만 천박함은 어쩔 수 없었다. 은혜는 시어머니의 취향을 도저히 따라갈 수 없었다. 그녀의 치장은 은혜를 질리게 만들었다. 어느새 옷을 가져왔던 것일까. 이곳을 올 때는 별로 크지 않는 가방이 다였는데 그 안에 저 옷이 들어가 있었던 것일까. 은혜는 시어머니의 준비성에 다시 한 번 놀랐다.

그들이 찾은 곳은 시가지에서 한참 떨어진 시외였다.

"폐가 되지는 않을까요? 회사는 언제 들어가세요?"

은혜의 말에 용해는 눈가에 웃음을 띠며 말했다.

"외근 나왔다 바로 퇴근한다고 했으니 그렇게 알 거예요."

시계는 다섯 시를 가리키고 있었다. 뒷좌석에 시어머니 옆에 앉은 그녀는 가시방석 같았다. 그들은 조금씩 간격을 둔 채 서로 몸이 닿지 않으려고 뒤척거렸다.

차가 멈춰 서자 두 사람은 일제히 창밖으로 시선을 두었다. 눈앞에 시원한 강이 펼쳐져 있었다. 이제 낮이 짧아진 관계로 여섯 시도 안 되었는데 날이 어두워지려고 하고 있었다. 강을 타고 오는 차가운 공기가 그녀의 얼굴에 오른 열을 식혔다.

정갈한 한식집이었다. 한복을 입고 나이가 지긋해 주인으로 보이는 듯한 여자가 다가와 주문을 받았다. 오디오 장치는 보이지 않았는데 어디선가 가야금 선율이 흘러나왔다. 꼼꼼히 살펴보던 그녀는 저쪽 방에서 들려온다는 걸 알았다. 그 방은 정중앙에 자리 잡고 있어 어떤 방이든 문으로 연결되어 있었다. 그녀는 그 방에 누군가가 연주를 하고 있다는 생각을 했다. 이곳은 그녀가 생각했던 것보다 훨씬 비싼 곳이었다. 나오는 음식을 보고 그런 생각은 더 강해졌다.

"너 아니면 우리가 이런 거 구경이나 했겠니? 돈이 있는 누구도 절대 데려오지 않는 곳을 말이야."

그 누구가 그녀를 가리킴은 자명한 일이었다. 시어머니는 음식을 보고 입맛을 쩝쩝 다시는 중에도 그녀에 대한 가시를 잊지 않았다. 입맛을 다시는 시어머니의 입가가 탐욕스러웠다. 은혜는 신경 쓰지 않았다.

그녀가 수저 드는 걸 확인하고서야 용해도 따라 들었다. 죽은 친구가 그녀에게 어떤 짓을 했는지 궁금했지만 친구 어머니는 모르는 눈치였다. 모르는 사람을 두고 그녀에게 물어볼 수는 없는 일이었다. 어머니가 있기 때문인가. 그녀의 안색은 까칠했고 더 어두워 보였다. 안쓰러운 마음이 절로 들었다.

식사를 끝내고 그곳을 나오며 용해는 담배에 불을 붙였다. 연기가 강바람에 산산이 흩어졌다. 자신의 사랑도 이렇게 사라졌으면 좋겠다고 생각했다. 감정을 마음에 담아두는 것은 피곤하고 힘든 일이었다. 그의 눈이 잠깐 동안 뒤따라오고 있는 은혜의 얼굴에 머물렀다. 그녀는 눈을 내리깔고 걷고 있었다. 무엇을 생각할까. 그는 차에 오르며 휴대용 재떨이인 종이컵에 담배를 버렸다. 뒤따라온 두 여자가 차 문을 열며 바람을 몰고 왔다. 자신의 마음에도 거친 바람이 불고 있었다. 갈수록 거세지기만 하는 바람을 제어할 방법이 없었다.

그녀를 만나게 된다는 기대 때와는 달리 되돌아가는 길은 그에게 우울함만을 남겼다. 마흔둘의 남자가 얼뜨기들이나 하는 열정적인 감정에 빠져서 정신을 못 차린다는 것은 어리석은 일이었다. 그걸 알면서도 그의 가슴은 그걸 원하고 있었다.

그는 차를 출발시키며 두 사람을 보았다. 그를 향해 사랑이 뚝뚝 넘칠 것 같은 미소를 짓고 있는 친구의 어머니와 자신이 사랑했던, 지금도 사랑하고 있는 여자를. 외식을 나올 때 우울했던 그녀의 기분은 많이 나아 있었지만 용해는 그 반대였다. 아무것도 모르고 상냥한 미소를 짓고 있는 그녀가 그는 얄미웠다. 그녀에게 당장이라도 키스하고 싶을 만큼.

다섯

아침부터 급한 볼일로 욕실로 향했던 시어머니의 입에서 찢어지는 비명 소리가 들렸다. 커피를 한 잔 마시기 위해서 주방으로 향하던 그녀는 가던 걸음을 멈췄다.

"저, 저기!"

욕실을 뛰쳐나오는 시어머니의 안색은 파랗게 질린 채 얼굴이 흠뻑 젖어 있었다. 그녀의 바지는 무릎에 걸린 채로 어기적거리며 은혜에게 뛰어온 참이었다. 공포로 질린 그녀의 정신은 며느리가 자신이 싫어하는 사람이라는 것도 안중에 없었다. 시어머니의 눈은 휘둥그레 떠져 있었고 떨리는 손가락은 욕실을 향한 채 자신의 몸을 은혜에게 기대고 있었다.

“저기 누군가가 있어!”

욕실을 가리키는 손가락이 강한 경련을 일으키고 있었다. 시선을 그녀에게 향하는 시어머니의 시선은 마치 못 볼 것을 본 사람처럼 극도의 충격에 빠져 있었다.

“누가 있다고 그래요?”

말은 그랬지만 그녀는 누가 그런 짓을 했는지 짐작이 갔다.

“볼일을 보고 있는데 샤워기가 주둥이를 나한테로 트는 거야. 그러더니 갑자기 물을 뿜어대기 시작했어!”

그녀는 충격에서 헤어나오지 못한 채 정신없이 같은 말을 계속해서 반복했다.

“샤워기가 고장이 났나 봐요. 가끔씩 그럴 때 있어요.”

“그게 아니야. 물은 저절로 나왔다고 친다 해도 샤워기가 무슨 힘으로 저 혼자서 돌아가냔 말이야!”

대꾸를 하지 않았다. 시어머니는 갑자기 자신이 묵고 있는 손님방으로 쪼르르 달려들어 갔다. 그러더니 잠시 후 대충 챙긴 가방을 들고 현관으로 향했다.

“어디 가세요?”

그녀의 눈에 시어머니의 눈이 매서워졌다.

“남편 잡아먹을 때 알아봤어. 이젠 귀신까지 불러들이고. 난 가봐야겠어! 더 있다간 네년의 손에 죽을지 몰라!”

시어머니는 미련없이 문을 열고 나갔다. 시어머니가 나간 원인은 단순히 귀신의 탓만은 아닌 듯했다. 아마도 새로 사귄 애인을 그녀 때문에 보지 못하고 있어야 하는 사실이 짜증났을 것이다. 거기에 귀신이 가장 큰 일조를 한 건 사실이었다. 그녀는 미소 지었다. 늘 힘들고 두렵고 화나는 존재였지만 그녀는 처음으로 남편의 영혼이 고맙게 생각됐다.

동네에서 한참 떨어진 곳을 향해 걸어갔다. 그녀가 걸어온 시간은 이십 분이었다. 차는 그곳에 주차되어 있었다. 조수석으로 올라타자 반가운 얼굴이 이미 타고 있었다.

"꼭 이래야 해요?"

정혁은 아직까지도 여자가 주위 눈치를 보는 것에 짜증을 보였다.

"요즘 세상에 누가 뭐라 한다고 그래요? 이미 없는 사람에게 굳이 정조를 지킬 필요 없잖아요."

"정혁 씨, 난 누구의 눈치를 신경 쓰지 않을 만큼 젊은 나이가 아니에요. 아무리 세상이 변했다 해도 사람들의 생각은 바뀌지 않아요. 그리고 우리가 아무리 친구 사이로 있다고 해도 색안경을 끼고 보는 사람의 눈에는 그렇게 안 보이죠."

"은혜 씨 밖에 나가면 다 제 또래로밖에 안 봐요. 삼십대 초반으로 보인다고요."

은혜가 생긋 웃으며 말했다.

"이제 그 얘기는 그만 해요."

그녀는 그의 손을 다독거리는 것으로 대화를 끝내기를 제의

했고 정혁은 하는 수 없이 얼굴을 풀고 생각을 접었다.

그들은 식사를 하고 스카이라운지로 향했다. 높은 곳에서 바라보는 도시의 야경은 무척 은근했다. 뭐라고 말할 수 없는 감동과 화려함이 있었다. 은근하게 비추는 불빛 또한 분위기있었다. 시어머니의 존재로 그와 연락을 하지 않은 그녀는 그에게 일이 있어서 그러니 전화하지 말라고 미리 문자를 보냈었다.

오늘 그녀는 연락을 했고 그는 즉석에서 데이트 신청을 하며 시간도 정했다. 이렇게 만나는 게 대화도 나누고 좋을 거라는 생각이 들었다. 육체관계만 안 간다면 떳떳할 수 있을 것 같았다. 하지만 육체관계는 안 간다 해도 정신이 죄를 짓고 있다면 정말 떳떳한 것일까.

나올 때마다 달라 보이는 남자의 모습은 무척 매력적이어서 그녀는 자꾸만 엉뚱한 상상을 하고 있었다.

"은혜 씨, 나 요즘 말이에요."

남자의 말에 은혜가 얼굴을 조금 접근시키며 그를 보았다.

"곡이 안 떠올라요."

"왜요?"

그녀는 의아한 듯 그를 보았다.

"누군가가 몹시도 나를 괴롭혀요."

"누가요?"

남자의 눈이 그녀를 응시하며 뚫어질 듯이 쳐다보고 있었다. 순간 은혜는 가슴이 덜컹 내려앉았다. 그의 눈빛은 가슴 두근거렸지만 그 장본인이 자신이라는 뜻에 그녀의 마음은 움츠러들었다. 남녀 사이에 친구란 존재하기 힘든 것인가. 말은 그렇게 하면서도 이미 그들 사이에 친구는 존재하지 않았다. 서로의 마음을 숨기기 위해서 단지 겉포장을 친구라고 했을 뿐이다. 그녀가 원한 것도, 그가 원한 것도 육체적인 것인지도 몰랐다.

"뭘 겁내는 거죠?"

남자의 눈은 그녀의 마음에 당장이라도 불을 댕길 듯이 이글거리고 있었다. 그녀는 그 눈빛을 잡고 싶다는 유혹을 뿌리치기가 정말 어려웠다. 하지만 그녀의 이성이 완전히 마비된 것은 아니었다.

"정혁 씨, 우리 이러면 정말 만나기 힘들어요."

"난 알 수 있어요. 은혜 씨도 날 원하고 있어요. 그러면서 애써 외면하는 이유가 뭐죠?"

"도리요. 남편에게 내가 해야 하는 도리 때문이에요. 남편을 잃은 지금에서도 최소한 몇 년은 그를 위해 내 자신을 지켜야 한다는 사실. 그것이 나를 막고 있어요. 하지만 그걸 나쁘게 생각하지 않아요. 그 때문에 나는 바로 살아올 수 있었으니까요. 나는 아직도 남편을 사랑해요. 그러니 이런 하찮은 생리적 감정 때문에 나를 망치는 짓 따위는 하고 싶지 않아요."

"그럼 생리적 감정만 해소해요. 정신을 누구한테 준 것은 아니잖아요. 나도 솔직히 말하자면 당신의 정신이 어떤지, 생각이 어떤지 몰라요. 난 여태껏 여자를 끌리면 사귀었고 그러다 어느 정도 시들해지면 끝냈어요. 서로에게 나쁘지 않잖아요. 그냥 서로 즐기다 서로 마음이 없어지면 헤어지는 것, 그건 남편을 배신하는 행위라 볼 수 없잖아요. 그저 자신의 욕구를 충족시켜 줄 대상이 필요했을 뿐이지, 당신의 생활이나 정신에 영향을 준 것은 아니잖아요?"

그의 말은 타당성이 있었다. 하지만 그녀는 아직 준비가 되어 있지 않았다.

"난 아직 결론을 내리지 않았어요. 그러니 강요하지 말아요. 어디까지나 내 의견을 존중해 줘요. 시간이 필요해요. 솔직히 고백하자면 당신한테 끌리는 것은 사실이에요. 물론 육체적인 것이지만 어쨌든 솔직히 말하자면 그래요. 지금 당장 어쩌자는 말은 하지 말아요. 내가 결정이 되면 당신에게 알려줄게요."

그녀의 말에 그의 눈빛은 조금씩 가라앉았다. 감정을 자제하는 듯했다.

"좋아요. 하지만 많이 기다리게 하지 말아요. 난 당신을 보면 피가 끓을 정도로 젊은 남자니까. 나의 인내를 실험하지 말아요."

그는 주문했던 술을 단숨에 마셔 버렸다. 칵테일 정도는 그에게 술도 아닌 듯 물을 마시듯 단번에 마시고도 멀쩡했다. 그녀는 술이 약한 탓에 입술을 조금씩 적시고 있었다. 둘의 분위기가 어색해졌다. 차라리 자신의 감정을 남자에게 부정하는 게 옳았을까. 그랬다면 분위기는 훨씬 더 나았을지도 몰랐다.

우울하면서도 슬픈 남자의 모습이 그녀의 모성애를 자극했다. 저렇듯 뭔가를 갖지 못한 것에 뿌루퉁해 있는 애 같은 모습을 지으면 내가 마음이 약해지잖아. 정혁 씨, 제발 나를 자극하지 말아요. 나 당신 아니라도 많이 힘들어요. 그녀는 남자의 모습이 애처로워 당장이라도 안아주고 싶은 충동을 느꼈다.

자리에서 일어나 카운터로 나오자 값을 지불하려는 그녀를 밀치고 그가 계산을 했다.

"저번에도 정혁 씨가 냈고 오늘 식당에서도 냈잖아요. 이번 거까지 내버리면 내가 미안하잖아요."

"난 한 번도 남에게 대신 내게 한 적이 없어요."

그의 말은 단호했다. 그녀는 아무 말 없이 그를 따라 엘리베이터를 탔다. 엘리베이터에는 아무도 타고 있지 않았다. 둘 다 말이 없었고 조용했다. 그녀가 답답해서 한숨을 쉬는 순간 불시에 그의 입술이 그녀를 덮쳤다. 순식간의 일이었다. 뜨거운 입술이 닿자 그녀는 놀라서 숨을 삼켰고 벌어진 입 사이로 그의 혀는 거침없이 들어왔다.

그녀는 반항해야겠다는 생각에 그의 가슴을 밀쳤지만 가슴은 탄탄한 바위처럼 끄떡도 하지 않았다. 그의 혀가 현란하게 그녀의 입 안을 훑고 지나갔다. 곧이어 그녀의 혀를 건드렸고 그의 혀는 똬리를 트는 뱀처럼 그녀의 혀를 감았다. 그리고 자신의 입 안으로 그녀의 혀를 빨아 당겼다. 그 기운은 볼을 타고 귀를 지나 그녀의 머리 속을 달구었다. 머리 속이 하얘졌다. 이대로

라면 모든 관념들이 그녀 앞에서 무너질 것만 같았다. 그녀는 다리에 힘이 빠져 주저앉을 것만 같았고 그것을 민감하게 감지한 그의 손이 그녀의 허리를 힘 주어 꽉 안았다. 그 덕분에 그녀는 쓰러지는 것을 면할 수 있었다. 그는 선수였다. 그녀가 그에게서 느꼈던 페르몬은 결코 과장된 게 아니었다.

"아직도 준비가 필요한가요?"

그의 그 한마디가 마비되었던 그녀의 이성을 깨웠다. 그녀는 얼른 그에게서 떨어졌다.

"집에 가고 싶어요."

"이러지 말아요."

그는 다시 그녀를 자신에게 열중시키려고 끌어당겼으나 그녀는 완강히 거절했다. 이미 그녀의 이성이 제자리를 찾고 있었다. 그는 할 수 없이 포기하며 자신의 입을 저주했다. 차라리 아무 말도 하지 않았다면 둘은 지금 다른 곳에서 서로를 불태우고 있었을지도 모를 일이었다.

엘리베이터의 경쾌한 울림 소리가 들리며 문이 열렸다. 정혁의 손에는 차 키가 흔들거리고 있었다. 은혜는 이상하게 그 소리가 귀에 거슬렸다. 그건 지하철에서 보았던 아이의 존재처럼 그녀를 불안하게 만들었다. 그녀는 정문으로 나가는 그에게 자신은 택시로 혼자 가겠다는 뜻을 밝혔다. 정혁은 의아한 눈빛으로 그녀를 보았다.

"왜 그래요?"

"그냥 그러고 싶어요. 오늘은 제 뜻에 따라주세요."

정혁은 할 수 없다는 듯이 어깨를 으쓱해 보였다. 은혜는 가볍게 인사를 한 뒤 걸음을 빨리 하며 택시를 잡기 위해 도로로 향했다.

정혁은 자신의 차가 주차되어 있는 곳으로 향했다. 차 앞에 검은 물체가 어른거렸다. 차 앞까지 오자 그 물체는 그를 에워쌌다.

"지정혁, 오랜만이군."

"당신들은 누구야?"

세 명의 남자들은 그를 향해 빙글거리며 웃고 있었다. 그의 정면에 있던 남자가 정혁의 배로 주먹을 날렸다. 그는 흡 하는 숨이 넘어가는 비명을 지르며 나동그라졌다. 그의 몸은 금방 당한 구타로 경련을 일으키며 바르작거리고 있었다. 세 명의 남자들은 먹잇감을 앞에 둔 맹수의 모습을 연상시켰다. 그들의 입가에는 비정한 웃음이 흘렀으며 구두의 번쩍거리는 윤기는 차가움을 나타내고 있었다. 정혁은 그 사이에서 함정에 빠진 짐승처럼 떨고 있었다.

여전히 지하철 안이었다. 그녀는 지하철 안에 타고 있었고 맞은편에는 남편이 쓰러졌다는 연락을 받았을 때의 남자 아이가 앉아 있었다. 아이는 여전히 불길했고 이상했다. 아이는 그녀에게 관심이 없다는 듯이 자신의 옆에 있는 할머니를 바라보며 말을 걸고 있었다. 그러던 아이는 그녀의 시선을 느꼈는지 갑자기 고개를 돌려 은혜를 주시했다.

지금의 아이 모습은 그녀를 잘 알고 있는 사람의 눈빛이었다. 아이의 눈빛은 그녀를 꿰뚫어 보듯 바로 쳐다보지 못할 정도로 강했다. 밝았던 지하철 안이 조금씩 어두워졌다. 웅성거리던 소리는 쥐 죽은 듯이 조용했다. 갑작스런 침묵이 그녀를 불안하게 했다. 그녀는 어리둥절해 주위를 둘러보았다. 조금 전까지도 있던 사람들의 모습이 마치 예전부터 존재하지 않았다는 듯이 연기처럼 사라지고 없었다. 말끔히 청소를 한 듯 사람들의 모습은 어디에도 보이지 않았다. 주위는 어두웠고 사람이라곤 그녀와 그녀의 맞은편에 앉아 있는 아이뿐 아무도 타고 있지 않았다. 그 애의 할머니도 보이지 않았다. 오로지 그녀와 아이만이 서로를 주시하며 앉아 있었다. 이상하다고 생각했다. 어떻게 사람들이 거짓말같이 사라진 걸까.

아이의 몸이 지하철의 흔들림에 같이 흔들렸다. 그 흔들리는 모습이 이상했다. 마치 뼈가 없는 연체동물처럼 아이의 몸은 휘적거렸다. 아이의 눈가로 음영이 짙어졌다. 그 모습이 음산해 보여 그녀는 두려워졌다. 지하철 문이 열렸다. 그녀는 일어나서 도망가려 했지만 발이 바닥에 붙은 듯 떨어지지 않았다. 말을 하려 했지만 아무리 노력을 해도 목구멍에서는 소리가 나오지 않았다. 머리에서 진땀이 나고 기절할 만큼 무서웠지만 반복해서 감기는 영화 필름처럼 그 장면은 계속되며 빠져나올 수 없을 것 같았다.

이곳을 나가야 해! 그녀는 마음속으로 절규하며 비명을 지르려고 했지만 소리는 여전히 나오지 않았다. 어떻게든 의지로 지하철 안을 나가보려 했지만 몸을 꼼짝할 수가 없었다. 열린 문쪽으로 고개를 돌린 그녀는 문 저편에서 남편이 서 있는 것을 발견했다. 그리운 얼굴이었다. 그녀는 가슴이 저려와 울면서 그를 불렀다. 죽어서 다시 볼 수 없다고 생각한 사람이었다. 그러나 그의 모습을 보는 순간 그녀는 너무도 정겹고 반가워 그를 만지려고 발악적으로 손을 내밀었지만 내민 손은 일어나지 못하는 몸으로 더 이상 가지 못했다. 남편의 모습은 예전에 그녀가 알던 바로 그 모습이었다. 무섭지도 않았으며 당장이라도 그녀를 안아줄 것 같은 따뜻한 모습이었지만 남편 또한 붙박이처럼 그대로 서 있을 뿐 그녀에게 올 생각을 하지 않았다.

전철 문이 닫히려 했다. 닫히는 문 사이로 그녀는 그의 모습을 놓치지 않기 위해 필사적으로 보았다. 그는 그녀를 향해 무언가를 말하고 있었다. 그러나 그녀의 귀에는 들려오지 않았다. 그는 반복해서 같은 말을 하듯 입 모양이 같았다. 문이 닫혀 버렸다. 그가 하는 말을 어떻게든 들으려 했지만 문은 닫혀 버렸고 전철은 다시 떠났다. 덜컹거리는 움직임이 느껴졌다.

"여보……."

처음으로 내뱉은 말이었다. 말을 할 수 없는 상황에서도 그녀의 입에서 자그마하게 속삭이듯 나왔다. 아무런 말도 할 수 없었는데도 불구하고 말이다. 문에 못 박힌 시선은 잠시까지도 잊고 있던 아이한테로 향했다. 이상한 점은 남편이 서 있던 역이 밝았던 반면에 그녀가 앉아 있던 지하철 안은 어둡다는 사실이었다. 그리고 여전히 그녀와 아이 주변에만 빛이 쏟아지고 있었다.

아이가 갑자기 일어섰다. 그러더니 그녀에게 다가오고 있었다. 아이의 얼굴이 이상했다. 자신을 향하던 아이의 눈이 이상하게 변했다. 유난히 커 보였던 아이의 눈은 까만 음영으로 인해 음산해 보일 뿐만 아니라 어떤 변화까지 시작하고 있었다. 동공의 까만 동자가 하얀 부분을 서서히 차지해 가기 시작했다. 까만 동공이 흰자위로 자신의 영역을 넓혀가는 미세한 분열을 일으켰다. 아이의 눈은 곧 까만 동자로 덮여 버렸다. 까맣게 반들거리는 아이의 눈동자는 무언가를 노리는 쥐의 눈과 닮아 있었다. 그녀는 소름 끼치는 공포감에 일어나서 도망치려 했지만 몸은 여전히 움직이지 않았다. 아이가 은혜 앞에 서서 그녀를 보며 같은 말을 반복하고 있었다.

『떠나! 떠나! 떠나!』

아이의 눈이 그녀의 눈 가까이 다가가 웃고 있었다. 밀랍처럼 하얗던 아이의 얼굴이 서서히 푸르게 변하더니 살을 비집고 구더기들이 쏟아져 나오기 시작했다. 투두둑 소리를 내며 떨어지는 구더기들은 아이의 살을 헤집고 마구 나오고 있었다. 아이의 얼굴이 너덜너덜해지며 염산을 떨어뜨린 것처럼 퍼렇게 부식되기 시작했다. 그녀는 자신의 무릎으로 떨어지는 구더기로 인해 비명을 질렀다.

"아악!"

잠에서 깨어난 그녀는 온몸이 흠뻑 젖었음을 깨달았다. 선명하게 떠오르는 꿈의 잔상들로 그녀의 몸이 부르르 떨렸다. 소름 끼치는 꿈이었다. 죽고 나서 한 번도 본 적 없는 남편의 얼굴이 처음으로 나타났다. 하지만 하필이면 왜 악몽에 나타난 것일까. 그가 말하려던 건 뭐였을까. 아이가 내뱉던 말은 무얼 의미하는 것일까. 남편이 하려던 말이었을까. 그녀는 남편이 던졌던 메시지를 떠올렸다. 무엇으로부터 도망가라는 것일까. 이해가 되지 않았다. 시계를 들어본 그녀는 아직 시간이 네 시도 되지 않았음을 깨달았다. 하지만 이미 잠은 저만치 달아나 버렸다. 그녀는 깨버린 정신을 안정시키기 위해 카페인이 필요했다.

은혜는 방을 나와 주방으로 향했다. 주방의 불을 켠 순간 그녀는 자신 외에 다른 어떤 물체가 서 있는 걸 깨닫고 주저앉을 만큼 깜짝 놀랐다. 그리고 무서우면서도 조심스럽게 고개를 돌려 보았다. 그건 주방 한편에 걸어놓은 거울이었다. 그녀가 보고 놀랐던 것은 자신의 모습이었다. 자신이 너무 허해진 탓이라고 생각하며 크게 심호흡을 한 뒤 가스레인지에 물은 담은 주전자를 올리고 불을 켰다. 다시는 생각하고 싶지도 않는 무서운 꿈이었다. 그녀는 남편의 얼굴을 그려보았다. 남편은 살아 있을 때와 똑같았다. 옷도 쓰러지던 날 입었던 옷을 걸치고 있었다.

다만 다른 점은 핏기가 없어 보였고 무언가를 걱정하는 듯 인상을 찌푸리고 있었다. 그녀는 끓인 커피를 식탁에 앉아 마셨다. 혼자 있는 것이 겁이 났다. 속으로 내일 영은을 불러야겠다고 생각했다. 그녀의 입장이 자신의 집으로 옴으로써 좋을 리야 없었지만 지금 찬밥 더운밥을 가릴 처지가 아니었다. 그녀는 아직도 얼굴에서 흐르고 있는 식은땀을 손으로 닦으며 한숨을 길게 내쉬었다.

회사를 나오며 용해는 은혜의 집으로 가기 위해 서둘러 차에 올랐다. 저번 창화의 어머니로 인해 묻지 못한 용무를 묻기 위해 가는 길이었다. 사정이 어떤지 전화했을 때 그녀는 밝은 목소리로 그를 반겼다. 다행히 친구의 어머니는 자신의 집으로 돌아간 상태였고 그는 차분하게 그간의 상황을 들을 수 있을 것이라 생각했다. 하지만 이내 그는 그녀를 찾는 이유가 다른 데 있는 건 아닐까 자신을 의심했다. 순수하게 친구의 아내를 걱정하기 위해 가는 단순한 의도이기를 바랐지만 역시나 그는 그녀와의 만남을 생각하며 가슴 설레고 있었다.

미리 준비한 과일 바구니를 들고 벨을 누른 그는 자신을 맞는 은혜의 표정이 밝지만은 않은 것을 보고 걱정이 되었다. 전화로 맞던 반가운 목소리와는 대조적으로 보였다.

그녀는 이런 거 사 오실 필요 없다는 말을 건넨 뒤 그가 소파에 앉자 마치 늘 그랬듯 익숙한 모습으로 과일 바구니를 들고 주방으로 향했다. 커피를 끓이겠지. 자신의 것으로는 모카를, 그녀는 남편을 생각하며 자신의 취향이 아닌 에스프레소를 타 오겠지. 그의 예상대로 그녀는 자신의 것으로 에스프레소를 타 왔다.

"어땠어요?"

"크게 놀랄 일은 없었어요. 다만……."

"다만?"

"소름 끼치는 꿈을 꿨어요."

"어떤 꿈이었나요?"

은혜는 자신이 꿨던 꿈을 자세하게 설명했다. 그녀의 얘기를 듣고 난 그는 얼굴이 굳어졌다. 생각하기에도 섬뜩한 꿈이었다. 그 꿈에서 유일한 메시지는 떠나라는 말이었다. 용해의 미간에 주름이 잡혔다. 무엇에서 떠나라는 것인가. 단순한 질투라고 넘겨 버리기엔 무언가 무거운 느낌이 있었다. 앞으로 올 미래를 암시하는 것인가. 용해는 아무리 궁리해도 친구의 의중을 알 수 없었다.

"꿈이 무얼 뜻하는지 이해 안 되시죠? 저도 그래요."

용해는 고개를 끄덕거릴 뿐이었다. 팔짱을 끼고 곰곰이 생각한 그는 역시나 도리질을 쳤다.

"도저히 모르겠어요, 무엇으로부터 떠나라는 것인지."

그의 한숨에 그녀가 위로하듯 웃었다.

"별일 아닐 거예요. 신경 쓰지 마세요."

“약속해요, 무슨 일이 생기면 꼭 나한테 연락하겠다고.”

그가 은혜의 눈을 똑바로 쳐다보며 그녀의 손을 쥐었다. 무의식적으로 행한 행동이었지만 그는 자신의 행동을 자각하고 어색해하며 손을 놓았다. 은혜는 같은 남자인데 참 다르다고 생각했다. 정혁과는 조금만 손길이 스쳐도 자극이 크고 떨렸던 반해 그의 접촉은 위험이나 경계심이 들지 않았다. 다만 살랑거리는 간지러운 감촉이 가슴을 쓸어내리는 느낌이 들었다. 그리고 그녀를 바라볼 때 그의 눈빛이 참 따스하고 깊구나 하는 생각이 들었다. 그녀는 갑자기 그의 손을 잡고 싶다는 생각을 했다. 자신이 그의 손을 잡으면 어떻게 나올지 그의 반응이 궁금해졌다. 놀려주고 싶었다. 하지만 그녀는 몇 번을 망설이다 그만두었다. 자신의 장난이 유치하고 경망한 짓같이 여겨졌기 때문이다.

그는 남편의 친구였고 다른 여자의 애인이 될 사람이었다. 자신이 그런 짓을 한다면 아마도 아주 질 나쁜 여자로 볼지도 몰랐다. 다른 사람 눈에 자신이 그렇게 비쳐지는 건 싫었다.

“과일 좀 깎아올까요? 많아서 저 혼자 다 못 먹는데…….”

“요새 날씨가 추워서 밖에 놔둬도 금세는 안 상할 텐데요 뭐. 그냥 앉아계세요.”

그는 대화가 끊기자 창밖을 보았다. 이젠 완연한 겨울이었다. 하지만 안에서 보는 밖은 그녀의 눈에 여전히 춥게 보이지 않았다. 다만 아래에 서 있는 나무가 발가벗은 것으로 겨울임을 짐작할 수 있을 뿐이었다. 그들은 같은 곳을 나란히 보고 있었다.

그 사실을 깨닫는 순간 은혜는 묘한 기분이 되었다. 같은 곳을 같은 시선으로 본다는 것, 그건 은혜와 남편이 하던 일이었다.

"누군가를 사랑한다면 그 감정이 영원할까요?"

뜬금없이 묻는 그의 말에 그녀는 의아한 표정을 짓다가 말했다.

"물론 영원할 수는 있겠죠. 그러나 그것은 어디까지나 상대방이 살아 있을 때 한해서예요. 그가 죽고 없다면 시간이 지남에 따라 그 감정들은 탈색되기 마련이에요. 이런 말 하는 제가 냉정하다고 생각하시겠죠. 하지만 현실은 그래요."

"누구도 은혜 씨를 탓할 자격은 없어요. 저 또한 마찬가지죠."

용해의 말에 은혜는 의외라고 생각했지만 안심한 표정을 지었다. 그래도 누구 하나라도 자신을 이해해 준다는 것이 고마울 따름이었다. 그녀는 비교적 솔직한 성격이었다. 마음속에 이렇다라는 생각을 품고 있으면 저렇다라고 거짓을 말하지 못했다. 지금 그녀의 속에 있는 정혁에 대한 감정을 숨겨야 된다는 것이 그녀를 힘들게 하고 있었다. 정혁에 대한 자신의 감정을 분석했지만 그 감정이 정확히 뭔지 알 수 없었다. 어찌 보면 육체적 끌림인 것 같기도 하고 어찌 보면 더 깊은 감정은 아닐까 생각하기도 했다. 하지만 평소 때의 자신의 감정이 사랑을 하는 사람처럼 불규칙적이거나 못 견딜 것 같은 기분은 아니었기에 그녀는 단순히 육체적으로 이끌릴 뿐이라고 생각하고 있었다. 그가 없어도 잘살 수 있을 것 같다는 생각이 그 증거였다.

　남편이 살아 있을 때 그녀는 남편 없이는 못살 줄 알았다. 그가 없는 세상은 불안정했고 그녀 혼자는 도저히 감당해 나갈 수 없으리라 생각했다. 하지만 산 사람은 어떻게든 살아간다고 했다. 그녀는 그 말이 옳다는 것을 깨달았다. 생각보다 견디기 힘들지 않았고 그녀는 남편이 없는 삶에 익숙해져 갔다. 그건 앞으로 살 그녀에게 잘된 일이었지만 서글픈 일이기도 했다. 남편이 자신의 삶에서 떠나가고 잊혀진다는 것이 그녀로 하여금 슬프게 만들었다.

　그가 담배를 한 개비 빼려다 옆의 그녀를 의식하곤 담뱃갑 속으로 도로 넣으려 했다. 은혜는 피워도 상관없다고 말하며 손님용으로 있는 재떨이를 탁자 밑에서 꺼내 그의 앞에 내놓았다. 그는 계면쩍어하다가 담배를 입에 물었다. 그리곤 그녀에게 피해를 주지 않기 위해 재떨이를 들고 베란다 밖으로 나갔다.

　담배를 피워 물고 있는 그의 옆모습이 안정되어 보였다. 날은 어두워졌지만 거실 불빛으로 그의 모습은 선명하게 보였다. 남편보다 좀 더 큰 키와 벌어진 어깨가 믿음직스러워 보였다. 큰일을 품을 수 있는 어깨였다. 그녀처럼 저 사람도 어떤 슬픔을 갖고 있을까. 능력있고 어느 정도 안정을 갖고 있는 그도 나름대로 슬픔을 간직하고 있을까. 그녀는 묻고 싶었다, 그도 자신처럼 불안하고 흔들린 적이 있는지. 정혁을 만나고 끌리면서도 한 번도 그에게 기대고 싶다는 생각은 한 적이 없었다. 하지만 용해의 등은 달랐다. 넓고 단단해 보이는 그의 등이 그녀를 향하고 있었다. 기대고 싶었다. 용해는 기대고 싶은 생각이 들게 만드는 사람이었다. 들어오는 그에게서 담배 냄새와 함께 바람 냄새가 묻어나왔다.

"나가죠."

"어디를요?"

"기분 전환이 필요해요."

싱긋 웃는 용해의 얼굴이 장난기를 띠고 있었다. 은혜는 그의 장난스런 미소에 자신도 모르게 웃고 말았다. 점잖으면서도 한 번씩 짓는 그의 이런 모습은 다른 사람이란 착각을 불러일으켰다. 그의 차에 무작정 몸을 실은 그녀는 목적지가 어딘지 알지 못했다. 걱정은 되지 않았다. 세상에 사람이 둘뿐이라 해도 용해는 해를 입힐 사람이 아니었다.

차가 멈추고 그가 데리고 간 곳은 재즈바 같은 약간은 밀폐되고 적당히 분위기있는 곳이었다. 그녀가 그와 자리를 잡고 앉자 여자 가수가 무대로 올라와 재즈를 불렀다.

"여기 마티니 한 잔하고 이쪽은 커피 한 잔 갖다 줘요."

웨이터는 별 무리 없이 상냥하게 웃어 보이며 주문을 받고 갔다. 은혜는 궁금한 표정으로 물었다.

"이곳에도 커피를 파나요?"

"아뇨."

"그럼 어떻게 커피 주문이 되죠?"

“그거야 간단하죠.”

“네?”

“데리고 오는 파트너가 미인이면 돼요.”

그의 말을 이해할 수 없다는 표정을 짓고 있을 때 사십대 초반의 남자가 그들에게로 다가왔다.

“웬일이냐?”

남자는 그녀를 발견하고 가볍게 고개를 까닥거렸다.

“드디어 반쪽을 찾은 거냐?”

“아니야, 임마.”

낮게 내뱉은 용해의 말투에는 친근함이 배어 있었다.

“자식! 빼기는. 너 같은 녀석이 술집에 와서 커피를 시키는 것만 봐도 알아.”

한 번도 본 적이 없는 남자였다. 은혜는 그가 창화와는 아무런 관련이 없음을 알았다. 남자는 그녀에게 아직까지 여자 한 번 데리고 온 적이 없는 녀석이 여자를 데리고 왔다는 것은 뉴스감이라며 앞으로 그의 인생을 당신이 책임져야 한다는 너스레를 떨고는 잘 놀다가라는 말을 남기고 갔다.

“대학 시절에 알게 된 친구예요. 입담은 걸쭉하지만 속에 뭘 담아두거나 하는 사람은 아니에요. 그 친구가 하는 말 신경 쓰지 말아요. 그냥 나 놀리려고 하는 소리니까.”

그는 친구가 간 쪽을 보며 여운을 남기듯이 말했다. 주문한 것을 직접 들고 온 아까의 술집 주인은 그에게 잘해보라는 듯이 윙크를 찡긋 하고는 갔다. 그녀는 자신의 커피가 이 집 주인의 친분 때문임을 알았다.

가수의 노래가 끝나자 바에 앉아 있던 손님들이 박수를 쳤다. 여가수는 손님들에게 미소로 답하며 마이크 가까이 입을 갖다 대었다. 은혜는 가수가 다음 노래를 부르려나 보다고 생각했지만 마이크를 통해 나온 말은 그녀의 예상과 달랐다.

"여기 아마추어라고 자칭하는 사람이 오늘 오셨네요. 제가 보기에는 여기서 연주해도 손색이 없는 사람인데 자신은 팬으로 남겠다고 겸손 아닌 겸손을 떠는 사람이죠. 오늘 그분의 실력이 어느 정도인지 평가해 볼까요? 용해 씨!"

그녀는 자신의 옆에 있는 남자를 바라보았다. 그에게 그런 재주가 있었다니. 그는 항상 조용하고 신중한 사람으로만 비쳐져 생각도 못한 일이었다. 그는 그녀를 보며 난처한 표정을 지었다. 허를 찔렸다는 표정이었다. 술집 주인이 다가와 그를 의자에서 끌어내었다. 그는 마지못해 무대로 올라갔다. 은혜 옆에 있던 술집 주인이 말했다.

"저 친구 한때는 재즈에 미쳐서 대학 시절에는 동아리에서 거의 살았죠. 대학 축제 때 저 친구의 연주는 항상 붐볐어요. 그가 예술가의 길이 아닌 평범한 샐러리맨의 길을 택했을 때는 사실 놀랐습니다."

그는 친구의 폭이 넓었다. 자신의 남편과도 친구이면서 다른 부류의 친구들도 있었다. 어찌 보면 남편은 친구를 사귀는 데 있어서는 외골수적인 기질이 있었다.

무대에 올라간 그는 피아노 앞에 앉았다. 그가 마이크에 대고 말했다.

"허비행콕 정도는 아니지만 흉내는 잘 낸답니다. 들어보시고 아니다 싶으면 어김없이 물건을 던지셔도 상관없습니다."

그는 소리 내어 살짝 웃고는 피아노를 연주하기 시작했다. 어두운 공간에서 어슴푸레한 조명을 받으며 연주하는 그의 모습은 재즈뮤지션 그 자체였다. 어느새 술집 주인 옆으로 무대의 여가수가 다가왔다.

"용해 씨는 정말 아까워요. 평범한 삶을 사는 사람으로는 안 어울려요."

허스키한 여자의 목소리에 술집 주인은 한 번 웃고는 은혜를 소개했다.

"여보, 이분을 용해가 데려왔어."

여가수는 깜짝 놀라는 표정을 지으며 그녀에게 손을 내밀었다.

"반가워요. 저 사람이 이런 돌발적인 행동을 할 줄은 몰랐는걸요. 여자라니."

그녀는 아직도 믿겨지지 않는지 은혜를 보며 연신 세상에, 라는 말을 연발했다. 여가수와 술집 주인의 사이는 얼핏 보기에도 부부 사이인 것 같았다. 그들을 보는 것도 잠시 은혜는 곧 용해의 연주에 빠져들었다. 재즈 피아노 소리를 직접 듣기는 처음이었다. 연주는 감동적이었다. 재즈는 은밀한 섹스처럼 그녀의 감성을 유혹했다. 그는 그의 예술 혼에 불이 붙은 것처럼 세 곡의 연주를 잇달아 하고서야 무대에서 일어났다. 그가 자리로 돌아오자 여가수는 브라보를 외쳤다. 무대에는 밴드가 이미 다른 곡을 연주하고 있었다.

"용해 씨, 이렇게 깜찍한 짓을 저지를지 몰랐어. 엉큼한 사람 같으니라고."

"무슨 소리야?"

"애인 있다는 거 왜 말 안 했어?"

용해는 여가수가 얘기하는 소리를 듣고 무슨 얘긴가 잠시 생각하더니 어이없다는 듯 웃으며 그녀에게 설명했다.

"오해야. 이분은 내 친구의 부인이야. 얼마 전 남편을 잃고 우울해하고 있기에 기분 전환이 필요한 것 같아 데리고 온 거야."

"그래? 그런데 왜 네가 데리고 와? 그건 아무래도 의도가 수상해. 분명 무슨 꿍꿍이가 있는 거야."

여가수는 눈을 가늘게 뜨고 의심의 눈초리를 보냈다. 술집 주인이 그녀에게 눈치를 주자 여가수는 용해를 향해 한마디를 던진 뒤 무대로 올라갔다.

"무슨 꿍꿍이든 네가 의도한 대로 되길 빌게. 그게 애정이든 아니든."

여가수가 무대에서 다시 노래를 부르고 술집 주인도 자신을 호출하는 손님으로 인해 자리를 뜨자 용해는 그녀를 향해 말했다.

"노래 부르는 가수랑 이 집 사장이랑 전부 제 대학 때 친구들이에요. 노래 부르는 애가 혜정이라는 앤데 제가 밴드에 있을 때 싱어를 했죠. 그러다 나를 만나러 온 저 친구를 만나 연애를 하게 된 겁니다. 씨씨 커플이죠."

"연주를 잘하시던데요?"

그는 난처한 표정을 지었다.

"아마추어예요. 한때 좋아했던 것뿐이에요."

"과장된 겸손은 실례가 되는 거 아시죠?"

장난스런 그녀의 말에 그가 소리 내어 웃었다. 그의 웃음에 그녀도 덩달아 웃었다. 처음으로 아무 생각 없이 웃을 수 있었다. 그들은 재즈를 즐기며 부담없는 대화 속에서 즐거운 한때를 보낼 수 있었다.

은혜는 남편과 용해를 비교해 보았다. 참 비슷하다고 생각했었다, 온화한 태도나 점잖은 말투나. 그러나 알고 보면 그들은 다른 환경에서 자란 사람들이었고 생각이나 추구하는 방식도 달랐다. 은혜는 용해를 알면 알수록 점점 알 수가 없어졌다. 그는 남편과 다른 사람이었다. 남편보다 훨씬 활동적이었으며 훨씬 자유로운 사람이었다. 보수적일 줄 알았던 그의 모습은 그녀가 생각하는 것보다 열려 있었다. 대화를 어떻게 이끌어가야 상대방이 편할지도 잘 알고 있었다. 그는 사려가 깊을 뿐만 아니라 경각심은 절대 느낄 수 없는 우호적인 사람이었다. 은혜는 자신이 왜 그에게 기대고 싶어하는지 알 수 있었다. 그녀가 기대고 싶었던 것은 남편을 닮아서가 아니었다. 그는 능력이 있는 사람이었다. 어느 누가 찾아와도 쉴 수 있는 쉼터뿐만 아니라 그들이 어떻게 나아가야 할지 방향을 제시할 수 있는 사람이었다. 은혜는 예전보다 더 그에게 기대고 싶어졌다. 그게 사랑이든 아니든.

초인종이 울리자 은혜는 별 의심 없이 문 쪽으로 갔다. 문구멍으로 내다본 그녀는 문 앞에 정혁이 서 있음을 확인했다. 며칠 연락을 안 했다고 자신의 집으로 찾아오다니. 그의 존재가 부담으로 다가왔다. 저러다 누군가가 보고 어떤 의심을 하지 않을지 걱정되기도 했다. 은혜는 그의 조심스럽지 못한 행동에 한숨을 쉬며 문을 열었다. 문을 열고 본 그녀는 그의 얼굴이 평소 보던 모습과 다른 것에 의아했다.

"어떻게 된 거예요?"

그녀의 물음에 그는 씩 웃더니 문 안으로 들어섰다. 그에게서 풍기는 비누 냄새 때문에 순간 은혜는 두근거렸다. 정혁은 안으로 들어가는 대신 옆으로 비스듬히 돌아서며 그녀를 와락 끌어안았다. 불시의 습격에 방어할 기회를 잃어버린 은혜는 그의 밀어붙이는 키스에 심장이 뛰기 시작했다. 그의 행동은 자극적이었다. 그의 키스가 농도가 짙어지고 손이 염치없이 그녀의 몸을 더듬기 시작하자 열띤 반응과 함께 그녀의 머리에 사이렌이 울리기 시작했다. 은혜는 그를 밀어냈다. 정혁은 그녀를 가볍게 안고 있었던지 쉽게 밀려났다.

"이러지 않기로 했잖아요?"

"당신을 보면 자꾸 이러고 싶어져요. 그게 나쁜 건가요?"

"우리 서로 규칙을 정했잖아요. 그걸 더 이상 지킬 수 없다면 만날 수 없어요."

벌써 가라앉아 차분해진 그의 숨결에 비하면 오히려 거절하고 있는 그녀의 호흡은 약간 거칠었다.

"알았어요."

그 말만을 하고 그는 거실로 들어섰다. 이미 익숙해진 듯 소파에 앉는 그의 모습이 마음에 들지 않았다. 그는 그녀의 집에 오면 불편해야 하는 손님이었다. 그런데 저렇듯 자연스럽게 앉아 있는 모습은 그녀에게 죄책감을 느끼게 했다. 자신의 집에서 저런 편한 자세를 하는 사람은 남편 이외에는 없어야 했다.

주방으로 들어간 그녀는 냉장고를 열자 제일 먼저 과일이 눈에 띄었다. 용해가 사 온 과일. 그 과일을 꺼내며 그에게 미안한 감정이 들었다. 자신을 위해서 사 온 과일을 부정한 마음을 가지고 있는 남자를 위해서 그녀는 대접하는 것이다. 오늘의 그의 방문은 반갑지 않았다. 재즈바를 갔다 온 뒤로 은혜의 마음은 정혁이에 대한 관심을 많이 감소시키고 있었다.

쟁반을 들고 간 그녀는 그의 왼쪽 편에 앉아 과일을 깎기 시작했다.

“얼굴은 어떻게 된 거예요?”

그녀는 시선을 과일에 둔 채 물었다. 그를 마주 보기조차 부담스럽게 느껴졌다. 정혁의 얼굴은 광대뼈 부위가 약간 부어 푸르스름한 멍이 들어 있었고 입술은 찢어진 자국이 있었다. 맞아도 오질게 맞은 흔적이었다.

“계단에서 굴렀어요.”

그는 그렇게 대답했지만 그녀는 계단에서 구른 게 아님을 알았다. 왜 거짓말을 하는 것일까. 자신에게 뭔가 숨기고 싶은 비밀이 있는 것일까. 자존심이 있으니 그럴 수도 있겠다 싶었다.

“앞으론 조심하세요.”

그녀는 모르는 척 넘어갔다.

“왜 전화 안 했어요?”

남자가 조르듯이 그녀에게 물었다.

“우리 부담없이 편하게 만나기로 했잖아요. 그냥 보고 싶으면 전화해서 만나고 바쁠 땐 서로의 일을 보고, 그게 우리의 규칙 아니었나요?”

정혁은 아무 말도 하지 않았지만 화가 나 있는 것 같았다. 은혜는 차라리 그랬으면 좋겠다고 생각했다. 그가 아쉽기는 하지만 이대로 끝내는 게 어쩌면 서로를 위해서 좋을지도 몰랐다. 그러나 그는 화를 내는 대신 그녀를 달래는 어조로 말했다.

“미안해요. 내가 잘못했어요. 나는 갈수록 은혜 씨가 좋아지는데 은혜 씨는 나에 대해 너무 무심한 것 같아 말하는 거예요.”

"부담없는 사이, 그게 우리가 원하고 내가 원하는 거였어요. 서로가 싫어지면 언제든지 헤어질 수 있는."

"내가 싫어졌어요?"

그는 믿을 수 없다는 듯이 눈을 동그랗게 뜨고 말했다. 그렇 겠지. 자신같이 평범한 여자에게 차인다는 생각은 해보지 못했 겠지. 은혜는 그렇게 된다면 그의 자존심이 가만있지 않을 거라 고 생각했다. 그런 광경을 연출해 보고 싶었지만 아직까지 그녀 의 마음이 그걸 허락하지 않았다.

"그건 아니에요. 그렇지만 정혁 씨가 자꾸 이렇게 나온다면 그렇게 될 확률도 있어요."

"알았어요. 앞으로 조심할게요."

그는 말 잘 듣는 학생처럼 얌전한 인상을 지었다. 그녀는 그 를 보면 아직까지 떨리는 자신이 마음에 들지 않았다. 그가 키 스했을 때 하마터면 반응할 뻔했었다. 그녀는 그 사실을 인정하 고 싶지 않았다. 동물 본능이 앞선 자신의 행동은 갖고 싶지 않 은 모습이었다.

깎은 과일을 그의 앞에 있는 접시에 가지런히 놓자 정혁은 포 크를 들어 입 안으로 과일을 넣었다. 맛있게 먹는 그의 모습이 들어왔다. 누군지 모르겠지만 평생 그의 식사를 만드는 여자는 행복할 것이다. 하지만 그녀의 머리 속에는 정혁의 결혼한 모습 이 떠오르지 않았다. 그는 누군가에게 매어 사는 것이 싫다고 한 사람이었다. 평생을 살아도 한결같은 사람이 있는가 하면 어

떤 사람은 늘 영원할 것 같은 관계를 단 몇 달 만에 뭉개 버리기
도 한다. 그는 후자에 속할 사람이었다. 결혼과 함께 그의 매력
은 사라져 버릴 것이다. 아니, 그가 여자에게서 흥미를 잃어버
릴 것이다. 그녀는 그의 습성을 너무도 잘 알고 있었다. 그를 스
쳐 간 여자들은 다 그랬을 것이다. 그걸 알면서도 그는 이상하
게 상대방으로 하여금 끊을 수 없게 하는 매력이 있었다. 처음
엔 편한 상대로 즐기다 헤어지려 만난 여자들은 결국 그가 끈을
놓을 때 그 끈을 끊기가 쉽지 않았을 것이다. 그녀는 좀 달랐다.
그를 사귈 때 이미 사랑을 전제로 하지 않는 만남이란 타이틀이
있었고 얼마만큼의 마음의 간격을 두고 바라본 까닭에 다른 여
자들과는 달랐다.
　과일을 먹다가 약간 움찔하며 왼쪽 갈비뼈를 잡는 정혁의 모
습에 놀란 그녀가 그의 윗옷을 살짝 젖혀보았다. 갈비뼈 부근에
는 붕대가 감겨 있었다.
　"왜 이렇게 심하게 다친 거예요?"
　"말했잖아요, 계단에서 굴렀다고."
　분명 맞은 상처였다. 그러나 그녀는 더 이상 묻지 않았다.
　"있잖아요, 나 지금 무척 위로가 필요한데 한 번만 안아주면
안 돼요? 어머니가 돌아가셔서 안 계시거든요. 누구한테 기대고
싶어도 품어줄 사람이 없어요. 아버지는 지금의 계모랑 재혼했
고, 그래서 나 집에서 나와 혼자 있는 거예요. 물론 내 생활도
필요해서 독립했지만 일 년 열두 달이 지나도 집에는 안 가요.

그 여자 꼬락서니 보기 싫으니까. 아버지 그 여자랑 헤헤거리는
꼴 보기 싫으니까."

아픔을 가진 남자는 우울한 눈으로 말했다. 그녀도 고아였다.
그는 어머니를 잃었고 기댈 부모가 없다는 것이 어떤지 누구보
다도 잘 알고 있었다. 은혜는 마음이 약해 그의 부탁을 들어주
었다. 그녀의 가슴에 기댄 정혁은 얌전히 있었다. 남자의 머리
에서 좋은 냄새가 났다. 남자의 숨이 그녀의 가슴에 따뜻한 기
온으로 느껴지자 은혜는 기분이 묘해졌다.

어느새 그녀는 자신도 모르게 그의 이마에 흘러내린 머리를
뒤로 쓸어 올리고 있었다. 그가 그렇게 기댄 채로 그녀를 보고
있었다. 선명한 큰 눈이 은혜를 향하자 그녀는 다시 심장이 뛰
기 시작했다. 그 박동이 그녀의 심장에 얼굴을 대고 있는 그에
게도 느껴졌을 것이다. 그녀의 급격히 뛰는 심장을 깨닫고 정혁
의 눈에 웃음이 번졌다. 그의 얼굴은 은혜의 턱까지 올라오며
그녀의 목덜미에 입술을 묻었다. 빨아들이는 그의 입술이 그녀
의 감각을 자극했다. 그의 손이 그녀의 볼을 스치며 목 뒤로 넘
어갔다. 그의 입술은 이제 그녀의 귓가에 머물러 귓불을 애무하
고 있었다. 혀로 간질이는 감각과 귀 안으로 느껴지는 호흡의
열기가 그녀를 이상한 감정으로 몰아갔다. 그녀는 그를 밀어제
치지도, 끌어안지도 못한 어정쩡한 상태로 난처한 입장에 처했
다.

"당신을 원해요."

정혁의 나직이 속삭이는 소리가 그녀의 볼을 간질였다. 은혜는 정혁의 부드러운 목소리에 정신을 차렸다. 참으로 희극적인 일이었다. 남자로 인해 흐트러진 정신은 남자의 한마디로 인해 다시 깨어났다.

"이러지 말아요."

그녀가 다시 그를 밀어냈다. 하지만 흥분한 그의 상태는 은혜의 행동을 받아들이려 하지 않았다. 그는 그녀의 입 안으로 자신의 혀를 강하게 밀어붙였다. 은혜가 도리질을 치려 하자 이번에는 그의 입술이 그녀의 가슴으로 향했다.

"싫어요!"

은혜의 강한 외침에도 정혁은 반응이 없었다. 그는 그녀의 웃옷을 가슴 위로 끌어 올리고 있었다. 여자의 강한 몸부림은 남자를 더욱 자극할 뿐이었다. 어떻게든 다리를 빼서 어딘가를 차려 했지만 그의 몸에 눌려진 그녀의 다리는 꿈쩍도 하지 않았다. 은혜는 누구에겐지도 모를 구원을 청했다.

'도와줘요!'

쿵!

어떤 강한 소리가 소파에 누워 있는 둘의 귀청을 자극했다. 정혁은 놀란 표정으로 소리의 근원을 찾았다. 그 근원지는 그의 엎드려 있는 소파 바로 옆 바닥이었다. 탁자에 있던 식도가 아슬아슬하게 그의 다리를 스쳐 바닥에 꽂혀 있었다. 그는 섬뜩한 기분에 머리에 몰려 있던 피가 일시에 식는 느낌이었다. 울고

있는 그녀를 본 정혁은 자리에서 일어나며 은혜의 몸을 일으켰
다.

"죄송해요. 이러려고 그런 건 아닌데……."

정혁은 은혜에게 사과했다. 그녀는 눈물 어린 눈으로 바닥에
꽂힌 칼을 보았다. 우연적으로 떨어진 걸까, 아니면 남편의 도
움이었을까. 그녀는 손으로 흐르는 눈물을 닦았다. 누굴 원망할
필요도 없었다. 자신도 빌미를 제공함으로써 동조한 셈이었다.

"우리 당분간 만나지 말아요."

하지만 그 말을 무시하듯 그는 조그만 상자를 꺼내 뚜껑을 열
고 그 안의 물건을 은혜에게 내밀었다. 큐빅이 박힌 예쁜 반지
였다. 심플하면서 연약한 이미지가 그녀의 마음에 쏙 들었다.

"이거 얼마 안 하는 거예요. 그냥 우리가 만난다는 의미로 지
녔으면 좋겠어요."

"가격이 얼마든 상관없어요. 반지는 함부로 받는 게 아니랬어
요."

"우리 사이의 규칙을 의미하는 거라 생각해요. 그리고 우리
사이가 끝났을 때 은혜 씨가 저한테 주시면 돼요."

"단순한 계약의 증표인 거죠?"

남자는 대답 대신 고개를 끄덕였다.

"은혜 씨 무척 까다로운 여잔 거 아시죠?"

"제가요?"

"몰랐어요?"

은혜는 의아한 표정으로 보았다.

"사람을 흥분시켜 놓곤 당신이 있을 자리는 여기니까 오지 말라고 선을 딱 그어놓고 저편에서 나를 수줍게 보고 있는 거잖아요. 그럼 나는 가고 싶어도 가지 못하고 저런 표정을 짓고 있는데 가만 놔두기도 싫어지고. 하여튼 정말 힘들어요."

"그런 줄 몰랐어요. 제가 그런 행동을 했다고는 생각 안 했는데……."

남자는 다시 칼이 꽂힌 자리를 보았다.

"그런데 이거 엄청 살벌하네? 어쨌든 이것 때문에 정신을 차리기는 했지만. 은혜 씨도 언젠가 내 매력이 무엇인지 알 거예요. 난 진심이에요. 이렇게 누구에겐가 열중해 본 적이 없어요. 이왕이면 우리 관계가 오래갔으면 좋겠어요. 그리고 좀 더 진전됐으면 더 좋겠고. 물론 그 주도권은 은혜 씨가 쥐고 있지만요."

남자는 일어났다.

"이제 나만 안달하는 것도 싫어요. 은혜 씨가 먼저 전화해요. 나만 매일 전화하는 거 손해잖아요."

"알았어요."

그녀는 남자의 눈을 바로 보지 못하고 내리깐 채 배웅했다. 현관까지 온 남자가 고개를 숙이고 있는 그녀의 턱을 들어 올렸다. 그리고 자신의 눈과 마주 보게 했다.

"절대 미안해하지 않기, 응?"

그는 그녀를 편안하게 해주기 위해 그녀에게 다짐시켰다.

"나도 오늘 일은 잊어버릴게요, 알았죠?"

그녀는 고개를 끄덕였다.

"이제 웃어봐요."

그녀는 어색한 표정인 채로 마지못해 웃었다.

"다음엔 더 환한 웃음 보여주기, 아셨죠?"

다시 그녀가 끄덕였다. 은혜는 마치 자신이 아이가 된 것 같았다. 어째서 이 남자의 얘기를 고분고분 듣고 있는 것이지? 하지만 남자는 둘 사이의 분위기를 잘 수습하고 있었다. 그 부분이 그녀는 감탄스러울 뿐이었다. 그가 나가려고 문 손잡이를 돌리다가 즉흥적으로 다시 돌아서서 그녀의 이마에 뽀뽀를 했다.

"이건 규칙위반 아니죠?"

남자의 장난기 섞인 눈빛을 보는 순간 와락 안기고 싶다는 아쉬움을 남겼다. 그의 외모는 그냥 보내는 것이 아쉬울 만큼 충분히 매력있었다. 그는 가볍게 손을 흔들며 문을 열고 나갔다. 문이 쾅 소리를 내며 닫히자 그녀는 잘한 행동이라고 자신을 다독였다. 분명 그의 손을 붙들었다면 둘 사이에는 무슨 일인가 생겼을 테고 그녀는 후회하게 되었을 것이다.

그것은 남편한테는 씻을 수 없는 죄였다. 자신이 나쁜 여자인 것일까. 본능을 참을 수 없다는 것이 그만큼 죄악인가. 그녀는 자기 자신에게 물었다. 하지만 그녀가 살아온 유교적인 관념은 얘기하고 있었다. 그건 정숙하지 못한 여자나 할 짓이라고. 그녀가 조금이라도 그런 마음을 먹는다면 그건 음탕한 것이라고.

자신의 마음속에 있는 두 마음은 치열하게 싸우고 있었다. 본능은 죄가 아니라고. 그러자 다른 쪽 마음이 말했다. 이성이 통제되지 못하는 감각에만 의존하는 본능이라는 것은 짐승적인 것이며 그걸 이겨내지 못한다면 자신은 속물이라고. 은혜는 혼란스러웠다. 남편을 잃음으로써 찾아온 혼란. 그 혼란을 이겨내기가 정말 힘들었다.

혼자 남겨진 삶 속에 끼어든 사람들. 그녀는 그 사람들을 다루기가 힘들었다. 차라리 혼자 맘 편하게 아무도 보지 않고 사는 방법도 있었지만 그건 너무 외로웠다. 그녀는 자신의 몸을 두 손으로 엇갈린 채 안았다. 삶이란 자신이 원하지 않는 방향으로 갈 때가 있는 법이다. 그녀는 남편을 돌려받고 싶었다. 운명이란 것이 자신의 인생을 함부로 휘젓는 게 생각하기도 싫을 정도로 미웠다. 은혜는 자신의 삶을 이렇게 만든 운명에게 화를 토해냈다. 빌어먹을 지금의 현실 따위 당장 때려치우라고, 남편을 다시 돌려달라고. 그렇게 해서 남편을 돌려받을 수 있다면 당장 그러고 싶었다. 하지만 현실에선 남편이 여전히 없었고 그녀는 여전히 외로웠다. 은혜는 마음속으로 스며드는 한기에 서둘러 침실로 향했다. 이불을 꺼내서 몇 겹을 덮어도 한기는 사라지지 않았다.

그녀가 추운 것은 영혼의 외로움이었다. 그 한기는 이불로는 절대 치유될 수 없었다. 그녀는 자꾸만 이불을 꺼내서 덮었다. 이불이 그녀의 몸을 눌러서 답답해질 만큼 덮어보았지만 그 추

위는 사라지지 않았다. 정신적인 추위는 사람의 온기만이 채워
줄 수 있는 법이다. 그녀는 지금 옆에 남편의 영혼이라도 와 있
으면 좋겠다고 생각했다. 그러면 조금이라도 따스해질 것 같았
다. 그 생각을 하는 중에 남편은 그녀의 옆에 있었다. 하지만 그
녀의 한기를 데워주기는커녕 오히려 더욱 다가오는 오한에 그
녀는 몸을 움츠렸다. 영혼은 온기가 없다. 영혼이 갖고 있는 것
은 식어버린 마음이다. 그래서 그가 그녀의 옆에 있었지만 산
자인 그녀에게는 더욱 심한 한기를 몰고 왔을 뿐이다. 지친 정
신이 그녀를 잠으로 빠져들게 만들었다. 잠결에도 밀려오는 추
위에 그녀는 더욱 몸을 움츠리며 이불을 끌어당겼다.
　정혁이 그녀에게 주었던 반지는 거실 탁자에서 빛을 발한 채
아름다움을 자랑하고 있었지만 누구도 거들떠보지 않았다.

다시 만난 그는 그녀의 손을 자신에게 끌어당기며 손가락부터 확인했다. 그리고 그녀가 반지를 끼고 있지 않다는 사실에 퍽이나 실망한 눈치였다. 달리 말하지 않았지만 정혁의 표정으로 그녀는 그의 마음을 알아차렸다.

"깜빡했어요. 다음번에는 끼고 올게요."

그녀의 대답으로 그는 조금 마음이 풀리는 눈치였다. 밖에서 만난 그들의 모습은 서로 간에 거리낌이 없었다. 눈치를 볼 필요 없는 상황이 그녀도 편했다. 갑자기 정혁이 그녀의 손을 탁자 밑으로 붙잡았다.

"이건 괜찮죠?"

갑작스런 그의 행동에 약간 놀라긴 했지만 그녀는 미소로 답했다. 종업원이 그들 앞으로 와 주문을 받았다. 깔끔한 원두커피를 시킨 그들은 서로의 얼굴을 보며 웃었다. 은혜로서는 이것저것 따지지 말고 이제는 마음 가는 대로 행동하자고 마음먹었다. 사람의 일을 일일이 머리로 생각하자니 걸리는 게 한두 가지가 아니었으며 그건 어떤 결론도 끌어내지 못했다.

"이런 생각을 해봤어요, 만약 내가 결혼한다면 어떤 여자가 내 옆을 지킬까."

그에게 어울리지 않는 화제에 은혜는 의아한 표정을 지었다.

"그런데 만약 내가 결혼할 거라면 그 옆을 지키는 게 은혜 씨였으면 좋겠다는 생각이 들었어요."

"말도 안 돼요!"

그녀의 단호한 대답에 그는 반발하듯이 말했다.

"왜 말도 안 돼요?"

"정혁 씨에게는 결혼이라는 단어가 어울리지 않아요. 나도 그렇고요."

"그런 게 어디 있어요? 하면 되는 거지. 사람에게 정해진 거란 없어요. 나 같은 놈도 결혼하면 하는 거고, 은혜 씨도 아직 마음의 정리가 안 됐다고는 해도 언젠가는 다시 하게 될 거잖아요?"

은혜는 그의 말처럼 언젠가는 결혼을 하게 되리라는 생각은 했다. 하지만 지금은 아니었다. 지금 누군가와 다시 산다는 일이 그녀에겐 어려움으로 다가왔다.

"정혁 씨, 우리 결혼을 전제로 할 거였으면 만나지 않았을 사람들이에요. 알잖아요? 전 편안한 만남이 좋아요. 부담스러워지는 만남이 된다면 우리 사이는 더 이상 만날 필요가 없잖아요?"

그녀의 말에 정혁은 한참 동안 대답이 없었다. 그러나 곧 밝은 모습을 하며 그녀에게 웃어 보였다.

"은혜 씨, 참 재밌는 사람이에요. 여태껏 내 쪽에서 먼저 결혼이라는 말을 꺼낸 적이 없는데……. 처음으로 결혼에 대해서 신중하게 생각해 본 게 은혜 씨인데 아쉽게도 처음 결혼을 생각한 상대는 그럴 마음이 없다니. 알았어요. 그렇다 해도 상관없어요. 이거나 저거나 나한테는 다 좋은 거니까. 은혜 씨 말대로 우리 부담없이 만나죠."

원두커피가 나왔다. 그녀는 그 향을 즐기며 마셨다. 말끄러미 보는 그를 발견하고 그녀는 물었다.

"왜요?"

"은혜 씨 입 안의 커피처럼 나도 여운을 주는 사람이 되었으면 좋겠다 생각했죠."

커피 같은 사람. 순간 은혜는 용해를 생각했다. 그는 커피 같은 사람이었다. 크게는 다가오지 않지만 끊임없는 향기로 그녀에게 여운을 남기는 사람이었다. 거기 비하면 정혁은 와인 같은 사람이었다. 순간적인 아름다움과 강한 맛에 반하지만 먹을 때만 생각나는 사람. 그녀는 웃음으로 얼버무리며 더 이상 대답하지 않았다.

"오늘은 당신을 데려갈 데가 있어요."

"어디를……."

정혁은 대답하는 대신 그녀의 손을 끌고 일어났다. 카운터에 계산을 마친 그는 그녀의 손을 여전히 잡은 채 밖으로 나가 차에 올랐다. 조수석에 앉은 은혜는 다시 물었다.

"어디 가는 거예요?"

"좋은 곳."

그는 싱긋이 웃으며 말했다.

"거기가 어딘데요?"

"가보면 알아요."

콧노래까지 흥얼거리며 가는 남자의 옆모습을 보며 참 잘났구나 생각했다. 그녀에게 이런 남자가 있다는 것만으로도 믿겨지지 않았다. 그녀가 상대하기엔 부담스런 외모였다.

차를 몰다 내린 그는 그녀를 이끌고 어떤 건물 안으로 정신없이 들어갔다. 주변이 검다는 인상을 받으며 들어간 그곳은 조그만 녹음실이었다. 그 안엔 기계를 조작하는 남자가 한 명 앉아 있고, 유리 너머엔 한 젊어 보이는 남자가 마이크 앞에서 목소리를 가다듬고 있었다.

"오늘 내 노래를 부를 가수예요. 신인인데 저 가수 앨범에 내 곡이 서너 곡 들어가 있어요. 곧 녹음 들어가니 잘 들어보세요."

녹음이 시작되고 가수의 감미로운 목소리가 흘러나왔다. 정혁은 유리 너머를 바라보며 자신의 노래를 가수가 제대로 소화하는지 관찰했다. 그 옆에서 그녀는 가수의 퍼져 가는 부드러운 목소리와 감미로운 선율에 자신도 모르게 젖어들어 눈을 감고 감상했다. 가수는 몇 번의 실수를 하기는 했지만 어느 정도 잘 따라오는 편이었다. 녹음을 하는 사람의 표정도 밝아 보였다.

"이 곡을 정말 정혁 씨가 지었단 말이에요?"

그는 고개를 끄떡였다. 곡을 다 녹음하기까지 여러 시간이 걸렸다. 모두가 지쳐 있었던 데에 반해 은혜는 갑자기 다가오는 감성적인 자극에 황홀한 표정을 지으며 눈을 빛내고 있었다. 남편이 죽고 나서 모든 감각이 더 예민해졌던 그녀에게 음악이라는 마약은 정신을 마비시키기에 충분했다.

그녀는 녹음이 끝나고 나서도 아직도 자신의 귀에 음악 소리가 들려오는 듯했다.

"한 잔 어때?"

녹음을 하던 사람은 정혁을 향해 말했다. 그는 미소를 지으며 고개를 저었다.

"가보세요. 저는 여기서 좀 있다 가죠."

녹음을 하던 사람은 그녀를 향하여 가볍게 고개를 까닥이며 눈인사를 한 다음 가수와 자신의 일행과 함께 나갔다. 가수의 순수하게 맑아 보이던 눈망울이 은혜에게 인상적으로 다가왔다. 그의 눈은 자신의 꿈을 시작하는 사람이 그렇듯 열정적인 욕망으로 빛났다.

사람들이 빠져나간 녹음실은 텅 비어 보였다. 가수가 노래를 부르던 곳은 불이 꺼진 채 어둠만이 깔려 있었다.

"저 사람 프로덕션 사장이에요. 규모는 작아도 알찬 곳이죠. 얼마 전에 데뷔한 가수가 대박난 덕에 돈 좀 벌었죠. 능력있는 사람이에요."

그녀는 달리 할 말도 없고 해서 고개만 끄덕였다.

"마음에 들었어요?"

그녀는 다시 고개를 끄덕였다.

"우리 친구 사이 맞죠? 그럼 나 은혜 씨에게 편하게 반말하면 안 될까요? 그게 서로에게 친근감을 주는 방법으로 더없이 좋거든요."

"그러는 게 정혁 씨가 편하다면 그렇게 하세요."

녹음실 불은 환했지만 편안함 때문에 아늑하게 느껴졌다. 그가 그녀의 어깨를 잡았다. 고개를 든 그녀는 짙게 젖어 있는 그의 눈을 접하자 가슴이 다시 떨려왔다. 그의 눈은 욕망을 나타내고 있었다.

"이런 장면을 꿈꿨어, 너를 이렇게 내 손안에 넣고 바라보는 장면을. 너무 움츠리지 말자. 지금은 그냥 서로의 마음에 맡기자."

그의 얼굴이 가까이 다가왔다. 그녀는 자극적인 그의 숨결에 눈을 감았다. 입술에 와 닿는 그의 입술은 달콤했다. 어떤 냄새와 맛은 없었지만 상당히 자극적이었으며 그녀의 몸을 열기로 퍼지게 만들었다. 그녀는 호흡이 멈춘 사람처럼 숨을 쉴 수가 없었다. 그가 그녀의 입 안을 돌아다니는 동안 그녀는 숨이 가빠져 당장이라도 넘어갈 것만 같았다.

그가 입을 뗐을 때 그녀는 그제야 숨을 토해냈다. 가슴이 심하게 오르락거리고 있었다. 그녀가 원했던 것이었다. 그녀는 자신의 꿈틀거리는 본능을 그저 도덕이라는 터울을 쓰고 감추고 있었을 뿐이다. 짜릿한 감각이 그녀의 몸속을 돌아다니는 기분이었다.

그녀의 눈에서도 욕망을 확인한 그는 다시 그녀를 벽에 밀어붙여 키스를 퍼부었다. 첫 번째 키스에서 어쩔 줄 몰라 얼떨결에 받아들였다면 두 번째 키스에서 그녀는 적극적인 반응을 보였다. 그녀의 팔이 그의 허리에 감겼다.

기분 좋다 못해 나른한 감각이 온몸에 퍼지다 퍼진 감각은 다시 뜨거운 자극으로 그녀의 세포 하나하나를 깨우고 있었다. 그는 확실히 노련했다. 손으로 스치고 가는 그의 애무는 그녀로 하여금 안달나게 했으며 못 견디게 열망하게 했다. 그의 손이 그녀의 엉덩이에 얹혀지며 살집을 잡았다. 그녀의 입에서 흐읍 하는 외마디 비명이 터져 나왔다.

"은혜……."

그의 눈이 흥분으로 흐려졌다. 그의 손은 염치없이 그녀의 옷 속으로 들어와 브래지어를 헤집고 작은 가슴을 움켜쥐었다. 그리고는 부드럽게 유두를 맴돌기 시작했다. 그녀의 유두가 꼿꼿해졌다. 그의 손이 거침없이 그녀의 바지를 벗겨 내려갔다. 엉덩이를 쓰다듬던 그의 손은 염치없이 앞으로 다가와 그녀의 팬티 위를 애무하기 시작했다. 팬티 위 움푹 팬 곳으로 그의 손이 들어갔다. 정혁은 그 손을 깊숙이 찔러 넣었다. 은혜는 자신도 모르게 그에게 몸을 붙였다.

"당신을 갖고 싶어."

그녀가 헐떡이며 말했다.

"안 돼요."

그는 인내심이 있었다. 그녀의 거절에 자신의 고집을 밀어붙이기보다는 애무하던 손을 안으로 집어넣어 그녀의 은밀한 곳으로 더 깊이 집어넣었다. 그곳은 습했으며 젖어 있었다. 그녀가 말로는 거절했지만 몸은 원하고 있음을 알고 있었다. 그녀의 온몸은 흥분으로 떨고 있었다.

"아, 갖고 싶다……."

그녀의 몸은 여전히 뜨거운 반응을 보였지만 그의 말에 그녀의 손은 몸과는 반대로 그를 자신에게서 떼어냈다. 그건 그녀의 머리가 시켜서 한 짓이었다. 아쉬움을 남긴 채 그들의 몸은 떨어졌다.

"난 당신이 원하지 않는 짓은 하지 않아."

그러나 정혁은 그녀가 자신에게 넘어올 시간이 얼마 남지 않았다고 생각했다. 그녀의 반응은 그가 여태껏 갖고 있던 불안을 사그리 없애 버렸다.

“난 당신이 원할 때까지 어떤 짓도 하지 않아. 은혜야, 우린 이제 친구가 되기엔 너무 친밀하다는 생각이 안 드니?”

그는 너무도 쉽게 그녀의 이름을 불렀다.

“그런 것 같아요.”

“그냥 여자 남자로서 서로의 만족을 위해 엔조이하는 관계는 어떨까? 그냥 서로 필요할 때 만났다가 둘 중에 누구 하나가 싫어지면 깨끗이 물러나는 거.”

그의 제안은 확실히 유혹적으로 들렸다. 그녀는 지금 당장이라도 그와 사랑을 나누고 싶었다. 그녀에게 지금의 이성은 미약할 뿐이었다. 동물적 본능이 그녀의 모든 몸을 지배하는 느낌이었다. 하지만 남편의 얼굴이 떠올랐고 그 사실은 그녀를 망설이게 만들었다.

“생각해 볼게요.”

“그래. 은혜도 말 놨으면 좋겠어.”

“미안해요. 전 그런 거 잘 못해요. 스스로 놓을 때까지 그냥 이렇게 쓸래요.”

“그래.”

자신보다 어린 남자였지만 그의 반말과 자신의 높임이 어색하다고는 생각하지 않았다. 누구든 편리에 따라 얼마든지 그렇게 할 수 있는 법이다. 그녀는 자신의 내려진 바지를 끌어 올렸다. 그리고 옷매무새를 다듬었다. 옆에서 그런 그녀의 정수리에 정혁은 사랑스럽다는 듯이 키스를 했다. 그의 다정한 행동이 그녀의 마음에 따뜻한 감정을 불러일으켰다. 내가 정말 나쁜 짓을 하고 있는 걸까. 이제는 어느 게 옳은 것인지 판단이 서지 않았다.

녹음실을 나왔다. 그의 차를 타고 집으로 오며 생각했다. 그냥 눈 딱 감고 그의 품에 안겨 버려? 이웃 사람들이 무어라든 무슨 상관이야. 나랑 상관없는 사람들이잖아. 그러나 그녀가 어떤 결정도 하기 전에 차는 그녀의 아파트 앞에 섰다. 그는 그녀의 입장을 생각해서 차에서 내리지 않았다. 차에서 내린 그녀는 그에게 손을 흔들고 뒤돌아섰다. 차는 바로 떠났다. 하지만 아파트 입구에는 반갑지 않은 손님이 기다리고 있었다.

"다 봤다! 요망한 것!"

자신의 부정 현장을 봤다는 시어머니의 기세는 대단했다. 마치 어떤 큰 발견이라도 한 표정이었다. 자신의 며느리가 다른 남자랑 차를 타고 온 것을 봤으니 화가 날 것은 당연할 수도 있었다. 그러나 시어머니의 태도는 화가 난 사람이라기보다는 뭔가 약점을 잡아 약탈할 사람의 모습이었다. 그녀의 옷차림은 나날이 천박해져 갔다. 오늘 시어머니의 의상은 언밸런스 그 자체였다. 나이를 넘어보려던 젊은이의 옷은 그녀의 얼굴과 기이한 대조를 이루었다. 이로써 상대 남자 또한 천박하다는 게 판명된 셈이었다.

"네년은 창화가 살아 있을 때부터 다른 놈을 알고 있었던 거야. 그래서 창화를 죽이고 그놈과 잘 먹고 잘살겠다는 속셈인

게야. 내가 이제 그걸 알았으니 절대 네 뜻대로 안 될 거다."

그녀 행동은 재빠르게 은혜 주위를 맴돌았다. 은혜는 시어머니의 반응에 맞장구쳐 주고 싶은 생각이 없었다. 이제는 그녀의 존재가 지긋지긋하다는 생각이 들었다. 그녀는 시어머니를 밀치고 입구를 들어서며 엘리베이터 앞에 섰다.

"이년 보게! 시어미 알기를 발바닥의 때만큼도 안 여겨. 네년의 근본은 알고 있었지만 이런 식으로 나를 대하면 성할 듯싶냐. 지 부모 잡아먹은 악랄한 년이."

경비실의 경비가 나와서 시어머니의 얘기를 듣고 있었다. 경비는 무슨 구경거리라도 난 듯 싱긋이 웃으며 지켜보고 있었다. 은혜는 낯을 붉히며 때마침 열리는 엘리베이터로 몸을 숨겼다. 시어머니도 놓칠세라 얼른 올랐다. 엘리베이터가 올라가고 시어머니의 잔소리는 잠깐 멈췄다. 아마도 그녀는 다음 단계로 며느리를 어떻게 괴롭혀서 단물을 짜낼 것인지를 궁리하고 있을 것이다. 엘리베이터가 서고 그녀가 내리자 시어머니도 종종걸음 치며 그녀를 따라왔다. 또각거리며 가는 은혜의 발소리가 아파트에 울렸다.

집 앞에서 키를 꺼내 문을 열고 먼저 들어서면서도 그녀는 시어머니를 위해 문을 닫지 않았다. 시어머니는 들어서며 조심스럽게 두리번거렸다. 지난번 호되게 당한 일로 조심을 하는 듯했다. 몇 번을 두리번거리고 들어오던 시어머니는 아무런 일도 일어나지 않자 안심을 하며 다시 그녀에 대한 칼날을 세웠다.

“간통죄로 집어넣기 전에 얼른 실토해.”

은혜는 시어머니의 무식함에 코웃음을 쳤다. 남편이 없는 홀몸인 그녀보고 간통죄라니. 갈수록 가관이었다.

“죄가 될 짓은 아무것도 하지 않았어요.”

그녀는 표면상으로는 그랬다. 마음이라면 이미 저질렀지만 육체적으로는 나름대로 떳떳하다고 생각했다. 그것도 남자에게 눈이 뒤집혀 있는 시어머니 앞이라면.

“지금 나보고 젊은 남자랑 만나고 다니는 너를 믿으라는 소리냐? 어느 시어머니가 며느리가 남자 차 타고 와서 내리는 것을 보고 친구 사이니, 라고 말하겠니?”

“전 창화 씨한테 부끄러울 짓은 하지 않았어요!”

그러나 마음으로는 남편에게 미안해하고 있었다. 그것도 몹시.

“내 눈은 못 속여. 너에게는 부정한 냄새가 나. 너도 내가 진저리치도록 싫지? 네 눈앞에서 당장 없어져 줬으면 좋겠지? 방법은 딱 하나야! 네가 받은 생명보험의 반을 나한테 떼어주는 거야. 그럼 나는 그날로 당장 네 앞에서 사라져 주마.”

그녀는 시어머니의 가증스러움에 아무 대답도 하지 않은 채 침실로 들어갔다. 옷을 갈아입고 욕실로 향하는데 시어머니는 거실에 앉은 채 TV를 켜서 보고 있었다. 그녀는 알고 있었다, 시어머니가 TV는 켜놨지만 전혀 보고 있지 않다는 사실을. 그녀의 신경은 은혜한테 향해 있었다. 일거수일투족을 시어머니

의 눈길이 잡고 있음을 그녀는 깨달았다. 시어머니는 신경전을
벌이고 있는 것이다.

샤워를 마치고 침실로 가려던 그녀는 자신의 발치를 무심코
보았다. 무언가가 눈에 들어왔다. 그녀의 눈은 그 물체에 고정
되었고 뒤이어 경악스런 비명이 터져 나왔다.

"으악!"

그녀의 외마디 비명에 소파에 앉아 있던 시어머니는 뛸 듯이
놀라 벌떡 일어났다.

"무슨 일이냐?"

"저, 저기!"

소파 쪽으로 뛰어온 그녀는 자신이 방금 봤던 자리를 가리켰
다. 시어머니도 겁이 나는지 바로 보지 못하고 조심스럽게 다가
가며 옆으로 돌렸던 고개를 돌려 그녀가 가리킨 곳을 보았다.
하지만 거기엔 아무것도 없었다. 시어머니는 자신을 놀리려고
일부러 그랬나 싶어 순간 화가 났다.

"뭘 봤다는 거냐! 아무것도 없는데. 이제는 헛것까지 보이고
돌아도 단단히 돌았구나!"

"아, 아니에요! 분명 저기에 피를 흘리며 죽은 쥐의 시체가 있
었다고요!"

흥분된 그녀의 몸은 아직도 떨리고 있었고 말도 더듬거리며
나왔다. 그녀의 눈앞으로 아직도 선명하게 그려졌다. 시궁창에
서 사는 회색 큰 쥐였다. 내장이 파열되어 밖으로 비쭉이 삐져

나와 있었고, 향한 채 기분 나쁜 눈초리로 쳐다보고 있었다. 시체에선 죽음의 냄새가 났다. 그 냄새가 은혜에게 불길하게 느껴진 순간 그녀의 온몸에 소름이 쫙 끼치며 자신도 모르게 비명을 내지른 것이다.

시어머니는 그녀가 미치지 않았다는 것을 잘 알고 있었다. 며느리가 무언가를 봤다면 분명 보았을 것이다. 그녀도 유령에게 당한 일이 없다면 며느리의 말을 믿지 않았을 것이다. 하지만 그녀는 경험이 있었고 며느리의 경우도 예외는 아니라는 생각이 들었다. 분명 유령의 짓이었다. 그녀는 무서워졌고 어서 이 집에서 떠나야겠다는 생각이 강했다. 은혜는 소파에 앉아 방금 일어난 일로 놀란 탓에 몸을 소파에 맡긴 채 멍하니 앉아 있었다.

"가봐야겠다!"

며느리가 처음 당하는 일일 텐데도 금세 차분해지는 걸 보고 그녀는 며느리가 오늘 당하는 일이 처음이 아니라는 생각이 들었다. 자신이 놀랐을 때 오랫동안 진정하지 못하던 태도와는 사뭇 달랐다. 며느리는 그저 멍하니 체념하고 있었다. 그녀는 속으로 며느리를 욕했다. 독한 년이야. 귀신이 집안 곳곳을 돌아다니는데도 저렇듯 천연덕스럽게 지내다니. 며느리의 담이 큰 것에 그녀는 독하다고 생각했다. 이제껏 살면서도 한 번도 귀신을 본 적이 없는데 아들이 죽고 나니 집이 망조가 들려는 것은 아닐까 싶은 생각에 그녀는 혀를 찼다.

시어머니를 배웅할 생각도 않고 멍하니 앉아 있는 며느리를 탓할 생각도 못하고 그녀는 문을 열고 나갔다. 오늘은 그냥 돌아가리라는 마음이 들었다. 시기가 좋지 않았다. 어쨌든 한 가지라도 알아낸 것이 있으니 소득은 있는 셈이다. 며느리가 사귀는 남자가 정말 그녀 말대로 친구 사이일까. 그녀는 고개를 저었다. 남녀 사이에는 친구가 있을 수 없다.

자신의 남자 친구에게 부탁해야겠다고 생각했다. 그녀의 애인은 그녀보다 훨씬 어린 오십대 후반의 남자였다. 그녀에게 반한 대부분의 이유가 돈이 많이 나올 거라는 말 때문임을 알고 있었지만 자신을 향해 아름답다는 거짓말을 들었을 때는 기분이 좋았다. 그가 아부조로 말했다 하더라도 상관없었다. 그녀에게 그는 자신의 나이에 대한 비애감을 없애주는 존재였다. 요즘 들어 자신도 여자 몫을 한다는 생각에 행복했던 그녀다. 처음에는 예쁘다는 그의 말을 인사치레로 받아들였지만 그것도 자꾸 듣다 보니 어느새 진짜라는 착각을 하게 됐다. 거울을 봐도 예전과는 달라 보였다. 더 젊어 보이는 것 같았고 나름대로의 화려한 모습도 멋있어 보였다. 예전이라면 주책이라고 하지 않을 낯부끄러운 짓도 서슴없이 했다. 그러면서 그녀는 자신이 매력적인 여자가 된 거라고 착각하고 있었다.

그녀는 자신의 핸드폰을 눌러 그에게 전화를 했다.

"난데 긴히 할 말이 있어. 만나서 얘기하자."

자신이 사랑하고 자신을 사랑하는 남자이니 도움을 줄 것이

다. 그의 도움이 필요했다. 그녀는 택시를 잡아 서둘러 약속 장
소로 향했다.

그녀의 애인은 전화로 주문받는 일을 하고 있었다. 주로 남이
손을 잘 대지 않는 일이었다. 한마디로 말하자면 남의 뒤구녕을
닦아주는 일이었다. 그는 생활 신문에 광고를 내고 있었다. 전
화는 몇 건씩만 올 뿐이었지만 그 보수가 짭짤했고 지금은 늙었
지만 자신보다 돈이 많은 여자를 물었다고 생각하고 있었다. 그
돈의 일부가 어느 정도는 자신한테 쓰일 거라는 것도 알고 있었
다. 그녀는 자신의 애인이 자신에게는 눈곱만큼의 애정도 없다
는 사실을 알지 못했다.

혼자 먹는 음식은 맛이 없다. 또한 무언가를 만들어서 먹고
싶은 욕구도 없는 법이다. 그녀는 오랜만에 자신을 위해서 맛있
는 반찬을 만들어 먹고 싶어졌다. 된장찌개 간을 보고 무친 몇
가지 반찬을 입에 집어넣으며 제대로 무쳐졌는지 확인했다.

밥을 차려 제대로 만들어진 점심을 먹고 빈 밥그릇을 싱크대
로 가져가려던 그녀는 자신의 발밑으로 움직이는 검은 물체에
시선을 고정시켰다. 처음엔 음식 찌꺼기가 떨어진 줄 알았다.
하지만 그건 아주 조금씩 조심스럽게 움직였다. 동그랗고 까만
물체는 그녀가 지켜보는 가운데 더듬이를 움직이며 자신의 앞
에 있는 방해물을 감지하고 있었다. 무엇인지를 인식한 순간 그
녀는 자신도 모르게 소름이 끼쳤다. 그녀가 제일 혐오하고 싫어

하는 바퀴벌레였다. 얼마 전 아파트를 전체적으로 소독해서 보일 리 없는 바퀴벌레가 나오는 것에 그녀는 의문과 함께 화가 났다. 순간적으로 신고 있는 실내화로 밟았지만 찜찜했다. 찌익하며 발에 밟히는 느낌은 역한 불쾌감을 불러일으켰다. 그녀는 휴지를 갖고 와 눈을 질끈 감고 실내화에 붙어 있는 진액과 바닥에 눌려져 있는 분리된 벌레의 시체를 집어 쓰레기통에 버렸다.

안도하던 기분도 잠시, 빈 그릇을 싱크대에 담그고 돌아서는 순간 그녀의 눈 안으로 또다시 검은 물체가 보였다. 한 마리, 두 마리 그것은 그녀가 셀 여유도 없이 급격히 늘어났다. 검은 물체들이 주방 바닥을 정신없이 기어다녔다. 마치 일개 부대가 움직이듯 벌레들은 같은 패턴으로 움직이고 있었다. 순간 그것들은 어떤 목적을 갖고 있다는 터무니없는 생각을 했다. 온몸의 털끝이 곤두서는 느낌이었다.

그녀는 오싹하고 소름 끼쳐 소리를 지를 새도 없이 식탁 의자로 올라섰다. 보통의 벌레들이 그렇듯 부산스럽게 흩어지기는커녕 주방에서만 맴돌고 있었다. 그녀는 그들이 하는 행태를 좀 더 관심있게 지켜보기 위해 의자에 쭈그려 앉았다. 바퀴는 높은 곳을 기어오를 생각도 없이 오로지 바닥만을 정신없이 기어다녔다. 한동안을 그렇게 보니 그것은 더 이상 벌레라는 느낌이 들지 않았다. 검은 바둑알들이 어떤 자석 같은 움직임에 의해서 조종당하는 것 같았다. 어떤 목적 의식을 갖고 그것들은 같은 패턴으로 움직여 갔다. 말도 안 되는 생각이지만 그건 무언가를 이루기 위해 움직이고 있었다. 가장 혐오하는 바퀴벌레인데도 그녀는 유심히 지켜봤을 뿐만 아니라 더 이상 싫지도 않았다. 그녀의 시선은 벌레들의 움직임에 못 박혀 있었다.

벌레들은 한참을 같은 패턴으로 돌더니 움직임에 변화를 주기 시작했다. 조회 시간에 운동장에 학생들이 일렬로 줄을 서듯이 벌레들은 예정되었던 자리를 찾아 정확하게 자신들의 위치를 찾아갔다. 그건 놀라운 광경이었으며 그녀에게 경이감을 불러왔다. 그들은 누군가의 지시에 의해 하나의 말을 만들고 있었다. 그녀는 어쩌면 벌레와 사람의 사이에도 교감이 통할 수 있지 않을까 하는 생각을 했다. 그 말은 그녀가 여러 번 들어봤고 무심히 지나쳐 왔던 말이었다.

떠나.

글자를 만든 벌레들은 고정된 박제처럼 움직이지 않고 그 자리에서 그녀가 그 말을 이해할 때까지 기다리고 있다는 생각이 들었다. 그녀가 만들어진 문장을 인식하고 숨을 내쉬자 벌레들은 그 숨을 신호로 일제히 다시 움직이기 시작했다.

이상한 일이 일어났다. 자신의 본분을 마친 벌레는 마치 시간을 빨리 흘려보내는 생물처럼 퇴색되어 가며 서서히 말라갔다. 사람의 몸이 노화되어 미이라가 되어가듯이 벌레들은 똑같은 과정을 거쳤다. 생기있던 날개와 몸체에 윤기가 사라지고 푸석해지며 건조해져 갔다. 그리고 그것은 부식되어 가루로 변하더니 사라져 갔다. 모든 벌레들이 그런 과정을 거쳐 갔다. 은혜는 놀라운 심정으로 지금 자신의 앞에서 일어나는 현상을 보고 있었다. 마치 자신이 신이 된 듯 그들의 삶의 과정을 보는 듯했다. 사람의 죽음이란 저렇듯 허망한 것이 아닐까. 그녀는 잠시 죽음에 대한 숙연함을 느꼈다.

잠시 후, 주방 안은 거짓말같이 깨끗해졌다. 마치 아무 일도 없었다는 듯이 바닥은 깨끗하게 정리되어 있었다. 그리고 어떤 침묵 같은 것이 공기 안에서 맴돌고 있었다. 폭풍 전야처럼 다음 일을 예견하는 그 느낌은 그녀를 더욱 불안하게 만들었다. 무슨 일이라도 해야만 불안감이 가실 것 같았다.

그녀는 먹은 그릇들을 설거지하곤 거실로 나왔다. 순간 이상한 느낌에 무심코 벽 쪽을 본 그녀는 자신도 모르게 비명을 속으로 삼켰다. 거실에는 또 놀라운 광경이 그녀를 기다리고 있었다. 그 광경을 보는 순간 섬뜩했을 뿐만 아니라 두려움까지 느끼게 했다. 그녀는 그 분위기가 주는 공포감에 기가 질려 그 자리에 주저앉았다. 피로 쓴 글씨가 온 벽을 가득 메우고 있었다. 그건 하나의 메시지를 말하고 있었다.

떠나. 떠나. 떠나.

그녀에게 세뇌시키듯 그 말들은 속삭이고 있었다. 그녀는 남편의 영혼이 왜 자신에게 이토록 지독하게 구는지 이해할 수가 없었다. 그는 때론 따스한 모습으로 그녀를 대하다가도 어느 순간은 지독하게 고약한 모습으로 그녀를 괴롭히고 있었다. 갈 때도 없는 자신을 쫓는 그의 행동을 이해할 수가 없었다.

자신의 마음이 정혁에게 기울기 시작했다는 것을 남편이 직감하고 이렇듯 고약하게 구는지도 몰랐다. 그에게서 자신을 떼어놓기 위해. 그녀는 남편이 자신을 괴롭히기는 했지만 해치지는 않을 거라는 어떤 믿음이 있었다. 그래서 남편의 위협에도 놀라기는 했지만 무섭지는 않았다. 남편이 무서운 게 아니라 그가 보여주는 표현들이 끔찍했을 뿐이다.

그녀는 벽에 칠해져 있는 피를 차마 보지 못해 눈을 질끈 감았다. 시간이 지나면 남편이 저지르는 장난들은 더 이상 보이지 않을 것이다. 그녀는 눈을 감고 마음을 가다듬으며 심호흡을 했다. 그리고 백까지 다섯 번을 센 뒤 눈을 떴다. 그녀의 예상은 맞았다. 남편의 장난은 더 이상 보이지 않았다. 그가 어떤 장난을 쳐도 그녀는 떠나지 않을 것이며 그의 장난에 일일이 반응하지 않으리라.

남편은 잠시 심술이 났을 뿐이다. 그녀를 향해 질투의 불꽃을 태울 뿐이다. 그녀는 그 사실이 안타까웠다. 하늘로 올라가지 못하고 자신과의 미련 때문에 집착을 보이는 그의 마음이 슬프고 화가 났다. 그는 이제 이곳 사람이 아니었다. 이제는 그녀를 떠나야 했다. 하지만 그의 집착은 그녀를 놓아주려 하지 않았다. 은혜는 소파에 주저앉아 한숨을 내쉬었다. 한 번씩 이런 행사를 치르고 나면 그녀의 정신은 일어설 수 없을 정도로 많이 지쳤다.

은혜는 힘든 몸을 일으켜 다시 주방으로 향했다. 냉장고 문을 열어본 그녀는 자신이 찾는 주스가 없다는 사실을 깨달았다. 그다지 좋아하지는 않았지만 먹을 수 없다는 생각이 주스에 대한 생각을 더 간절하게 했다.

그녀는 침실로 가서 지갑을 들고 현관으로 향했다. 신발을 신는데 현관의 한쪽을 차지하고 있는 남편을 구두를 보는 순간 코끝이 찡해왔다. 남편은 아직까지 그녀의 생활 곳곳에 숨어 있었다. 모든 곳에는 남편의 숨결과 손끝이 묻어 있었다. 그 자취들이 불현듯 그녀를 덮칠 때마다 그녀는 울컥거리는 감정을 자제해야 했다.

실컷 울어버려도 될 일이었다. 누가 시킨 것도 아닌데 자제하려는 자신을 이해할 수가 없었다. 그건 어쩌면 터져 버릴지 모르는 큰 울음에 대한 두려움인지도 몰랐다. 실컷 울어버리면 남편에 대한 감정을 자제하지 못하고 무너져 버려 일어나지 못할지도 모른다는 두려움. 그녀는 무의식적으로 자신의 감정을 자제했다. 금세라도 터질 것 같던 울음은 늘 그렇듯 다시 들어가 버렸다.

그녀는 문을 열고 집을 나왔다. 열쇠로 잠그고 단단히 잠겼는지 손잡이를 돌려 확인한 뒤 엘리베이터를 타기 위해 버튼을 눌렀다. 번호 계기판이 한 층씩 올라오는 걸 보면서 그녀는 많이 기다리지 않아도 되겠다고 생각했다. 문이 열리고 빈 엘리베이터에 탄 그녀는 안을 두리번거렸다. 혹 남편이 탄 건 아닐까 하는 우려가 드는 건 노파심일까. 설마 밖에 나와서까지 남편이 장난을 칠까 하며 쓴웃음을 지었다. 남편이 죽은 뒤 존재감을 느낄 수 없었던 그녀는 유령을 통해 남편을 다시 느끼고 있었다. 그것이 좋은 감정이든 나쁜 감정이든 상관없었다. 어쨌든 남편은 그녀에게 자신의 존재를 알리고 있었다.

아파트를 나오며 경비에게 인사를 했다. 시어머니가 모진 말을 할 때 구경하던 그 사람이었다. 그녀의 인사에 그도 고개를 숙이기는 했지만 입가에 번지는 웃음을 그녀는 놓치지 않았다. 그는 기억하고 있었다. 아마도 속으로 그녀를 비웃고 있을 것이다. 그녀는 달아오르는 얼굴의 열기에 걸음을 서둘렀다.

상가로 가던 은혜는 저만치 서 있는 정혁의 모습을 보았다. 그는 어떤 남자들과 얘기하고 있었는데 인상을 찌푸리고 있었다. 건들거리며 서 있는 남자들의 모습은 그녀에게 불쾌감을 주었고 웬일인지 그는 그들에게 뭔가 약점을 잡힌 듯 꼼짝을 못하는 눈치였다. 인상을 찌푸리고 있던 그는 무언가를 그들에게 말하고 있었지만 그들은 그의 말을 심드렁하게 들으며 대꾸조차 하지 않고 있었다. 무슨 일일까. 아는 체하기도 그래서 그녀는 그냥 슈퍼로 향했다.

물건을 사서 오며 보니 그는 이미 그곳에 없었다. 그녀는 키를 꺼내 열려고 하다 자신의 집 앞에 있는 그를 발견했다.

"어디 갔다 오는 길이야?"

아까까지의 찡그린 표정은 온데간데없이 환한 미소만을 짓고 있었다.

"주스가 떨어져서요."

키를 꽂아 열며 그녀는 그가 먼저 들어가도록 비켜섰다. 그가 들어서며 익숙한 모습으로 소파로 향했다. 그녀는 남편이 무슨 해를 끼치지 않을까 두리번거렸다. 좀 전까지도 그녀에게 장난을 쳤던 사람이다. 그가 싫어하는 사람이 나타났으니 또 다른 장난을 치지 말라는 법은 없었다.

"차 드려요?"

그녀의 말에 그는 살짝 웃으며 자신의 옆자리를 손으로 토닥였다. 그녀는 그의 은근한 초대에 웃으며 옆으로 갔다. 그녀가 앉으려는 순간 그는 그녀의 허리를 잡아끌어 자신의 무릎에 앉혔다.

"이런 걸 원했지. 조금의 접촉은 괜찮겠지?"

그는 그녀의 입술로 자신의 입술을 가져갔다. 서로 간에 호흡이 거칠어졌다. 그러나 더 이상의 진도는 나가지 않았다. 그가 약속을 지키는 것에 안도하면서도 서운한 묘한 기분이었다.

"나도 늙었나 봐."

그의 말에 그녀는 자신도 모르게 웃음이 스멀거리며 나와 참을 수가 없었다.

"알아, 네가 더 나이 많다는 거. 하지만 내가 늙었다는 건 다른 의미야. 이젠 안착하고 싶어졌다는 것이지. 그리고 마침 그런 여자가 나타났고."

그의 눈이 지그시 그녀를 봄으로써 그 여자가 자신임을 은혜는 알고 있었다.

"네가 부담스럽다는 것은 알아. 하지만 조금은 생각해 줬으면 좋겠어."

"정혁 씨, 전 지금 누구와 새 출발을 할 만큼 여유있지 않아요. 전 남편을 잃은 지 그리 오랜 시간이 지난 것도 아니고 아직까지는 준비가 되어 있지 않아요. 그리고 우리 사이엔 서로가 본능적으로 끌린다는 것을 빼놓고는 공통점이 없어요. 예측하건대 분명 후회할 거예요."

"같은 성향의 사람은 오히려 부딪친다는 거 몰라? 다른 성향의 사람이 살아야 행복한 법이야."

"성향이 달라도 서로 간에 공감대는 있어야 하죠. 근데 우리 사이에는 그게 없어요."

"당장 중요한 건 아니잖아. 그냥 우리의 감정에 충실하자. 그래서 아니면 관두는 거고. 사람들 눈치도 너무 안 봤으면 좋겠다. 우리가 계속 여기서 사는 것도 아니고 그들이 우리 삶에 어떤 영향을 끼치는 것도 아니잖아."

"그래도 색안경 끼고 보는 거 싫어요."

“알았어. 조심은 할게. 하지만 이렇게 집에 오는 것도 뭐라고 하지 마. 조심스럽게 드나들 테니까.”

그녀는 그의 무릎에서 내려와 옆에 앉았다.

“정혁 씨는 왜 저를 사귀죠?”

그녀의 질문에 허를 찔린 듯 남자는 아무 말도 못하고 놀란 표정을 지었다. 전혀 예상 못한 질문이었다. 그는 곰곰이 생각하는 듯 말이 없다 입을 열었다.

“그걸 특별히 생각해 본 적은 없었어. 여태껏 나는 끌리는 여자에게는 다가섰으니까. 그건 그 여자가 꼭 예쁘게 생겨서만은 아니었어. 어떤 매력이 느낌으로 다가오면 난 항상 다가갔지. 때로는 정말 예쁜 여자도 있었고 그렇지 않은 여자도 있었어. 난 느낌을 중요시 생각해. 아무리 예뻐도 느낌이 아닌 여자는 사양이야.”

“전 어떤 느낌이었나요?”

“글쎄…… 그건 말로 할 수 없는 느낌이야. 은혜는 특별했어. 그냥 끌렸고 정신없이 몰입되었지. 그리고 어느 순간 이 여자를 놓을 수 없다는 생각이 들었어. 당신이 내 옆에서 사라진다는 생각만으로도 무척 허전할 것 같았지.”

그의 손이 그녀의 목덜미를 쓰다듬었다. 그건 남편의 따뜻했던 손길과 비슷했다. 그녀는 주인에게 사랑받는 고양이처럼 그의 손길이 닿자 눈을 지그시 감았다. 사람의 손길이 때로는 자극적이기도 하지만 기분 좋은 편안함을 주기도 한다. 그녀는 지금 그 편안함을 마음껏 만끽하고 있었다.

"지금 당장은 어떤 것도 요구하지 않아. 은혜도 시간이 필요하겠지. 하지만 조금은 내 생각도 해줄래, 응?"

눈을 크게 뜨며 자신에게 요구하는 남자의 귀여운 모습에 그녀는 고개를 끄덕였다. 지금 같으면 그와 잘될 수 있을 것 같은 기분이 들었다. 갑자기 남자가 번쩍 안는 바람에 그녀의 입에서 짧은 비명 소리가 터져 나왔다. 정혁은 소년같이 웃으며 침실이 어디냐고 물었다.

"왜요?"

그녀는 얼굴에 경계심을 보이며 물었다.

"당신 피곤해 보여. 좀 쉬는 게 좋겠어. 내가 공주처럼 침실까지 모시지."

그녀는 바르작거리며 내려달라고 말했다.

"난 공주도 아니고 그 어떤 것도 아니에요. 그리고 그런 꿈을 꾸기엔 너무 늙었죠."

"그럼 오늘 공주가 돼봐. 때로는 그런 대우도 기분 좋은 법이야. 자, 이제 침실이 어딘지 가르쳐 주실까? 침실 하나 아는 데도 많은 절차가 필요하군."

그녀는 가볍게 웃어넘기며 손짓으로 침실을 가리켰다. 그는 그녀를 들은 오른손을 살짝 돌려 문을 열었다. 그에서 쿵 하는 소리가 들렸다.

"거봐요, 내 말 안 듣고 왜 사서 고생하는지 모르겠어."

"사서 고생하면 어때. 이렇게 해서라도 안아보는 거지. 근데 당신 조금 무겁군."

그녀는 소리 내어 웃었다. 그가 침대에 그녀를 눕히자 은혜는 갑자기 생각난 듯 물었다.

"참, 아까 상가를 가다 봤어요. 누구랑 얘기하던데 누구예요?"

"어…… 아는 사람."

"사이가 안 좋은가 봐요? 정혁 씨 인상이 안 좋던데?"

"좀 골치 아픈 일이 얽혀 있어. 곧 해결할 거니까 걱정 안 해도 돼. 은혜는 그냥 지금 아무 생각 없이 자는 거야, 알았지?"

은혜는 말 잘 듣는 학생처럼 그의 말에 고개를 끄덕였다. 그가 그녀의 입술을 맛있는 사탕 먹듯이 한껏 음미한 다음 쪽 소리가 나게 입술을 뗐다.

"여기까지. 그 다음번에 더 많은 걸 기대하고 싶어. 은혜가 물론 허락해야겠지만."

그녀는 갈등에 휩싸였다. 당장이라도 그의 목을 끌어안고 싶었다. 그러나 한숨을 쉬며 그에게 작별을 고했다.

"잘 가요."

감정을 따르기엔 나이가 있었다. 무모함을 따를 나이는 아니었다. 살아오면서 가졌던 어떤 가치관들이 그녀의 본능을 밀어내고 있었다. 그도 아쉬운 듯 그녀에게 작별을 고하고 침실을 나갔다. 멀리서 정혁이 현관문을 닫는 소리가 들렸다. 은혜는

정말 피곤하다고 생각했다. 그가 보기에도 자신이 정말 피곤할
정도로 많이 지쳐 있었나 보다고 생각했다. 그녀의 눈이 스르르
감겼다. 그녀는 잠이 들면서 남편이 자신에게 전한 메시지를 떠
올렸다. 그러나 생각할 새도 없이 금세 잠에 빠져들었다.

강 여사는 그녀 앞의 남자를 향해 교태스런 눈길을 주고 있었다. 머리가 반은 벗겨진 남자는 그녀의 눈길을 향해 나름대로 웃고 있었다. 하지만 그 웃음엔 어떤 애정도 느껴지지 않았다. 여자의 웃음 띤 얼굴은 눈빛과는 달리 나이의 주름을 숨길 수 없었다.

"그러니까 며느리에게서 돈을 뜯는 방법은 딱 하나밖에 없어. 그년이 남자와 놀아난다는 현장을 잡아야 한다니까."

남자는 튀어나온 배로 인해 숨을 색색거리고 있었다. 그녀의 손이 남자의 허벅지를 꽉 쥐었다 놓았다. 그녀의 눈에서 흐르는 음탕함은 그와의 관계가 심상치 않음을 나타내고 있었다.

"며느리가 정말 남자가 있긴 한 거요?"

"당연하지. 분명 내 눈으로 확인했어. 뭔가가 있어. 그 현장을 잡아야 한다니까."

"며느리 보험금이 얼마나 되는데?"

"자그마치 오천만 원이야. 그 돈의 반을 떼어달라 할 작정이지. 그 돈만 받으면 자기랑 나랑 행복한 미래야."

여자의 말에 남자는 탐욕을 나타내듯 눈을 번들거렸다. 남자는 이마에서 반은 벗겨진 머리까지 손수건으로 훑듯이 한번 닦았다. 여자는 말은 그렇게 하고 있었지만 눈은 남자를 향한 채 다른 상상을 하고 있었다. 그녀의 눈가가 물기로 젖어 있었다.

남자는 아까의 반응과는 판이하게 달라졌다. 그는 적극적으로 자신의 손을 그녀의 허벅지 쪽으로 대었다. 구석진 곳에 앉은 그들을 쳐다볼 사람은 아무도 없었다. 다방 안은 손님이 없어 한산했고 주방 쪽에 있는 아가씨만이 그들을 보며 입술을 일그러뜨리고 있었다. 그녀는 껌을 질겅거리며 씹고 있었다. 손님도 없는데 늙은이 둘이서 해괴한 짓을 한다고 생각하고 있었다.

남자의 손이 그녀의 팬티 쪽으로 옮겨가자 그녀의 눈은 흥분으로 더 젖어들었다. 여자가 갑자기 남자의 팔목을 잡으며 말했다.

"이러지 말고 우리 나가자."

여자가 나가자는 의미가 무슨 뜻인지를 잘 알고 있는 남자는 자신의 비대한 몸을 일으켰다. 여자가 자신의 나이 또래에 비해 큰 신장인데 반해 남자의 몸은 그녀의 키에도 미치지 못했다. 짤막한 몸과 벗겨진 머리에도 불구하고 남자는 자신이 무척 잘 났다고 생각하고 있었다. 젊었을 때부터 모든 여자들이 자신을 알게 되면 절대 놓치지 않으려고 했던 점이 그를 거만하게 만들었다. 자신이 외모가 안 된다는 것쯤은 그도 잘 알고 있었다. 처음 그를 보는 여자들은 그의 거북스런 외모에 고개를 돌렸지만 그와의 사랑 후에는 생각이 백팔십도 바뀌어졌다. 그는 한마디로 강한 남자였다. 모든 여자들이 그의 품에서 쓰러져 갔다. 그리고 그 모든 여자들은 하나같이 그에게 매달리며 그가 싫증을 느껴 헤어지려 하는 순간까지도 그를 못 잊어했다. 그는 여태껏 자신이 돈을 지불한 적은 없었다. 모든 계산은 여자 차지였다. 그러면서도 여자는 한마디 불평도 하지 않았다. 그는 그에 상응하는 보답을 여자에게 베풀었다. 지금 이 늙은 여자가 원하는 것도 그것이었다.

남자는 바지에서 핸드폰을 꺼내 꺼두었다. 작업할 때는 어떤 것도 방해를 받아서는 안 되었다. 자신을 찾는 고객도 이 시간만큼은 그를 기다려야 했다.

밖으로 나온 여자가 다정한 척 남자의 팔짱을 끼었다. 남자는 여자의 어떤 행동에도 개의치 않았다. 남자의 무반응은 여자에 대한 오만이었고 여자는 그 오만을 받아들였다.

"실수없이 잘 처리해야 해."

여자는 마지막으로 당부하듯이 남자에게 말했고 남자는 고개를 끄떡였다. 자신 앞으로도 떡고물이 생길 일을 마다할 이유가 없었다. 여자는 앞으로 일어날 일로 인해 입가에서 연신 웃음이 흘러나왔다. 남자는 심호흡을 하며 준비 태세에 들어갔다. 오늘 여자를 즐겁게 해줌으로써 자신의 위치는 더욱 확고해질지도 몰랐다. 여자를 녹여놓고 돈을 모두 그 혼자 먹을 생각이었다. 그는 자신의 봉사가 여자를 즐겁게 하리라는 생각을 의심치 않았다. 좋아서 하는 것은 아니었다. 애초부터 이득이 없었다면 이 여자를 거들떠보지도 않았을 것이다. 그에게는 따로 좋아하는 여자가 있었으며 이 여자는 단지 물주로 필요했을 뿐이다. 얼마 전 은혜의 주머니에서 나온 돈은 고스란히 이 남자의 주머니로 들어갔다.

지금 그가 사귀고 있는 여자는 사십대 중반에 잘빠진 몸매와 얼굴을 가지고 있었다. 그는 그녀에게 정신없이 열중해 있었으며 처음으로 자신의 돈을 썼다. 그녀를 만나면서 쓰는 비용은 물 쓰듯이 빠져나가 자연히 자금 사정이 좋지 않을 수밖에 없었다. 전화로 받는 고객의 수입만으로는 녹록치가 않았다. 그는 이 여자를 만나서 자신의 경제적인 사정을 해결하고 있었다. 일이 잘 성사되어 큰돈이 자신의 수중으로 들어오는 순간 그는 자신의 여자를 데리고 미련없이 떠날 생각이었다.

그는 자진해서 그녀의 허리를 끌어안으며 모텔로 들어섰다. 남자의 적극적인 반응에 여자는 웬일이냐는 표정으로 보다 흡족한 미소를 지었다. 오늘은 그녀를 위해서 공들일 필요가 있었

다. 그녀가 돈을 지불하고 키를 받아서 그들은 방으로 들어갔
다. 그녀는 한시도 기다리지 못하겠는지 그를 끌어안았다. 남자
는 여자를 번쩍 안아 침대에 눕혔다. 여자의 옷을 벗김과 함께
헐떡이는 숨소리가 들려왔다. 남자는 자신의 옷을 벗었다. 여자
의 눈에 금방 흥분의 빛이 나타났다. 남자는 오만한 몸짓으로
여자에게 다가갔다. 그리고 준비 태세에 돌입했다.

  용해는 오랜만에 볼 은혜의 생각으로 가슴이 설레었다. 한 달
간 외국 출장으로 정신없이 바빠 그녀를 돌아볼 여유조차 없었
다. 그는 그녀를 볼 요량으로 일찍 퇴근해 차를 몰고 그녀의 아
파트로 향했다. 운전을 하면서도 무엇부터 물어볼까 하는 생각
이 머리를 온통 차지하고 있었다. 이런 감정을 느낀 게 언제던
가 생각해 보고 그는 자신에게 쓴웃음을 지었다. 처음으로 사랑
을 했던 여자 이후로 처음이었다. 두 번째로 느끼는 감정도 역
시나 같은 여자였다. 그의 인생에 은혜가 친구의 아내로 자리잡
은 이후로 여자가 없었다면 그건 거짓말이었다. 그의 삶에 여자
는 있었다. 하지만 마음을 빼앗길 정도로 진지한 관계는 없었
다. 서로의 필요에 의해 만나고 멀어지기를 몇 번 거치는 동안
그는 그런 관계에도 염증이 났다. 그 이후로 그는 여자를 사귀
지 않았다. 그에게 애인은 일이었고 욕구는 하나의 미미한 부분
을 차지할 뿐이었다. 여자란 욕구를 위한 존재일 뿐이었다. 그
랬는데 은혜의 존재가 그의 삶에 다시 들어온 것이다. 그는 이

감당하기 힘든 감정에 난처했다. 이미 끝났다고 생각한 감정은 그녀가 홀로 되고 다시 만나게 되면서 남아 있던 불씨에 불을 지폈다. 그건 생각하지 못한 반응이었고 그 감정을 깨달았을 때 그는 당혹스러웠다. 그는 자신의 감정을 솔직하게 받아들이기로 했다. 용해에게서 저절로 콧노래가 흘러나왔다. 먼저 간 친구에게는 참으로 미안한 일이었지만 어쩔 수 없는 일이었다. 그가 친구에게 할 수 있는 예우란 그녀와의 관계를 좀 더 신중하게 고려해 자신의 감정을 뒤늦게 밝히는 일이었다.

차가 아파트 앞에 도착하자 그는 시동을 끄고 가벼운 마음으로 차 문을 닫고 잠갔다. 그의 양복 윗저고리에는 그녀에게 줄 선물이 들어 있었다. 외국 출장에서 구입한 것이었다. 걸음을 떼려는 순간 아파트 앞에 서 있는 그녀를 발견했다. 그는 반가운 마음에 걸어가려다 그녀 옆의 존재 때문에 발걸음을 멈췄다. 그녀의 옆을 낯선 남자가 지키고 있었다.

남자는 상당히 젊어 보였으며 얼굴 가득 미소를 머금고 그녀를 바라보며 말하고 있었다. 그녀 또한 그에게 미소를 보이며 대화를 나누고 있었다. 용해는 들뜨던 마음이 일시에 사그라지는 기분이 들었다. 저 남자는 그녀와 어떤 관계일까. 그는 남자에게 시선을 주었다 은혜에게 다시 시선을 주기를 여러 차례 했다.

용해는 혹시나 자신의 존재가 그들에게 보일까 몸을 차 쪽으로 밀어붙였다. 그가 발견되는 게 두려워서가 아니라 그녀가 자신을 발견하고 난처해할지도 모른다는 생각에서였다. 한참 동안 애기를 나누던 그들은 남자가 손을 흔드는 것으로 끝을 맺었다. 그리고 그녀는 아쉬운 듯이 남자가 가는 모습을 바라보다 돌아서 들어갔다. 용해의 가슴이 싸안히 식어갔다. 그녀에게 이미 다른 남자가 생겨 버린 것일까. 일말의 배신감이 들었다. 남편을 잃은 지 얼마나 됐다고 벌써 남자를 사귄다는 말인가. 그렇게 생각하다 픽 웃음이 나왔다. 자신 또한 그녀를 넘보지 않았던가. 그녀를 탓할 자격이 없었다.

그는 마음을 고쳐먹고 아파트 입구로 들어섰다. 몇 번의 방문으로 낯익은 경비는 그가 인사하자 웃음으로 받았다. 엘리베이터를 타고 올라가며 그는 감정을 조절했다. 어쩌면 아무 사이도 아닐지 모른다. 자신이 지레짐작한 것인지도 모른다. 엘리베이터를 내려 눈에 익은 문 앞에서 초인종을 눌렀다. 잠시 후, 문이 열리고 그녀의 모습이 문 안 가득 찼다. 그는 형식적인 웃음을 지으며 집 안으로 들어섰다. 오랜만에 본 그녀는 아름다웠다. 사랑을 하는 때문일까. 용해는 모든 것에 남자와 연관 짓는 자신이 싫었다. 익숙한 자리가 편한 법이다. 그는 소파의 늘 앉던 자리에 가 앉았다.

"뭘로 드시겠어요?"

그는 속이 타고 열이 차 올랐다.

"시원한 거 있습니까?"

"주스가 있는데요?"

"그럼 그걸로 주세요."

그녀가 쟁반에 주스가 담긴 유리컵을 들고 와 그의 앞에 놓았다. 그는 잔을 들어 단숨에 마셨다. 오른편에 앉은 은혜가 그 모습을 보고 미소를 지었다.

"요즘 통 연락이 없으시더군요. 바쁘셨나 봐요."

"외국 출장이라 한 달간 눈코 뜰 새 없었습니다. 어제 입국했지요."

"오자마자 저부터 챙기시다니 감사해요. 피곤하시죠?"

"견딜 만합니다."

그는 신중한 미소로 그녀를 보았다. 그런데 그 모습이 이상하게도 그녀의 마음에 강하게 와 닿았다. 나는 아무래도 남편이 죽은 후는 헤퍼진 모양이다. 자신에게 다가오는 남자들을 보며 마음이 끌리는 것은 아무래도 자신의 처신에 문제가 있다고 은혜는 생각했다. 정혁을 보면 육체적인 반응이 먼저 왔고 용해를 보면 정신적으로 강하게 이끌렸다. 이런 일이 가능한 것일까.

처음 남편과의 만남에서는 두 가지를 동시에 경험했었는데 어째서 지금은 이렇게 제각각이란 말인가. 은혜는 혼란스러웠다. 그동안 자신의 속에 있던 음란함이 지금에야 나타난 것이 아닌가 하는 의구심이 생겼다.

"별일없으시죠?"

용해는 묻고 싶었다, 아까 만난 남자는 누구냐고. 하지만 그는 자신의 궁금증을 묻는 대신 일상적인 물음을 말했을 뿐이다.

그녀를 향한 마음이 더 강해졌고 그녀가 다른 남자에게 돌아설지도 모른다는 사실에 미칠 것 같으면서도 표정을 얼굴에 나타내지는 않았다. 그의 사십삼 년이라는 세월은 헛먹은 것이 아니었다. 그는 자신의 감정을 겉으로 내색하지 않을 정도는 되었다.

"별일이야 많죠. 남편의 장난이 저를 진이 빠지도록 놀라게 하지만 그 외에 일이라면 별다른 일은 없죠. 단지 남편이 저에게 어떤 해를 끼칠 거라는 생각은 안 해요."

별다른 일은 없다고 했다, 그것도 그녀 자신의 입으로. 용해는 자신이 봤던 남자와 그녀는 아무런 사이도 아닐지 모른다는 생각을 했다. 하지만 남자의 친밀한 태도가 어쩐지 찜찜하게 그의 마음에 남아 신경 쓰였다.

"이번엔 뭐라고 하던가요?"

"떠나래요. 대체 왜 떠나라는 것인지. 제가 만약 다른 사람과 어떤 삶을 꾸려간다면 그게 남편에게 죄를 짓는 건가요? 남편의 행동은 그런 의도인 거 같아요."

무의식적으로 튀어나온 그녀의 말이 그의 마음을 아프게 했다. 어쩌면 이 여자는 다른 남자를 꿈꾸고 있는지도 모른다. 그는 말을 하지 않았다.

"그가 저를 왜 저토록 힘들게 하는지 이해가 되지 않아요."

"어느 누구도 은혜 씨를 탓할 사람은 없어요. 그 사람들이 은혜 씨 삶을 대신 살아주는 것은 아니니까요. 만약 그런 기회가 있다면 잡으세요.”

자신은 바보였다. 그녀를 붙잡지도 못하고 말을 그렇게밖에
는 못하는 무능력한 바보였다. 그녀가 자신의 길을 가고 싶다는
데 어떻게 자신이 붙잡는단 말인가. 자신의 마음을 그냥 고백해
버릴까. 그러면 혹 그녀가 자신을 봐주지 않을까. 그는 그 방법
이 얼마나 무모하며 그런 행동이 그녀에게 오히려 부담을 준다
는 사실을 잘 알고 있었다. 그녀의 눈빛이 흔들리며 목소리가
떨려 나왔다.

“정말 그럴까요? 누구의 눈치든 신경 쓰지 않고 제가 원하는
길을 가는 것이 옳은 것일까요?”

그는 고개를 끄덕였다. 그녀는 어쩌면 자신의 품에서 떠날지
도 모른다. 그는 또다시 아픔을 준비해야 하는 것일까.

“모르겠어요, 제가 원하는 길이 과연 무엇인지…….”

그녀는 속삭이듯 말했다. 상처 입은 짐승 같은 모습에 연민을
느낀 용해는 그녀의 손을 잡았다. 그의 따스한 행동에 그녀는
화들짝 놀라며 손을 뺐다. 그는 아픔을 느꼈다. 이 여자는 내 손
길조차도 받아들이지 않는구나. 용해는 담배를 피워야겠다고
말을 하며 탁자 밑에서 재떨이를 찾아서 베란다로 나갔다.

용해를 바라보는 은혜의 눈길에 혼란이 묻어나왔다. 순간 그
의 접촉이 그녀를 놀라게 했다. 한 번도 위험하다고 느껴본 적
이 없고 따스하기만 하다고 느낀 사람의 손길이 순간적으로 그
녀의 가슴을 두근거리게 할 줄은 몰랐다. 그녀는 잠깐의 접촉이

주는 파장에 숨을 내쉬었다. 대체 이게 어떻게 된 심경의 변화
란 말인가. 사람의 감정이 이토록 미묘하고 복잡하다니. 그녀는
자신의 마음의 갈피를 잡을 수 없었다. 정혁에게 강하게 끌리고
있다고 생각했었다. 잠깐 동안은 그와의 미래는 어떨까 꿈꿔보
기도 했다. 하지만 지금의 접촉이 주는 파장은 컸다. 일시에 그
녀의 생각을 뒤집었다.

　용해라면, 그라면 자신의 결혼이 무척 안정될 것이며 어떤 걱
정도 하지 않을 거라는 생각이 들었다. 그에게는 단지 정신적인
위안을 얻을 뿐이라고 생각했는데 그게 아니었던 모양이다. 그
녀는 지금의 접촉으로 그걸 느꼈다. 그럼 정혁은? 그녀는 복잡
하게 얽히는 상념으로 머리가 지끈거리며 아파왔다.

　그가 베란다에서 돌아왔다. 다시 보는 그의 모습은 달라 보였
다. 그녀가 보던 따뜻한 이미지의 사람이 아니라 선이 굵은 남
자의 모습이었다. 그녀는 그 윤곽을 손으로 만져 보고 싶다고
생각했다. 그는 싱긋 웃으며 말했다.

　"언제 바닷가 한번 가지 않을래요?"

　"네?"

　갑작스런 그의 엉뚱한 제안에 그녀가 이해하는 데는 시간이
좀 걸렸다.

　"은혜 씨는 가만 보면 모든 생각이나 행동들을 속으로 가두려
는 경향이 있어요. 한 번씩은 그걸 밖으로 발산할 필요가 있어
요. 트인 바다를 보며 속에 찌꺼기들을 밖으로 다 뱉어내는 거

예요. 은혜 씨는 그게 필요해요."

"용해 씨가 시간이 되시면 날을 잡아주세요."

의외로 그녀는 그의 제안에 순순히 응했다.

"좋아요! 그럼 며칠 내로 제가 날을 잡죠."

"혹 일에 지장을 주는 건 아니죠? 그렇게 되면 제가 미안해져
요."

"그런 일 없습니다. 제가 알아서 할 테니 은혜 씨는 갈 생각만
하고 있어요."

밝아지는 그의 미소가 얼마나 순수해 보이던지 보는 그녀까
지도 덩달아 즐거워졌다. 남자들에게는 누구나 이 같은 소년의
모습이 있는 모양이다. 하지만 불행하게도 남편에게서는 이런
모습은 발견할 수 없었다. 어려서부터 모든 괴로움을 다 보고
자란 그는 어른이 되기 전에 이미 어른이 되어 있었다. 그녀는
남편이 그녀에게 울타리 같은 존재이긴 했지만 때로는 아이 같
은 모습을 보고 싶다고 생각했다. 남편은 한 번도 허술한 모습
은 보이지 않았다. 매사에 빈틈이 없었다. 그래서 늘 주의를 들
어야 하는 것은 그녀였다. 물론 잔소리가 심했다는 소리는 아니
었다. 남편은 더없이 따뜻한 요람이었으며 그녀의 말을 잘 들어
주긴 했지만 어린애 취급을 했다는 소리다. 때로는 그녀도 자신
을 하나의 인격체로 어른 대접해주길 바랐다. 그런 면에서 본다
면 마냥 어른스러운 게 마이너스인 셈이었다.

"가볼게요."

　그는 먼저 현관 쪽으로 가서 신을 신었다. 은혜는 처음으로 그를 붙잡고 싶다는 생각을 했다. 그를 보내기에는 그녀 안의 어떤 감정이 놓아주려 하지 않았다.

　"제가 날짜를 잡아서 하루 전에 연락드릴 테니까 은혜 씨는 그냥 몸만 오세요. 제가 다 준비할게요."

　그가 그녀의 어깨에 자신의 손을 올려놓으며 말했다. 그 동작으로 인해 그녀의 가슴은 두근거렸지만 용해는 자신의 행동이 오해를 낳을 소지가 있다는 것을 깨닫고 얼른 거둬들였다. 그녀의 볼은 살짝 붉어졌고 그의 손이 자신의 어깨에서 금세 떠남을 아쉬워했다.

　"급한 일이 생기면 저한테 전화하는 거 아시죠?"

　그는 손을 자신의 귀에 대며 전화하는 제스처를 취했다. 은혜는 미소로 얼버무리며 고개를 끄덕였다. 문이 열리고 그가 나갔다. 문을 닫기 전 용해의 눈이 그녀를 쳐다보았다. 그 눈빛에는 강한 기운이 엿보였다. 문이 닫히고 그가 떠나간 뒤에도 그녀의 눈앞에는 눈빛의 영상이 새겨진 도장처럼 박혀 지워지지 않았다.

　다른 감정이 생기기 시작한 것일까. 내가 대체 원하는 게 무엇일까. 은혜는 복잡한 건 싫었다. 무엇이든 명확하고 단순한 게 좋았다. 하지만 자신의 감정은 자신의 머리를 떠나 하나의 매개체처럼 저 혼자 움직이고 있는 것 같았다. 혼란스러워. 그녀는 그 말만을 되뇌었다. 내가 용해 씨를 좋아하게 된 것일까.

그전에도 그를 좋아했었다, 친구로서. 그러나 지금 느끼는 이 감정은 달랐다. 마흔의 여자에게 이런 감정이 생기리라고는 생각도 해본 적이 없었다. 남들이 말하는 중년의 나이였다. 이게 대체 무슨 주책없는 감정이란 말인가.

그 감정은 은밀했으며 가슴 밑바닥에서 새어나오는 설레임이 있었다. 다시 사랑이라는 걸 시작하기라도 한 걸까. 그렇담 정혁이에게서 느끼는 감정은 무얼까. 잘생긴 남자가 보여주는 호의가 그녀의 허영을 부추겼던 것일까. 그녀는 외로웠고 정혁은 여자라면 누구라도 쳐다볼 멋진 남자였다. 잠시 그 허영 때문에 자신이 빠져 있었는지도 모를 일이었다. 그녀의 입에서 저절로 한숨이 흘러나왔다. 정혁과의 감정도 말도 안 된다고 생각하고 있는데 이제는 용해에 대한 마음도 부담으로 다가왔다.

그녀는 탁자에 있는 주스 잔을 치우며 생각했다, 이러다가는 남편의 유령이 그녀를 해칠지 모른다고. 두 남자를 놓고 저울질하는 그녀에게 혐오감을 느끼고 미워하게 될지도 모른다고. 은혜는 다시 머리가 지끈거리기 시작했다.

남자는 방금 욕정을 분출하고 앉아 담배를 한 개비 피우고 있었다. 풀어헤친 머리를 옆으로 젖히고 여자는 침대에 걸터앉아 있는 남자의 허리를 감아 안았다.

"자기야, 언제 큰돈 생기는 거야?"

"조금만 기다려."

정수리에 반은 벗겨진 남자의 머리에 방금 전의 일로 인해 땀이 송골송골 맺혀 있었다. 담배를 쥐고 있는 손으로 그 부위가 간질거려 남자는 쓸어 내렸다. 남자의 손에 물기가 묻어나왔다. 물기를 시트에 닦은 남자는 욕실로 향했다.

"어디 가?"

여자의 나긋나긋한 몸 같은 나른한 목소리가 욕실을 향하는 남자의 온몸을 휘감았다. 남자는 여자를 향해 미소를 보이며 말했다.

"아직 끝난 게 아니야. 준비해."

야한 여운을 풍기는 남자의 말을 알아듣고 여자의 입가가 옆으로 찢어졌다. 여자의 웃음에서 음탕함이 묻어나왔다.

여자는 옆으로 팔을 고이고 있던 자세를 풀어 바로 누웠다. 여자의 입에서 만족의 한숨이 흘러나왔다. 자신을 만족시키는 남자를 만나기는 쉽지 않았다. 그녀는 드디어 자신의 짝을 찾았다고 생각했다. 남자는 겉으로 보기에는 별 볼일 없었다. 튀어나온 배, 벗겨진 머리, 짤막한 키. 그럼에도 그 모든 것을 커버할 한 가지의 가장 중요한 것을 가지고 있었다.

남자가 서두르듯 욕실에서 나왔다.

"자기, 나 사랑하지?"

남자의 눈은 여자의 몸을 훑는 순간 호흡이 거칠어졌다. 여자는 자신의 몸이 어떻게 남자들의 흥분을 불러일으키는지를 잘 알고 있었다. 그녀는 몸을 꼬며 남자의 몸에 자신의 다리를 감았다. 남자의 눈은 흥분으로 짙어졌다.

"정말 큰돈이 들어오는 거지?"

"걱정 마."

남자의 손은 벌써부터 여자의 몸을 더듬고 있었다. 여자의 입에서 신음이 새어나왔다. 늙은 여우를 속이는 일 따위는 식은 죽 먹기였다. 중요한 건 사진이었다. 결정적인 증거가 될 며느리의 부정을 저지르는 사진. 오늘 회포를 풀고 나면 당분간 여자랑은 관계를 갖기 힘들었다. 아무리 남의 추잡한 일을 캐고 다니는 더러운 일이기는 하지만 그도 나름대로 프로의식이 있었다. 일을 한 번 잡으면 다른 일에는 생각도 돌리지 않는 그였다.

"자기야~"

여자의 달뜬 목소리가 들려왔다. 잠시 딴생각에 젖어 있던 그는 여자에게 정신을 집중했다. 내일 할 일은 내일 생각하면 된다. 그는 지금의 일에 최선을 다하기 위해 여자에게 온 신경을 집중시켰다. 자신의 강함으로 여자를 흥분시키는 일은 그에게 승리감을 안겨주었다. 그는 여자가 다른 놈에게 딴 맘 먹지 않도록 강하게 각인시키고 있었다. 여자의 신음은 서서히 크게 들려왔다. 그의 정수리에 다시 땀이 배어나왔다. 모텔의 조명등 불빛이 그의 머리에 맺힌 땀을 비추고 있었다. 그것은 욕정의 빛을 띠고 있었다.

정혁이 그녀를 찾아가자 평소의 분위기와는 다른 느낌을 받았다. 그녀는 여전히 미소를 짓고 있었지만 왠지 낯선 느낌이었다. 그녀와 자신의 사이에 어떤 벽이 형성된 기분이었다. 며칠 사이에 이런 일이 일어날 리가 없었다. 그는 자신의 생각이 잘못됐거니 하면서 늘 그렇듯 소파에 가서 앉았다.

"인스턴트 커피도 괜찮아요? 원두가 다 떨어졌는데."

그녀는 주방에서 거실을 향해 소리를 높이며 말했다.

"아무거나 상관없어."

그녀가 커피를 타는 동안 정혁은 곰곰이 생각해 보았다. 자신이 느꼈던 느낌이 기우이기를 바랐다. 불과 며칠 사이에 변할 것은 아무것도 없었다. 그는 그렇게 생각하기로 했다. 그녀는 커피 냄새를 풍기면서 들고 와 그의 앞에 놓았다. 그가 자신의 옆자리를 토닥이자 앉을 줄 알았던 그녀는 다른 편 의자에 가서 앉았다. 그는 불안했다.

"무슨 일 있었어?"

남자의 물음에 여자는 잔잔하게 웃을 뿐이었다. 뭔가 있었다, 그녀의 심경을 변하게 한 것이. 남자는 여자의 반응에 안달이 난 사람처럼 어떻게든 자신에게 관심을 돌려세우려고 그녀와의 접촉을 시도했지만 오히려 그녀에게 역반응만 불러일으켰다.

"정혁 씨, 왜 이래요? 우리 서로 원하지 않는 일은 하지 않기로 했잖아요. 전 그냥 친구로 있길 원해요. 자꾸만 이러시면 전 정혁 씨를 만날 수 없어요."

　남자는 황망한 표정으로 여자를 보았다. 여자의 마음이 갈대라고는 하지만 이렇게 단시간 만에 변할 수가 있을까. 한 번도 여자에게 거절이라는 걸 당해본 적이 없던 정혁은 여자의 태도가 어이없을 수밖에 없었다. 그는 울적할 뿐만 아니라 화가 났다. 이 여자가 왜 나를 거부하는 것인가. 바로 앞에 만날 때까지만 해도 당장이라도 넘어올 것 같은 여자였다. 그는 그녀에게 화를 내지는 않았지만 입을 꾹 다무는 것으로 자신의 화를 표현했다. 하지만 은혜는 여유자적하게 커피만 마셨다. 그러다 가끔 마시던 커피 잔을 놓고 멍하니 베란다를 바라보았다. 그 태도에는 분명 뭔가가 있었다.

　정혁은 갑자기 담배가 피우고 싶어졌다. 은혜 앞에서는 되도록이면 그녀를 위해 피우지 않았지만 지금같이 초조한 기분은 그에게 담배 생각을 간절하게 만들었다. 하지만 몇 번을 윗주머니 포켓을 맴돌던 손은 결국 다시 밑으로 내려갔다. 그는 담배를 더 참아보기로 결심했다.

　"정혁 씨, 우리 만난 지 좀 됐죠? 그동안 제가 많이 불안했었나 봐요. 남편을 잃고 외롭다 보니 길 잃은 사람처럼 제 자신의 감정을 제대로 다스리지 못하고 불안정했던 것 같아요. 이제는 제 자신을 조절할 만큼 안정감을 찾았어요. 우리 이제 그냥 친구로 남기로 해요. 한때는…… 잠깐 동안이지만 연인 사이도 어떨까 생각했지만 우린 역시 맞지 않다는 생각이 들어요. 그저 편한 이웃처럼, 친구처럼 간혹 만나서 대화를 나누기로 해요."

　그녀의 말은 따뜻하고 다정했지만 그에게 더 이상 접근하지 말라는 냉혹한 경고였다. 그의 입술이 비틀어졌다. 은혜는 그가 웃는 모습을 보고 놀랐다. 한 번도 보여준 적이 없는 웃음이었다.

　"정혁 씨, 왜 그런 표정을 짓죠?"

　"내 자신이 한심스럽군. 난 그 어떤 여자 때보다 당신에게 열중했으며 최선을 다했다고 생각했는데 돌아오는 거라곤 냉정한 마음뿐이군."

　그의 말에 은혜는 죄책감을 느꼈다.

　"그런 뜻이 아니에요. 아시잖아요? 우린 좋은 친구 사이라고 말했잖아요. 그리고 우리의 규칙을 잊었나요, 서로에게 강요하지 않기로 했고 싫으면 언제든지 헤어지자고 했던 말?"

　"그래서 지금 헤어지자는 소리야?"

　그의 얼굴을 심각할 정도로 굳어 있었다.

　"물론 그럴 리가 있나요. 우린 그냥 친구로서 지내자는 거지요."

　정혁이 화가 난다는 듯이 이를 악물며 말했다.

　"참 편리하군. 녹음실의 일을 잊었어? 그때의 당신의 반응은 뭐였어?"

　그녀는 쉽게 말하지 못했다. 하지만 잠시 후 입을 열었다.

　"그건 일시적인 충동이었을 뿐이에요. 정말로 그러려고 했던 것은 아니에요."

"정말 편리해. 때에 따라서는 그게 아무런 일도 아닌 게 되는 군. 그럼 그 장난에 놀아난 나는 뭐냔 말이야. 당신의 마음도 나를 원하고 있다고 잔뜩 기대하게 해놓고 돌아서는 당신의 태도는 뭐냔 말이야!"

그녀는 슬프게 그를 보았다. 자신의 잘못이 물론 컸다. 그를 사귀는 몇 달 동안 그녀는 행복할 수 있었다. 가슴 설렘으로 인한 자극으로 생활에 생기도 있었다. 어찌 보면 그를 이용했다 해도 틀린 말은 아니었다. 본의는 아니었지만 결과적으로는 그렇게 된 셈이다. 그녀는 죄책감을 느꼈지만 그가 원하는 관계로 사귈 수는 없었다. 그렇게 된다면 그녀는 그와 헤어질 수밖에 없었다. 왜냐하면 그녀의 마음은 그에게서 돌아서고 있었다. 그를 향했던 마음은 이제 용해에게 돌아가고 있었다.

참으로 이상한 일이었다. 용해가 떠나가고 눈빛이 강하게 남던 날 그녀는 밤새 잠을 이루지 못하고 생각에 잠겼다. 지끈거리던 머리는 진통제로 잠재웠지만 자신의 마음속에 일렁이던 감정의 들썩임은 가라앉힐 수 없었다. 그 생각은 그녀를 떠나지 않고 괴롭혔다. 밤을 새우고 선잠을 잔 뒤 또 하루를 보내고 나서야 자신의 감정의 정체를 알아차렸다. 정혁은 일시적인 동경의 대상이었다. 어린 여학생들이 잘생긴 배우의 외모에 혹해서 정신없이 빠져드는 동경. 하지만 용해는 달랐다. 그를 생각하면 마음 밑바닥에서 그리움의 감정이 솟아올랐다. 내가 언제부터 그를 좋아하게 된 것일까. 결정적인 역할을 한 것은 그의 다른 면모를 보여주던 재즈 연주부터였던 것 같았다. 그런 모습을 보면서 그녀는 그에게서 색다른 느낌을 가졌고 마음이 달라지는 것을 깨달았다. 그리고 자신에게 와 닿던 용해의 손길로 가슴은 이미 사랑을 느끼고 있었다. 단 한 번의 접촉으로 그녀는 자신이 용해를 마음에 두고 있음을 깨달았다. 그토록 정혁에게 타오르던 욕망은 용해의 존재를 인식하는 순간 거짓말같이 식어버렸다. 아무리 생각해도 이해하기 힘든 감정이었다. 하지만 그녀는 인정할 수밖에 없었다. 지금 눈앞의 남자에게는 아무런 느낌도 가질 수 없었다. 정혁의 화로 인해 짙어진 매력적인 눈 빛깔도 그녀에게 어떤 감흥도 불러일으키지 못했다.

"그땐 감정이 불안정했어요. 하지만 지금은 달라요."

"당신을 안정시킨 게 대체 뭐야?"

정혁은 무척 화가 나 있었고 그의 노기는 쉽게 식지 않을 것 같았다. 그녀는 그 존재가 용해라고는 말할 수 없었다. 용해는 이런 사실을 모를 뿐만 아니라 자신이 밀려난 게 다른 남자 때문이라면 정혁의 화를 더 돋우는 결과를 낳을 수 있었다. 은혜는 정혁이가 부담스러워지기 시작했다.

그녀의 인상이 찌푸려지는 걸 보고 정혁은 사태가 잘못 돌아가고 있다는 것을 깨달았다. 지금 더 이상 화를 낸다면 그녀는 그와 이별을 선언할 것이다. 그녀를 놓칠 수는 없다. 정혁은 위기감에 꼬랑지를 내렸다.

"내가 너무 흥분했어. 미안해. 하지만 당신의 행동도 문제가 있었어. 처음부터 확실했어야지.”

그는 말투를 누그러뜨리며 말했다. 그의 얼굴에서는 아까와 같은 분노는 보이지 않았다. 어느새 부드러운 인상을 짓고 있었다. 그녀는 그가 태도를 바꾼 것에 의아해했지만 안심하는 기색을 비쳤다.

“그래서 내가 말했잖아요, 불안정했다고.”

“알았어. 그럼 우리 친구로 지내자. 저번에도 얘기했지만 난 싫다는 행동은 하지 않아. 담배 좀 피워도 될까?”

그녀가 고개를 끄덕이자 그는 담배를 꺼내 하나를 입에 물고 라이터에 불을 댕겼다. 어느새 재떨이가 그의 앞에 놓여졌다. 담배 냄새가 싸안히 그녀의 코를 휘감았다. 담배 냄새에 숨이 막혔지만 그녀는 내색하지 않았다. 용해는 그녀의 이런 점까지 배려해서 베란다로 나가 피웠었다. 하나의 사소한 행동에도 배려가 들어간다는 것에 은혜는 다시 그를 생각했다. 용해가 담배를 검지와 중지 끝에 끼고 있었다면 정혁은 검지와 중지 안쪽으로 깊이 끼고 피웠다. 입에 대고 담배를 깊이 빨아들이는 그의 모습이 외설스럽다는 생각을 했다. 한숨 쉬듯 입으로 연기를 뿜어대며 그는 연거푸 두 개비를 피웠다.

더 이상 피웠다가는 기침을 할 것 같다고 생각했을 때 그는 담배를 껐다. 그는 무슨 생각인가를 정리하는 듯했다.

“여기 옆집 이사 가는 거 알아?”

“그래요? 몰랐네요. 근데 어떻게 알았어요?”

"지금 있는 집이 은혜와 너무 멀고 만나기도 힘들어서 같은 아파트에 빈집이 있나 알아봤지. 근데 마침 옆집이 이사를 가면서 집이 안 나가니까 세를 놓는다는 거야. 그래서 내가 계약했어."

어느새 그는 그녀에게 가까워질 모든 준비를 하고 있었다.

"사실 지금 집 혼자 살기도 그렇고 마침 아는 사람이 사겠다고 해서 미련없이 팔아버렸어."

이미 계약했다는 그를 뭐라고 할 수는 없었지만 그녀는 그가 옆으로 온다는 사실이 부담스러웠다. 늘 부딪치게 될 그와의 만남이 기분 좋지는 않았다. 그리고 그는 이미 그녀에게 어떤 의미도 주지 못했다.

"잘됐지? 이제 눈치 볼 필요도 없고. 바로 옆집이니까."

기대에 찬 그의 눈을 보는 순간 아니라고 말할 수 없었다.

"네."

"내일 이사 간다니까 모래쯤 바로 옮겨야겠어. 이사 가고 난 뒤에 바로 도배로 들어간다고 했거든."

"급하게 바로 서두를 필요 없잖아요. 천천히 옮기지."

그녀는 이왕이면 그가 늦게 이사 와주기를 바랐다. 그러나 대놓고 말할 수는 없는 일이었다.

"은혜랑 빨리 있고 싶으니까 그렇지. 설마 내가 오는 게 싫은 건 아니겠지?"

묻듯이 쳐다보는 그에게 눈을 외면하며 은혜는 부정했다.

“아니에요. 제가 왜 그러겠어요.”

그의 얼굴이 다시 밝아지며 이사할 생각으로 들떠 있었다. 정혁은 자신이 옮길 짐들을 구체적으로 생각하고 있었다. 은혜는 웬일인지 모르지만 그에게 발목을 잡혔다는 생각이 들었다. 한때는 그의 관심을 끌고 싶었고 옆에 살면 눈치도 볼 필요 없어서 참 좋겠다고 생각했었는데 이제는 그의 관심이 족쇄같이 느껴졌다. 그녀는 남모르게 한숨 지었다.

“어쨌든 우리 친구니까 서로 부담 갖기 없기다. 하지만 자신하건대 은혜는 나를 남자로 다시 보게 될 거야.”

그런 일은 없을 것이다. 그녀의 마음속은 이미 다른 남자가 자리잡고 있었다. 잠깐 용해와의 접촉으로 놀랐던 그녀는 시간이 지날수록 새록새록 그에 대한 그리움이 솟아나는 걸 느꼈다. 자신의 감정 변화에 본인도 놀랐지만 더 놀라운 건 감정을 통제할 수 없다는 사실이었다. 그녀의 감정은 이미 그녀를 떠나 하나의 개체로 움직이고 있었고 그 개체는 용해를 바라보고 있었다. 은혜 자신도 모르는 사이 용해를 그녀의 가슴속에 깊이 각인시켜 놓고 있었다. 그러나 남편과의 추억은 그대로 그녀의 가슴에 남아 있었다.

“가봐야겠어. 이사하려면 이것저것 움직여야 하니까.”

그는 그녀의 볼에 가볍게 키스하고는 문을 열고 나가 버렸다. 그가 나가고 나자 은혜는 마음이 무거워졌다. 그가 옆으로 오면 용해와 부딪칠 일이 생길지 몰라 걱정되고 불안했다. 하지만 혼자 고민해 봤자 해결책은 없었다. 이제는 천천히 정혁과의 사이를 정리하는 도리밖에는 없었다.

그녀는 문을 잠그고 침실로 향했다. 지친 정신은 휴식을 요구하고 있었다. 은혜는 침대에 누워 금세 잠이 들었다. 생각도 할 수 없을 정도로 모든 것이 지쳐 있었다. 잠이 들고 어떤 일이 일어났는지 그녀는 알지 못했다. 정혁이 그녀의 집에 있었을 때도 문밖에는 누군가의 그림자가 있었다. 그리고 정혁이 나간 뒤에도 그의 뒤를 그 그림자가 뒤따르고 있었다. 정혁은 미행을 당하고 있었다. 그러나 그녀도, 그도 그 존재에 대해서는 알지 못했다.

남자는 늙은 여우의 지시대로 여우의 며느리 집을 지키고 있었다. 그러다 다가오는 정체의 인물 때문에 서둘러 다른 집 문 앞에서 초인종 누르는 시늉을 했다. 며느리 집 앞에 선 남자는 그를 흘낏 보고는 초인종을 누르고 곧 열리는 문 안으로 사라졌다. 그는 저 남자가 여우가 말하던 며느리의 정부가 분명하다고 생각했다. 오늘은 워밍업이었다. 한번 사태를 지켜본 다음에 다음 단계로 진입할 생각이었다. 본격적인 일은 내일부터였다. 들어가는 남자의 얼굴은 보지 못했지만 그는 남자의 뒤를 미행할 생각이었다. 초조하게 기다리는 시간이 시작되었다. 그는 두 사람이 어떤 부정한 행위를 할 시간을 재보고 그만큼의 시간을 기다릴 마음을 먹었다.

남자는 아파트를 나올 것이므로 그는 아파트 입구를 나와 관상용인 나무 뒤에 숨어 있었다. 남자는 생각보다 일찍 나왔다. 얼핏 남자의 얼굴을 본 그는 깜짝 놀랐다. 언젠가 자신에게 어떤 일을 의뢰한 적이 있는 남자였다. 무언가 조사를 요구했었는데 그 당시 몇 건의 사건을 한꺼번에 맞느라 정확히 어느 것인지 생각나지 않았다. 기간이 얼마 지나지 않았는데 벌써 잊어버리다니. 그는 나이로 인해 온 자신의 건망증을 탓했다.

남자의 뒤를 따랐다. 남자는 십 분 정도의 거리를 걸어 커브를 돈 뒤 오 분 정도를 더 간 다음 아담해 보이는 주택으로 들어갔다. 그는 그곳이 남자의 집이라고 짐작했다. 남자가 들어간 뒤 주변을 훑어보고 관찰한 뒤 그는 대충의 계획을 잡았다. 내일부터는 집 앞에서 남자를 기다렸다가 일거수일투족을 감시하면 될 터였다. 자신의 집으로 가서 성능이 좋은 카메라를 가져와야겠다고 생각했다. 그는 따로 사무실을 갖고 있지 않았다. 집에서 전화를 받고 바로 현장으로 달려가 의뢰인에게 돈의 일부를 받고 일을 끝냈을 때 남은 잔금을 받았다.

택시를 잡기 위해 차도로 나온 그는 핸드폰을 열어 전화를 걸었다.

[여보세요.]

나이 든 여자의 목소리가 저편에서 탁하게 들려왔다. 남자는 잠시 핸드폰을 자신의 귀에서 떼어냈다. 카랑카랑한 여자의 목소리에 정나미가 떨어졌다. 하지만 돈이 그의 수중에 들어오기까지는 참아야 했다. 참을 수 없는 일 중에 이건 일부에 지나지 않았다. 더 참을 수 없는 것은 하고 싶지 않는데도 늙은 여자의 몸을 안아야 한다는 사실이었다. 그는 좀 전까지의 긴장감으로 맺혔던 땀이 모두 사라져 버린 느낌이었다. 여자의 목소리 하나만으로도 땀을 식히기에는 충분했다. 남자는 할 일 없는 왼쪽 손으로 자신의 튀어나온 배를 별 생각 없이 툭툭 두드리며 입을 열었다.

"당신이 얘기한 대로 며느리한테 남자가 있는 것 같아. 오늘 현장에서 봤어. 근데 정확히 끝까지 간 상태인지는 모르겠어. 어쨌든 내일부터 본격적으로 매달릴 테니 그렇게 알고 있어."

[잠깐 왔다 가면 안 될까?]

여우는 자신과 놀아달라고 말하고 있었다. 일이 시작되면 다른 어떤 일에도 눈을 돌리지 않았다. 하물며 여우와의 섹스라니. 그는 비위가 틀려 구역질이 올라올 것 같았다. 그는 잠시 자신의 애인인 나긋나긋한 여자의 몸을 그려보았다. 남자의 입가에 음흉한 미소가 떠올랐다.

"난 일할 때 다른 일에 신경 쓸 여유가 없어. 부정 타. 어쨌든 그렇게 알고 있어."

남자는 핸드폰을 닫았다. 그놈의 돈이 무언지 원하지도 않는 여자와 엮여야 한다는 사실에 화가 났다. 그는 거칠게 걸으며 서둘러 손을 들어 택시를 잡았다. 그의 벗겨진 머리에 기름기가 돌았다.

"시내로 갑시다!"

오늘은 예외였다. 늙은 여우의 목소리가 아직도 귀에 쟁쟁거려 그 모든 것을 지워 버리고 싶었다. 여우의 모습을 상상하는 것으로도 그는 비위가 상했으며 그 모든 걸 상쇄할 어떤 존재가 필요했다. 그는 불현듯 애인이 보고 싶다는 충동을 느꼈고 그 감정에 충실하기 위해 애인의 집으로 향하고 있었다. 늘 규칙만을 따를 수는 없는 법이다.

그에게 이번 여우와의 관계는 특별한 경우였다. 한 번도 마음에 없는 여자를 안은 적이 없었다. 필요에 의해서 사귀는 사이이다 보니 힘든 것은 고사하고 도저히 안을 마음이 나지 않는 것이다. 그는 늙은 여자를 안을 때는 그녀를 보지 않았다. 탄력을 잃어 축 늘어진 배와 과장되게 내지르는 신음 하며 강하게 밀어붙일 때 뒤집어지는 여자의 흰 동공도 재수없었다. 그는 오로지 인내하는 심정으로 이 모든 일들을 이를 질끈 물고 참아내고 있었다. 여자는 자신의 흥분에만 도취되어 있어 그의 심정을 읽지 못했다. 자신만 만족하면 된다는 여자의 이기적인 탐욕이 그나마 그에겐 다행스런 일이었다. 자신의 욕심을 채우고 나면 여자는 남자가 흥분했든 안 했든 상관하지 않았던 것이다.

목적지에 도착한 그는 돈을 지불하고 거스름돈은 받지 않은 채 애인의 집으로 내달렸다. 뒤틀릴 것 같은 속을 진정시켜 줄 여자가 저 안에 있다. 남자는 여자의 하늘거리는 몸매를 생각하며 급하게 안으로 들어섰다. 그의 몸은 벌써부터 흥분을 느끼고 있었다.

자신이 서 있는 곳은 그녀의 집이었다. 주변은 이상하게도 어두컴컴했으며 집 안의 모습은 마치 달빛을 받은 듯 어렴풋한 윤곽으로 보이고 있었다. 주위는 소리 하나 들리지 않았고 그는 혼자 서 있었다. 용해는 은혜를 찾기 위해 두리번거렸지만 보이지 않았다. 그녀를 부르기 위해 입을 떼자 그건 미약한 울림처럼 자신의 귀에만 들려올 정도였다.

"은혜……."

베란다 밖을 보니 바람이 심하게 불고 있었다. 바람 속에서 낙엽들이 날리고 있었다. 그런데 낙엽들의 모양이 몹시 이상했다. 베란다로 다가갔다. 그리고 자세히 관찰하던 그의 눈으로 낙엽들의 모습이 정확하게 보였다. 낙엽들은 하나같이 사람의 형체로 오려져 있었고 그것들은 피에 젖어 있었다. 낙엽에서 여자의 찢어지는 비명 소리가 선명하게 들려왔다. 문은 닫혀 있었고 문 사이로 들려오는 소리는 아니었다. 그 소리는 그의 바로 옆에서 크게 들려왔다. 두 손으로 귀를 막았다. 그는 기분이 불쾌해지며 속이 메슥거렸다. 베란다에서 몸을 멀리하며 그녀를 찾았지만 보이지 않았다.

욕실로 가 문을 열었다. 욕조를 바라본 용해는 구역질을 했다. 욕조에는 많은 양의 피가 가득 고여 있었다. 그 피는 욕조를 넘어서 바닥까지도 넘치고 있었다. 비위가 상할 정도로 비릿한 피 냄새를 느끼면서도 색깔은 새까만 빛을 띠고 있었다. 그는 까만색이 이상하다고 생각되지 않았다. 다만 끔찍하다 생각할 뿐이었다. 욕실 문을 닫고 손님방 문을 여니 침대에 웅크리고 앉은 고양이가 보였다. 고양이의 귀여운 모습에 가까이 다가간 그는 고양이의 얼굴이 이상하다는 사실을 깨달았다. 고양이의 얼굴은 사람을 닮아 있었다. 강 여사의 얼굴이었다. 그는 별 거부감 없이 고양이를 쓰다듬었는데 고양이는 조심해! 라는 말을 하고는 눈을 감으며 잠을 청했다. 고양이가 말을 하는 것이 말도 되지 않는 일인데도 그는 역시나 별 거부감 없이 받아들였다. 용해는 자신 앞에 일어나는 기이한 일들을 보며 이 모든 모습이 어쩌면 꿈일지도 모른다고 생각했다. 하지만 그는 은혜를 찾아야 했다. 그 생각은 강박관념처럼 용해를 다그쳤다.

다시 손님방을 나온 그는 주방으로 향했다. 그녀가 그곳에 있을지도 몰랐다. 아까까지 어두웠던 주방은 환한 불이 켜져 있었다. 주방으로 들어선 용해는 친구가 서 있는 걸 보았다. 창화의 모습은 흑백화면처럼 침울하고 어두웠다.

"자네가 여기 어쩐 일인가?"

이번에는 그의 말이 비교적 크게 들렸다. 창화는 그를 향해 아무 말도 하지 않았다. 친구의 옷은 흠뻑 젖어 있었고 더러웠으며 바닥으로 뚝뚝 떨어지는 물소리가 음산하게 용해에게 들려왔다.

"은혜 씨는 어디 있지?"

창화는 퀭한 눈으로 침실을 손으로 가리켰다. 용해는 침실 쪽을 본 뒤 다시 시선을 친구한테로 돌렸는데 이미 주방에는 창화의 모습이 보이지 않았다. 그는 침실로 향했다. 분명 그 안에 은혜가 있었다. 문을 열자 침실에 앉아 있는 그녀의 모습이 보였다. 달빛은 그녀의 모습만을 비추고 있었다. 용해가 다가가자 그녀 옆에 어떤 움직임이 보였다. 용해는 가던 걸음을 멈췄다. 얼굴을 자세히 볼 수 없는 움직임의 정체는 남자였다. 하지만 달빛은 그녀만을 비출 뿐 남자의 모습은 그림자처럼 음영을 드리우고 있었다. 남자의 손이 그녀의 허리에 감겼다. 그녀는 아무런 표정도 없이 멍하니 용해를 바라보고 있었다. 허리에 감겼던 남자의 손은 그 굵기만한 뱀으로 변해 그녀의 허리를 조여 갔다. 위험을 느낀 용해가 달려가려는 순간 바닥에서 그를 끌어당기기라도 하듯 발은 바닥에 붙은 채 꼼짝도 하지 않았다.

"안 돼!"

그에게서 절규의 비명이 흘러나왔다. 그러나 그의 귀에만 들릴 정도의 달싹거리는 작은 소리였다. 허리를 조이던 뱀은 그 위치를 바꿔 그녀의 목으로 감겨갔다. 용해는 남자의 모습이 보이지 않았지만 그가 웃고 있다는 걸 느낄 수 있었다. 감각으로 느껴지는 음산한 웃음. 그는 입 끝을 살짝 올리며 용해를 비웃고 있었다. 그가 움직일 수 없다는 것을 누구보다 잘 알고 있다는 듯이. 그녀의 목은 휘감은 뱀으로 인해 보이지 않았고 얼굴이 서서히 창백하게 지쳐 갔다. 여전히 멍한 눈으로 자신을 바라보며 은혜의 눈이 천천히 감겨졌다.

"안 돼!"

용해는 있는 힘껏 비명을 내지르며 벌떡 일어났다. 잠시 현실을 깨닫지 못한 그는 주위를 두리번거리다 자신이 꿈을 꿨다는 것을 깨달았다. 온몸이 땀으로 흠뻑 젖어 있었다. 그의 눈에는 아직도 친구의 모습과 고통으로 죽어가던 은혜의 얼굴이 선명하게 남아 있었다. 섬뜩함에 용해는 몸을 부르르 떨었다. 마치 습한 지하실에 물이 떨어지는 것 같은 섬뜩하고 축축한 느낌이었다.

자리에서 일어난 그는 시간을 확인했다. 시침은 숫자 '5'를 가리키고 있었다. 갈증을 느낀 그는 주방으로 가서 물을 마셨다. 건조해진 목젖으로 차가운 액체가 타고 흐르자 용해는 시원함과 동시에 그 서늘함에 잠시 가슴이 마비되는 것 같았다. 그는 주방으로 들어가 스위치를 누른 뒤 가스불을 켰다. 머리를 진정시켜 줄 따뜻함이 필요했다.

찻잔을 꺼내 커피와 프림을 넣고 적당한 비율의 설탕을 넣었다. 맛은 원두가 낫다 생각했지만 그의 바쁜 생활에 원두를 탈 여유는 없었다. 그가 유일하게 원두를 즐길 수 있는 곳은 은혜 집이었다. 요즘 들어 기분이 좋지 않았다. 항상 어떤 불안한 예감이 문득문득 들며 자주 악몽에 시달리긴 했지만 이런 식으로 선명한 꿈을 꾸기는 처음이었다. 친구는 왜 초라하고 힘없는 모습으로 나타나 자신을 괴롭히는가. 자신에게 말하고자 하는 게 무엇일까. 그녀가 어떤 위험에 처해진 건가.

그는 주전자가 내는 소리에 놀라 얼른 가스불을 끄곤 잔에 물을 부어 저었다. 찻숟가락으로 젓자 커피의 그윽한 향이 코를 자극했다. 커피 향이 가장 진하게 느껴질 때는 비 오는 날이다. 가라앉아 있는 습한 공기는 커피의 향을 더욱 진하게 만든다. 용해는 비 오는 날 바깥 경치를 구경하며 커피 마시기를 즐겼다. 지금은 비가 오진 않지만 어두운 새벽 경치를 보며 따뜻한 커피로 위를 자극하는 것도 마음을 가라앉히는데 괜찮았다.

별안간 전화벨이 울렸다. 그는 순간적으로 은혜의 얼굴이 스치고 갔다. 서둘러 전화기를 들었다.

"여보세요."

[전무님, 접니다.]

김 비서였다.

"무슨 일인가?"

[이번에 우리와 거래한 영국 거래처 말입니다. 얼마 전 우리 회사 덤핑 물건이 나돈다는 말이 있어서 조사해 봤는데 역시나 사실이었습니다.]

"그래서?"

[걱정이 돼서 아침 일찍 회사에 나왔는데 우리 측에서 파견한 직원이 팩스를 보내왔습니다. 전부를 회수해서 잘 해결이 되었다고. 아직 주무시는 건 알지만 일단은 알고 계시는 것이 마음

편하실 것 같아서요.]

"알았네. 지금 준비해서 바로 출근하지."

[급히 서두르실 건 없습니다.]

"내 눈으로 확인해야 마음이 놓이지. 지금 준비해서 가지."

[알겠습니다.]

전화를 끊고 용해는 안도의 숨을 내쉬었다. 자신의 꿈은 기우였는지 모른다. 한동안 그녀와 친구의 일을 골똘히 생각하느라 꿈에서 나타난 것일 게다. 너무 앞섰다는 생각에 고개를 절레절레 흔들며 그는 출근할 준비를 하기 위해 욕실로 향했다.

힙합 소년처럼 머리에 수건을 묶고 나타난 정혁의 미소는 환했다.

"이사해서 대충 다 정리했어."

얼굴은 먼지로 인해 약간 더러워져 있었지만 그는 개의치 않았다. 갈증 날 거라고 생각한 그녀는 주방으로 가서 주스를 따라왔다. 그는 거실로 들어서며 컵을 받아서 단숨에 마셨다. 주스 잔을 비우고 나자 그에게서 모든 일을 끝냈다는 안도의 숨이 나왔다. 정혁은 서 있는 것도 힘든 듯 소파에 자신의 몸을 던졌다. 너무나 편하게 앉는 그의 모습은 역시나 마음에 들지 않았다.

"앉아봐."

그녀는 거리를 두듯 왼편 의자에 앉았다. 그녀의 모습에 그

역시 못내 서운했다.

"내가 당신에게 이 정도 노력을 보였는데 환영식도 안 해줘?"

투정 부리는 그의 말에 그녀의 얼굴에 난처한 빛이 어렸다.

"농담이야. 무슨 말을 못하겠군, 진지하게 받아들여서. 우리 저녁은 밖에 나가서 먹자. 은혜도 혼자 사니 챙겨서 먹는 편도 아닐 테고 나도 이사해서 먹을 게 아무것도 없고. 설마 이사 첫날부터 나 혼자 먹으라는 소리는 아니겠지?"

"그렇게 해요."

그녀는 그렇게 대답할 수밖에 없었다. 그녀가 친구임을 선언했지만 그의 태도는 단순한 경계를 둔 친구 사이로는 지낼 생각이 없어 보였다. 그러기에 그들은 너무 친밀한 사건들을 겪었다. 저녁을 먹기엔 시간이 일렀지만 그들은 밖으로 나왔다.

"아직도 주위 시선이 신경 쓰여?"

"이젠 신경 안 쓸래요. 그냥 편하게 지내고 싶어요."

"잘 생각했어."

정혁은 만족스런 미소를 지었다.

"이삿짐을 옮기면서 사람도 같이 불렀어."

"사람요?"

"난 곡을 짓는 사람이니까 작업실도 그렇고 아무래도 주변 사람들에게 소음을 줄 수 있거든. 물론 나에게야 더없이 좋은 음악이지만 말이야. 그래서 사람을 불러서 방음장치를 했지. 돈이 많이 들긴 했지만 완벽하게 됐어. 누가 죽어나가도 모를 거야."

“그 정도예요?”

“난 뭘 하든 완벽하게 하잖아.”

정혁의 표정엔 자신에 대한 대견스러움이 엿보였다.

그들은 근처 레스토랑으로 들어갔다. 창가로 앉은 은혜는 주문을 그에게 맡겼다. 웨이터가 오고 주문을 한 정혁은 그녀를 보며 말했다.

“난 음식도 깔끔한 게 좋아. 뭐 묻히고 땀 흘리고 먹는 거 동물적이라는 생각 안 들어?”

깔끔을 떠는 그의 얼굴은 나오기 전 한 세수로 두건을 비집고 나온 머리가 젖어 있었다. 정혁의 모습은 이곳과 어울리지 않았다. 평상복을 입은 그녀 또한 마찬가지였다.

“그래서 밖에 나오면 난 주로 양식 아니면 일식을 시켜. 물론 집에서도 음식은 잘 해먹지 않아. 그저 빵을 사먹든지 샌드위치를 만들어 먹지.”

“깔끔한 성격이네요.”

“나한테만 그래. 은혜도 봐서 알겠지만 집은 엉망이잖아. 몸에 땀나는 것도 못 견뎌. 얼른 샤워해야지.”

깔끔한 남자가 상큼하긴 했다. 하지만 적당히 풀어진 모습도 그녀는 인간적일 거라고 생각했다. 처음으로 남자의 손을 눈여겨보았다. 남자의 손이라기에는 섬세하고 길쭉했으며 고왔다. 한 번도 고생을 안 해본 손이었다. 손은 그 사람이 살아온 삶을 말한다. 적어도 서른을 넘으면 얼굴이나 손은 거짓말을 하지 않

는다. 얼굴은 그 사람의 성격을 말했으며 손은 그 사람이 살아
온 자취를 말했다. 그에게서는 소년 같은 이미지 이면에 뭔가
딱 집어 말할 수는 없었지만 은밀한 비밀 같은 게 엿보였다. 그
때문에 그는 신비롭게 보이는 건지도 몰랐고 또한 안락한 믿음
을 줄 수 없는지도 몰랐다.

음식이 나왔다. 웨이터는 조심스럽게 음식을 그들 앞에 놓았
고 정혁은 공복을 느꼈는지 웨이터가 사라지자마자 얼른 포크
와 나이프를 들었다.

"은혜도 얼른 먹어."

말을 마치자마자 그는 스테이크 한 덩어리를 썰어서 입으로
가져갔다. 무얼 먹어도 먹음직스럽게 먹었다. 여자도 그렇게 할
까. 은혜는 잠시 외설스러운 생각을 했다. 그녀는 고기를 잘랐
지만 영 동하지가 않아 고기를 조금만 베어 물며 천천히 씹었
다. 오늘따라 양식은 그녀에게 느끼하게 느껴졌다. 그가 스테이
크를 다 먹는 사이에도 은혜의 스테이크는 줄어들 기미가 보이
지 않았다.

"왜? 입에 안 맞아?"

"영 생각이 없네요. 좀 덜어 가실래요?"

"난 딱 맞아. 그리고 체질적으로 남이 먹던 음식 못 먹어."

은혜는 권한 자신이 부끄러워졌다. 그러면서 여자에 대해서
는 왜 까다롭지 않은지 이상했다. 그의 본능은 여자에게만 동물
적인 모양이었다. 은혜는 더 이상 먹기를 포기하고 포크를 놓았

다. 후식으로 커피가 나오고 그들은 여유롭게 마셨다.

"곡은 잘 쓰고 있어요?"

그녀는 무난한 대화를 택했다. 그리고 그의 주변으로 주의를 돌리는 것이 은혜도 편했다.

"지금 두 달째 못 쓰고 있어."

"녹음실에 가수가 부르던 곡은 오래된 거였어요?"

"그건 다섯 달 전에 넘긴 거지. 요즘은 영 곡이 떠오르지 않아. 것도 마음이 편해야 말이지."

"뭐 안 좋은 일이라도 있어요?"

그녀의 물음에 그의 얼굴에 씁쓸한 표정이 스쳐갔다.

"좀 안 좋은 일이 있어. 사소한 거고 곧 풀릴 거야. 은혜만 나한테 마음을 주면 모든 게 해결될 것 같은 기분이 들어."

"제 핑계 대지 말아요."

"핑계 아니야. 내 마음이 어떤지 모르는군."

남자는 담배를 피우려고 윗주머니에서 담뱃갑을 꺼냈다. 한 개비 꺼내서 담배를 한번 훑어 내리는 그의 손가락이 섬세해 보여 그녀의 눈길이 잠깐 손에 머물렀다.

"뭘 그렇게 봐?"

"남자가 손이 너무 예쁘게 생겼어요. 난 여자지만 손이 안 예쁘거든요."

"손이 무슨 소용이야. 내가 좋아하는 건 은혜인데."

은연중 비치는 남자의 말은 기분 좋기는 했지만 경계가 되기도 했다.

"우린 참 좋은 친구예요, 그렇죠?"

남자가 픽 웃으며 말했다.

"그렇게 생각하고 싶다면 마음대로 해. 나를 당신에게서 떼어 놓는 방법을 교묘하게 그런 식으로 표현하는군."

커피를 다 마신 뒤에도 그들은 한동안 그대로 앉아 있었다. 남자는 더운지 머리에 썼던 수건을 풀었다. 머리가 눌러 있었음에도 남자의 모습은 멋있어 보였다. 잘생긴 사람은 어떻게 해도 멋있는 모양이다. 그러나 가슴 떨리던 두근거림은 더 이상 나타나지 않았다.

다시 담배를 꺼내 빨아들이는 그의 모습은 시니컬하면서도 삐딱해 보였다. 잘 볼 수 없는 모습이었다. 담배를 피우며 자신의 손끝을 바라보는 그의 모습은 무슨 생각에 사로잡혀 있었다. 그러나 이내 생각을 접고 그녀를 보며 방긋 웃었다. 남자의 이런 이중적인 모습이 그녀로 하여금 불안하게 만들었다. 그를 믿을 수 없는 이유가 이런 부분이었다. 그녀는 다시 용해와 그를 비교하고 있었다. 어느새 남편의 모습은 그녀의 마음속에서 사라져 버린 걸까. 그녀는 자신의 무정한 마음에 화가 났고 남편이 더 이상은 자신에게 큰 부분을 차지 못한다는 사실이 슬펐다.

이미 남편에 대한 애잔한 마음은 그의 괴롭힘으로 인해 많이 달아나 버린 상태였다. 그녀는 살아 있을 때의 남편을 생각하며 그리워하려 했지만 현실에서의 남편의 행태가 생각나 그만 감정이 식어지고 말았다. 그의 장난은 도를 지나 그녀에게 충격을 주고 있었다. 남편은 늘 떠나라고 말하고 있었지만 떠난다고 해결될 일은 아니었다. 어쩌면 그녀가 떠나도 남편은 그곳까지 찾아와 은혜를 괴롭힐지 몰랐다.

"일어나지."

정혁이 일어났다. 그녀는 늘 그에게 얻어먹었던 것이 부담스러워 서둘러 카운터로 나가며 계산을 끝냈다.

"내가 계산해야 하는데 왜 먼저 해?"

말은 그렇게 했지만 그는 크게 나무라지 않았다. 밖으로 나온 그들은 이젠 캄캄해진 길을 걸어갔다.

"우리 처음 만났을 때 생각나? 조깅할 때."

그녀가 그를 보며 고개를 끄덕였다. 그때의 감정이 되살아나 그녀는 잠시 추억 속에 젖어들었다. 오래지 않은 시간인데 그 일은 마치 먼 예전에 일어난 일인 듯 그녀에게는 멀게 느껴졌다.

"당신 그때 참 예뻐 보였어. 화장한 여자를 좋아하는데 여자의 화장 안 한 모습이 좋을 때도 있구나 하고 생각할 정도였으니까. 지금도 당신은 화장 안 했을 때가 나아."

"나이가 어디 가나요?"

멋쩍어하는 그녀의 말에 그는 정색을 했다.

"아니야. 당신은 정말 어려 보여. 화장 안 하면 더욱. 이 여자라면 같이 살 수 있겠다 생각한 여자가 당신이니까."

그녀는 말없이 걸었다. 그의 말에 반응할 수 있을 감정이 자신에게 남아 있다면 얼마나 좋을까 생각했다. 그녀는 아무런 감정의 흔들림이 없는 것이 오히려 미안했다.

정혁은 아까부터 누군가가 따라오는 느낌에 뒤를 돌아보았지만 사람의 그림자는 보이지 않았다. 최근 들어 자신의 신경이 많이 예민해진 탓이라고 생각했다. 하지만 그의 느낌은 누군가가 자신을 지켜보는 것 같았다. 그는 다시 뒤돌아보았다. 사람의 그림자는 역시 보이지 않았다. 그는 지금 몰고 있는 어떤 상황 때문에 잠시 착각을 한 거라고 판단했다.

아파트 입구에 들어서자 경비는 둘을 흘끔거리며 보았다. 이제 그런들 상관하고 싶지 않았다. 사람들의 입방아야 자신이 어떻게 생각하냐에 따라서 편할 수도 그렇지 않을 수도 있었다. 어차피 동네 사람들하고 어울릴 생각도 없으므로 그녀는 신경 쓰지 않기로 했다. 마음만 이렇게 먹으면 편한 것을 그동안 왜 그렇게 눈치를 보고 살았나 싶었다. 단지 마음에 걸리는 거라면 시어머니의 일이었다.

그녀의 집 앞까지 오자 그는 좋아서 견딜 수 없다는 표정을 지었다.

"헤어져도 바로 옆인 거 알지?"

그녀에게 물음으로써 그는 다시 자신이 사는 곳이 어딘지를 확인하고 있었다. 그녀 옆에서 지낸다는 사실이 그로 하여금 웃음을 만들어내고 있었다. 그녀는 고개를 끄덕였다.

"어서 가요."

"당신 들어가는 거 보고."

"그럼 제가 마음이 안 편해요. 먼저 가요."

그는 너무 피곤했던지 그녀의 고집에 순순히 자신의 집으로 향했다. 그가 들어가는 것을 보고 은혜는 집으로 들어왔다. 문을 닫고 현관을 들어서는 순간 전화가 울렸다. 그녀는 서둘러 전화기를 들었다. 용해였다.

[괜찮아요?]

그의 말에는 걱정스러움이 배어 있었다.

"당연히 별일없죠. 너무 걱정하지 마세요."

[며칠 전에 꿈을 꿨는데 너무 안 좋았거든요. 노파심인 줄 알면서도 걱정돼서 전화했어요.]

그의 낮고 부드러운 목소리가 그녀의 마음을 달래듯이 은근하게 들려왔다. 그녀는 그 느낌을 즐기려고 눈을 지그시 감았다. 눈을 감고 듣는 그의 목소리는 좋았다.

[다행이에요, 아무 일도 없어서. 어머님은 요즘 안 들리세요?]

시어머니를 두고 하는 말이었다. 요즘 들어 시어머니는 이상할 정도로 잠잠했다. 그것만으로도 그녀의 스트레스는 많이 줄고 있었다.

"통 연락이 없으세요."

[다행이네요.]

그는 은혜와 시어머니의 사이를 정확히 꿰뚫고 있었다. 그녀가 얼마나 힘들어할지를 잘 알고 있었다.

[너무 바빠서 들르지도 못하네요. 유일하게 원두 먹을 수 있는 곳이 거긴데.]

"집에서 안 드세요?"

[그럴 여유가 없죠. 당분간은 원두 먹을 수 있는 기회가 없겠네요. 어쨌든 시간을 내보지요.]

그가 올 수 없다는 사실이 서운했다. 그녀는 용해가 올 수 없다는 사실 때문에 더욱 보고 싶어졌다. 재떨이는 탁자 밑에서 주인을 기다리고 있었으며 베란다도 주인의 온기를 느끼기를 간절히 바라고 있었다.

보고 싶어요. 전화기에 대고 말하고 싶었다. 하지만 차마 입이 떨어지지 않았다.

[혼자라고 집에서 갇혀 지내지 마시고 외출도 하고 그러세요.]

"네."

[그럼 시간 내서 갈게요.]

은혜는 그가 수화기를 먼저 내려놓으리라 생각하고 끊기를 기다렸고 용해 또한 그녀가 끊으리라고 생각하고 수화기를 계속 들고 있었다. 일 분간의 침묵이 흘러갔다. 전화기에선 서로의 숨소리만 들렸다. 그녀의 입가로 스멀스멀 웃음이 솟아나왔다. 서로 끊기를 바라며 숨만 내쉬고 있는 모습이 우스꽝스럽게 느껴졌다. 그녀는 풋 하고 웃음을 터뜨리자 저쪽 편에서도 웃음소리가 터져 나왔다. 처음 들어보는 그의 웃음소리였다. 남자다운 굵으면서 큰 소리였다.

그렇게 한참을 웃던 은혜는 먼저 그친 용해의 음성으로 인해 멎었다. 그녀의 눈에 눈물이 맺혀 있었다.

[이제 정말 끊을게요.]

"네."

이번에는 그가 먼저 끊었다. 어쩌면 끊지 않을지도 모른다는 생각을 했던 것인지 그의 행동이 서운하게 느껴졌다. 웃음은 잠시 동안의 외로움을 잊게 했지만 그 뒤의 허전함은 더해졌다. 그가 보고 싶었다. 남편을 그토록 그리워하던 은혜는 이제 용해를 그리워하고 있었다. 참으로 간사한 인간의 마음이지만 그녀는 진심으로 그가 보고 싶었다.

남편의 유해가 있는 납골당을 가기 위해서는 입구에서 한 시간 정도 되는 거리를 걸어가야 했다. 납골당까지 운행하는 버스가 있었지만 그녀는 오랜만에 운동도 할 겸해서 천천히 걷기로 마음먹었다. 걷는 동안 기분이 묘했다. 길 중앙으로 차가 다닐 수 있도록 도로가 쭉 뻗어 있었는데 양옆으로 펼쳐져 있는 가로수 나무 안쪽으로는 땅에 묻힌 무덤들이 전망처럼 그곳을 장식하고 있었다. 무덤보다는 아름다운 경치를 감상하는 기분이었다. 가로수 나무를 따라 쭉 걸어오며 그녀는 오랜만에 마음이 차분해지는 걸 깨달았다. 남편에게 찾아간다는 것이 죄책감이 일었다. 마음으로는 다른 남자를 꿈꾸면서 마치 정숙한 미망인처럼 꽃을 들고 가는 자신의 모습이 가식처럼 느껴졌다. 물론 그녀 마음속에 남편이 없는 것은 아니었다. 하지만 남편은 과거의 사람으로 자리잡고 있었고 지금의 그녀를 자극하는 것은 남편의 친구 용해였다.

그녀는 한참일 것 같았던 길을 걸어서 남편의 유해가 있는 건물로 들어섰다. 남편의 유해는 삼층에 있었다. 그녀는 착잡한 심정으로 계단을 올라갔다. 칸칸이 자리 잡고 있는 유해들을 보자 서글픈 심정이 일었다. 남편은 죽음으로써 조그만 공간을 배당받고 있었다. 그의 모습은 죽은 자의 엄숙함은 배제된 채 할인마트의 물건처럼 자리 한 칸을 차지하고 그녀를 기다리고 있었다. 그가 짓궂은 미소를 지으며 낙찰이라고 말할 것 같았다.

그녀는 물기를 담은 채 웃고 있었다. 은혜의 손이 그의 명패가 붙어 있는 곳을 더듬었다. 마음속으로 많은 말과 만감이 교차했다. 흐느끼는 한숨이 그녀의 입에서 힘들게 나왔다. 그를 여기에 두고 오던 날은 평생 남편을 못 잊을 것 같았다. 앞으로 그 없이 살날들이 막막했으며 자신을 혼자 남겨두고 간 것에 떠나간 남편을 원망했었다. 그러나 지금의 자신은 이제 막 시작된 새로운 삶을 꿈꾸고 있었다.

꽃을 나오는 입구에 두고—납골당 내부에는 꽃을 놓지 못하게 되

어 있었다. 밖에는 탁자가 마련되어 있어 사람들은 그곳에 꽃을 두고
나왔다—건물을 나섰다. 여전히 운행차는 승객을 기다리고 있었
지만 그녀는 다시 걸었다. 걸어서 서러운 가슴을 진정시켜야 했
다. 남편은 어찌 보면 무책임한 사람이었다. 고의가 아니었고
자신의 힘으로는 어떻게 해볼 수 없었다 해도 그녀를 놔두고 혼
자 훌쩍 떠나 버리는 것은 배신 행위였다. 그녀는 남편이 원망
스러웠다. 자신을 혼자 놔두고 가버린 것도 그랬고 자신으로 하
여금 외로움을 견딜 수 없어 다른 남자를 그리게 만든 상황도
그랬다. 남편은 그녀를 버린 것이다.

사람은 야비할 정도로 적응에 무서운 동물이다. 은혜는 남편
이 없는 삶에 길들었고 자신의 행복을 위해 다른 남자를 꿈꿨
다. 그것이 가정을 이루든 그렇지 않든 그건 중요하지 않았다.
그녀는 살아야 했고 누군가가 필요했다. 여자가 남자를 만나고
남자가 여자를 만나는 것은 하늘의 이치였다. 세상은 혼자서 살
아가기에는 불완전했다.

그녀는 슬픔을 털어내기 위해 두 팔을 활짝 펼쳐서 기지개를
켰다. 이젠 남편 때문에 자신의 마음을 슬픔으로 가둬두는 일은
없을 것이다. 그녀가 남편을 찾아왔던 것은 남편을 자신에게 다
시 한 번 되새기기 위한 것도 있었지만 새로운 삶을 살아갈 준
비를 하기 위해 남편과의 감정을 정리할 필요도 있었다. 남편은
자신의 추억 속에서 늘 존재할 것이다. 그러나 추억으로만 머물
것이다.

입구까지 걸었지만 조금도 피곤하지 않았다. 마음의 응어리들이 풀어지는 느낌이었고 오히려 활력을 느꼈다. 택시를 잡아 집으로 향했다. 이제 그녀에게는 새 출발만이 남았다. 서릿발 같은 탐욕스러운 시어머니의 눈길만 없다면 그녀의 인생은 좀 더 행복할 것이다. 그녀는 용해의 방문을 기다렸다.

뭔가 이상했다. 남자에게서 일주일째 연락이 없었다. 꼬박 한 달을 업무 보고를 하던 남자는 어느 날 갑자기 뚝 연락을 끊었다. 무슨 피치 못할 일이 있겠지 생각했지만 그의 무소식은 그녀에게 일말의 불안을 가져왔다. 수십 번 전화를 해도 대답하는 말은 늘 같았다.

[전화기가 꺼져 있사오니…….]

강 여사는 아무래도 그의 집으로 찾아가 봐야겠다는 생각을 했다. 아침 일찍 서둘러 화장을 덕지덕지 바른 여자는 외출 준비를 끝내고 집을 나섰다. 택시를 탄 그녀는 목적지를 기사에게 말하고 긴장된 마음으로 한숨을 쉬었다. 아무래도 불길했다. 아무리 바빠도 이렇게나 연락을 안 할 리가 없었다. 아침이라 출근길로 차들이 파도를 이루었다. 사람들이 서 있다 버스가 오자 밀물 밀리듯이 쓸려갔고 그 뒤로는 또 한 무리의 사람들이 정류장을 지키고 있었다. 그녀는 길이 온통 사람들과 차들로 물결을 이루자 짜증이 솟아올랐다.

"염병!"

그녀의 입으로 불쑥 격한 말이 튀어나왔다. 기사는 그녀의 나이와 어울리지 않은 진한 화장과 야한 옷차림을 확인했다. 그리고 모르는 척 눈길을 창 너머로 돌렸다. 그녀는 더 심한 욕도 나올 것 같았다. 급한 마음과 달리 느리게 가는 차와 뭔가 조여 오는 불안감이 그녀를 극도로 안달 나게 만들었다.

"우라지게도 밀리네."

그녀는 기사에게 어떤 답변이라도 요구하듯 툭 던졌다. 눈치 빠른 기사가 그녀의 말을 받았다.

"출근 시간은 늘 이래요. 그래서 운전하는 우리도 죽을 맛입니다. 차는 안 가지, 손님들은 바쁘다고 하지, 기분 같아선 이 시간은 운행을 안 하고 싶을 정도예요."

기사의 푸념을 무시하듯 그녀는 대답도 하지 않고 밖의 풍경을 노려보고 있었다. 손님이 말이 없자 기사는 무안한 얼굴로 다시 운전에 전념했다. 아침부터 성질 더러운 손님 걸렸다는 표정이었다. 여전히 차는 거북이걸음으로 기어가고 있었다. 결국 이십 분이면 갈 거리를 삼십오 분이나 걸려서 도착했다. 잔돈을 사양하자 구겨져 있던 기사의 얼굴이 금세 펴지며 고맙다는 말까지 덤으로 들었다. 그러나 그녀의 정신은 이미 다른 데로 가 있어 기사의 말이 귀에 들어오지 않았다.

집 안으로 들어가려던 강 여사는 문이 잠겨져 있지 않다는 사실을 깨달았다. 다행히 아무런 일이 없을지도 모른다는 생각이 들자 그녀는 안도와 함께 찌푸렸던 얼굴이 펴졌다. 하지만 현관을 들어서자 가는 여자의 목소리가 들렸다.

"자기야?"

온 얼굴에 웃음을 머금고 나오던 여자는 들어서는 강 여사를 보고 화석처럼 굳어졌다. 강 여사는 지금 자신의 앞에 있는 정체를 알 수 없는 여자를 뜨악한 얼굴로 바라보았다. 이 여자는 대체 누구야? 그녀의 얼굴은 다른 여자의 존재로 다시 찌푸려졌다.

"여기서 뭐 하는 거야?"

강 여사의 다짜고짜 따지는 말투에 자신보다 젊어 보이는 여자는 기세등등하게 맞받았다.

"내 남자 내가 기다리는데 당신이 무슨 상관이야?"

"내 남자?"

강 여사의 얼굴이 당장이라도 폭발할 듯 시뻘게진 얼굴로 눈에서 열이 펄펄 끓어올랐다.

"그래, 내 남자니까 내 남자라 하는데 왜?"

"무슨 소리 하는 거야? 그놈은 내 남자란 말이야!"

중년의 여자는 가소롭다는 듯이 그녀를 훑어보았다.

"늙은 년이 너무 분수에 맞지 않게 탐하는 거 아냐? 거기다 그 옷은 뭐래, 나이에 맞지 않게 입고 다니는 꼴이라니. 그런다고 척 보기에도 육십 대 중반은 넘어 보이는 나이가 어디 가겠어?"

여자는 그녀의 속을 박박 긁고 있었다. 안 그래도 그에게 여자가 있다는 사실만 해도 놀라고 천불나는데 여자의 말은 그녀의 눈에 불을 켜게 만들었다.

"네년이 뭘 알아?"

"왜 몰라? 나보고 큰돈 만질 일 생길 테니까 돈만 들어오면 멀리 가서 살자고 했는데!"

그 순간 강 여사는 남자가 자신을 이용했다는 사실을 깨달았다. 며느리의 일을 맡기고 나자 남자는 자신의 사정을 애기했었다. 늙은 노모가 병원 신세를 지고 있고 수술을 위해서 큰돈이 필요한데 며느리한테 반을 받으면 당분간만 빌려줄 수 없겠냐고 했었다. 그녀는 그의 처지를 동정해 눈물까지 흘리며 걱정하지 말라고 말했었다. 그런데 늙은 노모는 완전한 거짓말이었을 뿐만 아니라 그 돈이 단순히 저 여자와 놀아나기 위한 이유였다는 사실을 깨닫자 강 여사는 완전히 이용당했다는 사실에 화가 나서 미칠 것만 같았다.

그녀는 알아들을 수 없는 기괴한 비명을 지르며 여자에게 덤벼들었다. 저년의 눈알이라도 후벼 파야 속이 풀릴 것 같아. 이성을 잃은 그녀의 힘은 자신보다 젊은 여자가 감당하기에는 역부족이었을 뿐만 아니라 그녀의 뼈대 굵은 덩치는 가녀린 여자에게는 비교도 되지 않을 만큼 튼튼했다. 젊은 여자는 넘어졌고 그 위를 강 여사는 타고 앉아 머리를 잡고 쥐어흔들며 분노의 말들을 쏟아냈다.

"감히 내 돈을 통째로 삼키려고 해? 너희 연놈들이 감히 내 돈을!"

　여자는 늙은 여자의 행동을 가소롭다는 듯이 바라보며 지지 않으려고 바르작거렸다. 하지만 정신을 잃을 정도로 화가 난 늙은 여자의 힘을 당할 수는 없었다. 강 여사는 여자의 목을 꽉 누르며 졸랐고 상대방의 얼굴이 벌게지며 기운을 놓는 태도를 보이자 그녀는 자신이 저지른 짓을 깨닫고 얼른 물러섰다. 여자는 참았던 숨을 토해내며 기침을 해댔다. 좀 더 졸랐다면 목숨을 부지하지 못했을 것이다. 여자는 자신이 대책없이 당해야 되는 이유를 알지 못했다. 단지 늙은 여자가 질투와 배신감에 미쳐 자신에게 화풀이하고 있다고 생각했다. 여자는 엉금엉금 기어서 구석 벽에 몸을 기대고 앉아 늙은 여자를 쏘아보았다. 강 여사는 전신에 힘이 빠졌다. 속은 자신이 바보 같을 뿐이었다.

　"이놈 어디 갔어?"

　그녀의 입에서 거친 말이 튀어나왔다. 젊은 여자는 고개를 저었다.

　"몰라. 나도 와보니까 없어서 기다리고 있는 중이야."

　애초부터 격식까지 차릴 필요 없다고 생각한 여자는 강 여사에게 반말조로 말했다. 강 여사 역시도 대우받고 싶은 생각은 없었다.

　"언제부터 와 있었는데?"

　"그저께부터 와 있는데 아직까지 연락이 없어. 전화해도 꺼져 있다고만 하고."

그녀도 그 소리는 이미 진력이 나도록 들은 뒤였다.

"무슨 일 생긴 거 아냐? 어디 갈 만한 데 없어?"

여자는 생각하는 표정으로 말했다.

"나도 이상하다 생각하는 중이야. 그 사람이 갈 만한 데를 내가 알 게 뭐야! 그냥 늘 우리 집으로 오거나 밖에서 만났는데."

이제 둘 사이에는 어떤 불꽃도 일어나지 않았다. 둘 다 실종된 남자의 행방을 이상하게 생각하는 중이었다.

"전에도 이렇게 연락 끊은 적 있었어?"

"만난 지 얼마나 됐다고. 이제 기껏 두 달 됐는데 그럴 시간적 여유가 어디 있어? 그런 거 오래 만난 사람들이나 하는 짓 아냐?"

젊은 여자의 두 달이라는 말을 듣고 남자가 자신을 사귄 시기나 저 여자를 사귄 시기나 거의 비슷하다는 사실을 알았다. 한꺼번에 양다리를 걸치고 있었던 것이다. 그녀는 미운 감정이 솟아나면서도 남자의 품을 아쉬워했다. 그런 강한 남자를 만나는 게 쉬운 일은 아닐 것 같았다. 어쨌든 남자의 행방은 말 그대로 실종이었다. 그녀는 아무래도 이대로 있어서는 안 될 것 같았다. 강 여사가 서둘러 그 집을 나서려 하자 젊은 여자의 목소리가 그녀의 발길을 잡았다.

"그가 어디로 간 건지 짐작되는 곳이라도 있는 거야?"

"내가 알 리가 없잖아!"

강 여사는 짜증스럽게 여자에게 내뱉고는 집을 나섰다. 지금으로서는 경찰에 신고하기도 뭣한 일이었다. 뭐라고 실종 신고를 내겠는가. 그와 자신의 관계가 어떤 관계냐고 묻는다면 뭐라고 대답하겠는가. 그녀는 며느리를 찾아봐야겠다고 생각했다. 그녀를 염탐하다 실종된 것이니 며느리가 뭔가 알고 있을지도 모른다는 생각이 들었다. 그녀는 다시 택시를 잡아서 며느리가 사는 아파트로 향했다. 마음이 조급했지만 아까 같은 화는 나지 않았다. 그녀는 입을 꾹 다물고 도착할 때까지 아무 말도 하지 않았다. 그리고 택시에서 내려 아파트로 서둘러 걸어갔다. 바람을 휙휙 일으키는 그녀의 발걸음만큼이나 마음도 찬바람이 씽씽 불었다. 그녀는 아들집이었지만 이제는 며느리 집이 된 아파트의 초인종을 눌렀다.

전화벨이 울렸다. 급하게 받은 은혜는 전화를 건 사람이 정혁인 것을 알았다.

[우리 집에 놀러와.]

"알았어요."

일종의 집들이인데 빈손으로 갈 수는 없는 일이었다. 그녀는 최근에 먹으려고 빻은 지 얼마 안 된 원두를 예쁜 통에 담아 들고 집을 나섰다.

"빨리 왔네? 어서 들어와!"

빨리 왔다는 그의 말이 우스워 그녀는 미소를 지었다. 엎드리면 코 닿을 데라는 것이 그녀의 집과 그의 집을 두고 하는 말이었다. 그녀는 들어서며 그에게 갖고 온 통을 내밀었다. 그가 싱긋 웃으며 받아 들었다. 안의 내용물을 확인한 정혁은 주방으로 갔다.

"거기 앉아 있어."

아파트의 구조는 거기가 거기다. 그의 집도 그녀의 구조와 똑같았다. 다만 가구를 별로 좋아하지 않아 여기저기 빈 공간이 많았다. 소파를 새로 구입했는지 저번 집에서 보던 것과는 달랐다. 그녀는 검은색이 주는 심플함과 세련됨에 역시 예술가는 다르구나 하고 생각했다. 깨끗한 소파는 앉는 게 아까울 만큼 새것이었다.

"어제 드디어 새로운 곡을 하나 완성했어."

일상적인 얘기를 하는 그가 그녀는 반가웠다. 이것이야말로 친구 간에 어울리는 대화였다. 그는 기분 좋은 모습으로 그녀 앞에 원두커피를 놓았다. 커피의 그윽한 향이 그녀의 코로 스며들었다.

"이번엔 어떤 곡이에요?"

"좀 격정적인 곡이지. 늘 발라드만 만들었는데 이번에 새로운 시도라고 볼 수 있지. 락이니까."

그도 그녀 옆으로 앉으며 자신의 커피를 내려놓았다. 은혜는 바로 옆에 앉는 그의 존재가 신경 쓰였다. 그러나 차마 앉지 말라고 말할 수는 없었다.

"지금 들려줘?"

“어디서…….”

그녀는 의아한 표정으로 보았다. 그가 웃으며 왼쪽 방문을 열었다. 그 방에는 피아노가 놓여져 있을 뿐만 아니라 신디사이저 같은 악기가 컴퓨터와 연결되어 있었다. 작업실이었다. 그는 한쪽에 있는 의자에 그녀를 앉히더니 만든 곡을 컴퓨터로 틀었다. 처음에는 피아노 음으로 슬프고 잔잔하게 시작되던 음악이 중간 도입 부분으로 가자 다른 악기들이 개입되며 격정적인 연주를 했다. 대체적으로 조용한 걸 선호하는 그녀도 좋아할 수 있는 음악이었다. 락이지만 시끄럽고 소란스럽다는 느낌은 덜했다.

“어때?”

“좋네요. 가사는 어떤 걸 붙일 건가요?”

“아직 넘기지도 않았어. 곡 들어보고 가사 붙이기로 했거든.”

일어나려는 그녀를 그가 다시 앉히며 말했다.

“그대로 있어봐.”

그는 피아노로 가 피아노 뚜껑을 열고 그 앞에 앉았다.

“아침이 오는 소리에 문득 잠에서 깨어 내 품 안에 잠든 너에게~ 워우우워우워어~ 너를 사랑해…….”

눈을 지그시 감고 노래를 부르는 그의 모습은 어떤 순간을 꿈꾸는 사람 같았다. 입술에서 흘러나오는 감미로운 목소리는 그가 작곡가가 아닌 가수라고 믿게끔 만들었다. 그는 노래를 잘 불렀을 뿐만 아니라 멋있게 부르는 방법도 알고 있었다. 그녀는 잠깐 동안 그의 목소리에 심취해 귀 기울이고 있었다. 노래가 끝나고 피아노 소리가 그치자 정혁은 그녀를 그윽한 시선으로 보았다. 그의 손이 앉아 있는 그녀의 손을 잡았다. 그는 한없는 따뜻함을 담고 그녀를 보았지만 그의 약속처럼 어떤 행동도 하지 않았다.

"나 약속 잘 지켜, 착하지?"

참 미워할 수 없는 남자였다. 때로는 어린애 같은, 때로는 어른 같은 남자를 어떻게 미워할 수 있을까. 한때는 그를 남자로 느끼기도 했지만 지금은 남동생처럼, 친구처럼 정겹게 느낄 뿐이었다. 만약 둘 사이에 어떤 일이 생겼다면 이런 감정은 형성되지 않았을 것이다.

"잘 불렀어요."

그녀는 그 말을 하며 그에게서 손을 뺐다.

그녀의 의도를 알아차린 그는 그저 씁쓸하게 웃었다. 그녀는 자신에게 자꾸만 멀어지려 했다. 이유는 알 수 없었지만 자꾸만 선을 긋고 그를 밀어내고 있었다. 남자는 참을성있게 기다리리라 마음먹었다.

무심결에 피아노 위로 갔던 그녀의 시선이 서류철을 발견했다. 분명 눈에 익은 서류철이었다. 안에 있는 옥색을 띤 종이도 저번에 본 서류가 틀림없었다. 그녀는 그 물건에 궁금증이 일었지만 주인에게 차마 보여 달란 말을 할 수가 없었다. 은혜는 아쉽게 그 물건에서 시선을 떼며 문 쪽으로 갔다.

“가볼게요.”

남자는 그녀가 문손잡이를 잡기 전에 먼저 잡아 돌려 문을 열었다. 문은 딸각거리는 소리를 내며 열렸다. 나가려는 그녀를 남자가 뒤에서 안았다. 그에게서 상큼한 비누 냄새가 풍겨 나왔다.

“잠깐만, 잠깐만 이러고 있을게. 이러는 거 오늘 한 번뿐이야. 다시는 부탁 안 할게.”

남자의 가슴은 넓었고 따뜻했다. 그럼에도 그녀는 자신의 언덕이 될 수 없다는 생각이 들었다. 남자의 숨결이 그녀의 머리카락에 바람을 일으켜 그녀의 정수리를 간질였다. 한때는 온몸을 찌릿하게 하던 자극적인 감각은 조금의 간질임만을 남겨놓고 있었다. 그는 잠시 후 점잖게 그녀에게서 떨어졌다.

“됐어, 이제 됐어. 고마워.”

그의 말에서 슬픔이 느껴져 은혜는 마음이 짠해졌다. 하지만 일시적인 연민으로 행동했다가는 서로에게 좋을 게 없었다. 서로의 관계에 안 좋은 결과만을 낳을 것이다. 역시나 그와의 관계를 정리하는 것이 좋겠다는 생각이 들었다. 그녀는 방을 나와 현관으로 나갔다. 그의 성큼거리는 걸음이 그녀를 앞질러 문을 열었다.

“조심해서 가.”

너무도 슬퍼 보이는 말투 때문에 그녀는 자신도 모르게 충동적으로 그의 볼을 쓰다듬으며 말했다.

"좋은 여자 찾아보세요. 우린 친구 외에는 그 무엇도 안 돼요. 내가 용납 못해요."

그러나 그는 그녀의 말을 믿지 않았다. 아직까지 그녀를 자신에게 돌려세울 자신감이 그에게는 남아 있었다. 그는 그녀가 어떤 말을 한다 해도 믿지 않았을 것이다. 은혜는 그의 미소를 자신의 말을 이해한 뜻으로 받아들였다. 그러나 정혁의 미소는 다른 의미였다. 그걸 알 리 없는 은혜는 조금은 홀가분한 기분으로 집으로 향했다.

용해는 어렵게 시간을 쪼개어 그녀를 만나러 갈 준비를 했다. 출발하기 전 그녀에게 전화를 넣은 상태였고 그가 온다는 소리에 목소리가 밝아지는 것 같아 기분이 좋아졌다. 누군가에게 환영받는다는 것은 즐거운 일임에 틀림없었다. 그것도 사랑하는 여자에게 그렇다면 말할 필요도 없다. 차를 운전하는 그의 왼손이 운전대 위에서 음악에 맞춰 까딱거렸다. 무척 기분이 좋다는 증거였다. 갑자기 담배가 피우고 싶어졌다. 사람이 많은 긴장이 될 때도 담배가 생각나지만 너무 즐거워도 그 기분에 피우고 싶어지는 것이다. 운전대를 잡고 있는 탓에 안주머니에 있는 담배를 꺼내는 일이 용이치 않았다. 그는 미리 빼놓지 못한 것을 후회했다. 그는 하루에 한 갑반을 피우는 애연가였다. 하지만 앞으로는 줄여야겠다고 생각했다. 누군가를 위한 일이었다. 차를 세운 용해는 아파트 입구로 향했다.

입구로 들어서는데 삼십대 초반 아니면 이십대 후반으로 보이는 남자가 나왔다. 자신과 비슷한 신장에 깔끔하고 시원한 마스크의 남자였다. 그는 콧노래를 흥얼거리며 차 키를 빙빙 돌리며 여유있는 걸음걸이로 걸어가고 있었다. 남자의 하늘색 니트 티와 베이지 색 면바지가 무척이나 상큼해 보였다. 웬만해선 남에게 관심을 기울이지 않았고, 특히나 남자에게는 절대 눈을 돌리지 않는 자신이 그 남자를 눈여겨보게 되는 것이 이상하다고 생각했다. 용해는 그 남자가 마음에 들지 않았다. 여자들은 좋아할지 모르지만 같은 남자의 눈으로 봤을 때 좋은 이미지는 아니었다. 물론 남자가 좋아하는 스타일의 남자는 여자에게 다소 인기가 떨어졌지만. 용해는 지난번 은혜와 같이 있던 이 남자를 봤을 땐 좀 멀리 떨어져 있었기에 정확히 보지 못하여 지금 눈앞의 이 남자가 지난번 은혜와 같이 있던 그 남자라는 사실을 깨닫지 못했다.

남자는 자신을 스쳐 한 자동차에 올라탔다. 그 순간 용해의 콧속으로 비릿한 냄새가 스쳐 갔다. 그는 냄새의 근원지를 찾아 주위를 둘러보았지만 주위는 자신처럼 세워놓은 차만 보일 뿐 그가 맡은 냄새를 낼 만한 물건들이나 내용물은 보이지 않았다. 그 냄새는 금세 사라졌다. 용해는 자신이 착각했나 보다고 생각했다. 남자의 차는 듣기 좋은 엔진 소리를 내며 출발했다. 떠나는 것을 확인한 용해는 아파트로 들어섰다.

엘리베이터를 탔는데 다시 그 냄새가 맡아졌다. 처음에는 그 냄새가 생선 비린내라고 생각했지만 두 번째 맡아지는 냄새에서 정확하게 알 수 있었다. 그건 피비린내였다. 어째서 그런 냄새가 나는 것일까. 그는 엘리베이터 천장부터 시작해 벽, 그리고 바닥을 보았지만 피는커녕 얼룩조차 보이지 않았다. 그 냄새는 다시 사라졌다.

엘리베이터에서 내린 용해는 갸웃거리며 그녀의 집으로 향하는 복도를 걸어갔다. 걸음 소리가 이상했다. 분명 자신 혼자 걷고 있었는데 그것은 걸음 소리뿐만 아니라 무언가를 질질 끌고 가는 소리같이 들렸다. 걸음 소리도 자신이 걷는 것보다 빠르게 들렸다. 용해는 자신의 뒤를 돌아보았다. 오고 있는 사람은 아무도 없었다. 자신의 걸음 소리와는 다른 걸음 소리와 이상한 소리의 정체는 무엇이란 말인가. 그는 멈췄던 걸음을 다시 걸으며 확인해 보았다. 이번엔 자신의 걸음 소리만이 복도를 울렸다. 아무래도 너무 바쁘게 일한 까닭에 환청까지 들리는 듯싶다. 그럼 코끝에 닿던 냄새는 무엇이란 말인가. 그는 자신의 앞에 벌어진 일들을 이해할 수가 없었다. 친구의 영혼이 자신에게 장난을 치는 것일까.

그녀의 집 앞에서 초인종을 눌렀다. 누르자마자 문이 열렸다. 그녀가 문 앞에서 기다렸던 것일까. 설마 그러려고. 자신이 그렇게 반가운 방문객이라는 생각이 들지는 않았다. 우연히 문 근처에 있다가 열어준 것이리라 생각하며 그는 문 안으로 들어섰다.

"정말 오랜만에 오신 거 아시죠?"

약간은 투정 부리듯 말하는 여자의 서운함이 가슴에 와 닿아 용해의 마음을 훈훈하게 했다.

"커피가 그리웠습니다."

자신의 무뚝뚝함에 차마 오고 싶었다고 말하지 못한 그는 그렇게 말했다. 여자는 그의 대답으로 만족한 듯 생긋 웃으며 주방으로 향했다. 잠시 후 원두의 향이 집 안을 가득 채웠다. 그리운 향이었다. 그 냄새는 그녀를 생각나게 했다. 그는 갑자기 담배가 피우고 싶어 베란다로 재떨이를 들고 나갔다. 이미 익숙해진 그의 모습이 베란다와 자연스럽게 어우러졌다.

커피를 들고 오던 그녀는 그가 자리에 없다는 것을 알았다. 그녀의 눈길이 무심코 베란다로 향하다 용해를 발견했다. 담배 연기를 날리며 서 있는 모습이 참 섹시하다고 생각했다. 최근 들어 느낀 것은 남자의 담배 피우는 모습도 멋있게 보일 수 있다는 사실이었다. 그는 고개를 돌리다 그녀를 발견하고 웃으며 베란다 문을 열고 들어왔다.

"갑자기 생각이 나서……."

그는 미안해했다. 그녀는 그럴 필요가 없다고 말했다. 담배 냄새를 좋아하지는 않지만 지금처럼 그의 모습을 자주 볼 수 있다면 그런 냄새쯤은 감수할 수 있다고 생각했다.

잔을 들어 마시는 그들 사이에 따스한 눈빛이 교환되었다. 용해는 자신도 모르게 은혜의 앞으로 흘러내린 머리를 귀 뒤로 넘겨주었다. 그녀는 기분 좋은 듯 눈을 감았다. 그녀가 눈을 감자 그의 눈에 제일 먼저 들어온 것은 그녀의 입술이었다. 붉은 입술이 누군가를 기다리듯 약간 벌려져 있었다. 용해는 그 입술을 어느새 자신의 손길이 쓰다듬고 있다는 걸 깨달았다. 무척 놀라운 접촉일 텐데도 여자는 가만히 있었다. 눈을 살짝 뜨는 그녀의 눈이 물기로 촉촉이 젖어 있었다. 그녀의 갈망하는 눈빛을 대하고 용해는 놀랐다. 자신을 절대 받아들일 것 같지 않던 그녀가 지금 자신을 원하고 있었다. 그녀의 메시지를 내가 잘못 읽은 것은 아닐까. 그는 망설이듯 그녀를 보았지만 역시나 처음과 똑같은 눈빛으로 여자는 보고 있었다.

용해는 그녀의 입술에 살며시 자신의 입술을 대었다. 나른한 신음 소리가 여자의 입술에서 흘러나왔다. 그는 그 소리에 더욱 자극을 받아 입술을 강하게 밀어붙였다. 그녀의 입술이 아까보다 더 많이 벌어졌다. 용해는 자신의 욕구를 혀를 밀어 넣음으로써 보상받았다. 그녀의 안은 안락했고 자극적이었다. 혀의 돌기들이 하나하나 그녀의 자극에 반응하는 듯했다. 그는 머리로 몰리는 흥분을 주체하기가 힘들 정도였다. 상상으로 아는 그녀와 실제로 느끼는 그녀는 달랐다. 그건 무척 유혹적이고 은밀했다. 그의 욕망은 지금이라도 그녀를 갖고 싶었다.

그가 욕망에 사로잡혀 자신의 감정을 터뜨리려는 순간 친구의 얼굴이 떠올랐다. 다음으로 미루자. 그 생각은 머리로 몰렸던 피의 뜨거움을 식혀주었다. 그는 그녀의 손이 자신의 목을 감고 있었음에도 불구하고 몸을 뗴었다. 그녀의 열띤 반응이 기쁘긴 했지만 친구와의 신의를 저버릴 수 없었던 것이다. 아쉬운 한숨이 그녀에게서 흘러나왔다.

"죄송해요, 감정적으로 행동해서……."

그가 하는 말에 그녀는 말이 없었지만 스스로의 감정을 창피해하는 듯했다. 하지만 그 감정을 창피해하기보다는 행동을 자제하지 못한 것에 대한 후회 같았다. 용해는 헛기침을 한번 하고 분위기를 수습하려 했다. 그는 지난번 방문에서 주려다 만 선물을 품속에서 꺼내 그녀에게 내밀었다. 조그맣게 포장된 물건을 물끄러미 쳐다보던 그녀는 받을 생각을 않고 그를 보았다.

"선물이에요. 외국 출장 갔다 오면서 눈에 띄기에 샀어요. 마땅히 누구에게 선물할 사람도 없는데 다행히 은혜 씨가 생각났어요. 누구에겐가 선물을 할 사람이 있어서 다행이에요."

그녀는 자신이 받아도 되는 것인지를 잠시 망설이다 마음을 정했는지 조심스럽게 포장지를 풀었다. 포장지 안에서는 작은 상자가 나왔다. 보라색 상자를 열자 그 안에서 진주가 박힌 금목걸이가 그녀를 보고 있었다.

"이건 받을 수 없어요."

용해는 지그시 그녀를 보았다.

"정말 받을 수 없습니까?"

"네."

그는 다시 한 번 조용히 물었다.

"정말 받을 수 없단 말이죠?"

"네."

그는 그녀에게서 목걸이를 받아 베란다로 다가가더니 문을 열었다.

"왜 그러세요?"

그녀의 물음이 채 끝나기도 전에 그는 베란다 밖으로 목걸이를 던져 버렸다. 그녀는 너무 놀라서 말도 못하고 망연히 그를 보았다. 그리고 말했다.

"왜 그러셨어요?"

그는 아무 일도 아닌 듯이 말했다.

"주인 없는 물건은 필요없어요. 받을 사람이 없다면 갖고 있어서 뭐 하게요. 그냥 버려야죠."

"하지만 아깝잖아요."

"그래 봤자 주인 없는 물건이에요."

그녀는 못내 아쉬운 듯 베란다로 밖을 두리번거렸다. 그녀의 얼굴에서 안타까움이 배어나왔다.

"그거 비싼 거였죠?"

용해는 고개를 끄덕였다.

"누군지 횡재했네요."

"아까워요?"

"당연히 아깝죠."

“차라리 아까 사양하지 말 걸 하는 생각이 들죠?”

그를 쳐다보다 그녀는 긍정하듯 고개를 끄덕였다. 용해가 갑자기 이를 보이며 웃었다. 그리고는 자신의 오른손을 펼쳐 보였다. 그 안에는 버린 줄로 알았던 진주 목걸이가 빛을 발하며 반짝이고 있었다. 그녀가 눈을 치켜뜨며 말했다.

“속였군요?”

“그럼 어때요. 대신 아까운 물건 안 버려도 됐잖아요. 이젠 받아줄 거죠?”

그의 장난스런 웃음에 그녀는 결국 항복하고 말았다. 점잖기만 하다고 생각했던 그의 이면에 이런 모습이 있을 줄이야. 그녀는 속으로 고개를 절레절레 흔들었다.

용해는 목걸이를 그녀의 목에 직접 걸어주었다. 손으로 들어올린 머리 사이로 보이는 목덜미가 유혹적이었다. 그는 그곳에 입술을 묻고 싶었지만 끓어오르는 열정을 삭이며 이를 악물었다. 이래서야 감정을 자제하는 일이 얼마나 오래갈 것인가. 좀 전에 실수를 해놓고 또다시 흥분에 휩싸이다니. 그가 심호흡을 하며 그녀에게서 물러나자 그녀는 들었던 머리를 내리며 자신의 목에서 반짝이는 진주를 보았다. 여자다운 기쁨이 얼굴에 어렸다. 용해는 그녀의 반응에 만족하며 입을 열었다.

“이제 한 가지 더 할 일이 남았어요.”

“뭔데요?”

“제가 약속했잖아요, 바다 보여준다는 거.”

"지금 보여주시려고요?"

그녀가 놀란 표정으로 물었다.

"밤바다라도 상관없다면."

그녀는 흔쾌히 승낙했다. 그녀의 반응에 놀란 것은 오히려 용해였다. 그녀가 쉽게 승낙할 거라고는 생각도 못했지만 현실은 그의 편이었다.

"잠시만요."

그녀는 외출 준비를 하기 위해 침실로 들어갔다. 그동안 용해는 베란다로 가 담배를 피우기도 했고 소파에 앉아 기다리며 그녀와 어떻게 데이트할 것인가를 생각했다. 애매하긴 했지만 그건 데이트였다. 친구 아내에게 바람을 쐬어주겠다는 명목으로 하는 데이트. 그는 그녀와 바닷가에서 시간을 보낸다는 것만으로도 들떴다.

은혜는 그가 생각한 것보다 빨리 외출 준비를 마치고 나왔다. 오랜만에 멋을 낸 그녀의 모습은 훨씬 젊어 보였다. 원래 나이보다 어려 보이긴 했지만 지금의 그녀는 그가 예전에 사랑하던 여자의 모습 그대로였다.

"가요."

그녀는 수줍게 웃으며 말했다.

용해는 아파트 입구를 나오며 다시 담배를 입에 물었다. 바람에 날리는 그의 담배 냄새가 그녀에게도 실려 왔지만 바람과 함께 맡아지는 담배 냄새는 싫지 않았다. 은혜는 차에 올랐고 그는 시동을 걸고 음악을 틀었다. 재즈가 흘러나왔다. 차분한 듯 하면서도 무언가 감성을 쑤셔대는 듯한 느낌이었다.

"마일즈 데이비스예요."

그는 싱긋 웃으며 말했다. 그녀는 고개를 끄덕이고는 눈을 감고 의자에 기댔다. 바다를 가려면 시외로 빠져야 했고 시간이 많이 걸릴 거라고 짐작해 그녀는 잠시 눈을 감고 쉬기로 했다. 귓가로 재즈와 도로를 달리는 차들의 소음이 들려왔다. 날은 이미 어두워지고 있었다. 그녀는 어느새 잠이 들었다. 이대로라면 그녀와 함께 영원히 달리고 싶었다. 그에게 기회가 주어진다면 그녀와 같이 있을 수 있는 지금 이렇게 계속 달리고 싶었다. 하지만 현실은 그렇게 관대하지 못했다.

차가 바닷가에 도착했을 때는 하늘이 까맣게 반짝이고 있었고 그녀는 아직도 잠에서 깨어나지 못했다. 용해는 그녀를 깨우는 대신 일어날 때까지 조용히 기다렸다. 멀리서 파도 소리가 그의 귓가를 간질였다. 그로서도 오랜만에 와보는 바다였다. 비릿하면서 짠 바다 냄새가 기분 좋게 그를 반겼다. 그녀에게는 자장가 같을 파도 소리가 그에게는 그들의 사랑을 노래하는 세레나데로 들렸다. 사랑을 하면 유치해진다는 말은 맞았다. 그는 감성에 젖어가는 자신의 마음이 유치하다고 생각했다. 그러나 여자를 위해 그래야 한다면 더 유치해질 수도 있었다.

은혜는 도착하고 이십 분이 지나서야 잠에서 깼다. 몸을 꿈틀거리며 잠에서 깬 그녀는 주위를 두리번거렸다. 운전석은 비어 있었다. 그녀는 차에서 내려 그에게로 다가갔다. 용해는 바다를 보며 담배를 피우고 있었다. 그녀가 생각한 것보다 담배를 많이 피우나 보다고 생각했다. 밖에서 보는 그는 늘 담배를 물고 있었다.

“일어났어요?”

그녀를 본 첫마디였다. 그녀는 자신이 깜빡 존 것이 미안해졌다.

“깨우지 그랬어요?”

“너무 곤히 자서 깨우면 죄짓는 기분이 들 것 같았죠.”

그는 담배 한 개비를 다시 꺼내 붙여 물었다.

“많이 피우시나 봐요?”

“그렇다고 할 수 있죠. 이젠 좀 줄여야죠.”

그는 피우던 담배를 꺼버렸다.

“배고프죠?”

“조금요.”

그는 그녀를 이끌고 근처 식당으로 들어갔다. 바닷가 주변이라 부실하리라 생각한 그녀의 예상과는 달리 식당 안은 깨끗하고 고급스러웠다. 얼큰한 매운탕을 시키고 밥을 먹는 그를 보며 두 사람이 참 다르구나 생각했다. 한 남자는 땀을 흘리는 동물적인 모습이 싫어 양식을 먹는가 하면 다른 남자는 스스럼없이 땀을 흘리며 음식을 입에 넣고 있었다. 그녀는 용해가 편했다. 사람에게 거리낌없이 자신의 모습을 보일 수 있는 이 남자가 편했다. 그래서 그녀는 이 남자에게 언덕을 기대했다.

후식으로 커피가 나오고 그제야 두 사람은 창가로 눈을 돌릴 수 있었다. 둘 다 너무 배가 고파 음식을 입에 넣기 바빴던 것이다. 밤에 보는 바다는 까맣게 변해 있었다. 어둠 속에서 경계선을 짓는 것은 파도의 포말선이었다.

"나온 기분이 어때요?"

"오길 잘했다는 생각이 들어요. 이것도 고맙고요."

은혜는 손으로 목걸이를 잡아 보이며 말했다. 그녀는 정말 즐거워 보였다. 이 여자가 좋아하는 일은 무얼까. 이 여자가 지금 이 순간 가장 원하는 것은 무얼까. 그는 그녀에 대해서 모두 알고 싶었을 뿐만 아니라 뭐든 해주고 싶었다.

"저도 은혜 씨 덕분에 바다 구경하게 되어서 고마워요. 사실 일하느라 바빠 몇 년째 구경도 못했거든요."

그는 웃으며 커피 잔의 가장자리를 손가락으로 더듬었다. 저 손길이 자신에게 닿는다면 어떤 변화를 일으킬까 생각하자 그녀는 자신도 모르게 볼이 붉어졌다.

그들은 식당을 나와 잠시 바닷가에 머물렀다. 밤바다는 차가웠다. 그들 사이에 떠도는 열을 식혀주듯 바람은 세차게 몰아쳤다. 그들은 잠시 후 몸을 떨며 차에 올랐다.

"낮에 올 걸 그랬나 봐요."

용해는 몸에 한기를 느끼며 그녀에게 말했다.

"그래도 좋았어요. 밤바다는 밤에만 줄 수 있는 매력을 갖고 있잖아요."

그녀의 목소리가 추위로 약간 떨리면서도 밝아 보였다.

"그렇게 생각한다면 다행이고요. 이제 그만 갈까요?"

그녀는 고개를 끄덕였다.

"참 나쁜 놈이에요."

"네?"

뜬금없이 속삭이는 용해의 말에 은혜는 갸웃거리며 그를 보았다.

"창화 그 자식 나쁜 놈이라고요. 아직 젊은 은혜 씨를 놔두고 가버리다니. 아까워서 어떻게 눈을 감았을까요."

그의 목소리는 친구의 생각으로 잠겨 있었고 은혜의 눈도 슬픔으로 젖어들었다. 물기가 어린 눈으로 그녀가 말했다.

"그를 원망하지는 않아요. 하지만 날 아프게 안 했으면 좋겠어요."

그녀의 목소리도 어느덧 가라앉아 있었다. 창화는 그들에게 무언가 말하고 있었다. 그게 그들을 위한 것이든 방해하는 것이든. 용해의 입매에 힘이 들어가며 입가로 주름이 잡혔다. 그는 그녀를 지키리라 다짐했다. 비록 친구가 그들의 위협 대상이 되긴 했지만 아무도 없이 이 세상에 덩그러니 혼자 남은 그녀를 지켜줄 수 있는 사람은 자신이었다. 옆에 있는 은혜를 흘끗 보았다. 이 여자에게는 자신이 필요했고 그녀에게 쓸모있는 사람으로 사용될 수 있다는 것에 뿌듯함을 느꼈다. 지금은 자신의 존재가 그 정도면 충분하다고 생각했다. 지금 당장은.

　침묵을 깨고 초인종이 울렸다. 은혜는 소파에서 살포시 잠이 들었다 깨어나며 정신을 차렸다. 초인종 소리는 자던 가슴을 놀래켰으며 사정없이 뛰는 심장박동이 귀에까지 들려왔다. 현관으로 달려간 그녀는 문에 대고 물었다.

　"누구세요?"

　"나다."

　한동안 조용했던 시어머니였다. 그녀는 시어머니 자체만으로도 불안한 가슴이 되어 문을 열었다. 그녀는 들어서자마자 은혜를 의심의 눈길로 보았다. 한동안 못 본 사이에 시어머니의 얼굴은 까칠해 보였고 낯빛도 어두웠다. 하지만 천박한 패션은 여전했다. 들어선 그녀는 당당하게 거실 소파로 가 앉으며 대뜸 물을 달라고 했다. 은혜는 주방으로 가 유리잔에 물을 따르며 한숨을 쉬었다. 한동안 잠잠했던 가슴의 벌렁거림이 다시 시작되었다. 시어머니는 그녀에게 체증 같은 존재였다. 답답하게 가슴을 막으며 감정의 소화를 시키지 못하게 하는 그런 존재.

　"그동안 별일없었니?"

　무언가를 알아내려는 듯 심문하는 그녀의 말투에 은혜는 처음부터 질려 버렸다. 언제쯤이면 저런 말을 듣지 않고 살 수 있을까. 다시 그녀의 가슴이 막혀왔다.

　"저야 늘 똑같죠."

"하기야 여자 밝히는 년이 할 짓이 뭐가 있겠니. 애인은 잘 있니?"

시어머니의 말에 일일이 대꾸를 할 필요는 없었다. 괜히 말을 했다가는 더 피곤해질 거라고 생각해 은혜는 대답하지 않았다. 강 여사는 무언가를 찾는 사람처럼 자꾸만 두리번거렸다.

"혹 모르는 사람이 찾아온 적 없었니?"

"아뇨."

은혜를 물끄러미 쳐다보던 강 여사는 그녀의 눈빛에 어떤 흔들림도 없는 것을 보고 진실이라는 걸 알았다. 자신의 남자는 대체 어디 처박혀 있다는 말인가. 무슨 일인가 생긴 건 분명한데 행방을 알 수 없었다. 그녀가 상황보고를 들을 때도 남자는 며느리의 정부를 캐고 있었고 아무래도 그쪽으로 알아보는 것이 오히려 확률이 높았다. 그는 마지막 통화에서 그 남자가 분명 며느리의 옆집으로 이사를 왔다고 했었다. 그렇다고 그 남자를 찾아가서 물어볼 수 있는 입장도 아니었다. 이래저래 답답한 생각에 강 여사는 숨이 막히는 기분이었다. 당장이라도 정부를 찾아내기만 하면 멱살을 잡고 따지고 싶었다. 자신이 그렇게 만만해 보였냐고. 육실할 놈 하며 욕을 한 바가지 해주고 싶었다. 하지만 그건 당사자가 눈앞에 있을 때의 얘기였다. 지금은 행방이 묘연할 뿐만 아니라 여러 가지 의문점이 있었다. 양다리를 걸치면서까지 돈에 애착을 보이던 남자가 왜 사라졌냐는 얘기다. 그녀는 이곳에서 지내며 며칠 묵을 결심을 했다. 물론 귀신이 두렵기는 했지만 그녀의 궁금증을 능가하진 못했다.

"손님방 그대로 있지?"

강 여사는 지난번 급하게 가느라 옷을 몇 가지 놔두고 간 것이 차라리 잘됐다 싶었다. 며칠 있는 동안 상황을 보자면 그 옷은 필요했다.

"네."

은혜는 갑자기 불안해졌다. 왜 손님방을 챙기는 것일까.

"며칠 묵어가야겠다."

은혜의 눈앞이 아득해지는 순간이었다. 도대체 이 여자는 자신을 어디까지 괴롭혀야 속이 시원한 것일까. 차라리 돈을 떼어 줘 버려? 그 반을 주어버리면 시어머니는 정말 자신한테서 사라질까? 만약 주고 나서도 다른 소리 하고 또다시 나타나면 어떡하지? 이런저런 생각을 했지만 가장 근본적인 이유는 자신으로 하여금 치를 떨리게 만드는 존재에게 돈을 주기 싫다는 것이었다.

그녀는 아무 말도 하지 않았다. 마땅히 할 말도 없었다. 침실로 향했다. 시어머니만 오면 이상하게도 그녀의 몸은 시들은 잎처럼 축 처지며 피곤이 느껴졌다. 툭 내뱉는 시어머니의 말이 침실로 향하는 그녀의 뒷덜미를 붙잡았다.

"지정혁이라는 사람 잘 있니?"

"그 사람 이름을 어떻게……."

은혜는 그 사람의 존재를 시어머니가 이미 알고 있다는 사실에 놀라움과 함께 두려움이 들었다. 시어머니는 책잡을 빌미를 쥐고 있는 것이다. 어떻게 알았을까.

"나야 마음만 먹으면 모를 게 어딨냐. 나를 아주 우습게 봤구나. 내가 널 의심할 때 노인네가 노망이 들어 어림짐작해서 말하는 것이거니 했겠지. 하지만 의외로 난 내 주변에 실력있는 사람을 많이 알고 있지."

그녀가 말하는 실력있는 사람이란 고작 사람을 시켜서 뒤를 캐는 정도일 것이다. 은혜는 그녀의 뻐김에 코웃음치고 싶었지만 사태는 상당히 심각했다. 어떤 빌미가 그녀에게 떨어진다면 자신은 꼼짝 않고 당할 입장이었다. 법적으로는 어떤 지불도 할 필요가 없었지만 시어머니는 갖은 방법으로 그녀에게서 돈을 뜯어낼 것이다. 얼마 남지 않은 삶을 두고 저렇게 살아야 하는 것일까. 남편은 행복한지도 몰랐다. 최소한 어머니의 저런 추한 부분을 모르고 갔으니까.

"그 사람을 안다는 게 어떻다는 거예요? 그냥 이웃일 뿐이에요. 미망인은 이웃이라 해도 남자는 알고 지내지 말란 법이라도 있나요?"

강 여사는 며느리가 보통 고단수가 아니라고 생각했다. 그녀가 이렇게 나오면 움츠러들 법도 한데 며느리는 담담했다. 독한 년! 넘겨짚어서 쉽게 해결하려 했던 일은 수포로 돌아갔다. 역시 증거를 잡아야 해. 하지만 증거를 잡기 위해 뒤를 캐던 그 남자는 행방을 알 수가 없었다. 강 여사는 며느리가 아무것도 모

르고 있다고 판단을 하고 지정혁이라는 남자를 알아봐야겠다고
생각했다. 하지만 그 또한 가서 물어볼 수도 없는 일이었다. 참
으로 답답한 노릇이었다.

시어머니가 더 이상 말하지 않으리라고 판단한 은혜는 침실
로 들어갔다. 거실에는 강 여사 혼자서 생각에 잠겨 있었다. 어
떻게 해서 알아낸다? 좋은 방법이 떠오르지 않았다. 나쁜 쪽으
로만 잘 돌아가던 그녀의 머리도 나이는 어쩔 수 없는 모양이었
다. 그녀는 자신에게 화가 나서 혀를 찼다.

"대체 이 인간 어디로 가버린 거야?"

기분 같아선 와그작와그작 씹어도 분이 풀리지 않을 것 같았
다. 자신을 속인 일은 생각만 해도 분해서 그녀는 이를 갈았다.

"어쨌든 어찌 되어가는 건지 알아야겠어."

그녀는 누구에게랄 것도 없이 자신에게 속삭이듯 말했다. 강
여사의 모습은 제삼자가 보기에 정상적으로는 보이지 않았다.
무언가 강한 집착이 엿보였으며 그것은 그녀를 한쪽으로 몰입
하게 만들었다. 어떤 생각을 하며 중얼거리는 모습은 보통 사람
들이 본다면 음침했고 비밀스러웠다. 그녀의 주름은 심각한 일
들로 인해 더욱 깊어져 갔다.

"여보세요."

전화를 받으며 은혜는 정혁이 집으로 찾아오지 않은 것을 다
행이라고 생각했다. 만약 찾아왔다면 분명 시어머니에게 꼬투

리를 잡혔을 것이다. 그녀는 시어머니가 없는지 두리번거렸다. 쓰레기를 버린다고 금방 나가긴 했지만 혹 숨어서 엿들을지도 모른다는 불안감이 들었다.

[이 앞에 초원이라는 카페로 나와. 상가 안에 있어.]

"알았어요."

시어머니가 언제 들어올지 몰라 그녀는 전화를 얼른 끊었다. 끊고 얼마 안 있어 시어머니는 들어왔고 은혜는 때맞춰서 전화해 준 정혁이 그리 고마울 수가 없었다.

"잠깐 나갔다 올게요."

"어디 가니?"

의심의 눈초리를 가득 안고 있는 시어머니를 은혜는 무심한 표정으로 보았다.

"답답해서 바람 좀 쐬려고요."

그녀는 입고 있는 그대로 지갑만 달랑 들고 나가며 물었다.

"나가는 길인데 드시고 싶으신 거나 필요한 물건 없으세요?"

"됐다!"

바로 앞이지만 입고 나가기에는 허름한 옷차림이었다. 그녀는 시어머니의 눈치 때문에 차마 갈아입을 수 없었다. 그녀가 옷을 갈아입는다면 시어머니는 또 이상한 눈초리로 의심할 것이다. 문을 닫고 나오며 은혜는 안도의 숨을 내쉬었다. 피곤하고 신경 쓰이는 일이었다. 시어머니는 언제까지 그녀 곁에서 감시의 눈초리를 번뜩일까.

경비실을 나와 길을 걸어도 아무것도 눈에 들어오지 않았다. 요즘 들어 멍해진 기분이었다. 무언가를 또렷하게 바라볼 수도 없었으며 항상 안개에 가려진 기분으로 살았다. 그녀는 이 모든 게 남편의 유령 탓으로 치부했다.

카페로 들어서자 정혁은 환한 얼굴로 그녀를 맞았다.

"의심 안 해?"

뜬금없는 그의 말에 그녀가 의아해서 보았다.

"지금 시어머니 와 있지?"

"그걸 어떻게?"

"아파트는 소문이 빨라. 나도 얼핏 봤는데 성깔 대단할 것 같던데?"

그의 말에 그녀는 부정도, 긍정도 하지 않았다.

"혹시나 은혜한테 불이익이 갈까 봐 내가 시어머니 잠깐 나간 사이에 전화한 거야."

그랬었구나. 은혜는 그의 섬세함에 감사했다. 그들은 근처 카페에서 만났다.

"뭐 마실래?"

"칵테일로 할래요."

그는 그녀가 평소 술을 좋아하지 않는데 대뜸 술을 시켜 놀라기는 했지만 아무 말도 하지 않았다. 그는 같은 걸로 칵테일을 주문 받으러 온 종업원에게 시켰다. 그녀를 고려해 도수는 약한 거였다.

“힘들지 않아?”

“하루 이틀 겪은 것도 아닌데요 뭘.”

그녀는 힘들었다. 남편이 없는 지금은 더욱더. 그는 담배를 꺼내 입에 물었다. 카페 탁자에 있는 조그만 성냥갑을 열어 불을 댕겼다. 매캐한 화약 냄새가 그녀의 코를 자극했다. 종업원이 예쁜 색깔을 가득 안은 칵테일을 그들 앞에 놓았다. 그가 한숨을 쉬었다.

“왜 그래요?”

그녀가 그의 어두운 표정에 물었다.

“집에서 결혼하라고 난리야.”

“그럼 하세요.”

“내 맘 몰라서 그래?”

그가 심각한 어조로 그녀를 보며 말했다.

“하기야 결혼을 누구보다도 모범적으로 실행하는 아버지 입장에서는 그렇겠지. 어머니 죽은 지 한 달도 안 돼서 결혼한 아버지에게는 이렇게 혼자 사는 내가 이상하겠지.”

그의 말에는 자조적인 느낌이 들어 있었다.

“그래도 언젠가는 결혼해야죠.”

“내일 당장 선보라고 약속까지 내 허락 없이 정해놨어. 제기랄!”

그는 솟는 화를 칵테일을 단숨에 들이킴으로써 삭이려 했다. 그러나 갈증만 유발했는지 그는 종업원에게 칵테일을 한 잔 더

시켰다.

"일단 가보세요. 그렇다고 부모님을 실망시킬 수 없잖아요?"

"부모? 누가 부모인데? 자식은 안중에도 없던 사람들이야. 갑자기 부모 행세 한다는 게 우습다는 생각 안 드니?"

그는 어린 시절을 상상하고는 몸서리를 쳤다.

"넌 몰라, 내가 어떤 어린 시절을 보냈는지. 넌 절대 알 수 없어."

그는 중얼거리듯 말했다.

"선보러 갈 거예요?"

"생각도 안 해봤어. 내가 말하는 건 그런 짓거리를 하는 아버지의 행동이야. 그게 화난다는 거야."

그녀는 말하고 있는 정혁을 바라보다 그의 소매에 까만 얼룩을 발견했다. 은혜는 그게 자꾸 눈에 거슬려 그의 팔을 잡고는 자신의 눈 가까이 들여다보았다. 핏자국이 오래되어 까맣게 변해 있었다.

"이거 핏자국이잖아요? 손 베었거나 코피 흘렸어요?"

그녀의 물음에 그의 얼굴에 당황한 기색이 보이더니 얼버무리듯 말했다.

"코피 흘렸었나 보네. 이런 덜렁거리는 모습을 보이다니. 나 원래 뭐 묻히고 다니는 사람 제일 칠칠맞게 생각하거든."

말은 그렇게 했지만 그의 행동은 뭔가 석연치 않은 점이 있었다. 그 이유를 그녀는 알 수 없었다.

"참, 만나자고 한 이유가 뭐예요?"

"이유가 있어야 만나나? 그냥 보고 싶으면 만나는 거지."

"나 시간없어요. 시어머니가 의심하니까 가봐야겠어요."

그는 일어나려는 그녀의 팔을 다시 잡아당기며 자리에 앉혔다.

"서두르지 마. 왜 눈치를 봐? 시어머니라는 존재 이미 당신에게 어떤 효력도 발휘할 수 없잖아. 당신이 새 출발한다고 해도 아무도 나무랄 사람 없어."

"전 안 그래요. 일 년이 넘긴 했지만 다른 사람을 생각한다면 현실적으로는 괜찮다고 해도 마음적으로는 죄책감이 들어요."

정혁은 안심시키듯 그녀의 어깨를 두드리며 말했다.

"그건 당신이 너무 착해서 그래. 요즘 그 정도까지 의리 지키는 사람 없어. 누구든 당신 정도의 기간이 되면 다 이해한다고."

"천만에요. 말로는 다 그래요. 하지만 현실은 그 얘기가 자신의 얘기가 아닐 때 사람들은 놀랄 정도로 냉혹해요. 본인이 아니면 절대 너그러워지지 않는 게 인간의 속성이죠. 어떻게 그럴 수 있느냐, 나 같으면 혼자 살겠다. 그러다 자신이 그 일을 당하면 어이없을 정도로 너그러워져요. 물론 전 사람들 눈치 따위는 보지 않아요. 이미 안 본 지 오래됐죠. 중요한 건 최소한 미워도 남편의 어머니고 그 존재를 무시할 수 없다는 거예요."

"그런 사고방식 너무 보수적이야."

"당신은 이해 못해요. 그만 하죠."

그녀는 말을 잘라 버렸다. 정혁은 그녀가 그 이야기를 꺼내고 싶어 하지 않는 것을 알고 입을 다물었다. 하지만 오래 참지 못하고 다시 입을 열었다.

"내가 우리 부모님을 실망시키지 않고 나도 즐겁게 결혼하는 방법이 하나 있어."

"마음을 바꿨군요."

그녀는 정혁이 마음을 돌린 걸 기뻐하며 말했다.

"바꿨다기보다 한 사람만 호응해 주면 되지."

"한 사람?"

"바로 당신. 당신만 허락해 주면 나는 당신과 결혼할 거고 우리 부모님 실망도 안 시키는 게 돼."

은혜는 씁쓸하게 웃으며 고개를 저었다.

"이미 얘기했어요, 난 당신을 친구 이상으로 생각할 수 없다고."

정혁은 그것에 어떤 대답도 하지 않고 자리에서 일어났다.

"이제 그만 가지, 당신 시어머니 의심하기 전에."

가려던 그녀를 앉힌 것은 그였다. 하지만 이제는 그가 먼저 서두르고 있었다.

그들은 카페를 나왔다. 집 쪽을 향해 가던 은혜는 앞서 가는 그의 목덜미에 상처가 난 것을 발견했다.

"정혁 씨, 이거 어디서 그랬어요?"

그는 손으로 자신의 목덜미를 만지며 확인했다. 그리고 어색한 표정으로 말했다.

"간지러워서 긁다가 그랬어."

그녀는 이상하다고 생각했다. 간지러워서 긁은 손톱자국이라고 하기엔 그 파임이 상당히 깊었다. 그건 힘이 많이 가해진 상처였고 그의 피부는 딱지가 앉았긴 했지만 흉이 심해질 듯했다. 그녀가 모르는 사이 그에게 무슨 일이 있었던 것일까.

어느새 자신들의 아파트가 가까워졌다.

"여기서 따로 가지. 내가 먼저 갈게."

그는 서둘러 뛰어갔다. 그가 아파트 입구에 들어가는 것을 보고 그녀는 천천히 걸음을 옮겼다. 경비는 무의식적으로 웃어 보였지만 그녀는 얼굴이 붉어졌다. 도둑놈이 제 발 저린 법이다. 그녀는 경비가 혹 아는 건 아닐까 불안했다.

문을 열고 들어가니 시어머니가 경비견처럼 지켜 서 있었다.

"시간이 꽤 많이 걸리는구나."

은혜는 아무 말도 하지 않았다.

"하긴 입이 있어도 할 말이 없겠지. 네년의 정체를 꼭 밝혀내서 지긋지긋한 이곳에서 떠나 버릴 거야. 이곳은 사람 살 곳이 못 돼."

그건 누구보다도 은혜가 바라는 바였다. 시어머니는 더 이상 말하기를 관두고 쌩하니 손님방으로 들어가 버렸다. 오늘은 이 정도 선에서 끝난 게 다행이란 생각이 들었다. 그녀는 허공을 보며 혼자 중얼거렸다.

"당신, 요즘은 왜 이리 조용해? 너무 조용해도 이상해. 마치 무슨 큰일을 일으킬 것처럼 잠잠한 것 같아서 무서워. 당신, 나 미워하는 거 아니지? 그럼 나한테 나타나 주라. 좋은 모습으로 꿈속에서라도 나타나서 다정하게 웃어주고 손도 잡아주라. 여보, 나 정말 힘들다……."

용해와 약속한 장소로 나온 은혜는 실내가 주는 편안함에 저절로 미소가 나왔다. 예약을 해놨으니 자신의 이름을 얘기하면 종업원이 알아서 안내할 거라는 설명을 전화로 듣고 끊은 뒤 그녀는 서둘러 준비해서 약속 장소로 향했다. 용해는 아직 와 있지 않고 말한 대로 카운터에서 그의 이름을 얘기하자 종업원은 상냥하게 웃으며 그녀를 창가 쪽으로 안내했다.

동화 속에서나 나올 것 같은 나무에 하얀 페인트칠이 되어 있는 창문이었다. 빨간 체크무늬로 커튼이 달려 있었으며 창가에는 자그만 화분 두세 개가 놓여 있었다. 그녀는 자신의 앞에 놓여 있는 탁자에도 깔려 있는 오렌지색의 테이블보를 보며 편안함에 젖어 있었다.

그의 분위기만큼이나 편안하게 해주는 인테리어였다. 그는 약속 시간을 정해놓지는 않았었다. 지금 업무 중이라 바빠서 시간을 약속할 수는 없겠지만 늦지는 않을 거라고 천천히 준비해서 나와 있으라고 말했었다. 처음 전화는 시어머니가 먼저 받았다. 아주 간드러지게 애정을 담아 말하던 시어머니의 말투가 은

혜를 향하자 판이하게 달라졌다. 말에서 고드름이 얼 만큼 꽁꽁
얼어 있었다.

"용해다. 전화 받아라!"

주방에서 눈치를 살피며 딴 일을 하는 척 연기하고 있던 은혜
는 드디어 자신에게 차례가 온 것에 기뻤다. 이상하게도 시어머
니는 다른 사람은 경계했지만 그에게만은 경계를 풀었다. 그는
절대 어떤 일을 저지를 사람으로 보지 않을 만큼 믿고 있는 듯
했다.

"은혜예요."

[괴롭죠?]

시어머니가 함께 있음으로 그 고충을 알겠다는 함축적인 의
미가 그 세 음절에 다 들어 있었다. 은혜는 갑자기 눈시울이 붉
어졌다. 남에게는 눈물을 잘 보이지 않았지만 정작 자신이 믿고
의지하는 사람에게는 너무도 쉽게 눈물을 보이는 그녀였다. 남
편 이후 처음으로 그녀를 울린 남자였다.

[내가 구해줄까요?]

그의 말은 장난기까지 담고 있었다. 요즘 들어 보여주는 그의
새로운 모습이 그녀는 마음에 들었다. 그건 단순한 언덕을 지나
친근한 느낌을 주고 있었다.

"네."

그녀는 시어머니의 눈치를 살피며 대답했다. 시어머니는 무
언가 그녀에게서 어떤 건덕지를 알아내려고 귀를 쫑긋 세웠지

만 거기에 보답하고 싶은 생각은 없었다.

　[그럼 나와요. 지금 예약해 놓을 테니까 천천히 준비해서 나오면 돼요. 나도 업무 중이라 쉽게 시간이 나지 않겠지만 끝나는 대로 갈게요. 아무래도 늦을지 모르니 천천히 준비해야 해요, 알았죠?]

　"네."

　그는 약속 장소와 위치를 간략하게 설명해 주었다. 그녀는 연신 고개를 끄덕여 가며 때로는 네, 네, 라는 말을 반복하며 설명을 이해했다. 전화를 끊자 만족의 한숨이 흘러나왔다.

　"저 잠깐 나가야 하겠어요. 용해 씨가 얘기 좀 하자네요."

　"무슨 얘기?"

　"그이 얘기겠죠. 만나면 매일 그이 얘기로 시간 다 보내거든요."

　은혜는 시어머니의 의심을 가라앉히기 위해 본의 아니게 거짓말을 했지만 가책 같은 건 느껴지지 않았다.

　"난 안 부르던?"

　"저만 만나자고 했는데요."

　시어머니의 얼굴에 실망하는 기색이 보였다. 그것도 잠시, 시어머니는 그녀를 쏘아보며 말했다.

　"그 애는 함부로 홀릴 생각 말아! 하긴 그 애 같은 점잖은 애가 너 같은 천박하고 싸구려를 좋아할 리 없지만."

　시어머니가 그를 만난다는데도 의심하지 않는 이유는 그에 대한 믿음 때문이었다. 적어도 여자를 사귀면 출신 배경이 좋은 여자를 사귈 거라는 근거없는 믿음 때문에. 물론 그녀도 자신 같은 미망인에 내세울 것 없는 여자를 용해가 좋아하리라고는 생각지 않았다. 하지만 자신을 이해해 주고 돌봐주는 그의 우정을 거절하고 싶은 생각은 없었다. 그가 그녀를 마음에 두고 있지 않다 하더라도 은혜는 잠깐 동안만이라도 그를 보고 싶었다. 그녀의 욕심이지만 자신 쪽에서 그를 어떻게 해볼 생각이 아니라면 상관없다고 생각했다.

은혜는 그의 말과는 달리 서둘렀고 그가 생각하는 예상 시간보다 훨씬 빨리 약속 장소에 도착했다. 그를 기다리는 동안 은혜는 행복했다. 남편 이후에 처음 가져보는 설렘이었다. 그런 자신의 감정이 유치하게 느껴져 피식 웃었다. 마흔이 된 여자가 이 무슨 추태람.

그녀는 창가로 시선을 두었다. 바둑무늬의 창으로 보이는 바깥은 한가했다. 햇살은 그녀의 탁자로 비쳐지고 있었고 그 따스함이 그녀는 좋았다. 지금은 점심이 조금 지난 오후였고 그가 그녀를 위해서 시간을 냈다면 많은 희생을 감수하고 나타나는 것이었다. 회사의 일이 개인이 함부로 시간을 낼 정도로 녹록하지 않다는 것을 세상을 어느 정도 산 그녀는 알고 있었다. 그가 비록 간부급 직원이라 해도 마찬가지였다.

오지 않은 그를 기다리며 그녀는 자신의 앞에 놓인 물잔을 들어 물을 마셨다. 이런 분위기 속에서 그의 담배 냄새를 맡고 싶다고 생각했다. 이미 그의 이미지가 되어버린 담배 냄새는 그녀에게는 그리운 냄새였다. 새삼 바뀐 자신의 취향에 은혜는 사람이란 참 간사하다고 생각했다. 남편과 살 때는 그런 냄새를 맡을 기회가 없는 탓에 한 번씩 찾아오는 남편의 손님들이 담배를 피우고 간 날에는 몇 시간 동안 베란다를 열어놓고 담배 냄새가 빠질 때까지 기다렸다. 남편은 그런 은혜를 보며 별나다고 말했었다. 물론 용해는 그런 그녀의 생각을 잘 알고 있는 탓인지 집으로 방문했을 때는 담배를 피우지 않았다.

그녀가 보는 앞에서 그는 한 번도 피우지 않았고 그래서 은혜는 용해도 담배를 피우지 않는 사람이라고 생각했다. 하지만 그는 참고 있었던 것이다. 그만한 골초도 없을 텐데 용케도 그녀를 위해서 참고 있었던 것이다. 그의 배려가 새삼 느껴져 그녀는 다시 고맙게 느껴졌다. 그리고 지금은 그 담배 냄새가 좋아졌다.

"많이 늦었죠?"

그는 아주 미안한 표정을 지으며 그녀 앞에 앉았다. 바람은 그의 몸에도, 그의 머리에도 흔적을 남겼다. 시원한 바람 냄새와 함께 바람의 장난으로 머리는 옆으로 젖혀져 있었다. 그 자연스러움이 그녀를 가슴 설레게 했다. 늘 앞으로 내려와 있던 머리는 젖혀진 머리로 인해 훨씬 인간다워 보였고 매력적으로 보였다.

"뭘로 드실래요? 여긴 퓨전 스타일의 식당이라 모든 음식이

다 돼요. 그렇다고 대충하는 곳은 아니에요. 의외로 맛있거든
요?”

　손을 비비며 약간은 숨을 들이쉬는 것을 보고 은혜는 그가 급
하게 온 것을 알았다. 그의 손은 추위를 없애기 위해 그러고도
조금 더 그 동작을 계속했다.

　“전 한식이 좋아요. 먹으면서도 편하고 먹고 나서도 속이 편
해요.”

　“그러죠. 여기 한상으로 이 인분 주세요.”

　종업원이 주문을 적어가고 나자 그는 강한 시선으로 그녀를
뚫어지게 보았다. 그 눈빛이 주는 여운에 그녀는 볼을 붉혔다.

　“언제까지 계신대요?”

　시어머니의 기거를 묻는 말이었다. 그는 단지 보았을 뿐인데
그 눈빛이 강해서 그녀는 마주 쳐다볼 수가 없었다. 보기만 해
도 강렬한 눈빛을 예전엔 왜 깨닫지 못했을까. 그때는 옆에 창
화가 있었고 그녀의 시선은 항상 남편에게만 머물러 있었다. 이
제는 알게 되었지만 그를 자신의 것으로 만들기엔 너무도 과분
한 사람이었다.

　“모르겠어요. 이번엔 오래 계실 것 같아요.”

　그의 얼굴이 어두워졌다.

　“힘든 시간들이 되겠군요. 그렇지만 지금은 즐거운 생각만 해
요. 어떻게든 내가 방법을 생각해 볼게요. 하다못해 어머니를
내가 데리고 나가면 은혜 씨 숨통이 트일 테니까 두 분을 교대

로 만나야겠군요."

"그러지 마세요. 용해 씨에게 짐을 지우고 싶지 않아요."

"전혀 그렇지 않아요. 어머니는 친구 어머니고 은혜 씨는 만나면 즐거운 사람이에요. 어느 쪽으로 만나도 나한테 손해될 건 없어요."

그녀는 용해가 자신을 친구 아내라서 만난다는 얘기를 하지 않은 것이 기뻤다.

"일은 다 끝난 거예요?"

"오늘 일은 이것으로 마무리예요. 내가 은혜 씨 만나려고 얼마나 일을 서둘렀는지 모르죠?"

"왜요?"

그가 웃었다.

"말했잖아요, 은혜 씨는 만나면 즐거운 사람이라고."

그녀가 하고 나온 목걸이를 보고 그의 눈에 즐거운 빛이 번졌다. 진주 목걸이가 그녀의 목을 감싸고 있었다. 그는 바쁜 일을 힘들게 하고 나온 보상을 받은 셈이다. 그가 음식을 기다리는 동안 물을 연거푸 들이키자 그녀는 웃으며 말했다. 그의 갈증은 다른 것에 대한 갈증에서 나온 것이다.

"피우세요."

그가 의아한 듯 그녀를 보았다.

"지금 무지 피우고 싶을 텐데 피우시라고요."

그의 한쪽 눈썹이 올라가며 놀라운 표정을 지었다.

“어떻게 알았어요?”

“많이 피우시잖아요. 많이 참았을 테니 피우세요.”

“냄새 싫을 텐데. 그냥 참았다 나가서 피워도 돼요.”

“괜찮아요. 요즘은 담배 냄새도 괜찮구나 생각했으니까.”

“정말입니까?”

“네.”

그는 빙긋 웃으며 담배를 꺼내서 입에 물었다. 그의 주머니에서 금빛 라이터가 나왔다. 그녀의 눈이 라이터에 가자 그가 알아차리고 말했다.

“이거 이번에 여직원이 선물하더군요. 얼마 전 제 생일이었거든요.”

“그러셨군요. 몰랐어요.”

그녀는 그의 생일이 지난 것이 아쉬웠다.

“은혜 씨 생일은 내달이죠?”

“어떻게 아세요?”

“늘 알았죠. 다만 옆에 창화가 있었으니까.”

그의 눈은 과거를 거슬러 올라갔다.

“은혜 씨를 처음 만났을 때가 생각나요. 그때랑 많이 달라지지 않았다는 생각이 들어요.”

“많이 늙었죠.”

그녀가 씁쓸하게 말했다. 세월은 그녀에게 자신감을 뺏어갔다. 이제 자신은 마흔의 중년 여자일 뿐이었다.

“그렇지 않아요. 늘 변하지 않는 모습이에요. 그리고 이번 생일은 제가 챙겨줄게요. 창화가 못 챙겨주니까 제가 대신 해야죠.”

“그런 게 어딨어요? 저도 못 챙겨줬는데.”

“난 챙겨주는 사람 많잖아요. 하지만 은혜 씨는 아무도 없어요.”

용해는 가만히 응시하며 말했고 슬퍼하는 그녀의 눈빛에 그의 손이 위로하듯 은혜의 손을 감싸 쥐었다. 그녀는 그 손길에 따스함과 두근거림을 동시에 느꼈다. 그는 담배에 불을 붙였다. 찰칵거리는 라이터 소리가 경쾌하게 들렸다.

“도넛 만들어 드려요?”

그의 말뜻을 이해하지 못한 그녀가 되물었다.

“네?”

그가 담배 연기로 동그란 모양을 만들어 입 밖으로 내보냈다. 그녀는 생전 처음 보는 신기한 구경에 멍하니 보았다.

“창화가 이거 처음 보고 뭐랬는지 알아요? 혀를 끌끌 차면서 유치하다고 그랬죠. 나는 참 그 친구와 다른 성향을 갖고 있다고 생각했어요. 그 친구와 비슷하게 조용하긴 했지만 한 번씩 나도 모르게 장난스런 충동이 느껴져요. 그런 충동이 일 때면 돌발적인 행동을 하기도 했죠. 하지만 지금은 나이가 있다 보니 그런 부분들이 많이 죽었어요.”

그들의 미소가 오가는 동안에 음식이 나왔다. 정갈한 느낌의

사기그릇들에 오밀조밀한 반찬들이 담겨져 상 가득히 놓여졌다.

"드세요."

그가 먼저 그녀에 권했고 그들은 음식을 입에 넣기 시작했다.

"참! 이거."

그의 손에 조그만 상자가 놓여져 있었다.

"이건 뭐예요?"

"열어봐요."

그녀가 선뜻 받지 못하고 주저하자 그의 눈에서 장난기가 빛났다.

"안 받으면 알죠? 이번에는 진짜로 던져 버릴 거예요."

그녀는 얼떨결에 상자를 열어보았다. 상자 안에는 진주 목걸이와 같은 디자인의 귀고리가 들어 있었다.

"이건……."

그가 웃었다.

"맞아요. 그거 목걸이하고 세트예요. 물론 그날 같이 줬다면 아마도 부담스러워서 안 받았겠죠? 내가 그런 연기를 한 다음에라도 말이죠."

그의 말은 사실이었다. 그는 사람의 심리를 잘 파악하고 있었다.

"아무 말 말고 받아요. 이미 한 번 받았잖아요."

그녀는 망설이다 상자를 핸드백 속으로 넣으려 했다. 그가 그러는 그녀의 행동을 말렸다.

"지금 끼세요, 내가 볼 수 있게. 그게 선물한 사람에 대한 예의예요."

그녀는 밥을 먹던 중이었지만 고개를 옆으로 살짝 돌려 귀고리를 달았다.

"역시 제 짝이 만나니 더 낫군요."

그는 만족한 표정으로 보다 다시 식사를 했다. 음식을 먹는 동안 그들은 말을 하지 않았다. 따스한 햇살, 맛있는 반찬, 그리고 눈앞의 남자. 그녀는 이 세 가지로 인해 행복했다. 그중에 가장 중요한 것은 물론 세 번째였다.

용해는 상쾌한 모습으로 그녀를 보았다. 무의미하고 우울하던 생활은 이제 그로 인해 즐거웠고 살아가는 의미를 부여해 주었다. 은혜는 자신이 아직까지 남자들에게 매력적일 수 있을까 하는 의문이 생겼다. 정혁을 통해 어느 정도 회복된 자신감이 용해에게도 과연 통용될까 싶었다. 그에게는 그저 친구 아내일지도 모른다는 생각이 다시 그녀를 우울하게 만들었지만 상관하지 않기로 했다. 어쨌든 그는 자신의 사람이 아니었고 그럴 거라면 그냥 자신만 좋아해도 충분하다고 생각했다. 지금은 그가 의무감으로 그녀를 만나지만 그가 원하는 인연을 만나면 자신에게서 눈을 돌리리라 생각했다. 지금부터 그에게 거리감을 둬야 해. 그를 많이 바라지도 말아야 하고 그가 자신에게서 떠나갈 때 많이 아프지 않도록 원하지도 말아야 해.

그녀는 미리 떠날 준비를 하고 있었다.

"홍차 어때요?"

그의 제안에 그녀는 고개를 끄덕였다. 용해는 손으로 딱 소리를 내며 웨이터를 불렀고 홍차를 두 잔 시켰다. 홍차 특유의 냄새를 풍기며 차는 금세 그들 앞에 나왔다.

"우리 처음 대면할 때 생각나요?"

그녀의 입에서 웃음소리가 새어나왔다.

"네. 제가 무지 무서워했죠."

"왜 저를 무서워하셨죠?"

"전 이상하게 키 큰 남자만 보면 무서웠어요. 그때는 왜 그랬는지 모르겠어요."

남편은 그보다 키가 작았다. 칠십을 조금 넘는 키였다. 팔십을 넘는 그의 키는 그녀에게 부담스러울 뿐만 아니라 이상하게도 무섭다고 생각했다. 이유를 알 수 없었지만 키 큰 남자를 잘 보지 못한 그녀로선 적응이 되지 않았다.

"몇 번을 만나는 동안도 계속 그랬다는 거 아시죠?"

용해가 그때의 일이 한이 맺혔던지 원망스러운 표정으로 보았다. 그녀의 입에서 아까보다 조금 더 큰 웃음소리가 흘렀다.

"미안해요. 그땐 어렸잖아요. 그리고 이미 지난 일이에요. 지금은 누구보다도 좋게 생각해요."

"알아요."

그도 웃었다. 이 남자는 매번 이렇게 자신을 즐겁게 해줄까.

그녀는 그에게 기대고 싶다는 충동을 가까스로 참았다.

"다음엔 어머니겠죠?"

그녀의 물음에 그가 고개를 끄덕였다.

"자꾸 은혜 씨만 만나면 어머니가 질투하지 않겠어요?"

그의 장난스런 말에 다시 그녀가 미소 지었다.

"이제 일어나죠. 집까지 데려다 드릴게요."

"괜찮아요. 그냥 택시 타고 가면 돼요."

"제가 그러는 거 용납하지 않는 거 아시죠?"

그가 나무라듯이 그녀를 보았다. 계산하기 위해 먼저 나가는 그의 뒷모습을 보았다. 그녀가 계산하길 절대 용납하지 않는 남자임에도 부담이 되지 않는 남자. 그는 넓은 등을 보이며 가고 있었다. 그녀가 기대고 싶을 만큼 믿음직한 등을 보이며.

열

강 여사는 남자가 차 키를 돌리며 나가는 것을 확인하곤
문을 열고 복도로 나갔다. 왠지 수상한 남자였다. 외모도 잘생
겼고 모든 것에서 완벽할 정도로 깔끔한 마스크를 지녔지만 어
딘가 모르게 구린 냄새가 났다. 그런 바닥에서 생활한 자신이기
에 누구보다도 그런 특성을 가지고 있는 사람을 잘 알았다. 그
에게선 그 특성의 냄새가 났다. 남자가 차 키를 들고 나가는 것
을 보고 그녀는 멀리 나간다는 것을 알아차렸다. 그래서 그가
나가자마자 열쇠가게에 전화를 했다. 열쇠가게 주인은 오토바
이를 타고 금세 달려왔다. 그녀는 남자의 집을 가리키며 말했
다.

"열쇠를 잃어버려서 그러는데 문 좀 열어주세요."

가게 주인은 손잡이를 훑어보고 재보더니 일단 문만 열어주고는 삼십 분 안에 열쇠를 만들어 갖고 오겠다고 약속한 뒤 가버렸다. 그녀는 열려진 문으로 들어갔다. 구조는 며느리 집과 비슷했다. 자신의 남자를 찾는 단서가 있을 것 같았다. 그녀가 잔머리를 굴려 열심히 생각한 방법이 이거였다. 남자에게 물어볼 수도 없었고 막막한 상황에서 그녀가 생각한 것은 그의 집을 몰래 수색하는 것이었다.

거실을 쭉 훑어본 그녀는 다른 방을 열었다. 그 안에는 피아노와 다른 악기들이 가득 차 있었다. 틈 사이를 샅샅이 봤지만 아무것도 보이지 않았다. 다른 쪽 방을 여니 침대가 있는 것으로 봐 그곳이 침실인 걸 알았다. 며느리 방처럼 남자도 같은 위치의 방을 침실로 사용하고 있었다. 옷과 이불을 넣어놓는 농이 보여 열어보았다. 어수선한 집 안과는 달리 옷들은 옷걸이에 단정하게 걸려 있었다. 농 구석구석을 보았지만 별다른 건 발견되지 않았다.

농에서 몸을 돌려 무심코 침대 밑으로 시선을 향한 강 여사는 침대 바닥에 약간 삐져 나와 있는 어떤 물체를 포착했다. 그녀는 몸을 굽혀 그것을 주웠다. 시계였다, 그녀의 눈에 익은 시계. 그건 섹스를 하는 순간에도 끼고 있던 자신의 남자의 시계였다. 그는 별난 습관을 갖고 있었는데 씻을 때를 제외하곤 절대 시계를 빼려 하지 않았다. 그래서 그 시계는 그녀의 눈에 익었다.

시계가 왜 여기서 발견되는 거지? 강 여사는 자신의 판단이 옳았음을 알았다. 구리다고 생각했던 남자의 정체가 밝혀진 것이다. 그는 분명 자신의 남자를 어디다 가두고 있을지 몰랐다. 순순히 보내줬다면 연락이 없을 리가 없었다. 일단은 여기서 철수하는 게 나을 듯했다. 어떤 사람인지도 모르는데 대놓고 덤빌 수는 없는 일이었다.

그녀는 서둘러 그곳을 나왔고 얼마 있지 않아 가게 주인은 열쇠를 만들어서 그녀에게 왔다. 그녀는 자신이 그 집 주인인 양 남자의 집 앞에서 기다리고 있다 열쇠가게 주인에게 열쇠를 받았다. 가게 주인은 자신이 만든 열쇠의 값을 받아서 오토바이를 타고 떠났다. 강 여사는 열쇠로 남자 집 문을 잠근 채 며느리 집 문을 열고 들어갔다. 멀리서 오는 걸음 소리가 들렸다. 그녀는 호기심에 고개만 밖으로 뺀 채 보았다.

남자였다. 멀리 간 줄 알았던 남자는 나갈 때와 같은 자세로 차 키를 빙빙 돌리며 오고 있었다. 조금만 늦었어도 큰일 날 뻔한 일이었다. 등으로 식은땀이 흘렀다. 그녀는 머리를 집어넣고 문을 닫았다. 남자의 휘파람 소리가 들려왔다. 그리고 문을 여는 소리도 들렸다. 문이 닫히고 복도가 정적에 휩싸이자 강 여사는 숨을 내쉬었다. 남자의 정체가 무엇인지 모르는 입장에서 어떻게 나올지 모르는 상황이었다. 일단은 관망할 필요가 있었다. 그녀는 문을 얼른 잠그고 주방으로 가서 컵에 물을 따라서 벌컥거리며 마셨다.

　며느리의 단순한 부정행위를 잡으려던 사건은 엉뚱한 방향으로 흐르고 있었다. 자신의 남자는 행방이 묘연했으며 이상하게도 며느리와 부정행위를 저질렀다고 생각한 사람은 위험한 냄새를 풍기고 있었다. 강 여사는 이 일이 단순한 문제가 아니라고 생각했다. 일단은 남자의 뒤를 캐는 게 중요했다. 어떻게 캐야 할지 모르겠지만 그 생각에는 변함이 없었다.

　용해를 만나러 갔던 며느리가 들어왔다. 평소 때라면 가시 같은 눈빛으로 며느리를 찌를 듯이 쳐다보며 추궁을 했겠지만 강 여사의 정신은 오로지 그 문제의 남자에게 가 있었다. 그래서 며느리가 다녀왔다는 말을 하며 현관을 들어섰을 때도 아무 꼬투리도 잡지 않았고 그녀가 침실로 들어갈 때까지도 어떤 말도 하지 않았다. 강 여사의 정신은 며느리에게 갈 여유를 주지 않았다. 그녀의 모든 정신은 젊은 남자에게 가 있었다. 그리고 방법이란 게 여전히 머리 속을 표류한 채 떠오르지 않았다.

　강 여사는 연신 웃음을 흘리고 있었다. 며칠 동안 경비에게 담뱃값도 쥐어주고 먹을 것도 갖다 주며 공을 들인 까닭에 이젠 안면이 튼 상태였다. 그녀는 말할 사람도 없고 심심해서라고 말했지만 의도는 딴 데 있었다.

　"늘 고생이 많으시네요. 나이 들면 힘든 일투성이인데 사람들 생각이 그런 건 아랑곳하지 않죠?"

　"맞습니다. 우리도 적은 월급 받고 하기 정말 힘든데 사람들

은 아무것도 몰라요. 그냥 월급 받으니까 당연히 하는 거 아니
냐고 생각해요."

경비는 조금 전 식사를 했는지 입을 쩝쩝거리며 이쑤시개를
입에 물고 있었다. 그녀는 얼른 가져온 보온병을 열어 뚜껑에
내용물을 부어 경비에게 주었다. 뚜껑에서 따스한 김이 새어나
왔다.

"입가심으로 커피만한 게 없죠?"

며느리가 원두를 먹고 있었지만 강 여사 입에는 맞지 않았다.
그녀는 우선 커피는 맛이 있어야 된다고 생각했다. 그래서 그녀
가 사놓은 일회용 커피 한 통이 싱크대 한쪽을 차지하고 있었
다. 그녀의 입맛이 경비에게도 맞는지 맛있게 먹고는 아쉬운 듯
강 여사를 보았다.

"한 잔 더 드실래요?"

"좋죠."

경비는 그녀 앞으로 넙죽 뚜껑을 들이댔다. 쪼르륵 소리를 내
며 커피가 따라졌다. 그녀는 지나가는 말처럼 물었다.

"저기 506호 남자 있죠."

"506호 남자요?"

경비는 가늠하듯 고개를 들고 눈을 끔벅끔벅하며 생각하더니
금세 얼굴에 웃음이 퍼졌다.

"아, 작곡가 선생?"

"그 사람이 작곡해요?"

"그럼요. 히트곡도 몇 개 낸 걸로 아는데."

"어떤 사람이에요?"

그녀가 애교스럽게 눈웃음을 지며 물었다. 그녀의 주름이 나이를 말해 주고 있었다.

"자세히는 모르고 전에 이 근처 살다 이곳으로 이사 왔다더군요. 나이는 삼십대 초반이고 아직 총각으로 아는데……."

총각이라는 말에 강 여사의 눈이 가늘어졌다. 재주도 좋아. 과부 주제에 총각을 사귀다니. 하여튼 그게 요물이라니까. 그녀는 며느리가 시샘났다.

"그 집 며느리랑 친하게 지내던데 둘이 사귑니까?"

경비의 눈치없는 말에 강 여사는 화를 내는 대신 당치도 않다는 듯이 은근슬쩍 넘겨 버렸다. 며느리로 인해 자신이 욕을 먹고 싶은 생각은 없었다.

"그럴 리가 있나요? 그냥 동생같이 잘 아는 사이인가 보던데. 참, 여기 못 보던 사람 혹 들락거리는 거 못 봤어요?"

"그야 그런 사람들 많죠. 잡상인부터 시작해서 하루 종일 많은 사람들이 오가죠. 하긴 얼마 전까지 나이가 내 연배 되는 남자 하나가 왔다 갔다 하는 걸 보긴 했지만……."

그녀가 금세 흥미를 드러내며 말했다.

"어떻게 생긴 사람인데요?"

그녀가 호응을 하자 경비는 신이 나서 비교적 자세히 떠올리려고 눈을 하늘로 치뜨고 곰곰이 생각을 하는 듯했다. 그리고 입을 열었다.

"오십대 중반은 넘은 것 같고 머리가 좀 벗겨졌더만. 키도 땅딸막하고. 하긴 우리 나이에는 그다지 작은 키라고 할 수 없지만서도 어쨌든 그 남자 506호 남자가 왔다 갔다 할 때마다 근처에 어른거려서 내가 가서 물어봤수, 왜 저 남자 옆에서 어른거리냐고. 남자 말은 그럽디다. 저 사람이 수상한 짓을 해서 누가 의뢰했다고, 나보고 그냥 상관하지 말라고 합디다. 괜히 끼어들어서 곤욕 치르지 말라고. 그래서 아무 소리 안 했수."

경비는 그 명목으로 돈을 조금 받았다는 소리는 하지 않았다. 경비로서도 그건 찔리는 부분이었고 나름대로 자존심도 있었기 때문이다. 그의 말을 들은 강 여사는 경비가 본 게 분명 그 인간이라는 생각이 들었다.

"그 다음은 안 보이던가요?"

"그렇게 한동안 얼른거리더니 안 보입디다. 근데 그 506호 수상한 사람이긴 한 건 같더만."

"왜요?"

"내가 깜빡 졸았거든."

강 여사는 경비가 무슨 얘긴가를 꺼내자 긴장해서 침을 꼴깍 삼켰다. 경비의 낮게 속삭이는 말이 긴장감을 더 고조시켰다.

"근데 작곡가 선생이 커다란 까만 봉지를 질질 끌면서 아파트를 나가더란 말이지. 그때 깜빡 졸고 있었는데 부스럭거리면서 뭔가 끌리는 소리에 일어나 보니 작곡가 선생이 저만치 까만 봉지를 끌면서 입구를 나가고 있더란 말이야. 그게 뭔지는 모르겠지만 커다랗긴 하더군."

강 여사는 섬뜩한 느낌에 물었다.

"얼마나 크던가요?"

"쓰레기봉투 30㎖ 용량은 됩디다. 혹 키우던 짐승을 버리기 그러니까 몰래 싸서 버리려던 건 아닐까? 그날 분위기 무지 음침하더만."

강 여사는 잠깐 그를 의심한 걸 후회했다. 살인을 하기에 그 봉투의 크기는 턱도 없이 작았다. 그럼 그녀가 짐작한 사람은 아니라는 얘기였다. 분명 감금한 게야. 강 여사는 그렇게 짐작했다. 경비가 말하는 까만 봉투는 아마도 별게 아닐지도 몰랐다.

"하긴 얼마 전에 고양이를 키우는 것 같았는데 그걸 버렸나. 근데 크기가 크긴 하지. 아마도 이것저것 다 모아서 묶은 모양이네. 그러고 나서 고양이도 안 보였거든."

강 여사는 경비의 얘기가 시들해졌다. 특별한 뭔가를 발견할 줄 알았던 그녀는 괜히 헛된 노력만 한 셈이었다. 그래도 뭔가가 찜찜하다. 그녀의 육감은 그렇게 얘기하고 있었다. 506호 남자의 어딘가에는 비밀이 숨겨져 있었다. 분명 자신의 남자는 그 사람에게 어떤 일을 당했음이 분명했다. 일단은 더 지켜봐야 했다. 이미 그녀 수중에는 그 집의 열쇠도 획득한 상태였다. 강 여사는 조급함은 화를 불러올 수 있음을 알고 있었다. 그녀가 살아오는 세월 동안 그 경험은 하나의 진리처럼 그녀의 머리 속에 작용하고 있었다. 급할 것은 없었다. 며느리가 하루아침에 돈을 써버릴 리도 없거니와 좀 늦는다고 해서 자신의 남자가 죽을 리도 없었다. 그 인간은 고생을 좀 더 해도 쌌다. 그녀가 시간을 늦추면 그의 고생은 더 심해지겠지만 그건 자신을 속인 죄로 충분히 받아야 할 죗값이었다.

그녀는 경비에게 자신의 볼일은 다 끝났다는 듯이 보온병을 챙겼다. 경비의 얼굴에는 남은 커피를 더 마시고 싶은 아쉬움이 남아 있었다. 그녀도 그 사실을 알아차렸지만 이미 쓸모없어진 인간에게 줄 커피 따위는 없었다. 그녀는 경비에게서 뚜껑을 매몰차게 빼앗아서는 엘리베이터로 향했다.

문자를 받고 나간 은혜는 놀이터 그네에 그가 앉아 있는 것을 발견했다. 그녀는 옆의 그네에 앉으며 말했다.

"무슨 안 좋은 일 있어요?"

그녀가 그렇게 묻는 데는 이유가 있었다. 그의 얼굴은 어두웠으며 불안해 보였다. 그는 대답 대신 한숨을 쉬며 담배를 꺼내 물었다. 그리고 일회용 라이터를 꺼내 불을 붙였다.

"또 선보래요?"

은혜는 넘겨짚으며 말했다. 정혁이 연기를 입으로 뿜어내며 그녀를 보았다. 그의 눈엔 불꽃을 느낄 뜨거움이 타오르고 있었다.

“결혼하자.”

뜬금없는 그의 말에 그녀의 눈이 동그래지며 커졌다.

“무슨 소리예요?”

“이제 더 못 참겠다. 내 감정을 숨기는 것도 못할 짓이야. 당신을 원해. 은혜야, 우리 결혼하자!”

“이젠 우리 정말 만나면 안 되겠네요. 이렇게 되리라 전혀 짐작 못한 바는 아니지만 현실에서 우정이란 힘든가 봐요.”

이젠 그녀에게서 한숨이 흘러나왔다. 왠지 슬퍼졌다. 그랬다. 처음부터 그를 남자로 느꼈고 그 감정이 사라졌다고는 하나 둘 사이에 존재하는 것은 애초부터 우정이 아닌 남녀의 감정이었다. 은혜는 일어섰다.

“그만 만나요. 우린 서로가 맞지 않은 사람들이었어요. 친구라는 거 정혁 씨 같은 사람에게는 어울리지 않는 단어죠. 당신에게 여자는 즐거움이거나 연애의 대상일 뿐이죠. 물론 나도 흘러가는 물속에 잠깐 머무는 곳일 뿐이에요. 그걸 누구보다 내가 잘 알면서 친구가 될 수 있다고 어리석게도 믿었던 거예요. 이제는 남남이에요. 내가 정혁 씨를 볼 일도, 당신이 나를 볼 일도 없어요. 처음 규칙대로 내가 그만 만나길 청했으니 당신도 받아드리리라 생각해요.”

은혜는 걸음을 옮기려고 발을 디뎠으나 그보다 먼저 그의 팔이 그녀를 붙잡았다.

“이대로 못 보내!”

그는 이를 악물며 자신의 무릎에 그녀를 끌어당겨 앉혔다. 힘에 이끌려 털썩 주저앉은 그녀의 얼굴로 뜨거운 입김이 훅 불어왔다. 그의 호흡은 그녀의 얼굴을 간질이다 입술로 내려왔다. 은혜는 입술을 피하기 위해 고개를 돌렸지만 정혁의 오른손이 그녀의 얼굴을 자신 쪽으로 향하도록 돌림으로써 의지와는 달리 눈은 그의 얼굴을 정면으로 보고 있었다.

그녀는 자신의 의사를 나타내기 위해서 입술을 꼭 다물었다. 그의 입가에 삐딱한 웃음이 떠오르며 벌어졌다. 정혁은 잡은 오른손에 힘을 가해 고통을 줌으로써 그녀의 입술을 벌렸다. 그녀에게서 낮은 비명 소리가 흘러나왔다.

"당신이 한 가지 오해하는 것이 있는데 말이야, 당신이 끝내자고 해서 끝날 사이가 아니란 말이지. 내가 끝낸다고 하기 전에 당신은 절대 끝낼 수 없으니까. 웬 줄 알아? 난 내가 끝낸다고 말하기 전에는 누구도 먼저 끝내서는 안 되거든. 그건 반칙이야. 난 남의 거절에 익숙지 않아. 누군가와 헤어진다면 내가 먼저 이별을 선언해야 해. 그리고 난 너와 헤어질 마음이 없어. 넌 나쁜 여자야. 마치 나에게 모든 것을 줄듯이 유혹해 놓고 이제 와서는 필요없으니 헤어지자고? 그건 안 될 말이지."

그의 눈이 번들거렸다. 매력적으로 빛나던 그의 눈은 무언가에 홀리듯 기분 나쁘게 번들거리고 있었다. 그녀는 정혁이라는 남자가 무서워졌다. 그녀가 전혀 모르는 다른 모습을 보이는 남자. 이 남자의 어떤 모습이 본인의 모습일까. 그녀는 알 수가 없었다.

"당신은 나와 결혼하는 거야. 내가 생각했던 것처럼 당신은 나와 결혼해야 해. 왜냐고? 내가 그렇게 하려고 생각했으니까. 다른 생각은 필요없어. 내 생각만 중요해. 당신은 나와 결혼해야 해."

그녀는 어떻게든 그의 품에서 벗어나려 했지만 그는 꽁꽁 옭아맨 밧줄처럼 견고하게 그녀를 안고 있었다. 그녀는 절망감과 함께 공포가 살아났다.

"이제 나하고 결혼할 거지?"

그는 대답을 요구하고 있었다. 지금 당장 대답을 하지 않으면 그녀의 목을 조를 사람처럼 눈은 광기에 사로잡혀 있었다. 그녀는 목구멍으로 침을 삼켰지만 공포감으로 인해 넘어가기도 전에 입 안에서 말라 버렸다.

"어서 말해. 나랑 결혼할 거지?"

그는 그녀를 향해 웃고 있었지만 그 웃음이 소름 끼치도록 섬뜩했다. 왜 이런 사람인 것을 미리 깨닫지 못했을까. 그녀는 세상을 너무 우습게 봤던 것이다. 그녀는 순진했고 사람을 너무 쉽게 믿었던 것이다. 그의 재촉에 그녀는 살기 위해 고개를 끄덕였다.

"그래, 그래야지. 그래야 착한 아이지. 내가 재밌는 얘기 하나 해줄까?"

그녀는 마지못해 고개를 끄덕였다. 지금은 정상적이지 못한 그의 비위를 거슬러서 좋을 게 없었다.

"난 매를 맞으며 컸어. 말을 하기보다 매를 맞는 것이 더 많았던 것이 내 어린 시절이야. 크면서 매에 길들여졌지. 오히려 매를 맞지 않은 날은 불안해서 잠을 자지 못할 정도였어. 근데 이상한 건 어렸을 때는 그렇게 고통스럽던 매가 어느 날부터는 매력적으로 다가오기 시작했다는 것이지. 그것도 내가 맞는 것보다 남을 때리는 것이 더 자극적인 희열을 준다는 사실을 알았어. 그래서 나는 그런 자극이 필요할 때면 나를 괴롭히는 사람을 택했어. 내가 싫어하는 놈이 나로 인해서 고통스러워하는 모습은 그 어떤 쾌감보다도 더 컸어. 나는 그것에서 일종의 오르가즘을 느꼈지."

그녀는 그의 말에서 혐오감으로 인한 구역질과 함께 공포감을 느꼈다. 구역질은 공포감을 넘어서지 못해 다시 목구멍 속으로 자취를 감추었다.

"피를 보면 난 더 미쳤지. 그건 곡을 썼던 희열과는 비교가 되지 않았어."

은혜는 그가 정말 미쳤다고 생각했다. 멀쩡해 보였던 그의 모습은 위장이었다. 그녀는 어떻게든 그에게서 빠져나갈 방법이 없을까 머리 속으로 수많은 궁리를 하고 있었다.

"이제 당신은 나와 결혼하는 거야, 알겠어? 더 이상 나에게 노우라는 말은 통하지 않아. 내일부터는 내 신부가 되기 위해서 준비하는 거야, 오케이?"

그녀는 다시 고개를 끄떡였다. 그저 마음속으로 그가 빨리 놔주기를 바랐다.

"좋아, 이제 가봐. 난 좀 더 머리를 식혀야겠어. 너무 많은 감정이 노출됐어."

그는 알 수 없는 말을 하며 계속해서 중얼거렸다. 그녀는 서둘러 집으로 향했다. 집 안에 시어머니가 있다는 것이 처음으로 반갑게 느껴졌다. 혼자 밤을 지내기에 그녀는 너무도 무서웠다. 죽어버렸으면 좋겠다고 생각하는 사람일망정 시어머니의 존재가 그녀에게 위안이 되었다. 은혜는 어떻게 왔는지도 몰랐지만 어느새 집 앞에 서 있었다. 그저 정혁이라는 존재로부터 떨어지고 싶을 뿐이었다. 그가 혹 자신을 따라온 것은 아닌지 몇 번이고 확인을 한 다음에야 벨을 눌렀다. 기다렸던 듯 벨이 두 번 울리기도 전에 열리는 문이 오늘따라 고마웠다. 그녀는 얼른 들어서며 거실 쪽으로 내달렸다. 그녀의 이마에는 추운 날씨에도 불구하고 땀이 맺혀 있었으며 그 땀은 앞머리 앞으로 흘러내렸다. 전화를 든 그녀는 번호를 누르고 신호가 떨어지길 기다렸다. 잠시 후 전화를 받는 소리가 들렸다. 그녀는 급박했다.

"저를 협박하는 사람이 있어요. 도와주세요."

전화를 받은 사람이 말했다.

[지금 어디 있나요?]

"밖에요. 좀 있으면 자신의 집으로 들어갈 거예요."

[지금은 사람이 없어요. 비상사태라 일부는 나가고 일부는 대

기상태예요. 내일 사람을 보내죠. 그때까지 문 잠그고 아무도 열어주지 마세요. 다시 한 번 당부할게요. 아무도 열어주지 말고 경찰이 갈 때까지 기다려요. 아셨죠?]

그녀가 다시 다급한 목소리로 물었다.

"내일 몇 시쯤 올 수 있나요?"

그녀는 마치 문이라도 부수고 그가 들어올 것처럼 연신 현관문 쪽으로 눈을 두며 물었다.

[아홉 시까지 보낼게요. 그때까지 아무도 열어주지 말아요. 그리고 혹 무슨 위급한 일이 생기면 바로 연락 주세요. 몇 분 안에 경찰이 갈 거예요.]

"네."

그녀는 침을 꿀꺽 삼키곤 전화기를 놓았다. 관절이 하얗게 되도록 전화기를 잡고 있었는지 손바닥이 아파왔다. 은혜는 눌러오는 극심한 공포감에 자신도 모르게 손을 꽉 쥐었다. 강 여사는 그런 며느리를 바라보고 있었다. 무언가에게 겁을 먹고 있었다. 그녀는 며느리의 표정이 무서웠으면서도 고소했다. 며느리를 겁나게 할 수 있는 존재가 누구인지는 몰라도 강 여사는 고마울 뿐이었다.

그네에 앉아 있는 그의 앞으로 구두가 몰려들었다. 그것은 하나같이 검은색이었으며 음산한 빛을 띠고 있었다.

"지정혁, 설마 잊어버린 건 아니겠지?"

“알고 있어요.”

아까까지 그녀를 향하던 광기는 험악한 인상과 사람을 덮칠 것 같은 덩치에 흔적도 없이 사라졌다. 남자 하나가 그의 정강이를 걷어찼다. 그는 너무 아파 비명도 지르지 못하고 그네에 앉은 채로 넘어져 땅바닥에 쓰러졌다.

“언제 해줄 거야? 엉!”

“곧 돼요.”

“그러니까 언제?”

옆에 있던 남자가 이번에는 그의 등짝을 구둣발로 찍었다.

“아악!”

이번엔 그의 비명이 밖으로 튀어나왔다.

“우리가 어디 땅 파먹고 살아? 나올 구멍은 확실히 있는 거야?”

그는 너무 아파 말도 못하고 고개만 연신 끄떡거렸다. 등짝을 찍었던 구두의 주인은 왼손 위로 오른 손을 덮으며 우두둑 소리를 내었다.

“우리 그리 인내심없는 거 알지?”

그가 말을 하지 않자 남자는 일어서려는 그의 옆구리를 구두로 갈겼다. 그가 다시 고꾸라지며 억 하는 탁한 비명을 냈다.

“알아들었어, 새꺄!”

“예.”

그는 다 죽어가는 목소리로 말했다.

“진작 얘기해야지. 우리는 대답 안 하면 무시하는 것 같아서 뚜껑 열리거든? 다음부턴 대답 잘하라고!”

남자는 한쪽 눈을 부라리며 인상을 일그러뜨렸다.

“예.”

“아니면 소리 소문도 없이 사라진다?”

“예.”

정혁이의 입에서 피가 나왔다. 그는 자신이 주저앉은 모랫바닥 한편에다 피가 섞인 침을 뱉었다. 등을 찍을 때 아무래도 자신도 모르게 혀를 깨문 모양이었다. 이미 매로 다져진 몸은 비명을 지르면서도 고통스럽지 않았다. 고통 뒤에 찾아오는 묘한 느낌이 그에게 기분 좋게 다가왔다.

남자들의 그림자가 멀어져 갔다. 그 사람들 때문에 정혁은 그녀를 놓칠 수 없었다. 자신같이 멋있는 남자가 어디 있는가. 거기다 사랑까지 해주겠다는데도 여자는 거부하고 있었다.

“나쁜 년!”

그의 입가가 잔인함으로 일그러졌다. 그는 절뚝거리며 아파트로 향했다. 이제 한 가지 일만 남았다. 그녀와 결혼하고 자신은 이 모든 사슬에서 풀려나면 된다. 정혁의 생각은 오직 한 가지만 생각하고 있었다. 그의 모습은 금방 바닥에 나뒹군 흔적으로 지저분했다. 윗도리랑 바지는 모래로 인해 얼룩져 있었으며 머리 또한 평소의 깔끔함을 잃어버리고 있었다. 늘 깔끔함만을 강조했던 그의 모습은 어디에도 보이지 않았다.

절뚝거리며 아파트 입구를 들어섰다. 경비는 그와 눈이 마주
치자 얼른 외면했다. 무슨 못 볼 물건이라도 보는 듯한 눈초리
였다. 순간 그의 마음 한구석에는 경비를 패고 싶은 욕구가 가
득 차 올랐다. 그를 때린다면 또 다른 즐거움을 만끽하겠지. 그
러나 그는 경비에게 손을 대는 대신 자신의 아파트로 향했다.
신경 쓰지 않기로 했다. 그에게는 그럴 힘이 남아 있지 않았다.
일단은 집에 가서 쉬는 게 급선무였다. 그는 눕고 싶었다.

경찰복을 입은 두 남자가 아파트 문 앞에서 문을 거칠게 두드
리고 있었다. 그는 은혜의 신고로 약속한 시간보다 일찍 들이닥
친 형사들이었다. 십 분째 두드리고 있지만 감감무소식이다. 형
사 옆에 서 있던 경비는 형사가 묻는 말에 고분거리며 대답했
다.

"지정혁 씨 어제 집에 들어갔습니까?"

"제가 그 뒤에 교대를 해서 잘 모르는데 금방 전화하니까 짝
지가 들어가는 걸 봤다네요."

"그럼 밤사이에는 나가지 않았습니까?"

형사의 물음에 경비는 머리를 긁적이며 자신없게 말했다.

"글쎄, 그게…… 재가 새벽에 졸아서 제대로 확인을 할 수가
없는데요. 제가 혹 졸 때 나갔을지도 모르고……."

형사는 경비를 한심스러운 눈초리로 보았다. 경비의 태만한
태도 때문에 형사는 지정혁이라는 남자가 안에 있는지 아니면

외출을 했는지 알 수 없었다. 일단은 형사 하나가 남아 그의 집 앞을 지키기로 했다.

"김 형사 자네가 남아. 나는 일단 강력 1반으로 가서 반장님께 보고 드릴게."

"비상사태라 어수선할 땐데. 반장님께 너무 늦지 않는다고 전해주세요."

형사 중 한 명이 가버리고 한 명이 정혁의 집을 지켜 서자 은혜는 마음이 놓였다. 시어머니는 경찰에게 얘기하는 그녀의 얘기를 듣고도 일말의 동정조차 보이지 않았다. 오히려 그녀의 고통을 즐기듯이 여유로운 모습까지 보이고 있었다. 그녀는 시어머니를 잠시 위안으로 삼았던 자신에게 화가 났다.

전화벨이 극도로 예민한 그녀의 신경을 긁었다. 전화를 받는 은혜의 목소리가 밝지만은 않았다.

[나예요.]

하지만 용해의 목소리를 듣는 순간 나던 짜증은 순식간에 사라졌다. 그녀는 자신에게 닥친 얘기를 해야 하나 말아야 하나 망설이다 그냥 좀 더 지켜본 뒤에 얘기하기로 마음먹었다. 어쩌면 정혁은 도망갔을지도 모르는 일이고 그냥 넘어갈 일인지도 몰랐다. 무슨 일이 생기면 꼭 연락을 달라고 했지만 심각한 상황이라고는 판단되지 않았다. 정혁은 그녀에게 위협을 하고 겁이 나서 도망갔을지도 모른다는 확신이 점점 강해졌다.

"잘 지내셨죠?"

[당신이 버리지 않는 한은 베란다에서 떨어질 일은 없죠.]

그의 말에 그녀의 입가에서 미소가 스며 나왔다. 살아간다는 것은 누군가에게 영향을 주는 일이다. 은혜는 이미 용해의 영향권 안에 들어 있었다. 그런 느낌이 그녀로 하여금 즐거운 속박을 주고 있었다.

[어때요? 창화가 어떤 행동을 하지는 않나요?]

"아뇨."

이상한 일이었다. 요즘 들어 남편의 존재는 그녀에게 어떤 행동도 하고 있지 않았다. 다행스러운 일이기는 하지만 그녀는 한순간 그 사실을 잊고 있었다. 자신의 망각이 남편을 슬프게 하는 것 같아 죄스러웠다.

[그 친구가 이젠 은혜 씨 괴롭히는 걸 관둬서 다행이긴 하지만 왠지 기분이 찜찜하네요.]

그녀도 마찬가지였다. 남편이 장난을 치지 않는 것에 기뻐해야 하는데도 무언가 큰 의문을 남기는 것 같아 속으로는 내심 불안했다. 그걸 용해도 느끼는 걸까.

"요즘도 늘 바쁘시죠?"

[그렇긴 하죠. 그래도 그냥 바쁜 것과 누군가에게 신경을 쓰면서 바쁜 것은 다르죠.]

"죄송해요. 짐을 드린 것 같아서……."

[아! 그런 뜻이 아니에요. 나도 누군가 챙길 사람이 생겨서 기쁘다는 뜻이에요. 그저 주어진 일만 하고 사는 것은 정말 재미

없거든요. 요즘은 사람 사는 것 같은 기분이에요. 은혜 씨가 그런 기회를 저에게 줘서 고마울 뿐이에요.]

이 사람은 자신이 자청해서 언덕이 되어주고 있다는 것을 알까. 그러다 어느 날 그녀의 곁에서 떠나간다면 그 상실감은 생각보다 클 것이다. 그녀는 자신에게 말하고 있었다. 잠시의 언덕이 되어줄 수는 있겠지만 그를 넘본다면 자신은 염치없는 사람이라고.

"어서 결혼하셔야죠."

[그래야겠죠.]

그는 부정하지 않았다. 그 말이 그녀는 서운했다.

[하지만 지금은 아니에요. 나중에요. 훨씬 나중에 정말 이 여자다 싶으면 그때 결혼해야죠.]

나중이라는 말에 안심하는 자신을 느끼고 은혜는 난 참 염치없는 여자구나 하는 생각이 들었다. 그의 숨소리가 들리자 이상하게도 코끝에 담배 냄새가 묻어나왔다. 사람의 반사 신경이란 무서웠다. 그녀는 느끼지 못했지만 코는 이미 그의 냄새를 기억하고 있었다.

[나중에 들를게요. 아니면 응원군 필요하면 말하든지. 제가 즉시 어머니를 당신에게서 떼어놓도록 하지요. 물론 하루 온종일은 힘들겠지만.]

그의 말에 그녀는 낮게 웃었다. 그의 작은 배려가 그녀를 기분 좋게 만들었다. 마흔두 살의 나이에 비해 어른스러웠던 남편에 비해 이 남자는 어른스러운데도 불구하고 한 번씩 소년 같은 모습을 보이기도 했다. 재즈를 한때 했던 예술적인 자유로움이 그를 틀에서 방치하는 것일까. 그것도 그녀를 빠져들게 하는 그의 매력이었다.

"몸조심하세요. 혼자 계신다고 굶지 마시고요."

그녀는 어느새 남편을 걱정하는 아낙네처럼 일상적인 대사를 하고 있었다. 그 자연스러움이 그녀를 경계하게 만들었다. 그에게 마음을 많이 열면 안 돼. 그럼 나중에 힘들어져.

[저야 너무 잘 챙겨 먹어서 큰일이죠. 이제는 배도 나오고 아저씨 되어가는 느낌인걸요.]

그의 너스레에 은혜는 또 웃었다. 지금의 모습을 본다면 그의 말은 어폐가 있었다. 그는 엄살떠는 시늉을 하는 것이다.

[어쨌든 한 번 들를게요. 조금 한가해지는 대로.]

"네."

[힘들더라도 조금만 참으세요.]

그는 잠시 옆의 사람에게 무언가 업무에 대해 얘기하는 것 같더니 그녀에게 잘 있으라는 인사를 하고 전화를 끊었다. 웬만해선 그가 먼저 끊는 법이 없었는데 무척 바쁜 모양이었다.

저녁나절이 되었는데도 정혁의 집은 여전히 조용했다. 아홉 시까지 기다리던 형사는 아무래도 그가 집에 없는 것 같고 당분간은 겁먹고 올 기미가 안 보여 일단은 철수해야겠다고 말했다. 그리고 며칠 있다가 다시 오겠다는 말을 남기고 형사는 자신의 전화번호를 남긴 뒤 경찰서로 들어갔다. 무슨 일이 생기면 바로 연락하라는 말도 잊지 않았다. 은혜는 불안하긴 했지만 형사의 말이 일리가 있다고 생각했다. 사람이 있었다면 여태껏 집 안에서 그러고 있을 리가 없었다.

다음날 일어나자마자 무서움에도 불구하고 외출 준비를 했다. 시어머니와 단둘이 있다가는 미쳐 버릴 것 같았고 수시로 조여드는 불안감이 마음을 더욱 불안정하게 흔들었다. 형사의 말처럼 정혁은 오지 않을 듯했고 그녀를 밖으로 내모는 것은 정혁이라는 위험보다 시어머니라는 괴물이었다. 둘이 같이 있는 것은 품에 시한폭탄을 안고 있는 것과 다를 바가 없었다.

"어디 가니?"

돈이 생길 빌미를 놓쳐 버린 시어머니의 말투는 심통 맞았다. 은혜와의 부정행위를 잡아내려 했던 그녀는 이제 자신의 기회가 사라진 것을 아쉬워하는 것으로 보였다. 외출하는 그녀를 보는 시어머니의 눈은 혹 다른 남자를 만나는 건 아닐까 하는 의혹의 빛을 띠었지만 아무래도 그러기에는 무리가 있다고 생각했는지 눈길을 거두었다.

"바람 쐬러요. 답답해요."

경비실을 나와 밖으로 나오며 자신이 사는 아파트를 보았다. 자신의 집을 바라보다 옆집을 봤는데 커튼이 살짝 흔들리는 것 같았다. 그녀는 자신이 잘못 봤나 싶어 다시 확인했다. 잘못 본 모양이었다. 멀리서 보니 착각할 만도 하다. 그가 있었다면 저러고 있을 리가 없다. 그리고 그가 있었다면 오히려 위험에서 벗어나는 셈이었다. 그녀는 마음속으로 스며드는 공포감에 걸음을 재촉했다.

강 여사는 남자의 집을 뒤져 봐야겠다는 생각이 들었다. 며느리가 나가자 그녀는 서둘러 준비한 열쇠를 들고 옆집으로 갔다. 이미 만들어놓은 열쇠는 맞춤처럼 경쾌한 소리를 내며 돌아갔다. 문을 열고 들어서자 환기를 하지 않은 탓에 탁한 공기가 민감하게 느껴졌다. 역시 아무도 없는 것이다. 어슬렁거리며 주위를 배회하던 그녀는 침실 쪽으로 향했다. 자신의 남자의 시계를 발견한 곳이었다. 분명 다른 단서가 있을지도 몰랐다. 들어선 침실은 자다 일어난 그대로의 흔적이 남아 있었다. 베개는 푹 파여 있었으며 이불은 한쪽으로 아무렇게나 제쳐 있었다.

어두운 실내를 밝게 비추기 위해 처져 있는 커튼을 확 젖혔다. 환한 햇빛이 안으로 쏟아져 들어왔다. 관찰하기에 좀 더 좋은 조건이 된 셈이다. 그녀는 침대 밑을 확인하기 위해 무릎을 굽히고 몸을 낮췄다. 밑을 확인한 그녀는 기대했던 아무것도 발견할 수 없자 실망을 나타내며 다시 몸을 일으켰다. 수확이라면 지난번 발견했던 시계가 다인 셈이다.

그녀는 갈증을 느끼며 냉장고로 다가갔다. 그러다 주방을 둘러보고는 확인을 해보고 싶은 생각이 들었다. 싱크대 위의 찬장을 하나하나 열어보았다. 남자 혼자 사는 집이라 그런지 그릇도 별로 없어 빈 공간이 많았다. 싱크대 밑인 문을 열고 서랍들을 뒤져 보았지만 어떤 단서도 나오지 않았다. 주방에서 무언가를 찾으려 했던 자신이 어리석었던 것이다.

강 여사는 잠깐 잊고 있던 갈증이 생각나서 냉장고 문을 열었다. 설마 남의 집에서 물 한 잔 마셨다고 표가 나기야 하겠는가. 문을 여는 순간 이상한 냄새가 코를 찔렀다. 그것은 비릿했으며 역겨웠다. 코를 싸잡고 냉장실로 눈을 돌린 강 여사는 그만 그 자리에 주저앉고 말았다. 냉장고 안에는 두 눈이 빤히 노려보고 있었다. 맞았는지 어디서 떨어졌는지 뼈가 다 부서져 형체를 일그러뜨린 고양이 시체가 온몸의 털에 피를 뒤집어쓴 채 원망스런 눈길로 노려보고 있었다. 털에 묻은 피는 오래되어 검은색으로 굳어 있었고 냉장실 안은 고양이의 피로 인해 섬뜩함을 주고 있었다. 그 색이 벌겋든 검든 상관없었다. 그 이미지가 주는 공포감은 충분히 전달하고 있었다. 이 집 주인의 짓이 분명했다. 경비의 말이 생각났다. 고양이가 얼마 전부터 보이지 않더라는 얘기. 자신이 키우던 고양이를 이토록 처참하게 만든 사람이라면 그는 분명 제정신이 아니었다. 그녀는 갑자기 자기가 이곳에 와 있다는 사실이 위험스럽게 느껴졌다. 힘이 풀린 다리를 억지로 일으키며 일어났다. 그리고 지금 빨리 이곳에서 나가야겠다는 생각만이 그녀의 머리를 차지하고 있었다.

몸을 갑작스레 돌리는 순간 그녀는 어떤 물체에 부딪쳐 튕겨나갔다. 강 여사는 무서운 와중에도 그 물체를 확인했다. 눈앞의 물체는 남자의 몸을 하고 있었다. 하지만 그 남자에게선 불

길한 냄새가 났다. 그녀의 눈이 닿은 곳은 가슴 근처였다. 그녀
는 고개를 들어 몸의 주인을 확인했다. 거기는 그녀가 우려했던
남자의 얼굴이 있었다. 자신의 남자를 어떻게 했으리라 생각했
던 장본인인 정혁이 번뜩이는 눈으로 그녀를 향해 웃고 있었다.

외출을 했지만 여전히 불안감을 안고 돌아온 은혜는 시어머니의 모습이 보이지 않자 가까운 슈퍼라도 간 모양이라고 생각했다. 옷을 갈아입고 커피를 타서 마실 때까지도 시어머니는 돌아오지 않았다. 날이 어두워지고 컴컴해졌지만 여전히 보이지 않아 어쩌면 그녀가 돌아갔을지도 모른다는 생각이 들었다. 은혜는 손님방으로 갔다. 문을 연 그녀는 시어머니의 짐이 그대로 있는 것을 보고 기대의 마음이 일시에 사라졌다. 역시 자신을 놔두고 가버릴 여자가 아니었다. 한숨을 쉬며 다시 거실로 나왔다. 시계를 보니 여덟 시가 다 되어가고 있었다. 시어머니는 대체 어딜 간 걸까. 그녀는 혹 시어머니가 사귄다는 정부에게 간 것은 아닐까 생각했다. 한동안 만나지 않는 눈치였다. 그녀를 감시하느라 밖으로 나가려 하지 않았다. 잠시 남자에게 갔는지도 모른다.

시계를 본 은혜는 용해한테 전화를 해볼까 하는 용기가 생겼다. 그에게 전화한다고 자신을 염치없는 여자로 보지는 않을 것이다. 그녀는 전화기를 들려다 시어머니가 오면 들킬 것 같아 자신의 침실로 가서 핸드폰을 열어 전화번호를 눌렀다. 한두 번밖에 하지 않았던 전화인데 신기하게도 번호가 선명히 떠올랐다. 몇 번의 신호음이 흐른 뒤 전화는 연결됐다.

[여보세요.]

대답을 하며 뻐금거리는 소리가 들려 담배를 피우는 중에 급하게 받았음을 알았다. 그녀는 그의 모습이 상상이 돼 웃음을 터뜨렸다.

"저예요."

웃음기를 머금은 그녀의 목소리를 알아차리고 그가 물었다.

[왜 그래요? 무슨 좋은 일이라도 있었어요?]

"방금요."

[얘기해 봐요. 나도 좀 즐겁게.]

그의 말에 그녀는 여전히 웃음을 거두지 않은 채 말했다.

"있잖아요, 금방까지도 기분이 저조했거든요."

[네.]

"그런데요, 전화를 했는데 어떤 남자가 전화를 급하게 받느라 담배를 미처 끄지 못해서 뻐끔거리는 소리가 적나라하게 들리는 거예요. 그러자 갑자기 그 모습이 상상되는 거예요. 담배는 한 손에 잡고 급하게 전화기를 열어서는 다시 타는 담배를 피우는 모습이. 그러자 막 웃음이 나왔어요.”

[날 놀리는 거군요.]

말은 그렇게 하면서도 용해의 목소리에도 웃음기가 스며 있었다.

[뭐 해요?]

그는 어쩐 일로 전화하냐고 말하는 대신 뭐 하냐고 물었다. 그래서 그녀는 난감하지 않을 수 있었다. 그는 사람이 어떻게 하면 편한지를 아는 사람이었다. 물론 그것이 무의식적으로 나온 말이라고 해도.

“그냥 있어요.”

[심심해서 전화한 건가요?]

그의 목소리에는 장난기가 묻어나왔다. 어떻게 대답해야 하나 망설이고 있자 그가 말했다.

[이렇게 해요. 내가 지금 그쪽으로 갈게요.]

“그러지 마세요.”

그녀는 부담을 주는 것 같아 거절했다.

[왜요? 어머니 계세요?]

“아뇨, 지금은 안 계세요.”

[그럼 됐어요. 지금 갈게요.]

그녀가 거절의 말을 하려고 하는데 전화는 이미 끊겨 있었다. 용해는 종잡을 수 없는 사람이었다. 요즘 들어 그의 모습은 전혀 다른 사람 같아 보였다. 점잖고 진중한 모습은 껍질이었던 듯 그는 껍질을 벗고 자신의 다른 모습을 보이고 있었다.

말로는 거절했으면서도 어느새 정신을 차려보니 그녀는 옷을 갈아입고 있었다. 그에게 좀 더 근사하게 보이고 싶었다. 옷을 차려입은 은혜는 주방으로 가 원두를 기계에 넣고 물을 부었다. 스위치를 누르자 물이 밑으로 내려가며 끓는 소리가 났다. 음악이 듣고 싶어 거실로 가 맨하탄의 노래를 틀었다. 흑인남자의 멘트가 나오고 곧이어 음악이 흘러나왔다.

"……키스 앤 세이 굿바이 흐으음~ 아임 고나 미슈……."

분위기는 더할 수 없이 좋았다. 원두의 냄새와 차분히 가라앉는 듯하면서 담담히 부르는 가수의 노래, 그리고 베란다로 보이는 적당히 아름다운 불빛들. 단 하나의 걱정거리는 어느 순간 닥칠지 모르는 시어머니의 존재였다. 그와 있는 순간만큼만 아무에게도 방해받고 싶지 않았다.

놀랍게도 그는 금세 도착했다. 벨 누르는 소리를 듣고 화들짝 놀랐다. 설마 벌써 용해가 올 리 없었다. 그러나 문 너머로 본 렌즈에는 그가 서 있었다. 문을 열며 그녀가 물었다.

"어떻게 된 일이에요?"

그는 대답 대신 웃었다. 그가 소파에 앉고 주방으로 간 그녀가 커피를 담아오자 용해는 그녀에게 초콜릿을 내밀었다.

“이게 뭐예요?”

“이거 먹으면 행복해진대요. 마음이 불안할 때 먹어두면 도움이 될 거예요.”

그녀는 차를 내려놓고 그가 주는 초콜릿을 받아 들었다.

“사실 이거 이 동네 슈퍼에서 샀어요. 슈퍼 가고 있는데 은혜 씨 전화 받았고요.”

그가 빨리 올 수 있었던 이유였다. 그는 그녀를 빤히 보며 말했다.

“나한테 무언가 숨기는 거 있죠?”

그녀는 고개를 저었다.

“분위기가 달라요. 무슨 일이 생겼을 것 같은 느낌이 들어요. 정말 아무 일도 없어요?”

그녀는 용해에게 모든 일을 얘기하고 싶었다. 정혁이 자신을 위협하고 결혼하자고 했던 일까지도. 하지만 그렇게 되면 자신이 다른 남자에게 잠시 한눈을 팔았던 것이 들통 나고 그는 그녀를 보려고 하지 않을 것이다.

“없어요.”

믿는 눈치였다. 차를 마시는 그의 모습이 오늘따라 정겹게 보였다.

“다음에도 그 카페 가서 다시 한 번 들려주세요.”

그녀의 뜬금없는 말에 그가 눈을 크게 떴다. 영문을 모르겠다는 표정이었다.

“재즈요. 연주 한 번 더 들려달라고요. 지난번엔 너무 갑자기 들어서 제대로 감상 못했어요.”

“그래서 다행이라 생각해요. 진지하게 들으면 내 연주는 형편 없어요. 그래서 두 번은 안 들려줘요.”

그의 장난스런 표정에 그녀도 픽 웃었다.

“그건 겸손 아닌가요? 그곳 사장님도 인정한 실력인데.”

“이제는 그쪽에 뜻이 없어요. 지금 내 모습에 만족해요. 아마도 그쪽으로 빠졌다면 난 즐거웠을지는 몰라도 아마도 백수가 됐을 거예요. 경제적인 여건이 따라주지 않는 행복이란…… 글쎄요, 사실 부정적이에요.”

그러나 그녀의 머리 속에는 용해의 열정적이었던 연주 모습이 떠올라 가슴 설레었다.

“그거 알아요? 전 용해 씨가 담배 안 피우는 줄 알았어요.”

“전 최대한 예의를 지키려고 노력해요. 여긴 창화도 안 피웠고 은혜 씨는 더더구나 아니고. 그래서 조심한 거죠.”

“참기 힘드셨죠?”

“물론 힘들었어요.”

그는 그때의 생각이 나는지 씩 웃으며 고개를 절레절레 저었다. 그녀도 따라 웃었다. 그들이 얘기하는 사이에 맨하탄 음악은 끝나 있었다. 용해가 들어왔을 때 그녀는 볼륨을 작게 낮춰 음악 소리는 미약했고 얘기를 나누는 사이 음악이 끝났는지도 모르고 있었다.

"어머니는 멀리 가셨나요?"

"모르겠어요. 외출하고 와보니 안 계시더군요. 어디 가셨는지 모르겠어요."

"어머니도 볼일이 있으시겠죠."

은혜는 그 볼일이라는 게 많았으면 좋겠다고 생각했다. 그러면 자신이 쫓기듯이 밖으로 나갈 필요도 없었다.

늘 둘이 있을 때가 많았다. 그럼에도 오늘은 이상하게도 둘 사이에 어색함이 흘렀다. 그 이유를 은혜도, 용해도 알 수 없었다. 그들 사이에는 미묘한 감정의 교류가 흘렀고 그걸 두 사람은 예민하게 감지하지 못했다. 침묵을 지키던 용해가 말을 꺼냈다.

"전 어머니가 일찍 돌아가셨어요. 제가 여덟 살 때였죠. 그땐 참 받아들이기 힘들었어요. 어린 나이에 늘 보던 어머니가 갑자기 자신의 시야에서 사라진다는 것이 믿어지지가 않을 뿐만 아니라 억울했어요. 내가 무슨 잘못을 했기에 나에게서 뺏어가냐고 하늘을 향해 원망했어요. 아버지 말이 하늘이 어머니를 데려갔다고 했으니까 하늘에 대고 원망했죠. 그리고 일 년인가 있다가 아버지는 다른 여자를 알게 됐어요. 참 좋은 여자였던 것 같아요. 외롭고 힘든 시기에 그 여자가 아버지에게 많은 위로가 되었나 봐요. 아버지와 그 여자가 만난다는 걸 느꼈어요. 그걸 아버지도 숨기지 않더군요. 아버지 입장에서는 나에게 새어머니가 들어오면 더 좋으리라 생각했나 봐요. 어느 날 여자를 데리고 집에 나타났는데 내가 아버지 가슴에 못을 박았어요."

“뭐라고 하셨어요?”

그녀는 어린 시절의 용해 모습을 그려보려 했지만 전혀 짐작이 되지 않았다. 사려심 깊고 부드러우며 때로는 장난스런 그가 누군가에게 그것도 그가 사랑하는 가족에게 그런 행동을 했다는 게 믿겨지지 않았다. 하지만 그는 그때 아홉 살이었고 그런 행동을 할 수도 있는 나이였다.

“하늘에서 엄마가 아버지의 이런 모습을 보면 용서하지 않을 거라고. 지금 여자 데리고 와서 행복해하는 모습 보면 엄마가 아버지를 얼마나 원망하겠냐고. 어린 나이에 어떻게 그런 소리가 나왔는지 몰라요. 어쨌든 그 소리에 아버지의 얼굴은 굳어졌고 같이 온 여자는 민망해서 어쩔 줄 모르다가 결국 나가 버리더군요. 그런 여자를 아버지는 잡지도 못했어요. 잡을 힘도 없을 정도로 허탈해했으니까요. 난 나쁜 아이였어요. 아버지에게 온 단 한 번의 기회를 내가 쫓아버린 거예요. 그 뒤로는 여자를 데리고 오지 않았어요. 그리고 그때만큼 행복해하는 모습을 이후로는 보지 못했어요. 자신의 욕심 때문에 아버지의 인생을 내가 뺏어간 거예요. 그래서 벌 받았는지 아직도 혼자죠.”

용해가 담배를 꺼내서 나가려 하자 은혜는 팔을 잡았다.

“그냥 여기서 피우세요. 괜찮아요.”

그는 사양하려다 담배를 입에 물었다. 담배 타는 냄새가 코에 느껴졌다.

“좋아했던 여자도 없었나요?”

"좀 전에 얘기했죠? 벌 받았다고. 평생을 같이 살고 싶을 만큼 좋아하는 여자가 있었어요. 그런데 이미 임자가 있었어요. 그것도 내가 아주 잘 아는 사람과. 그래서 포기했죠."

"고백해 보지 그랬어요?"

그 장본인이 그에게 고백해 보지 그랬냐고 말했다. 용해는 씁쓸하게 웃었다.

"상대방은 내가 아끼는 사람이었고 여자도 남자를 진심으로 사랑하는 게 보였으니 말해 봤자였죠. 그냥 조용히 행복을 비는 게 제가 최대한 해줄 수 있는 전부였어요."

"정말 안타깝네요."

용해는 자신을 힘들게 한 장본인으로부터 그런 말을 듣자 묘한 기분이 들었다.

"저녁 안 드셨죠?"

"괜찮아요."

"무슨 소리예요. 제가 오늘은 실력을 발휘할 테니 조금만 기다리세요. 비록 재료가 없어 된장찌개 정도밖에 대접 못하지만 그래도 밑반찬 조금 있으니 들고 가세요."

그녀는 서둘러 주방으로 향했다. 창화가 살아 있을 때는 이 집에 오면 음식을 먹기는 했었다. 하지만 그건 어디까지나 남편 친구에 대한 예우였지 지금처럼 그를 위해 차려지는 밥상은 아니었다. 그는 그녀가 자신을 위해 음식을 만드는 것에 감격했다.

남자란 그렇다. 남자는 여자가 자신을 위해 밥을 차리는 사소한 것에 감동한다. 여자가 잘못 알고 있는 선입관 중의 하나가 남자는 감정이 메말라서 아무것도 느끼지 못한다고 생각한다. 그러나 느끼는 부분이 다를 뿐 절대 무신경한 것은 아니다. 남자는 실질적인 생활면에서 감동을 느낀다. 꽃이나 따뜻한 말 한마디의 이벤트에서 여자가 감동한다면 남자는 자신을 위해 맛있는 음식을 준비하거나 힘들 때 한 번의 따뜻한 포옹에서 뜨거운 애정을 느낀다. 그걸 차마 표현 못하는 쑥스러움이 있을 뿐이다. 그래서 여자들은 자신들의 잣대로 남자를 감동도 못하는 무신경한 동물로 취급한다.

시간이 삼십 분쯤 흘렀을까. 은혜는 그에게 주방으로 오라고 손짓을 했다. 시계를 보자 열 시를 넘고 있었다. 너무 늦은 저녁이었다. 용해는 상관하지 않았다. 사랑하는 여자가 자신을 위해서 음식을 차렸는데 그것이 열두 시면 어떻고 새벽 한 시면 어떤가. 그는 기쁘게 주방으로 향했다.

같이 마주 앉은 식탁이 정겨웠다. 은혜 또한 이 분위기를 시어머니가 들어와서 깨지 않기만을 바랐다. 늦은 시간이었지만 누군가를 위해서 음식을 만들고 같이 먹는다는 사실이 행복했다. 남편이 죽고 나서 처음 있는 일이었다.

숟가락질을 달게 하는 남자. 음식을 먹으며 조용히 음미하는 남자. 저 남자에게 어떤 여자가 사랑으로써 저런 표정을 짓게 할 수 있을까. 그 표정을 짓게 하는 주인공이 되고 싶은 은혜. 그녀는 순간적으로 떠오르는 야한 상상에 눈을 내리깔았다. 한 번도 자신을 음탕하다고 생각해 보지 않았지만 혼자가 된 뒤 느끼는 다른 자질에 놀라고 있었다. 자신은 분명 음탕했다. 하지만 그게 나쁜 것일까. 누구에겐가 욕을 먹을 정도로 정말 나쁜 것일까.

그녀는 얼마 뜨지 않고 숟가락을 놓았다. 은혜의 행동에 그가 의아한 표정을 지었다.

"입맛이 없어요?"

그녀는 용해를 쳐다보며 말했다.

"점심을 많이 먹었나 봐요."

거짓말이다. 그녀는 점심을 먹지 않았었다. 단지 차 오르는 감정의 혼란스러움에 입맛을 잃었을 뿐이다. 그는 남은 밥을 깨끗이 비운 뒤 수저를 놓았다. 표정에는 행복감이 어려 있었다.

"역시 집에서 먹는 밥은 가짓수가 많지 않아도 맛있고 편하네요. 밖에서 먹는 음식은 보기에는 먹음직스러운데 먹고 나면 속이 거북해요. 그리고 이렇게 입에 감기는 맛이 없어요."

"밖에서 많이 드시나 봐요?"

"거의 대부분이죠. 집에서 안 먹는다고 해도 과언이 아니죠. 남자 혼자 사는 집에 가정부를 두기도 그렇고. 참, 요즘은 도시락 배달이란 게 있던데 그게 집에서 만든 음식하고 비슷해서 좋긴 하더군요. 때로는 거기서 먹을 때도 있어요."

그가 주방을 나오며 담배를 피우러 베란다로 가려고 하자 그녀가 다시 팔을 잡으며 말렸다.

"여기서 피우면 냄새 배어요. 저 담배 골초라 우리 집 가면 곳곳에 담배 냄새 배어 있어요. 거기다 그놈의 니코틴이 얼마나 지독한지 벽지도 다른 집에 비해 많이 누래졌어요."

"그럼 어때요. 그냥 여기서 피우세요."

그의 담배 피우는 모습을 옆에서 보고 싶다고 차마 말할 수 없었다. 그는 소파에 앉아 담배를 꺼내 불을 댕겼다. 담배를 빨아들이는 모습에 가슴이 두근거렸다. 이런 남자의 모습을 보는 것은 중독성이 있었다. 그녀는 그 모습을 보고 싶어서 베란다로 가려는 그를 붙잡은 것이다. 시계를 본 용해는 중얼거렸다.

"많이 늦었네."

열한 시를 가리키고 있었다. 그는 문 쪽으로 시선을 향하다 그녀에게 말했다.

"어머니는 아무래도 밖에서 주무시고 오실 모양이네요."

"그런가 봐요."

"그만 일어나 봐야겠네요."

순간적으로 그녀는 자신이 혼자 집에 남는다는 사실을 깨달았다. 혹 정혁이가 그녀를 찾아오는 건 아닐까. 그리고 자신을 위협할지도 몰랐다. 이 야심한 시각에 쳐들어온다면 그녀는 자신을 방어할 아무런 방법도, 부를 사람도 없었다. 일어서는 용해의 팔에 매달리며 그녀가 간절하게 말했다.

"오늘 여기 있어주면 안 돼요? 하루만요. 혼자 있으려니 무서워서 그래요."

여자의 부탁에 용해는 난처했다. 그녀는 무섭다는 이유로 자신을 붙들고 있었다. 여기서 밤을 보낸다면 그녀를 온전하게 놔둘 자신이 없었다. 이미 그의 동물적인 본능은 여자를 원하고 있었지만 극도의 자제심으로 참고 있는 중이었다. 오늘의 분위기는 깊은 밤에 둘이 있다는 묘한 상황 때문에 그를 더 힘들게 했다. 그런데 여자는 자신에게 이곳에 있어달라고 했다. 사랑스러운 그녀를 지켜줄 용기가 없었다.

"남들이 이상하게 생각할지 몰라요."

그는 거절의 말을 우회적으로 둘러말했다. 알아듣지 못했는지 그녀는 그의 팔에 계속 매달렸다.

"이미 남의 눈치 따위 안 본 지 오래됐어요."

그녀는 겁이 났고 절박했다. 아마도 정혁이 나타나서 자신을 범한다면 자신을 용서할 수 없을 뿐만 아니라 견딜 수 없을 것이다.

남에게 폐가 될까 봐 한 번도 부탁한 적이 없는 여자가 저렇게 원하는데 그는 차마 거절할 수 없었다. 용해는 한숨을 쉬며 말했다.

"알았어요. 그럼 전 소파에서 지내죠."

"아니에요. 손님방에 제가 시트 갈아놓을 테니 거기서 지내세요. 출근하실 분을 그런 데서 모실 수 없죠."

그녀는 아까의 표정과는 달리 밝은 기색을 보이며 서둘러 손님방으로 향했다. 잠시 후 그녀는 시트랑 이불을 갖고 나와서는 욕실로 가져갔다.

그는 자신이 이곳에서 지내게 된다는 사실이 어색해서 괜히 헛기침을 했다. 참 난처한 상황이었다. 여기서 하루를 보내면 내일은 새벽 일찍 집에 들어가서 옷을 갈아입고 회사에 출근해야겠다는 현실적인 생각이 머리 속에 정리되었다. 그는 그녀가 나오자 손님방으로 들어갔다. 그가 한 번도 들어가 본 적이 없는 방인데도 꿈속에서 봤던 그 방의 모습과 흡사하다는 사실에 머리끝이 쭈뼛했다. 하지만 아파트 구조가 거기서 거기며 대부분의 가구들도 놓는 위치가 비슷하다고 치부하며 무심히 넘겨버렸다. 자신이 예민했을 뿐이다.

"그럼 안녕히 주무세요."

그녀가 문 앞으로 와서 밤인사를 했다. 서로 같은 집에서 밤을 보낸다는 것이 두 사람 다에게 어떤 설렘을 안겨주었다. 둘은 서로 어색하게 표정을 정리했다.

"은혜 씨도 주무세요."

"네."

그녀는 문을 닫고 나갔다. 침대 위에는 어느새 남자의 파자마가 놓여 있었다. 아마도 창화 것일 게다. 양복을 벗어 옷걸이에 걸어놓고 파자마를 입은 그는 팔이나 다리 길이가 턱없이 짧다는 것을 깨닫고 바지만 입고 윗도리는 벗은 채로 누웠다. 아파트 안은 난방이 잘돼 있어서 윗도리를 벗고 있어도 춥다는 생각은 들지 않았다. 그의 몸은 평소 때 운동을 한 덕분에 나이에 올 수 있는 뱃살이나 처짐은 없었다.

침대에 누워 잠을 청해보려 했으나 쉽게 오지 않았다. 결국 잠자기를 포기하고 갈증을 느껴 물을 마시러 주방으로 향했다. 컴컴한 주방의 벽을 더듬어 불을 켠 다음 식탁 위에 있는 물을 따라 마셨다. 그녀도 잠이 안 왔던지 주방으로 오다 그를 발견하고 깜짝 놀라는 표정이었다. 귀여운 원피스 스타일의 슬립이 그녀의 모습을 어려 보이게 할 뿐만 아니라 그의 본능을 자극했다. 그는 침을 꿀꺽 삼켰다. 그녀 또한 상반신이 드러난 남자의 모습에 눈을 어디다 두지 못하고 머뭇거리다 결국 고개를 돌려버렸다.

평소 때의 용해라면 그녀의 반응에 신사적으로 몸을 피해 그곳을 나왔을 것이다. 하지만 지금은 야심한 밤이었고 그의 상태는 건강한 남자로서 감각을 자극하는 깊은 밤이었다. 눈앞에는 그의 눈을 흥분케 하는 성숙한 여자의 자태가 있었다.

그는 자신도 모르게 그녀를 끌어안았다. 그녀의 심장이 자신의 가슴 안에서 심하게 쿵쾅거리기는 했으나 거부하지는 않았다. 그는 그녀를 덜렁 들어 안고는 손님방으로 데리고 들어갔다. 이미 그들은 성인이었다. 상대방은 그의 손길을 거절하지 않았고 그건 무언의 긍정의 사인이었다. 순수했을 때처럼 누구를 지켜줘야 한다는 기사도 정신은 필요없었다. 그가 꺼림칙했던 것은 창화에 대한 의리 때문이었다. 이젠 어찌 돼도 상관없다는 생각이 들었다.

그는 그녀를 침대에 눕혔다. 적당히 어두운 스탠드 불빛 사이로 그녀의 모습이 드러났다. 그는 그토록 원하던 여자가 바로 자신의 앞에서 흥분으로 눈을 적시며 보고 있다는 사실이 믿겨지지 않았다. 그녀는 혼란스러워 보였다. 은혜에게서 풍겨 나오는 페르몬은 그를 원하고 있음에도 그 반응에 그녀 자신도 놀라고 있는 눈치였다.

그는 서두를 생각이 없었다. 아주 천천히 그의 손길이 그녀의 얼굴을 거쳐 어깨로, 어깨를 거쳐 허리를 타고 허벅지로 옮겨갔다. 그리고 사랑스러운 듯 무릎을 배회하다 다시 허벅지로 옮겨지며 엉덩이로 미끄러져 그 향긋한 살을 움켜잡았다. 엉덩이만큼이나 향긋한 숨결이 그녀의 입에서 흘러나왔다. 그는 몸을 굽혀 그녀의 몸에 자신의 몸을 얹으며 입술에 키스했다. 아, 이것이다!

그녀의 입술을 맛본 그는 솟아오르는 흥분과 희열에 몸을 떨었다. 항상 상상 속에서나 꿈꾸던 여자가 지금은 자신의 품에 안겨 있었다. 작은 새처럼 파르작거리며 떨고 있는 그녀의 모습이 사랑스러웠다. 십사 년을 남자와 산 여자의 반응치고는 너무도 수줍고 소녀적이었다. 그는 그녀를 꼭 끌어안으며 격정적으로 키스했다. 그녀는 열띤 반응으로 남자의 목을 끌어안았다. 용해는 여자가 일시적으로 자신을 원하는 것이라 해도 상관없었다. 어쨌든 그녀를 만족시켜 주는 남자는 자신이었다. 그 사실이면 충분했다. 그의 손길이 그녀의 피부를 거침없이 스치고 갔다. 입술이 그녀의 이마에 낙인을 찍었다. 그리고 감겨진 두 눈에 다시 낙인을 찍고 앙증맞은 코도 잊지 않았다. 다시 입술로 돌아온 그의 입술이 탐욕스럽게 그녀를 빨아들이고 그 갈증을 다 채우지 못하고 그녀의 목덜미로 옮겨갔다.

어깨는 매끄러웠다. 실크를 감촉하듯 그의 입술이 체크를 하고 곡선을 그린 둔덕으로 향했다. 아이를 낳지 않은 그녀의 가슴은 처짐없이 봉긋했다. 크지는 않았지만 적당히 아담한 둔덕은 그를 기다리고 있었다. 그의 입술은 곡선을 마음껏 만끽했다. 그의 입술에서 달큰한 향기가 느껴졌다. 허벅지 안쪽으로 들어간 그의 손이 수줍은 그녀의 마중을 받았다. 그러나 수줍음 뒤에는 격정적인 뜨거움이 그를 향해 열려 있었다. 그는 그 뜨거움 속으로 자신의 일부분을 들이밀었다. 그녀의 살은 그의 침입을 부드럽게 받아들였다. 흔들리는 그의 몸은 조각한 나신같이 아름다웠으며 열정에 떨고 있었다. 남자의 굵은 선에 깔려 있는 여자의 부드러운 선이 현란하게 어우러졌다. 거친 호흡과 뜨거운 공기, 격렬해지는 몸놀림이 그들이 열정의 끝으로 가고 있음을 말해 주고 있었다. 그건 보는 사람으로 하여금 흥분을 일으키게 만드는 최고조의 쾌감이었다.

둘의 호흡이 막바지까지 이르자 그들은 낮은 신음을 내뱉었다. 순간 그의 몸이 경직됐다 풀어졌다. 급박하게 치닫는 호흡이 막힌 숨을 토해내게 만들었다. 용해는 땀에 젖어 있는 그녀의 앞머리를 귀 뒤로 넘겨주며 볼을 쓰다듬었다. 이제 그들 사이에 가로놓여 있던 경계의 벽은 보이지 않았다. 그건 자연스런 몸짓이었으며 그의 눈에도 그녀에 대한 따뜻한 애정이 감돌고 있었다. 풋감정은 최고의 행위를 치름으로써 그들 사이에 자연스러운 사랑이 흐르고 있었다. 용해가 담배를 피우러 거실로 나가기 위해 바지를 입자 그녀가 다시 그의 팔을 잡았다.

"여기서 피워요."

그를 바라보는 그녀의 눈빛에서는 수줍음 따위는 사라진 지 오래였다. 다만 그를 향한 사랑의 감정만이 담겨 있었다. 용해는 웃으며 그녀의 옆에 앉아 담배에 불을 붙였다. 그녀의 부드러운 팔이 그의 허리를 감아 안았다.

"용해 씨."

"네."

"이제 반말해도 돼요."

그가 웃으며 말했다.

"왜?"

"당신 담배 피울 때 무지 멋있는 거 알아요?"

"정말?"

그가 장난스런 미소를 보이며 그녀에게 물었다. 그녀는 대답 대신 고개를 끄덕였다.

"이런, 당신 때문에 담배를 줄여볼까 생각했는데 더 피워야겠는걸."

"그래도 줄이세요, 몸을 생각해서. 전 제가 좋아하는 사람을 빨리 보내고 싶지 않아요. 한 번이면 족해요. 두 번은 싫어요."

그녀의 눈에 슬픈 빛이 나타나자 남자는 그녀를 끌어안으며
말했다.

"약속할게, 오래 산다고. 당신 두고 빨리 가지 않겠다고 약속
할게."

여자는 작은 짐승처럼 그의 가슴 안으로 쏙 들어왔다. 그 사
랑스러움이 못 견디게 예뻐 남자는 다시 여자를 안았다. 여자에
게서 풍기는 체취가 남자를 자극시켰다. 용해는 숨을 거칠게 쉬
며 여자를 자신 쪽으로 바짝 끌어안았다.

"용해 씨?"

여자가 그의 의도를 몰라 눈을 동그랗게 뜨고 확인했다.

"안 되겠어. 한 번으로는 만족이 안 돼."

남자의 키스가 이어지고 여자는 만족한 숨을 내쉬며 응했다.
남자는 자신의 감정이 주체가 안 되는지 바로 그녀의 애정을 요
구했고 은혜는 기꺼이 받아들였다. 어느 사이 그들의 머리 속은
비어졌다. 지금 그들을 채우는 것은 어떤 생각도 아닌 본능적인
욕구였다.

화장대 위에 있는 상자를 보았다. 만지작거리던 그녀는 곽을
열어보았다. 그 안에는 자신의 만남을 기념한다던 반지가 들어
있었다. 그녀는 정혁을 떠올리고 끔찍한 거라도 만지는 사람처
럼 그걸 얼른 서랍 안에 넣고 닫아버렸다. 눈앞에 반지가 보이
지 않자 그녀는 안심했다. 어젯밤의 여파가 떠올라 그녀의 입가

에 미묘한 웃음이 새어나왔다. 그녀가 아침에 일어났을 때 옆자리는 비어 있었다. 시간은 아홉 시를 넘어 있었고 그녀는 늦잠을 자버렸다. 이미 그는 출근을 하고 없었다. 시어머니가 그때만큼은 고마웠다. 자신의 멋진 하룻밤을 방해하지 않은 것이다. 그녀의 마음속에는 용해에 대한 애정만이 넘쳐 났다. 경계하던 마음은 육체적인 결합으로 인해 넘치는 애정을 보이고 있었다. 그녀는 금방 반지를 넣었던 서랍을 바라보며 다시는 저곳을 열어보지 않으리라 다짐했다.

그때 초인종이 울렸다. 은혜가 문을 열자 나이 든 여자가 서 있었다.

"반장입니다. 인구조사 나왔어요."

반상회를 아파트에서 할 때 한 번도 가본 적이 없는 그녀는 반장의 얼굴을 알지 못했다.

"들어오세요."

그녀는 반장이라는 여자를 거실로 안내했다. 좀 전에 끓였던 원두를 대접하자 여자는 고맙다는 말을 하고 입에 가져가긴 했지만 맞지 않는지 입만 적시곤 내려놓았다. 여자는 자신의 손에 쥐어진 조사 자료를 뒤적이며 잔을 들었던 손에 볼펜을 쥐었다.

"세대주가 한은혜 씨 맞죠?"

"네."

"남편 분이 지정혁 씨네요."

"네?!"

그녀의 표정은 갑자기 받은 충격으로 하얗게 질렸다.

"지금 방금 뭐라고 하셨나요?"

"남편 분이 지정혁 씨가 아닌가요? 분명 서류상에는 그렇게 올라가 있는데……."

반장이라는 여자는 의아한 눈초리로 은혜를 보았다. 자신도 모르는 결혼이라니. 이게 무슨 말도 안 되는 소린가. 어이없는 일이었다.

"정말 그렇게 되어 있나요?"

"그렇게 되어 있는데……."

"뭔가 오류가 있는 모양인데 확인해 봐야겠어요. 나중에 다시 들러주세요."

그녀는 서둘러 침실로 가서 코트를 내어 입고는 지갑을 들고 현관으로 나갔다. 반장이라는 여자는 얼떨떨해하며 옆에서 같이 신을 신었다. 그녀가 문을 열자 어정쩡한 자세로 여자는 따라나섰다. 밖으로 나온 그녀는 문을 급하게 잠그고는 서둘러 엘리베이터로 뛰어갔다. 여자에게 잘 가라는 인사 따위는 할 여유도 없었다. 뛰어가는 그녀를 여자는 놀란 듯이 쳐다보다가 자신의 할 일이 생각났는지 다음 집을 향해 걸어갔다.

구청으로 들어간 그녀는 순서를 뽑아서 자리에 앉아 기다렸다. 사람들은 평일인데도 붐볐다. 기다리는 그녀의 마음이 충격으로 떨리며 조급해졌다. 대체 정혁은 왜 자신과 혼인 신고를 한 것일까. 꼭 그래야 하는 이유가 있는 것일까. 그날 그가 위협

했을 때는 여자의 거절을 용납 못해서 그렇다고 생각했다. 여자가 먼저 거절하는 것이 그의 자존심을 건드렸고 정상적이지 못한 그의 상태가 그녀를 위협하듯 몰아간 것이라고. 그러나 그게 아니라는 생각이 들었다. 그러다 고개를 저었다. 아닐 것이다. 반장이라는 여자가 무언가를 잘못 알았을 것이다. 바로 옆집이니까 분명 그럴 가능성도 있었다. 홋수를 헷갈려 같이 적어놓은 거라고 그녀는 생각했다.

순번이 되어 자리에 일어난 그녀는 주민등록증을 직원에게 내밀며 호적등본을 한 통 뽑아달라고 말했다. 아닐 거야. 그녀는 확신하듯 말했다. 아무리 정혁이 정상적이지 못한 사람이라 해도 그럴 리는 없을 것이다. 잠시 후, 그녀의 손에 들려진 등본에는 분명 그가 호주로 나와 있었다. 있을 수 없는 일이었다. 그가 언제 그녀와 결혼을 했단 말인가. 그녀는 등본을 줬던 직원에게 다급하게 말했다.

"저 이거 혼인 신고 언제 했는지 알아볼 수 있을까요?"

직원은 잠시 기다려 보라고 얘기하더니 컴퓨터를 찍어 알려주었다.

"10일 날 신고하신 것으로 되어 있는데요?"

10일이라면 오 일 전이라는 얘기다. 그럼 그녀에게 결혼하자고 말을 하기 전이라는 얘기였다. 무엇이 급해서 신고를 마쳐야 했을까. 은혜는 정혁이라는 인물이 무서워졌다. 무슨 음모가 숨어 있다는 생각이 들었다. 소년같이 깔끔한 이미지에서 어떻게 그렇듯 무섭고 끔찍한 생각을 숨길 수 있었을까. 사람이란 알 수 없다는 생각이 들었다. 몸이 휘청거리는 것을 가까스로 추스르고 집으로 돌아왔다. 여전히 시어머니에게선 연락이 없었다.

시간이 어떻게 흐르는지도 모르게 지나갔다. 그녀는 문득 용해에게 전화를 해야겠다는 생각이 들었다. 한 번쯤은 전화해 줄 만도 할 텐데 그는 연락이 없었다. 핸드폰을 확인한 은혜는 시계가 이미 오후 네 시가 지나 있다는 사실을 깨달았다. 하루 종일 아무것도 먹지 않은 것을 깨달은 것은 갑자기 찾아온 공복으로 인한 쓰라림이었다. 그러나 입 안은 까끌거리며 음식을 받아들일 것 같지 않았다.

그녀는 우유로 허기를 때우며 용해에게 전화를 했다. 전화기가 꺼져 있다는 음성메시지가 들렸다. 그녀의 마음은 불안으로 가득 찼다. 그토록 믿었던 남자는 어쩌면 자신과 관계를 갖고 흥미를 잃었는지도 몰랐다. 절대 그런 짓을 하지 않을 것 같았던 용해도 이제는 믿을 수 없다는 생각이 들었다. 정혁이가 그러리라 어떻게 예상했겠는가. 용해라고 그러지 않다고 보장할 수 없었다. 그는 전화기를 꺼놨을 뿐만 아니라 전화를 하지도 않았다. 그것보다 명백한 행동은 없을 듯했다. 그녀는 아침과는 달리 고통스런 감정에 힘없이 소파에 앉아 옆으로 몸을 뉘었다. 움츠려 누운 그녀의 모습은 상처받은 약한 짐승의 모습 그대로였다. 그녀가 유일하게 의지하려 했던 남자는 그녀를 버렸다.

그녀의 언덕이 되어줄 것 같았던 남자는 뜨거운 하룻밤으로 태도를 바꿔 버렸다. 두 눈으로 까닭없는 눈물이 나왔다. 남편이 죽고 나서도 가슴으로 흘리던 눈물은 둑이 터져 일시에 흘러나오듯 샘솟듯이 솟아났다. 그녀는 남편이 그리워졌다. 항상 자신을 따뜻한 품으로 감싸주던 그는 이제 여기에 없었다. 그녀는 바로 앞에 남편이 있기라도 하듯 손을 내밀었다. 혹시나 남편의 유령이 자신의 손을 잡아주지 않을까 하는 기대감 때문이었다. 그러나 그녀의 손에 돌아온 것은 차가운 허공뿐이었다. 허우적거리던 그녀의 손이 힘을 잃고 밑으로 내려졌다. 남편은 그녀를 지켜주지 못했다. 살아서는 병으로 그녀를 버렸고 죽어서는 가장 힘들 때 그녀를 버렸다. 남편은 화가 난 것이다. 자신을 사랑해 주지 않고 친구와 정을 통한 것에 화가 났을 것이다. 은혜는 남편이 원망해도 아무런 변명도 할 수 없었다. 하지만 그녀는 외로웠고 누군가를 의지하고 싶었으며 삶의 의욕을 느끼고 싶었다. 용해는 그녀의 모든 것을 충족시켜 줄 사람이었다. 물론 그건 착각이었다. 그녀는 다시 버려졌다.

이제는 남자를 믿지 않으리라 다짐했다. 자신의 성적인 욕망이 저주스러웠다. 그 충동을 이기지 못해 저지른 행위에 대해서도 혐오스러웠다. 그녀는 시어머니가 당장 나타나서 자신을 짓밟고 저주해 주기를 바랐다. 자신은 그런 대우를 받아도 싼 여자였다. 그렇게 누군가에게 학대를 받아야 자신의 죄책감이 덜어질 것 같았다. 기운이 빠진 은혜는 잠시 정신을 놓아버렸다.

눈을 다시 떴을 때 주변이 어두워진 걸 깨달았다. 대체 몇 시간 동안을 이러고 있었던 것일까. 자신은 분명 생각에 잠겨 있었는데 아무런 기억도 떠오르질 않았다. 잠이 들었던 것일까. 그녀는 어둠 속을 더듬어 스위치를 찾아 켰다. 거실이 거짓말같이 밝아졌다. 시계를 본 그녀는 여덟 시를 가리키는 시침을 믿을 수 없다는 듯이 보았다. 시간이 이렇게 지나도록 맥 놓고 있었단 말인가. 그녀는 다시 쓰려오는 속 때문에 배를 움켜잡았다. 몇 십 개의 바늘이 자신의 배를 향하여 일제히 공격하는 것 같았다.

한참을 쥔 채 쭈그려 앉아 있던 은혜는 통증이 가시자 일어나서 주방으로 향했다. 어떻게든 살아야 한다. 비참해도 살아야 한다. 남자들의 배신은 그녀에게 삶의 오기를 만들었다. 그녀는 냉장고에서 먹던 반찬을 내놓고 어제 한 밥을 퍼서 식탁 앞에 앉았다. 그와의 늦은 저녁이 생각나서 속이 울컥거리며 눈물이 날 것 같았다. 강해야 한다. 살아남으려면 강해야 한다. 어릴 적 혼자 살아갈 때 가졌던 강한 삶의 집착이 그녀를 감쌌다.

밥을 입으로 떠 넣었다. 바짝 마른 입술은 밥을 버거워했지만 손은 미련스럽게도 숟가락을 입으로 밀어 넣었다. 꾸역꾸역 들어가는 밥이 그녀의 서러움을 나타내는 것 같았다. 쉼없이 그녀의 손은 계속해서 밥을 밀어 넣었다. 밥그릇에 남아 있는 마지막 밥까지 다 집어넣자 그녀는 입 안에 남아 있는 밥을 삼키기가 힘들어 물을 삼켰다. 밥이 물에 풀어지며 제대로 씹지 않은 밥알은 수월하게 목구멍을 넘어갔다.

거실로 가서 볼륨을 최대한으로 올려서 음악을 틀었다. 시끄러운 음악이 거실을 채우고도 모자라 발광을 하고 있었다. 옆집에서 항의가 들어와 경비원이 달려온대도 상관없었다. 그렇게라도 하지 않으면 미칠 것만 같았다. 고함이라도 빽 지르고 온몸을 뒤틀며 난동이라도 일으키고 싶었다. 하지만 그녀는 그럴 수 없었다. 그녀의 성격은 그 모든 감정을 다 풀어낼 정도로 발산되는 성격이 아니었다. 그 대신 대리만족을 위해 오디오를 크게 틀었다. 전기기타의 현란한 음과 신디사이저의 가늘고 높은 음이 합창을 해 거실을 가득 채우고 있었다.

처음에는 듣지 못했다. 미약한 소리가 어딘가에서 들리는 듯한 느낌에 귀를 기울였다. 하지만 그 소리는 들릴 듯 말 듯 아주 약하게 들렸다. 그녀가 착각할 만큼 그 소리는 미약했다. 은혜는 정확한 소리를 듣기 위해 오디오 볼륨을 줄였다. 역시나 전화벨 소리였다. 그녀는 혹시나 하는 생각에 전화를 들었다.

[나야.]

처음엔 그 목소리의 임자를 알아듣지 못했다.

[설마 벌써 잊은 건 아니겠지?]

그의 목소리는 많이 쉬고 가라앉아 있었다. 그녀는 두려웠다.

[잠깐만 이쪽으로 넘어오지 그래?]

"어…… 어디로……."

그녀의 목소리는 자신도 모르게 떨려 나왔다.

[내 집이야. 바로 네 옆.]

은혜는 침을 꿀꺽 삼켰다. 그녀는 전화를 끊는 즉시 도망가야 겠다고 생각했다. 이 전화를 끊는 즉시 김 형사한테 전화하는 거야.

[만약 혹시나 해서 말하는 건데 오지 않거나 경찰에게 꼬나바 를 경우에는 네 시어머니 목숨이 무사하지 못하다는 걸 염두에 두라고. 뭐, 네가 싫어하는 여자니까 죽어도 상관없다면 모르겠 지만. 설마 그 정도로 냉혹한 여자는 아니겠지? 컬컬컬~]

무언가 긁어대는 듯한 그의 쉰 웃음소리는 귀에 거슬릴 뿐만 아니라 음산했다. 그녀는 극도의 두려움으로 당장이라도 졸도 할 것 같았지만 침을 삼키며 마음을 진정하려 노력했다.

[지금 와. 딱 십 분의 시간을 주지. 십 분이 지나면 시어머니 목숨은 없는 거야. 네 남편처럼 이 세상에 존재하지 않는 거지. 알아들었으면 빨리 뛰어!]

전화기가 뚝 끊겼다. 도망가고 싶어. 여기서 벗어나고 싶어. 그녀의 마음은 절규하고 있었지만 그럴 수 없었다. 그녀가 도망 간다면 시어머니는 목숨을 잃는 것이다.

주저앉을 것 같은 다리에 힘을 주며 현관으로 향했다. 문을 여는 순간 전화벨이 울렸지만 그녀는 받지 않은 채 나가 버렸 다. 그녀의 귀에는 전화벨 소리가 들려오지 않을 뿐만 아니라 상관없었다. 머리 속을 꽉 채운 것은 공포감과 시어머니를 구해 야 한다는 생각이었다. 그녀는 정혁의 집으로 발길을 옮겼다.

용해는 급하게 자신의 집으로 가 가볍게 샤워를 하고 옷을 갈아입자마자 회사로 출근했다. 다행히 지각은 하지 않았다. 간부라고 해서 출근 시간을 지키지 않는 것은 자신이 용서할 수 없었다. 하루 종일 바빴다. 업무 보고를 듣고 부서를 돌아다니고 회사와 계약되어 있는 바이어들을 만나고 올라온 시장조사 자료를 검토하고 올해 판매지수를 확인했다. 눈코 뜰 새 없이 일을 하고 시계를 확인했을 때는 저녁이 다 되어 있었다. 식사라고 해봤자 중간에 샌드위치 조각과 연신 마셔댄 커피가 다였다. 그는 그제야 은혜를 생각해 핸드폰을 꺼냈다. 꺼낸 전화는 배터리가 다되어 죽어있었다. 어제 그녀의 집에서 자느라 충전을 할 시간이 없었던 것이다. 그가 사무실 전화로 전화하려는 순간 비서가 노크를 하고 들어왔다.

"사장님께서 부르십니다."

"알았어."

그는 전화기로 가려던 손을 거둬들이며 일어났다. 은혜에게 할 전화는 뒤로 미뤄야 했다. 일단은 일이 우선이었다. 그는 비서를 따라 사무실을 나섰다. 그의 입가에는 그녀와의 일을 생각하며 미소가 번져 나오고 있었다. 이젠 그녀를 놓치지 않을 것이다. 엘리베이터를 타서 사장이 있는 위층 버튼을 누르고 문이 닫히길 기다렸다. 그러나 어찌 된 까닭인지 엘리베이터 문은 닫힐 생각을 하지 않았다. 띵띵거리는 소리만 들릴 뿐 닫히려던 문은 다시 열리고 또 닫히려다 다시 열리기를 수차례 할 뿐이었다. 마치 형체를 알 수 없는 물체가 문 앞에 서서 그의 길을 막아서고 있는 느낌이었다. 그는 혹시나 하는 생각에 닫히는 문 중간에 손을 대어보았다. 보이지는 않지만 어떤 물체가 서 있다면 문이 닫히지 않는 것은 이치에 닿았다. 그러나 그가 손을 댄 순간 문은 닫혀 버렸다. 자칫했으면 그의 손이 날아갈 뻔한 상황이었다. 그는 섬뜩한 기분을 느끼며 마음을 가다듬기 위해 엘리베이터 벽에 몸을 기댔다.

엘리베이터가 고장이 났을 뿐이다. 비서에게 시켜 점검해야겠다고 생각했다. 누군가가 서서 방해하고 있다고 생각한 어리석음에 용해는 씁쓸하게 웃었다. 친구가 죽고 난 뒤로 너무 예

민해진 탓이야. 그는 사장실로 들어갈 준비를 하기 위해 옷매무
새를 다듬었다.

초인종을 누르자 문이 살며시 열렸다. 은혜는 겁을 내며 조심
스럽게 안으로 들어섰다. 안에는 아무도 없었다. 그녀는 두리번
거리며 그러나 겁에 질린 사람답게 몸을 경직시킨 채 한 걸음
한 걸음 발을 떼었다. 걸을 때마다 신경이 끊길 것 같은 팽팽한
긴장감이 감돌았다. 온몸의 신경세포가 하나하나 살아서 그녀
를 질식시킬 것만 같았다.

갑자기 뒤에서 누군가가 그녀를 덮쳤다. 정혁이었다. 그는 왼
팔로 그녀의 가슴을 누르고 오른손에 든 칼로 그녀의 목에 들이
댔다. 은혜는 칼끝이 당장이라도 자신의 목을 찌를 것 같아 겁
먹은 시선으로 그가 이끄는 대로 따라갔다. 그는 소파에 그녀를
앉히며 여전히 칼끝을 목에 대었다.

그에게서 역겨운 냄새가 풍겼다. 며칠 동안 씻지 않았는지 얼
핏 본 그의 모습은 수염이 자라 덥수룩했다. 땀 흘리는 것이 동
물적이라며 빵을 먹던 그의 모습과는 매치가 되지 않았다. 그녀
의 몸에서 손을 뗀 그는 그녀가 자신을 잘 볼 수 있도록 거리를
두었다. 칼은 여전히 그의 손에 쥐어 있었지만 그냥 쥐고 있을
뿐이었다. 지금 당장은 쓸 생각이 없는 것 같았다.

"경찰을 부르지 말았어야지. 그랬다면 넌 훨씬 많은 수명을
연장했을 거야. 그리고 나에게 빠져서 순순히 돈을 줬다면 목숨

조차도 유지할 수 있었겠지. 하지만 넌 그렇게 행동하지 않았
어. 나를 무시했을 뿐만 아니라 결혼조차도 거절했어. 그리고
결정적으로 경찰을 끌어들였지."

"시어머니는 어디 있나요?"

그녀는 그가 하는 말을 끊어버리고 본론부터 말했다.

"그년 더럽게 시끄럽더만. 한 대 때렸더니 조용해졌어. 한동
안은 조용하게 지낼 수 있을 거야."

그의 입에서 나오는 거친 말투를 들으며 은혜는 자신의 귀를
믿을 수 없었다. 절대 그런 말투를 쓸 사람이 아니었는데 그는
잘도 지껄이고 있었다. 깔끔한 외모는 며칠 동안의 일들로 이미
그 모습을 잃어버린 지 오래였다. 상큼한 빛을 담고 있던 눈은
그저 광기로 번들거릴 뿐이었다.

"나한테 원하는 게 대체 뭔가요?"

그가 음산하게 웃으며 말했다.

"너무 늦었군. 진작 얘기했어야지. 그 얘기는 내가 결혼을 요
구할 때 물어봤어야지. 당신은 생각을 잘못한 거야."

낮게 말하는 그의 말투는 뱀처럼 은밀하면서 소름 끼쳤다. 그
녀는 아무렇게나 엉클어져 있는 그의 머리를 보았다. 무언가를
뒤졌었는지 엉클어진 머리에는 먼지와 모래가 가득 묻어 있었
다. 얼굴 또한 땀으로 여기저기 얼룩이 보였다. 그의 옷차림은
얇은 편이었는데도 땀을 흘렸다는 게 이해되지 않았지만 지금
중요한 건 그게 아니었다.

"대체 뭘 원하는 거예요?"

그녀는 말을 하다 자신의 옆에 놓여져 있는 서류철을 발견했다. 언젠가 본 적이 있는 것이었다. 그녀는 그 안에 있는 내용이 궁금했었던 기억이 났다. 그의 눈치를 한번 보고는 서류철을 열었다. 안에는 그녀에 대한 조사 자료가 세밀하게 들어 있었다. 사진은 기본이고 몸무게, 키, 심지어는 그녀가 즐겨 먹는 음식까지 자세히 조사되어 있었다. 남편의 병명도 기재되어 있었다. 은혜를 찍은 사진들은 그녀 몰래 어디선가 숨어 찍은 듯 슈퍼에서 물건을 사 오는 모습도 있었고 어딘가로 외출하는 모습도 찍혀 있었다. 그녀는 의혹에 가득 찬 표정으로 보며 물었다.

"당신 나한테 의도적으로 접근했군요."

그가 과장되게 놀라는 표정을 지었다.

"이런! 그걸 아직까지도 눈치 채지 못했단 말이야?"

"정말 나쁜 사람이군요."

"난 늘 주인공보다 악역에 매력을 느꼈었지. 비록 비중은 많이 차지하지 못하지만 남들과 다른 생각을 갖고 있다는 것이 멋있지 않아? 특히나 누군가를 괴롭힌다는 것은 희열이 있지."

그의 컬컬대면서 웃는 모습이 탐욕적이라 은혜는 얼른 눈길을 피했다. 저 눈빛에 묶이면 당장이라도 살해당할 것 같았다.

"당신이 원하는 게 대체 뭐예요?"

"마치 태엽 감은 인형 같군. 아까부터 같은 말만 반복해서 묻고 있어. 그 소리가 얼마나 짜증나는지 알아?"

그는 귀를 두 손으로 비비면서 탁자를 주먹으로 내려쳤다.

"염병할 년이 늘 들볶았지! 아버지 혼을 쏙 빼놓더니 그 다음부터 집에 들어앉아서 나를 괴롭히는 게 무슨 의무인 양 매일 볶아댔지. 넌 왜 공부를 안 하니, 넌 뭐가 불만이니. 그러다 준비물 사야 된다고 돈 달라고 하면 나보고 돈 잡아먹는 돈벌레라고 했어! 그년 내가 어떻게 했는지 알아?"

그의 얼굴은 무언가에 홀려 있는 듯 어떤 한곳을 응시하며 웃고 있었다. 그는 기뻐하고 있었다.

"얼마 전 본때를 보여줬지. 늙은 년이 생명줄이 질기더만. 빨래방망이로 패고 또 팼지, 내 몸이 지쳐 더 이상 방망이를 들 수 없을 때까지. 뼈 부러지는 소리 들어봤어? 그거 아주 말할 수 없을 정도로 듣기 좋아. 나중에 정신을 차리고 보니까 얼굴이 너무 맞아서 알아볼 수가 없더군. 몸 자체도 비틀려서 제멋대로 놀고 있었어. 그년의 피가 내 온몸에 쏟아져 범벅이 되었지. 온몸이 정화된 기분이었어. 새로 태어난 것 같았지. 그년을 해치움으로써 나는 세상을 깨끗이 한 거야. 세상에는 있어서는 안 될 인간들이 있어. 내 계모도 그중 하나였지. 참, 아까 뭘 물어봤었지?"

그의 시선이 되돌아오며 그녀에게 향해졌다. 그녀는 그의 눈에 비친 살기에 입이 얼어붙은 듯 말이 나오지 않았다. 그는 엄지와 중지를 맞부딪쳐 소리를 냈다. 분위기에 어울리지 않는 경쾌한 소리가 났다.

“원하는 게 뭐냐고 했지?”

그녀를 바라보는 그의 얼굴에 미소가 감돌았다. 늘 보던 같은 미소임에도 그가 풍기는 모습으로 인해 소름 끼쳤다.

“나도 처음부터 계획했던 건 아니야. 항상 그놈의 돈이 문제지. 한동안 주식에 미쳐서 음악도 팽개쳤어. 아마도 계속했다면 꽤 돈을 벌었을 테지만 한창 잘 나갈 때 주식에 빠져 버렸지. 돈을 잃고 빚까지 졌어. 다시 노래를 만들어봤지만 예전의 느낌은 이미 잃어버린 후였지.”

“그럼 녹음실에서 불렀던 곡은 뭔가요?”

“그건 내가 아주 잘 나갈 때 썼던 곡을 다른 가수가 리바이블하기로 되어 있었던 거야. 난 너에게 생색을 내기 위해 거길 들렀을 뿐이야.”

그는 담배를 찾다가 안 보이자 신경질적으로 재떨이에서 꽁초를 골라 다시 불을 붙였다. 그는 엄지와 검지로 꽁초를 잡고 최후의 만찬이라도 되는 양 맛있게 피웠다.

“이쪽으로 이사 온다고 집도 팔았잖아요. 그 돈이면 빚을 갚고도 남았을 텐데 굳이 내 돈까지 욕심 낼 필요가 있었나요?”

“당신이 하나 모르는 게 있지.”

그는 연기 너머로 그녀를 바라보며 말했다.

“그 집은 애초에 빚으로 인해 저당 잡혀 있었기 때문에 나와야 할 판이었어. 문제는 그 집으로 해결 안 된 돈이 있다는 거였어. 나도 남을 괴롭히고 싶은 의도는 없었어. 그놈들만 찾아와서 돈을 내놓으라고 협박만 안 했어도 너에게 접근 안 했을 거야. 근데 그놈들이 나를 가만 안 두더군."

그란 존재만으로도 그녀는 충분히 두려웠다. 그는 사람이 아니었다. 이미 사람이길 포기한 괴물이었다. 그녀는 두려움에 떨면서도 말을 시키지 않으면 그가 당장이라도 자신을 해칠 것 같아 계속해서 물었다.

"그, 그럼 여긴 어떻게 들어왔어요?"

"거의 달세지. 한 달에 몇십만 원씩 주고 살고 있지. 아마도 당신 수중에서 나오면 그 돈으로 처리해야겠지."

"내, 내가 돈이 있다는 건 어떻게 알게 됐어요?"

"여자들 수다란."

그는 고개를 절레절레 흔들었다.

"슈퍼를 가다 들었지. 바로 당신 얘기였어. 남편이 갑자기 쓰러져서 젊은 여자가 과부가 됐다는 얘기였어. 어떻게 알았는지 당신이 남편의 보험금을 탄다는 얘기가 오가더군. 나는 그때 거머리 같은 그놈들에게 시달릴 때였어. 길이 보였지. 너를 꼬셔서 나와 결혼한 다음 돈을 빌려달라고 해야겠다 그런 생각이었어. 그래서 너에게 접근하기 위해 사전조사를 시켰지. 그 대머리 놈한테 말이야. 근데 그놈이 당신 시어머니 정부일 줄 어떻게 알았겠어? 내 조사를 맡았던 놈이 어느 날 보니까 내 뒤를 밟고 있더군. 명줄을 따버렸지. 그놈 끝까지 비굴하더군. 자신은 당신 시어머니가 시켜서 한 일일 뿐이라고 목숨만 살려달라고 애걸하더군. 물론 살려주면 재미없지 않아? 마구 패버렸지. 뼈가 다 부서지도록 팼어. 나중에 보니까 내 바지가 젖어 있는 거야. 쾌감이 얼마나 컸던지 오줌을 지린 것도 모른 거야. 최고의 오르가즘이었어."

그의 수줍게 웃는 모습이 섬뜩해 은혜는 숨이 턱 막혀왔다. 당장이라도 이곳에서 벗어나고 싶었다. 어리석게도 자신이 가면 시어머니를 구할 수 있다고 생각했다니. 지금의 상황으로서는 그녀조차도 살기 힘들었다. 차라리 이곳을 오기 전에 신고라도 하고 왔어야 했다. 그녀는 자신의 나쁜 머리를 탓했다.

"그리곤 뒤처리가 필요했지. 시체는 뼈가 부러져서 형태가 없었지. 나는 전기톱을 이용해서 정리했어. 커다란 까만 봉지도 미리 준비해 뒀었지. 잘 세지 않는 질긴 것으로 말이야. 그놈의 멍청한 경비 자식이 잠에 곯아떨어져서 정신을 못 차리더군. 난 조심스럽게 까만 봉지를 두 차례 옮겼지. 아무래도 분량이 장난 아니더군. 두 봉지나 나왔어. 난 그걸 차에 싣고 가서 한강에다 던져 버렸어. 비닐이 찢어져서 내용물이 나온다면 그것들은 물고기들의 영양식이 되겠지. 그나마 그런 버러지 같은 놈들도 죽음으로써 누군가에게 유용하게 쓰인다는 것은 좋은 일이야. 내가 그 방법을 알려준 셈이고."

그녀의 눈은 그가 얘기하는 중에도 정신없이 두리번거리고 있었다. 어떻게든 빠져나갈 방법을 궁리하고 있었다. 하지만 남자는 현관 쪽을 막으며 서 있었고 그녀는 맞은편 소파에 앉아 있는 상태였다.

"처음에는 너에게 접근했을 때 생각보다 괜찮은 냄새가 나서 좋았어. 나름대로는 좋아할 수 있을 것 같았지. 얌전히 결혼해서 내가 돈을 요구할 때 그냥 준다면 널 죽일 생각은 아니었어. 그런데 넘어올 것 같았던 네가 뒤에 가서 딴소리를 하는 거야. 그냥 친구 하자고. 시팔! 그게 말이 된다고 생각해?"

그는 격한 감정을 실은 주먹으로 탁자를 내려쳤다. 탁자의 중앙에 금이 갔다. 은혜는 남자의 파괴력에 몸을 떨었다. 그때 그의 침실 쪽에서 인기척이 느껴졌다. 그리고 늙은 여자의 악쓰는 소리가 들렸다.

"이놈아! 날 풀어달란 말이야! 이 나쁜 놈아! 넌 어미도 없냐! 육시랄 놈!"

"저년 또 깼어! 가만 안 두겠어!"

그러더니 그녀를 향해 경고했다.

"내가 잠시 자리를 비운 틈을 타서 도망간다면 네 시어머니 목숨은 그 자리에서 절단난다는 걸 명심해. 니가 나가는 즉시 요절난다고. 그걸 바라는 건 아니겠지?"

그는 은혜에게 광적인 미소를 지어 보이더니 거칠게 일어나서 침실로 들어갔다. 얼마 안 있어 둔탁한 소리가 들리며 시어머니는 조용해졌다. 은혜는 시어머니에게 무슨 일이 생겼다고 생각했다. 그는 앞으로 흘러내린 머리를 옆으로 넘기며 마치 큰일을 했다는 듯이 호흡을 가다듬고 나타났다. 그 모습이 비정해 보여 그녀는 눈을 돌렸다. 그는 정상이 아니다. 그리고 나도 그의 희생물이 될 것이다. 그는 목을 양옆으로 꺾으며 뚜둑 소리를 냈다.

"기분 같아서는 당장 끝장내고 싶지만 난 아직 할 일이 남아 있지."

그러면서 그는 돌아와 그녀 맞은편에 앉았다. 아직 시어머니의 목숨은 붙어 있었다.

"어쨌든 넌 나와 결혼한 상태고 아마도 죽게 될 거야. 그러면 그 보험금은 나한테 돌아오겠지."

"돈을 원한다면 지금이라도 드릴게요."

그녀가 겁먹은 눈으로 말했지만 그 말이 그의 화를 돋운 듯했다.

"그걸 지금 나보고 믿으라는 소리야? 나랑 만나고 당장 형사한테 연락한 년이 지금 돈을 주겠다고? 그럴 거면 네가 나하고 결혼했어야지. 이미 늦었어."

남자의 눈에 광기가 보였다.

"걱정하지 마. 넌 고통없이 죽여줄게. 넌 나쁜 사람이 아니잖아. 이 칼끝을 단번에 목에 찔러 넣어줄게. 예리해서 잘 들거든? 너한테는 최대한 관대하게 호의를 베풀지."

그녀는 겁이 나서 당장이라도 심장이 터질 것만 같았다. 남자가 소파에서 일어섰다. 그녀는 주변을 불안정한 눈으로 두리번거렸다. 이대로 죽을 수는 없었다. 은혜는 살고 싶었다. 그녀는 벌떡 일어나 그보다 빨리 욕실로 내달렸다. 그녀의 뒤로 따라오는 남자의 둔탁한 발소리가 들렸다. 그녀의 옷자락이 그의 손에 잡히기 일보 직전에 무사히 욕실로 도망갈 수 있었다. 그녀는 문을 닫고 욕실 문을 잠갔다. 밖에서 과격하게 두드리며 소리 지르는 남자의 외침이 들렸다.

"개 같은 년! 가만 안 두겠어!"

사장실을 다녀온 용해는 순식간에 몰려오는 피곤에 눈을 뜰 수가 없었다. 어젯밤에 그는 생전 처음 느끼는 최고의 희열에 빠져들어 밤을 꼬박 새웠다. 새벽녘에 그녀가 잠이 들고 그는 맑은 정신으로 여자의 잠든 모습을 한참 동안을 바라보았다. 여러 번의 관계와 몸이 피곤했음에도 정신은 말짱했으며 몸은 오랜만의 회포로 거뜬했다. 여자는 그의 요구에 지쳐 잠이 들어 있었다. 그도 잠시 눈을 붙이기는 했으나 곧 눈을 뜨고 출근 준비를 위해 그 집을 나왔다. 그리고 하루를 끝낸 지금 모든 것을 끝냈다는 안도감에 그는 몰려오는 피로로 눈을 감았다. 잠시만 붙이자. 그리고 은혜한테 전화하는 거야. 그의 눈이 스르르 감겼다.

회사 엘리베이터 안이었다. 층 버튼은 전부 눌려 있었다. 엘리베이터 안에 용해는 혼자 서 있었으며 층이 멈출 때마다 문이 열렸고, 이상하게도 문은 사람이 들어오는 공간만큼을 남겨놓

고 닫혔다 다시 열렸다 닫혔다. 그러니까 닫혔다 열리는 것을
한 번씩 더 반복했다는 소리였다. 그는 그 순간에도 혹 엘리베
이터 중간에 누가 서 있나 하는 생각을 했다. 층마다 사람은 전
혀 보이지 않았고 문 저쪽은 어두운 음영이 깔려 있어 음산했
다. 그러기를 수차례, 결국 엘리베이터는 일층에 멎었다. 그는
엘리베이터 안을 나온 것에 안도하며 정문 로비 쪽으로 향했는
데 로비 안은 불도 보이지 않을 뿐만 아니라 컴컴해서 분간이
되지 않았다. 그는 어느새 자신의 손에 후레쉬가 들려 있는 걸
알아차렸다. 아까까지도 분명 없던 것이었다.
　그는 자신이 꿈을 꾼다는 것을 알았다. 후레쉬로 로비 안을
휘휘 비쳐보던 그는 갑자기 화장실이 가고 싶었다. 방광은 참을
수 없을 정도로 그를 압박했다. 그는 서둘러 화장실로 뛰어갔
다. 화장실 안은 대낮처럼 환했다. 변기에 시원하게 볼일을 보
고 돌아서는 순간 앞에서 창화가 그를 보고 있었다.
　"창화야!"
　『위험해. 도와줘!』
　그의 모습은 살아 있을 때의 정상적인 모습이었다. 깔끔했으
며 따뜻한 인상이었다.
　"무슨 소리야?"
　『도와줘! 도와줘!』
　그는 용해의 팔을 붙들며 같은 말만 반복했다. 그때 화장실
밖에 한 사내의 모습이 보였다. 그 모습은 끔찍한 악마의 형상

이었다. 한 손에 날카로운 단도를 쥐고 있었으며 모든 악이 그 안에 들어 있듯 검은 동공은 끔찍하리만큼 소름 끼쳤다. 남자는 음산한 웃음을 흘리며 칼을 들고 자신에게 다가왔다. 용해는 뒷 걸음질쳤다. 창화는 용해의 물러남에도 그 자리에 가만히 서 있 었다. 친구가 당할지도 모른다. 용해는 창화를 부르려고 했지만 그보다 앞서 남자는 창화의 멱살을 쥐며 사정없이 온몸을 난도 질하기 시작했다. 창화의 몸에서 솟구치는 피가 사방으로 튀었 다. 용해는 튀는 창화의 피가 자신의 얼굴에 닿자 차갑고 섬뜩 한 느낌에 눈을 떴다.

역시나 꿈이었다. 처음으로 친구의 모습이 정상으로 나타났 던 꿈이다. 죽은 친구가 왜 또 죽임을 당했을까. 그가 말하던 메 시지는 무엇이었을까. 용해는 갑자기 은혜가 떠올랐다. 시간을 보자 열 시가 다 되어가고 있었다. 그는 서둘러 전화를 걸었지 만 신호만 울릴 뿐 아무도 받지 않았다. 가까운 슈퍼에 갔나. 하 지만 가게에 가기엔 너무 늦은 시간이었다. 혹 욕실에 있을지도 모르지. 십 분이 지나 다시 했지만 역시 전화를 받지 않았다. 핸 드폰도 역시나 마찬가지였다. 그는 사장실에 불려갈 때 엘리베 이터가 이상했던 것과 꿈이 뭔가 연관이 있다고 생각했다. 친구 는 자신에게 뭔가를 알려주려고 했는지 모른다. 위험해 도와달 라던 친구의 말이 떠오르며 용해는 짚이는 게 있었다. 은혜의 신변에 무슨 일이 생긴 게 분명했다. 친구는 이미 알고 있었던 것이다, 은혜의 미래에 어떤 위험이 있을지. 그래서 수없이 그녀를 겁주면서까지 메시지를 보낸 것이다.

용해는 서둘러 회사를 나왔다. 차로 달려가는 그의 걸음이 사십대 남자로는 볼 수 없을 만큼 날렵했다. 차에 오른 그는 급하게 시동을 걸려다 떨리는 손으로 인해 몇 번이나 시동을 꺼먹었다.

"빌어먹을!"

그의 입으로 거친 소리가 나왔다. 자신이 늦어진다면 그녀가 위험할지도 몰랐다. 처음으로 자신이 원하던 여자를 품에 안았다. 이대로 보낼 수는 없었다. 은혜 씨 꼭 살아 있어야 해요 나를 위해서도 꼭 살아 있어야 해. 그는 이를 질끈 깨물며 시동을 걸었다. 이번에는 그의 마음을 아는지 시동이 제대로 걸렸다. 급하게 출발시키는 차의 엔진 소리가 거칠었다. 그는 최대의 속력을 내었다. 진작 친구의 메시지를 알아차리지 못한 점, 좀 더 일찍 그녀에게 전화하지 못했던 아둔함이 그를 자책하게 만들었다. 그는 난도질당하던 친구의 끔찍한 모습을 떠올리고 눈을 질끈 감았다 떴다. 은혜의 죽음은 친구를 두 번 죽이는 것이다. 꿈에서 친구는 그것을 말하고 싶었던 것이다. 차를 모는 그의 발은 최대의 속력으로 인해 떨리고 있었다. 차의 무리한 엔진 소리가 그에게는 들려오지 않았다. 지금 그의 눈앞에는 그녀를 구해야 한다는 생각만이 자리 잡고 있었다. 용해의 눈에 한줄기 눈물이 흘러내렸다. 처음으로 가진 행복을 이대로 놓칠 수 없다. 그는 왼손으로 볼을 훔치며 마음을 다잡았다. 그녀는 살아

있다. 난 구할 수 있다. 우린 헤어지지 않는다. 그 생각만을 그
는 끊임없이 자신의 머리 속에 입력시키고 있었다.

　두드리는 진동과 힘으로 인해 문은 당장이라도 부서질 것 같
았다. 은혜는 겁에 질린 채 죽은 남편만을 마음속으로 끊임없이
불러댔다. 그토록 두드려 대던 소리가 갑자기 뚝 그쳤다. 그녀
는 갑작스런 정적에 잠시 움츠렸던 몸을 폈다. 왜 조용할까. 마
음을 바꾼 걸까. 아니면 저 남자가 기적적으로 심장마비라도 일
으켜 쓰러진 것일까. 그녀는 무언가를 알아보기 위해 문 가까이
로 다가갔다. 문에 귀를 대었다. 멀리서 들리던 미세한 소리는
점차 커졌다. 처음 듣는 소리였다. 하지만 귀에 거슬렸다. 소리
는 점점 커졌다. 그녀는 예리한 어떤 느낌 때문에 문에서 얼굴
을 들었다. 자칫하면 머리가 날아갈 뻔했다. 소리의 주인공은
피를 흠뻑 뒤집어쓴 전기톱이었다. 톱은 문을 가르며 들어오고
있었다. 톱날이 그녀를 잡아먹으려는 식인종의 이빨 같았다. 그
녀는 다시 벽 쪽의 욕조로 몸을 붙였다. 톱은 탐욕스럽게 문을
야금야금 잘라내고 있었다.
　자신은 곧 죽게 될 거라는 생각에 그녀는 죽었다는 생각에 두
눈을 질끈 감았다. 남편의 얼굴이 떠올랐다. 그가 무섭도록 그
녀를 괴롭히며 보내던 메시지. 도망가라는 것은 이 남자를 두고
하던 말이었다. 이제는 남편의 마음을 알 수 있었다. 남편은 죽
어서까지 그녀를 걱정하고 있었던 것이다. 그의 애틋한 사랑이

느껴져 가슴이 아팠다. 그녀는 어느새 눈물을 흘리고 있었다. 자초한 일이었다. 애초부터 다른 남자에게 한눈을 팔지 않았다면 이런 일을 막을 수도 있었다. 그녀는 나약했고 어리석었다. 모르는 남자가 내미는 미끼를 냉큼 물은 것이다. 틈을 보인 자신의 잘못이었다. 그녀는 자포자기의 심정으로 자신에게 내릴 형벌을 기다렸다.

전기톱은 문에 커다란 구멍을 내며 멈췄다. 모터가 돌아가는 소리도 멈췄다. 구멍으로 손을 넣어 잠긴 손잡이를 돌린 남자는 문을 열고 들어왔다. 여전히 손에는 칼이 쥐어져 있었고 그녀를 바라보는 눈에는 승리자의 기쁨이 엿보였다. 그녀는 차분하게 기다렸다. 죽음을 받아들이게 되면 더 이상의 두려움은 없어지는 법이다. 그녀는 조용하고 평온한 눈길로 그를 보았다.

차에서 내린 용해는 차를 잠글 새도 없이 달렸다. 저 멀리 아파트 입구가 보였지만 그의 목적지는 그곳이 아니었다. 인사하는 경비를 무시하고 엘리베이터로 뛰어가는 그를 경비는 의아한 눈초리로 보았다. 엘리베이터를 기다리던 용해는 쉽게 내려오지 못하는 기계를 기다리다 급박함에 서둘러 계단으로 뛰어갔다. 두 칸씩 올라가는 그의 이마에 땀이 흘러내렸다. 추운 날씨에 땀은 어울리지 않았지만 그는 흘리고 있었다. 숨을 헐떡이며 오층에 닿은 용해는 서둘러 그녀의 집 초인종을 눌렀다. 기다렸지만 응답이 없었다. 몇 번을 눌렀지만 여전히 반응이 없었다. 그는 문을 두드리기 시작했다.

"은혜 씨! 문 좀 열어봐요! 은혜 씨!"

그는 소리치며 문을 두드렸지만 여전히 응답이 없었다. 용해는 무심결에 손잡이를 돌렸다. 문은 잠겨 있지 않았다. 문을 들어서자 그녀의 몸에서 나던 복숭아 향이 집 안을 떠돌고 있었다. 그는 거실과 주방이 빈 것을 알고 손님방과 안방을 뒤졌다. 마지막으로 욕실을 보았지만 그녀의 그림자는 보이지 않았다. 역시 집에 없는 것이다. 그의 마음은 급박함과 그녀를 찾을 수 없다는 생각으로 미칠 것만 같았다.

문을 열고 나온 용해는 급박한 마음에 옆집으로 갔다. 옆집이니까 어쩌면 그녀가 나가는 것을 보았을지 모른다. 보지 않을 확률도 있었지만 가능성이 있다면 알아봐야 했다. 하지만 벨을 눌렀으나 응답이 없었다. 돌아서려던 용해는 혹시나 하는 마음에 손잡이를 돌렸다. 문은 맥없이 쉽게 열렸다.

"계십니까?"

조용했다. 이상하다 생각하고 현관으로 들어서며 조금 더 큰 소리로 말했다.

"계십니까?"

사람이 없는 듯했다. 그는 거실을 훑어보았다. 난장판이 따로 없었다. 집 안에서는 정체불명의 냄새가 났으며 냄새 안에는 역한 냄새도 섞여 있었다. 여러 가지가 섞여서 나는 근원을 알 수 없는 냄새였다. 그는 손수건을 꺼내 코를 싸잡았다. 사람이 없다고 생각함과 동시에 이 집에도 무슨 일인가 생겼는지도 모른다는 생각에 현관을 들어서 신발을 벗고 안으로 들어섰다. 예의상 벗기는 했지만 청결 상태는 상당히 안 좋아 구두를 신고 들어가도 할 말이 없을 정도였다.

거실로 들어서자 소파 한쪽에 말라붙은 피를 묻힌 전기톱이 놓여져 있는 것을 발견했다. 톱날에 묻어 있는 피를 보는 순간 그는 불쾌감과 함께 혐오감이 들었다. 톱에 피를 묻힐 일이 살아가는 동안 과연 있을까. 짐승을 잡는 사람도 아니고 특별히 살아 있는 생물을 상대로 쓸 일은 없지 싶었다. 용해는 문득 이 집 주인이 어떤 사람인지 알고 싶었다. 전기톱 근처까지 오자 그의 귀에 어떤 소리가 포착되었다.

그건 낮은 울음소리와 남자의 가라앉은 목소리였다.

"재미없잖아? 얼른 애원해 보란 말이야! 당신같이 그냥 눈물만 보이면서 가만히 있으면 죽이는 사람 기분이 더럽단 말이야! 어서 살려달라고 소리치고 몸부림 쳐보란 말이야! 어서!"

"흐흐흑!"

이게 대체 무슨 소리지. 용해는 심장이 떨려오며 침을 삼키려 했지만 긴장감으로 침은 목구멍에서 말라붙어 넘어가질 않았다. 지금 사람을 죽이려는 것인가. 용해는 발소리를 죽이고 조심스럽게 소리가 나는 곳으로 다가갔다. 구두를 벗은 건 잘한 일이었다. 그렇지 않았다면 발소리를 벌써 들켜 버렸을 것이다.

그의 시야에 욕실의 모습이 뚫린 구멍 사이로 얼핏 보였다.

문도 조금 열려 있었지만 그쪽으로 본다면 저쪽에서 눈치 챌 것 같아 몸을 숨긴 채로 구멍 사이로 그들을 염탐했다. 여자는 욕조 옆에 무릎을 꿇은 채로 울고 있었고 남자는 더러운 행색으로 칼을 든 채 여자를 다그치고 있었다. 그의 모습을 볼 수 없었지만 남자의 하는 행동으로 봐서는 분명 미친놈임이 분명했다. 용해는 남자의 모습이 어딘가 낯익다는 느낌을 받았다. 한 번도 본 적이 없는 것 같은데 분명 낯익었다. 울다 고개를 든 여자의 얼굴을 본 순간 용해는 전기에 감전이라도 된 듯 온몸에 찌르는 통증이 훑고 지나가는 것을 느꼈다. 은혜였다. 남자가 몸을 돌려 옆모습을 보였는데 그 모습을 본 순간 다시 놀랐다. 남자의 모습은 자신의 꿈속에 나왔던 악마의 형상을 닮아 있었다. 친구가 얘기하려던 것이 이것이라는 사실을 알았다. 용해는 자신의 기회가 오기를 기다렸다. 그리고 아직까지 은혜가 무사한 것을 신에게 감사드렸다.

"제길, 담배가 없으니 미칠 것 같군! 얼른 끝내야겠어. 할 수 없지! 네가 정 그렇게 나온다면 찜찜하지만 끝내 버릴밖에. 하지만 난 관대한 사람이야. 약속은 꼭 지키지. 단번에 끝내줄게."

남자의 오른손에 든 칼이 높이 치켜졌다. 그 칼에 힘을 실어 그녀의 목으로 내리꽂으려는 순간 용해는 기회가 지금임을 알고 몸을 날려 칼을 든 오른팔을 붙들며 뒤에서 덮쳤다. 남자가 용해와 함께 나동그라졌다. 울던 은혜는 자신의 앞에 닥친 뜻밖의 상황에 놀라서 눈을 커다랗게 떴다.

"용해 씨!"

그녀는 그가 자신을 위해서 달려와 준 것이 기뻤다. 그는 그녀를 배신한 것이 아니었다. 비록 현실적으로 그가 약세라 해도 그녀는 자신을 구해줄 것을 믿어 의심치 않았다. 하지만 그녀의 뜻이 묵살된 것인지 현실은 용해가 월등히 약했다. 광기를 가진 남자의 힘은 사람이라고는 할 수 없을 정도로 셌으며 그가 감당하기엔 벅찬 상태였다. 엎치락뒤치락하다 위에 올라탄 남자는 칼끝을 용해를 향해 천천히 들이댔다. 칼을 잡은 남자의 손을 저지하려 했지만 용해는 자신의 힘이 약해지는 걸 느끼고 있었다.

"은혜 씨, 어서 도망가요!"

용해는 그녀라도 살아서 도망가기를 바랐다. 그러나 그의 뜻을 알아채지 못한 것인지 그녀는 그 자리에서 머뭇거릴 뿐 도망갈 생각을 하지 않았다.

은혜는 이대로 놔두면 용해가 해를 당할 것을 깨닫고 그를 도울 무언가를 찾아 헤맸다. 샤워기를 끌어당겨 보기도 했지만 줄이 짧아 닿지 않았다. 이리저리 두리번거리던 그녀의 눈에 욕실 문 입구에 놓여 있는 방망이를 발견했다. 야구할 때 사용하는 야구방망이였다. 그녀는 그 물건을 자신이 사용해야 한다는 사실이 끔찍했지만 저것만이 자신의 살길이라는 생각이 들었다. 가만있다가는 이 자리에서 그녀는 물론 용해까지 살육당할 입장이었다.

그녀는 힘이 빠진 다리를 추스르며 벌떡 일어나 방망이가 있는 곳으로 다가갔다. 남자의 칼끝이 용해의 목에 닿을 듯 아슬아슬하게 움직이고 있었다. 시간이 없었다. 그녀는 방망이를 손에 잡고 남자 등 뒤로 천천히 다가갔다. 남자는 용해를 죽인다는 희열에 빠져 그녀의 존재를 눈치 채지 못했다. 지쳐 있던 그녀 몸으로 방망이를 들고 가는 것도 쉬운 일은 아니었다. 남자의 웃는 소리가 들렸다. 이제 칼끝은 용해의 목에 약간 닿아 선명한 붉은 생채기를 내고 있었다. 그가 위험해! 그녀는 방망이를 있는 힘껏 내려쳤다. 평생의 힘을 거기에 다 쏟아 부은 듯했다. 방망이는 정확히 남자의 머리를 내려쳤다. 둔탁한 소리가 울리며 남자의 몸이 서서히 기울었다. 그녀는 자신이 행한 일에 너무 놀라 방망이를 떨어뜨렸다. 바닥에 떨어지는 방망이 소리보다 더 무거운 소리가 쓰러지는 남자의 몸에서 났다. 눈은 검은자위가 위로 돌아가 대부분 흰자위를 차지한 채 머리에서 한 줄기 굵은 핏줄기가 흘러내리고 있었다. 남자의 움직임이 멎어 있었다. 용해는 그 틈을 이용해 몸을 옮기며 당장이라도 쓰러질 것 같은 그녀를 부축해 한쪽으로 피했다. 만일의 경우를 대비해서 용해가 한차례 그의 머리를 다시 과격했다. 그녀는 그 끔찍함에 비명이 나올 것 같아 입을 막았고 용해는 그런 그녀를 진정시키듯 꼭 끌어안았다.

모든 것이 이제 끝났다. 용해는 주저앉아 있는 그녀를 부축해 욕실을 나왔다. 그들이 현관 쪽으로 가려는 순간 문을 열고 누군가 들어왔다. 그날 남자의 집을 지키던 형사였다. 숨을 헐떡이며 들어온 형사는 그들의 모습에 아연실색했다.

"집으로 전화하니 아무도 안 받아서 무슨 일이 생긴 건 아닌지 뛰어오는 길입니다. 누군가 복도에서 남자를 봤다는 제보도 들어오고."

"이제 모두 끝났습니다."

용해의 말에 형사는 어리둥절한 표정을 지었다. 그는 더 말하기 귀찮은 듯 형사에게 욕실을 가리켰다. 형사는 그의 가리키는 위치를 확인하고는 서둘러 욕실로 뛰어갔다. 그리고는 비위가 상한다는 표정을 지으며 다시 돌아왔다.

"수갑은 채워놨습니다. 도주할 우려가 있어서요. 그런데 대체 어떻게 된 일입니까?"

용해는 형사에게 대충의 간략한 상황설명을 했다. 묵묵히 들은 형사는 말했다.

"일단은 연락을 해야겠군요."

형사가 전화를 했다. 용해와 은혜는 소파에 걸터앉았다. 그들의 육체나 정신은 더 이상 지탱하지 못했다. 형사는 관할 경찰서에 상황 보고를 하고 인원 지원과 구급차 요청을 한 뒤 전화를 끊었다.

"곧 경찰서에서 형사들이 올 겁니다. 상황 설명하시고 직접 가셔서 조서를 꾸며야 할 겁니다."

용해는 고개를 끄덕임으로써 알겠다는 의사를 표시했다. 갑자기 당한 후유증으로 그녀가 한기를 느끼듯 몸을 떨자 용해는 그녀를 자신의 가슴에 꼭 끌어안았다. 그들의 침묵을 깨고 갑자기 나이 든 여자의 고함 소리가 들렸다.

"이 육시랄 놈아! 어서 나를 꺼내줘!"

그 소리는 침실에서 들려왔다. 형사는 다른 피해자가 있다는 것에 놀라움을 표하며 침실로 달려갔다. 은혜도 그제야 시어머니의 존재가 생각났다. 문을 연 형사의 눈에 나이 든 여자의 얼굴이 보였다. 한쪽 머리는 맞아서 피로 엉켜 붙어 있었고 한쪽 입가는 붓고 찢어져서 푸른 멍과 피가 말라붙어 있었지만 여전히 기세등등했다.

"네 눈은 폼으로 달렸냐? 어서 이 줄 풀지 못해!"

형사는 고개를 절레절레 흔들며 묶인 여자의 몸을 풀기 시작했다. 아무도 그녀를 당할 수는 없었다. 이 순간에 가장 에너지가 넘치는 사람은 강 여사였다.

뒤늦게 연락을 받고 온 형사들은 아직도 깨어나지 못하는 정혁을 간이침대에 옮겨 데리고 갔다. 그때까지도 그는 여전히 평온한 미소를 띠고 있었다. 그로서는 자신의 죄에 종지부를 찍음과 동시에 안식을 찾은 셈이었다.

만나기로 한 약속 장소에 나타난 그녀는 그런 끔찍한 일을 당한 사람이라고는 믿을 수 없을 만큼 사랑스러운 모습으로 나타났다. 추운 겨울임에도 그녀의 모습은 따뜻한 봄 햇살 같았다. 용해는 금방이라도 삼켜 버릴 것 같은 뜨거운 눈으로 그녀를 바라보았다. 은혜의 얼굴이 살짝 붉어졌다.

"많이 기다린 건 아니죠?"

"아니, 많이 기다렸어. 오 분 정도 됐지, 아마."

"애개~ 겨우 오 분 가지고."

"나한텐 오 분이 무지 길게 느껴졌거든."

그는 너스레를 떨며 그녀의 어깨를 감아 안고 어디론가 향했

다. 건물로 들어서자 그들을 반긴 것은 카페의 사장과 여가수였
다.

"어서 와! 아직도 친구의 아내인가?"

사장의 짓궂은 말에 용해는 친구의 등을 치며 말했다.

"이번엔 애인이야."

그 말에 여가수는 유쾌한 웃음소리를 내며 자신의 남편인 사
장을 향해 말했다.

"내가 그랬지, 무언가 있다고?"

"오늘도 커피야?"

사장의 말에 용해는 은혜를 보았다.

"오늘은 술로 하고 싶어요, 약한 걸로."

그녀의 말에 사장은 알았다는 표정을 지으며 바텐더가 있는
바(bar)로 갔고 여가수는 용해에게 말을 걸었다.

"오늘도 연주할 거지?"

용해는 고개를 끄덕였다.

"오늘의 메인은 노래야. 가벼운 걸로 하나 할게."

여가수는 고개를 끄덕이며 무대 쪽으로 걸어갔다. 은혜가 자
리에 앉자 그는 조그만 곽을 내밀었다.

"이번엔 뭐예요?"

그녀가 곽을 열자 이번에는 진주가 박힌 반지가 들어 있었다.

"전부 한 세트였어. 애초부터 다 줬다면 당신은 한 개도 받지
않았을 거야. 하지만 이렇게 해서 모두를 받은 셈이 됐지."

그녀는 거절하지 않고 반지를 자신의 손에 끼웠다. 그가 싱긋 웃으며 말했다.

"이걸로 내 프러포즈를 당신이 받아들인 걸로 생각할게. 참 오랜 시간이었어. 당신을 내 여자로 만드는 시간이 이렇게 길 줄은 몰랐지. 하지만 당신은 내가 원하는 자리에 이렇게 서 있잖아. 그럼 된 거야. 결혼할 땐 더 멋있는 반지를 당신에게 선물할게."

"난 당신의 마음만 있으면 돼요."

그녀가 속삭이듯 말했다. 그는 지금의 모습을 즐기듯 자신의 손으로 그녀의 볼을 쓰다듬었다.

"갔다 올게. 이 노래는 당신에게 바치는 거야."

그는 자리에서 일어나 무대 쪽으로 걸어갔다. 역시나 재즈였다. 그에게는 재즈가 잘 어울렸다. 피아노를 연주하던 그는 그녀를 향해 노래를 불렀다.

Fill my heart with song
And let me sing forever more.
You are all I long for
All I worship and adore
In other words, please be true.
In other words, I love you…….

내 마음을 노래로 채우고

영원히 그 노래를 부르게 해주세요.

내 오랫동안의 모든 존경과 숭배는 당신을 위한 거예요.

그러니 진심으로 대해주세요.

그 말은 당신을 사랑한다는 거예요…….

　그는 음악에 감싸인 조명 아래서 그녀에게 사랑의 세레나데를 부르고 있었다. 'Fly me to the moon' 이라는 재즈로. 갑자기 그녀의 목덜미로 차가운 바람이 스쳐 갔다. 늘 느끼던 차가운 감촉만이 아니라 따뜻한 기운도 갖고 있었다. 뒤를 보았다. 카페 문이 조금 열려 있었다. 혹시나 했던 그녀는 밖에서 들어온 바람 탓이라 생각하며 녹아들 것 같은 미소를 지으며 눈길을 다시 용해에게 향했다.

　은혜의 주위로 안개 같은 연기가 감돌고 있었지만 그녀는 깨닫지 못했다. 한 영혼이 그녀를 지켜보며 안타까운 탄식을 하긴 했지만 바라보는 눈은 따뜻한 사랑이 흐르고 있었다. 영혼은 떠나야 할 때임을 깨닫고 마지막으로 자신의 여자를 바라보았다. 아픔이 많은 여자였지만 그 아픔을 감싸주기는커녕 오히려 더한 아픔을 주기만 했던 자신이었다. 그 여자는 이제 다른 남자에게 눈길을 향하며 앞으로의 행복을 꿈꾸고 있었다. 그는 친구를 바라보며 둘의 행복을 조용히 빌었다. 서서히 그의 모습이 사라져 갔다. 그러나 그녀 주위의 안개는 여전히 감싸여 있었다. 마침 그 옆을 지나치던 남자가 혼잣말처럼 중얼거리며 바를 나섰다.

"이상하군. 술집에서 커피 향이라니……."

은혜의 눈은 여전히 용해를 향한 채 반짝이고 있었다. 그녀의 주위에는 감미로운 용해의 노래와 향 짙은 에스프레소 냄새가 감돌고 있었다.

슬라이딩 도어즈는 삼 개월을 구상한 작품이다. 처음 이 소설을 적게 된 계기는 머리 속에 떠도는 이야기의 한 조각이었다. 그러나 그 당시는 다른 소설을 연재하고 있었기에 감히 그 소설을 쓸 생각을 하지 못했다. 나는 동시에 두 가지 소설을 적지 못한다. 그건 하나의 철칙같이 작용했는데 두 가지를 쓰면 한 가지조차도 제대로 집중하지 못해 옳은 글을 쓸 수 없다는 생각 때문이었다. 대체로 나는 한 조각을 붙잡고 글을 시작하기도 한다. 하지만 다른 소설을 연재하고 있었고 처음으로 스릴러로 생각해 본 소설이기에 제대로 얘기를 맞춰놓고 시작해야겠다는 생각도 있었다.

글의 도입 부분은 내 얘기다. 남편이 쓰러지고 실감할 시간도 없이 내 곁을 떠나 버렸고 나는 화장을 시킨 채 남편을 영락공원에 남겨두고 와야 했다.

아이는 친정에 맡긴 채 집에서 밤을 혼자 보내던 날이었다. 혼자 자기는 처음이었고 어쩐지 남편이 나를 지켜본다는 생각에 무섭기도 했다. 『슬라이딩 도어즈』의 첫 도입 부분은 이런 내 느낌을 그대로 반영했다. 그리고 그 조각들은 천천히 퍼즐을 맞춰가기 시작했다. 하나의 모양이 완성되었을 때 글을 적기 시작했고 나는 신들린 듯 놀라운 속도로 적어가기 시작했다.

글을 적으면서 머리를 따라가지 못하는 손의 속도에 짜증을 냈고 전개되는 상황에 나 자신조차 재밌어하며 정신없이 글을 적어나갔다. 이 글은 아주 짧은 시간에 완성된 소설이다(물론 구상은 삼 개월 이상 걸렸지만). 이미 모든 내용을 머리 속에 담고 진행했기에 빨랐는지도 모른다.

처음 스릴러란 장르를 접한 나로선 새로운 시도이기도 했지만 어찌 보면 모험이었다. 다른 장르의 시도라 모두 외면하지 않을까 싶었지만 다행히 어여삐 봐주는 곳이 있어 이렇게 책을 내게 되었다. 중반부를 넘어서고 뒤로 갈수록 더러 잔혹한 장면이나 묘사가 나오지만 스릴러 장르의 특성상 그건 필요불가결한 요소가 아닌가 싶다. 물론 쓰는 나도 비위가 상하기를 여러 차례 했으며 글을 완결 짓고 나서는 악몽에 시달리기도 했다.

『슬라이딩 도어즈』를 시작할 무렵 카페가 이사를 했다. 예전 다음에 있던 카페는 불펌이나 여러 가지 이유로 자료용으로 돌리면서 비공개로 하고 글동무라는 이름의 사이트에 카페를 만들었다. 안정적이고 차분한 분위기였고 로맨스뿐만 아니라 여러 장르 작가들과의 교분을 가질 수 있어 무척 유용했고 즐거웠다. 나름대로 열심히 쓸 수 있었던 것도 글동무의 분위기 때문이었던 것 같다. 좋은 사람과의 만남은 글을 성숙시킨다. 글동무는 나에게 그런 계기가 됐던 곳이다.

그리고 지금은 또 다른 시각으로 글을 연재하고 있다. 늘 느끼는 거지만 쉬운 글이든 어려운 글이든 적어나가는 과정은 똑같이 힘들다는 사실이다. 이제 나는 작가인가. 잠시 생각에 잠겨보지만 아직은 그런 소리를 들을 만한 능력은 되지 못한다. 아직도 나는 배울 게 많고 읽을 것은 더더구나 많다. 제대로 된 교육도 없이 그저 글이 좋아서 시작한 일이 어느새 나에게 많은 책임감을 요구하고 있다. 글이란 건 좋아하지 않으면 쓸 수 없는 작업이다. 나에게 있어 글은 내 모든 시간을 잡아먹는 욕심 많은 동물이다. 자기만 예뻐하고 자기만 바라봐 달라고 요구한다.

작가는 꿈을 꾸는 사람이다. 그 꿈을 풀어내는 일이 글이다. 나는 내 꿈을 풀어내는 일에 많은 독자들이 동참하길 바란다. 이건 작가라면 누구나 원하는 일일 것이다. 어떤 글이든 모든 독자를 만족시킬 수는 없다. 다만 일부분의 독자라도 좋은 글로 다가가길 바랄 뿐이다. 누군가가 그랬다, 자신이 가장 잘 아는 얘기를 글로 적으라고. 그래서 나는 내 이야기를 글로 적었다. 물론 실화는 도입 부분뿐 그 뒤의 얘기는 내 상상이 낳은 산물이지만.

아마도 다시 한 번 스릴러를 도전하게 될지도 모른다. 그때도 나는 가슴 뛰며 글을 적을까. 물론 난 항상 글을 적을 것이며 가슴 뛸 것이다. 왜냐하면 나는 꿈을 꾸는 사람이니까.

—하나이.